Helene Falk
Abgrundtiefer Hass

Das Buch

Annika Lodman erlebt den Albtraum jeder Mutter, als ihr fünfjähriger Sohn Yanis beim Einkaufen in Helsinki verschwindet. Hauptkommissar Mik Kohonen, der zufällig vor Ort ist, kann das Kind dank dessen spezieller Kinderuhr orten und lebend aus einem alten Brunnen im Wald befreien. Doch auf die anfängliche Erleichterung folgt schnell Entsetzen, da neben dem Jungen ein jahrzehntealtes Kinderskelett gefunden wird.

Yanis spricht seit dem Vorfall nicht mehr und zeichnet unheimliche Bilder eines schwarzen Vogels, weshalb die Psychologin Sofia Eriksson hinzugezogen wird, um an den verstörten Jungen heranzukommen. Gerade als sie erste Erfolge verzeichnen kann, verschwindet ein weiteres Kind auf dem Schulweg. Mik Kohonen ermittelt unter Hochdruck, wobei ihn vor allem eine Frage beschäftigt: Wer ist »der Vogel«?

Die Autorin

Helene Falk ist promovierte Juristin und ehemalige Richterin. Geboren wurde sie in Innsbruck. Nunmehr lebt und arbeitet sie in ihrer Wahlheimat Stuttgart.

HELENE FALK

ABGRUND TIEFER HASS

EIN MIK-KOHONEN-THRILLER

Deutsche Erstveröffentlichung bei
Edition M, Amazon Media EU S.à r.l.
38, avenue John F. Kennedy, L-1855 Luxembourg
August 2024
Copyright © der deutschsprachigen Ausgabe 2024
By Helene Falk

Umschlaggestaltung: Brian Barth, Berlin
Umschlagmotiv: © miguel sobreira / plainpicture
1. Lektorat: Angela Kuepper
2. Lektorat und Korrektorat: VLG Verlag & Agentur, Haar bei München,
www.vlg.de
Gedruckt durch:
Amazon Distribution GmbH, Amazonstraße 1, 04347 Leipzig /
CPI Druckdienstleistungen GmbH, Ferdinand-Jühlke-Straße 7, 99095
Erfurt /
CPI books GmbH, Birkstraße 10, 25917 Leck /
Libri Plureos GmbH, Friedensallee 273, 22763 Hamburg

ISBN: 978-2-49671-570-5
e-ISBN: 978-2-49671-571-2

www.edition-m-verlag.de

SPÄTSOMMER 1985

Heute ist mein neunter Geburtstag. Ein Geschenk gibt es für mich nicht. Auch keine Feier. Stattdessen streife ich durch den Wald. Ganz allein. Hier ist es einsam und ruhig, nur das vertraute Rauschen der Bäume ist zu hören. Ich starre hinauf in die Kronen, sehe zu, wie ihre Spitzen im Wind schaukeln. Sauge den erdigen Geruch tief ein.

Pfeif auf alle! Pfeif auf Geschenke! Im Vorbeigehen kicke ich mit dem Fuß gegen einen umgefallenen Baumstamm, von dem knackend ein morsches Stück Holz abfällt. Dazu brülle ich wie ein Löwe. Ich fühle mich unglaublich stark, aber nur für einen Moment. Ich weiß, dass ich langsam zurückmuss. Bei dem Gedanken daran krampft sich mein Magen zusammen. *Nein, noch nicht nach Hause.*

Die Sonne wirft ein paar tröstende Strahlen auf meinen Rücken, da kommt mir eine Idee. Ich könnte noch einmal den geheimen Weg gehen. Nur kurz nachsehen, ob alles an seinem Platz ist. *Tu es*, scheint der Wald zu flüstern und ich höre gerne darauf.

Wenig später kämpfe ich mich durch dornige Hecken, krieche auf allen vieren über Wurzeln. Ich beiße die Zähne fest zusammen, obwohl die Kratzer auf meinen Armen bluten und wehtun. *Ein Mann weint nicht*, denke ich. Es sind die Worte meines Vaters, die in meinem Kopf dröhnen. Ich wische meine triefende Nase am Ärmel meines T-Shirts ab.

Mein Herz schlägt wild, ich bin außer Atem. Aber ich habe es geschafft. Ich stehe auf einer kleinen Lichtung, meinem geheimen Platz. Den habe ich vor ein paar Wochen zufällig entdeckt. Der Ort ist schattig und kühl. Er hat eine dunkle Seite, eine unheimliche. Trotzdem zieht es mich immer wieder hierher.

Einige Meter vor mir steht ein alter Brunnen. Dunkler Stein, mit Moos bewachsen, halb verfallen. Wohnt da eine Hexe drin? Ein Wassermonster? Sicherheitshalber mache ich einen weiten Bogen darum. Viel wichtiger ist nämlich der große Baum mit seiner Höhle im Stamm, in die ich genau hineinpasse, wenn ich mich zusammenkauere. Eine Weile sitze ich darin, die Arme um die Knie geschlungen. Beobachte, wie Ameisen Holzstückchen herumtragen. Atme den Duft des Waldes ein und kratze mit den Fingern über die trockene Rinde. Hier kann mich keiner finden. Hier bin ich sicher. Aber dann muss ich gehen. Weg von dem schützenden Baum. Nach Hause. Ich kann es nicht mehr länger hinauszögern. Ich werde ohnehin schon Ärger bekommen. Und was für einen!

Als ich aus meiner Baumhöhle krieche, stutze ich. Da sitzt ein großer schwarzer Käfer auf dem Rand des Brunnens. Ich liebe Käfer. Also trete ich näher dorthin, lege meine Hand auf den kühlen, feuchten Stein. Wage einen vorsichtigen Blick in die dunkle Tiefe. Kalte Luft strömt mir von unten entgegen, sodass ich eine Gänsehaut bekomme. Das Insekt krabbelt träge über die Mauer, es glänzt außergewöhnlich schön. Zu lange starre ich ihm nach, den leichten Luftzug hinter mir ignorierend. Viel zu spät bemerke ich die beiden Hände, die sich schwer auf meine Schultern legen. Noch bevor ich den Kopf drehen kann, spüre ich einen kraftvollen Stoß zwischen den Schulterblättern. *Nein*, hauche ich, als ich das tiefe schwarze Loch auf mich zukommen sehe. Ich rutsche über den Brunnenrand. *Nein!* Panisch rudere ich mit meinen Armen. Finde keinen Halt. Ein erstickter Schrei presst sich durch meine Lippen. *Nicht zur Hexe!*

Dann stürze ich in das schwarze, kalte Nichts.

30 Jahre später

Mittwoch

3. Juni 2015

1.

»Hey, Yanis, welches Müsli sollen wir kaufen?«, rief Annika Lodman ihrem Sohn zu. Dieser schlurfte gelangweilt mit einigen Metern Abstand hinter dem Einkaufswagen her und schien seine Mutter überhaupt nicht wahrzunehmen. Seine kleinen Hände steckten in den Taschen der kurzen Hose. Bestimmt hielt er darin eine seiner geliebten Murmeln umschlossen. Ganz fest. Seine blauen Turnschuhe erzeugten ein quietschendes Geräusch auf dem Kunststoffboden des Supermarktes. Dieses Geräusch schien das Einzige zu sein, das ihn im Moment beschäftigte. Denn er wiederholte es immer wieder.

»Yanis! Welches Müsli?«

»Das Schokomüsli, Mama. Das blaue«, rief Yanis, ohne näher zu kommen. Dabei musterte er aufmerksam das Regal mit den Keksen. Annika schmunzelte und betrachtete ihn noch ein paar Momente lang unauffällig. Er hatte sich heute gut geschlagen bei dem Einschulungstest. Und freute sich auf seine zukünftige Schule, die er im nächsten Jahr besuchen würde. Als Mutter hätte sie manchmal gerne die Zeit angehalten. Ihr kleiner Junge wurde zu schnell groß.

»Mama, was ist?«, stöhnte Yanis. »Mir ist langweilig.« Sehnsüchtig starrte er in Richtung Ausgang. Draußen schien die Sonne und der Himmel über Helsinki war wolkenlos. Zu schön, um sich drinnen aufzuhalten. Annika riss ihren Blick von Yanis los und überflog noch einmal den Einkaufszettel in ihrer Hand.

»Jetzt brauchen wir nur noch Taschentücher«, sagte sie. »Und dann raus hier.«

»Darf ich die holen, Mama?« Yanis war plötzlich wieder ganz bei der Sache.

Annika überlegte einen Moment und lächelte dann auffordernd. *Zu schnell zu groß.*

»Okay. Wir treffen uns gleich an der Kasse«, schlug sie vor. »Und Yanis. Keinen Quatsch machen, hörst du!« Sie sah ihrem Sohn nach, der aufgeregt davonsprang. Yanis liebte es, etwas allein machen zu dürfen. Wie jeder Fünfjährige.

Auf dem Weg zur Kasse kam Annika am Regal mit den Müllsäcken vorbei. *Von denen brauchen wir auch welche*, dachte sie und starrte auf die unterschiedlichen Marken, Farben und Größen. Es dauerte eine Weile, bis sie die richtigen entdeckt hatte. Sie warf die Rolle in den Einkaufswagen und setzte ihren Weg fort. Bereits aus einigen Metern Entfernung ließ sie den Blick über die an den Kassen wartenden Menschen schweifen. Yanis war nirgendwo zu sehen.

Er müsste doch längst da sein, dachte Annika. Bewusst versuchte sie, das seltsame Gefühl im Bauch zu ignorieren, das unmittelbar aufgetreten war. Ihre Augen wanderten aufmerksam hin und her. Jeden Moment würde sie erleichtert aufatmen können, wenn sie ihren Sohn um die Ecke laufen sah. Wie so oft. Sie wartete noch eine kleine, ungemütliche Weile. Diesmal kam Yanis nicht.

»Er wird bei den Zeitschriften hängen geblieben sein«, murmelte sie mehr zu sich selbst. Und ließ den vollen Wagen stehen, um ihren Sohn zu suchen.

Aber bei den Zeitschriften war er nicht. Und auch nicht bei den Spielsachen. Je mehr Minuten verstrichen, desto unruhiger wurde Annika. Die logischen Erklärungen gingen ihr langsam aus.

»Entschuldigen Sie, ich suche meinen Sohn«, sagte sie zur nächstbesten Mitarbeiterin, die ihr unterkam. Eine Frau Ende fünfzig mit faltiger Haut und auffallend blond gefärbten Haaren. Ihre Nervosität konnte sie dabei nicht unterdrücken.

»Aha. Wie sieht Ihr Sohn denn aus?«, antwortete diese. Sichtlich bemüht. Aber auch viel zu schwerfällig für Annikas Geschmack.

»Yanis. Sein Name ist Yanis. Er ist fünf Jahre alt. Hat blonde, kurze Haare. Und ein blau-weiß gestreiftes T-Shirt an.«

»Ich kann meinen Kollegen bitten, ihn auszurufen«.

»Ja, ausrufen«, sagte Annika zögernd, während ihr tausend Gedanken gleichzeitig durch den Kopf schossen. Das ging ihr alles viel zu langsam. Ein Geistesblitz jagte den anderen: *Was, wenn er auf dem Parkplatz draußen herumläuft? Da fahren Autos!*

Sie rannte in Richtung Ausgang, rief dabei immer wieder laut nach ihrem Sohn. Dass die Leute sich nach ihr umdrehten, war ihr mittlerweile egal. Sie wollte Yanis nur noch in die Arme schließen. Und diesen Albtraum beenden. Im Hintergrund hallte die Lautsprecheransage, die ihren Sohn ausrief. Es fühlte sich an wie in einem schlechten Film. Yanis war keiner, der einfach abhaute. Verträumt war er, aber nicht unvernünftig.

Als die Schiebetüren am Ausgang träge aufglitten, starrte Annika auf den belebten Parkplatz. Plötzlich überkam sie die blanke Angst. Alles hier ging seinen gewohnten Gang. Autos parkten ein und aus. Menschen schoben Einkaufswagen vor sich her oder räumten Waren in den Kofferraum. Niemand nahm Notiz von ihr. Keiner teilte ihre Sorgen. Erst im nächsten Moment fiel ihr die Uhr wieder ein, die Yanis trug. *Mein Gott, die Uhr!*, dachte sie. Sie war eine Idee ihres Mannes gewesen.

Ein vorzeitiges Geburtstagsgeschenk. Yanis fand sie cool. Aber sie konnte noch mehr, sie hatte einen GPS-Tracker integriert, mit dem man den, der sie trug, jederzeit orten konnte. Annika zog ihr Smartphone aus der Tasche und öffnete mit zitternden Fingern die App. Sie erwartete ein Signal, das aus der Nähe kam, doch der kleine grüne Punkt war circa drei Kilometer entfernt. *Drei Kilometer!* Ihr Herz schlug hart gegen ihre Rippen. Der kleine grüne Punkt, das war ihr Sohn. Und er bewegte sich schnell weg. Vermutlich in einem Auto.

»Hilfe!«, rief Annika aus voller Kehle. »Ich brauche Hilfe!«

2.

Hauptkommissar Mikael Kohonens Magen knurrte laut. So laut, dass er eine Hand auf seinen Bauch legte, als könnte das den Hunger besänftigen. Er hatte heute noch nichts gegessen. Nur Kaffee getrunken. Zu viel Kaffee. Trotz seiner sporadischen Mahlzeiten hatte Mikael in den letzten Monaten einige Kilos zugenommen. Oder gerade deswegen. Die Gewichtszunahme lag mit Sicherheit am schlechten, fettigen Essen. Und der Einsamkeit.

»Ich bin auf dem Rückweg ins Büro«, sagte er in Richtung des kleinen Mikrofons der Freisprechanlage, während er seinen grauen Dienstwagen auf einen Parkplatz des K-Market lenkte. »Ich hol mir nur noch schnell was zu essen.«

Dann legte er auf und suchte nach einer Parklücke. Jetzt um die Mittagszeit war der zentral gelegene Supermarkt stets gut besucht. Er musste eine ganze Runde drehen, bis er einen freien Platz fand. Erleichtert öffnete er die Autotür und genoss die ins Innere strömende angenehm warme Luft. Helsinki war um diese Jahreszeit an Leichtigkeit und Lebensfreude kaum zu überbieten. Überall nur fröhliche Menschen. Die tiefe Dunkelheit und Melancholie des Winters lagen hinter ihnen. Zumindest empfanden die meisten so. Mikael mochte den Winter und die Kälte. Die ewige Dämmerung des Sommers ließ ihn schlecht schlafen. Und zu viel nachdenken. Denn Probleme gab es in seinem Leben gerade viele.

Er stieg aus und fuhr sich mit der Hand durch die kurzen braunen Haare. Der viele Kaffee ließ seine Hände leicht zittern. Er brauchte wirklich etwas zu essen. Einen Moment lang ließ er die Sonne auf sein Gesicht scheinen, bevor ihn lautes Rufen aus den Gedanken riss. Hatte da gerade jemand um Hilfe gerufen? Seine Sinne schärften sich augenblicklich. Und seine Augen suchten den Parkplatz ab.

»Ich brauche Hilfe!«

Jetzt hatte er die Frau im Sommerkleid entdeckt. Sie stand am Eingang des Supermarktes und gestikulierte wild. Schien beinahe panisch um sich zu schlagen. Mikael gab der Autotür einen kräftigen Schubs, sodass sie krachend zufiel. Dann hastete er los.

»Was ist passiert?«, rief er der Frau bereits entgegen, bevor er sie richtig erreicht hatte. Sie wirkte sehr gepflegt. Und sehr nervös.

»Mein Sohn …«, stammelte sie.

»Was ist mit Ihrem Sohn?«

»Er ist weg.« Die Augen der Frau traten fast aus ihren Höhlen. Sie war kreidebleich und wirkte dem Umfallen nahe. »Jemand hat ihn mitgenommen.«

»Jetzt mal ganz ruhig«, sagte Mikael. »Ich bin von der Polizei.«

Sie musterte ihn einen Moment lang, betrachtete seine Shorts und das T-Shirt. Diese Zeitspanne reichte Mikael aus, um seinen Dienstausweis aus der Hosentasche zu ziehen. Sie sah kaum hin, nickte aber kurz. Dann hielt sie Mikael ihr Handy unter die Nase. »Die Kinderuhr. GPS-Tracker.« Dabei deutete sie auf einen kleinen grünen Punkt auf dem Display.

Verdammter Mist!, dachte Mikael, der sofort den Ernst der Lage erkannte.

»Ich will die App nicht verlassen. Das Signal ist meine Verbindung zu Yanis. Ich darf es nicht verlieren!«, keuchte sie. Ihre Stimme überschlug sich fast.

»Wie alt ist Ihr Sohn?«

»Yanis ist fünf«, stammelte sie und war den Tränen nahe. »Ich weiß nicht, wer ihn mitgenommen hat.«

»Ich verständige meine Kollegen«, setzte Mikael an. »Sie rühren sich nicht vom Fleck.«

»Er entfernt sich immer weiter! Und ich bin nur mit dem Fahrrad da«, rief sie. Flehend. Es klang mehr nach einer Bitte als nach einer Feststellung. Mikael wusste sofort, auf was sie hinaus-wollte. Im Bruchteil einer Sekunde wägte er das Für und Wider ab. Diese Aktion konnte mächtig Ärger geben. Andererseits war hier eine Mutter, deren Sohn vermutlich entführt worden war. Und noch gab es eine heiße Spur. Die Frage war, wie lange noch. Wie meistens ließ Mikael seinen Bauch entscheiden.

»Einsteigen«, murmelte er und eilte in Richtung seines Dienstwagens voraus. Die Frau folgte ihm hastig. »Danke«, flüsterte sie kaum hörbar.

»Ich fahre. Sie sagen mir, wohin.« Ein Nicken auf dem Beifahrersitz.

Mikaels Herz raste, während er ausparkte. »Ich brauche dringend Verstärkung …«, meldete er seiner Zentrale über die Freisprechanlage. Und betete, das GPS-Signal nicht zu verlieren.

3.

Elvi Nyman schritt gemächlich über den frisch gewischten grauen Fliesenboden. Ein leichter Geruch nach Desinfektionsmittel lag in der Luft. Sie atmete den vertrauten Duft tief ein. Kannte ihn schon viele Jahre lang. Seit sie in dem betreuten Wohnheim in

Kallio, einem im östlichen Stadtzentrum Helsinkis gelegenen Viertel, arbeitete, begleiteten sie diverse Gerüche. Dieser war einer von ihnen. Im Vorbeigehen warf sie einen Blick in die Küche, in der das gemeinsame Mittagessen vorbereitet wurde. Drei Mitbewohner waren dabei, Gemüse zu schneiden. Mit mehr oder weniger stumpfen Messern. Feste Essenszeiten waren ein wichtiger Bestandteil im Leben der meisten Menschen hier.

»Ist Keke da?«, fragte sie in die Runde.

»Nein, Frau Nyman«, kam prompt die Antwort.

»Wisst ihr, wo er ist?«

»Nein, Frau Nyman.«

Also machte sie sich auf den Weg zu seinem Zimmer. Sie klopfte an, wie es sich gehörte, und lauschte einen Moment. Keine Reaktion.

»Keke?«

Behutsam öffnete sie die Tür und spähte in den Raum. Sein Bett war sauber gemacht. Der Schreibtisch dagegen glich einem Schlachtfeld. Überall lagen Buntstifte herum. Spitzerabfall war auf dem Boden verteilt. Dazu etliche Zettelberge. Das war nicht außergewöhnlich für ihn. Er liebte das Zeichnen. Aber dass alles so offen herumlag, war neu. Normalerweise achtete er penibel auf Ordnung. Die Neugier trieb Elvi weiter in das Zimmer hinein. Keke gab ihr nach wie vor viele Rätsel auf. Der große, füllige Mann Ende vierzig mit den wenigen Haaren auf dem Kopf lebte bereits viele Jahre hier. Dennoch hatte er sich in der langen Zeit ihr gegenüber nie richtig geöffnet. Natürlich war ein Großteil seiner Verhaltensweisen auf seine Krankheit, einen schweren Fall des fetalen Alkoholsyndroms, zurückzuführen. Aber nicht alle. Da war noch etwas anderes, das ihn umgab. Etwas Dunkles, Trauriges.

Jeder Bewohner der kleinen Wohngruppe brauchte auf die eine oder andere Art eine Hilfestellung im Leben. Die betreute Gemeinschaft hatte es sich zur Aufgabe gemacht, eine Stütze zu sein, ohne die Selbstständigkeit einzuschränken. Es war eine Gratwanderung. Jeden Tag aufs Neue.

Elvi trat näher an den Schreibtisch heran, setzte ihre dicke schwarze Brille auf die Nase und betrachtete die vielen Zeichnungen. Bilder von Häusern in den verschiedensten Farben und grünen Wiesen. Kindliche Bilder eines Erwachsenen. Verspielt. Ihrer eigenen Logik folgend. Mal waren die Grundmauern rosa und das Dach blau, mal die Fenster dreieckig. Fast immer befand sich im rechten oberen Eck eine große gelbe Sonne. Mit den Fingerspitzen wischte Elvi ein paar der Blätter zur Seite. Unter der heiteren Oberfläche wurden die Skizzen düsterer. Schwarzes Gekritzel. Wirre, ineinander verschlungene Linien, wie ein Knäuel dunkler Wolle.

Seltsam, dachte sie. Genauso ging es ihr mit Keke in der täglichen Betreuung auch. Nach außen hin strahlte er. Etwas Dunkles im Untergrund verbergend. Elvi hörte ein Geräusch hinter sich und drehte sich hastig um. Es war nur der Wind, der die Zimmertür träge hin und her bewegte. Draußen im Gang stand ein Fenster offen. Sie widmete sich wieder den Zeichnungen auf dem Tisch. Hob vorsichtig ein paar davon an. Ganz unten in dem Stapel lag eine Zeichnung, die ihr sofort eine Gänsehaut auf die Haut trieb. Ein schwarzer Vogel. Hingekritzelt wie in Trance. Aber besser gezeichnet als all die anderen Skizzen. *Wahrscheinlich ein schon oft gemaltes Motiv*, ging es ihr durch den Kopf. Im nächsten Moment ließ ein Knall sie zusammenzucken und das Bild auf den Boden segeln. Die Zimmertür war endgültig zugefallen. Schnell bückte sie sich, hob alles auf und brachte die Zeichnungen auf dem Schreibtisch in die vorherige Ordnung. Nicht allerdings, ohne zuvor schnell ein Handyfoto von dem Vogelbild gemacht zu haben. Gedankenverloren verließ sie den Raum und setzte ihre Suche nach Keke fort. *Er wird doch wohl nicht schon wieder abgehauen sein?*, fragte sie sich beklommen. *Das letzte Mal kam wirklich nichts Gutes dabei heraus.*

4.

»Ich habe solche Angst«, hauchte die Frau, die sich mittlerweile als Annika Lodman vorgestellt hatte. Ihren Blick hielt sie starr auf das Handy gerichtet. Sie klammerte sich daran, als wäre es der einzige Halt, der ihr im Leben noch geblieben war. Dennoch hatte Mikael Kohonen das Gefühl, dass sie sich etwas gefangen hatte. Wahrscheinlich lag das daran, dass sie gerade aktiv etwas taten. Sie folgten dem GPS-Signal. Für weitere Gedanken war nicht viel Platz.

»Wir finden ihn«, sagte Mikael bestimmt und beobachtete Annika Lodman von der Seite. Stocksteif saß sie da. Bleich im Gesicht. Mikael hatte selbst keine Kinder. Dennoch konnte er den tiefen Schmerz und die Verzweiflung spüren, die von ihr ausstrahlten. Sie war gefangen, irgendwo zwischen Hoffnung und Panik. Yanis, oder zumindest seine Uhr, bewegte sich immer weiter nördlich in Richtung Paloheinä. Ein Stadtteil, der direkt am Wald lag. Mikael fuhr, so schnell es der Stadtverkehr zuließ, dennoch war ihnen das Signal immer ein großes Stück voraus.

»Wir sind zu langsam«, presste Annika hervor. »Ich hätte ihn sofort draußen auf dem Parkplatz suchen müssen«, fügte sie etwas leiser hinzu. Mikael schwieg. Im Auto herrschte eine angespannte Stille. Natürlich waren bereits zu Beginn wertvolle Minuten verstrichen. Doch obwohl Annika Lodman nichts dafürkonnte, machte sie sich starke Vorwürfe, die sie bereits jetzt zermürbten. Mikael glaubte es an der Art zu sehen, wie sich ihre Finger krampfhaft um das Telefon schlossen und die Knöchel weiß unter der dünnen Haut hervortraten.

Jede rote Ampel, die sie nicht umfahren konnten, jede noch so kleine Verzögerung trieb Mikael mehr den Schweiß auf die Stirn. Irgendwann war das GPS-Signal stehen geblieben. Mitten im Wald. Beim Gedanken daran schüttelte sich Mikael leicht. »Das Signal ist immer noch im Wald«, sagte Annika Lodman wie zur Bestätigung seiner Gedanken. Mikael blieb stumm. Solche zwischenmenschlichen Gespräche lagen ihm überhaupt nicht. Im Wald. Das konnte einiges bedeuten. Viel Gutes fiel ihm dazu nicht ein. Er warf einen Blick in den Rückspiegel. Hinter ihnen fuhren mittlerweile zwei Polizeistreifen. Einen genauen weiteren Plan gab es bislang noch nicht. Er war nicht der Leiter der Ermittlung. Er war ein zufälliger Passant, der seine Hilfe angeboten hatte. Einer in kurzen Shorts, wenn auch mit passender Ausbildung.

Sie näherten sich dem Signal und damit dem Waldrand. Als die ersten Baumreihen auftauchten, drosselte Mikael die Geschwindigkeit. »Ich muss sehen, wie weit wir mit dem Auto kommen«, sagte er, als er auf einen Weg abbog, der in den Wald hineinführte. Die Äste und Wipfel erzeugten ein Spiel aus Licht und Schatten auf dem Wagen und in ihren Gesichtern. Hell, dunkel. Hell, dunkel.

»Das Signal ist noch viel weiter in nordöstlicher Richtung! Mitten im Nirgendwo«, stieß Annika Lodman hervor. Sie wirkte jetzt richtig aufgeregt. Ihre Stimme überschlug sich beinahe beim Reden.

»Hier geht's nicht mit dem Auto weiter«, murmelte Mikael. Der Weg endete abrupt auf einer Lichtung, von der nur mehr Fußpfade wegführten. Während er sein Auto abstellte, beobachtete er im Rückspiegel, dass hinter ihm die Türen der Streifenwagen aufschwangen. Er wandte sich Annika Lodman zu.

»Ich weiß, dass Sie das jetzt nicht hören wollen. Aber bitte bleiben Sie hier«, sagte er in ruhigem, bestimmtem Ton. Und streckte seine Hand aus. Ihre Augen weiteten sich. Dann senkte sie ergeben den Kopf und überreichte ihm ihr Handy. Als er aussteigen wollte, um sich mit den Kollegen zu besprechen, hielt sie ihn für einen Moment am Arm zurück. Presste seine Haut mit ihren Fingern zusammen. »Bitte bringen Sie mir meinen Jungen zurück«, flüsterte sie.

5.

Elvi Nyman schob ihr dickes schwarzes Brillengestell über die Stirn hinweg auf den Kopf. Ihren kurzen grauen Haaren war es zu verdanken, dass es sich dort nicht verhedderte. Sie wurde langsam nervös. Alle Möglichkeiten, die ihr eingefallen waren, hatte sie inzwischen abgesucht. Die Küche. Sein Zimmer. Den Bücherraum. Den Garten. Aber Keke blieb unauffindbar. Er hatte seinen Gesprächstermin mit ihr ausfallen lassen. Und das war, in Anbetracht der Dinge, die er sich in letzter Zeit geleistet hatte, schlichtweg alarmierend. Es schien, als sei er erneut abgehauen. Ohne einen Hinweis, wohin.

Eigentlich durften sich alle Bewohner der Wohngruppe frei bewegen. Solange sie ihre Termine pünktlich einhielten. Keke allerdings hatte diesen Vertrauensbonus vor ein paar Wochen verspielt. Da war er nämlich das erste Mal, ohne Bescheid zu geben, auf Wanderschaft gegangen. Gefunden hatte man ihn auf einem Spielplatz nahe einer Schule. Er hatte dort auf einer Schaukel gesessen und den Kindern Angst eingejagt. Auch wenn er das vermutlich gar nicht beabsichtigt hatte. Aber Keke war groß und breit. Hatte nur wenige Haare auf dem Kopf. Und riesige Hände. Seine kindliche Art in Verbindung mit dem erwachsenen Körper ließ viele Menschen auf Abstand gehen. Er konnte einen minutenlang anstarren, ohne den Blick abzuwenden. Der Grund dafür war schlichtweg Neugierde, gepaart mit einer gewissen kognitiven Unfähigkeit, die Situation richtig

21

einzuordnen. Aber das konnte von außen natürlich niemand richtig einschätzen. Und wenn er seinen düsteren Blick aufsetzte, um erwachsen zu wirken, sah er zweifelsohne gefährlich aus. Kein Wunder, dass jemand die Polizei verständigt hatte, weil ihm die Situation nicht geheuer gewesen war.

Seit diesem Vorfall musste Keke sich jedes Mal abmelden, wenn er irgendwohin ging, und Bericht darüber erstatten, was er vorhatte. So lautete der Deal – den er heute gebrochen hatte. *Verdammt!*, dachte Elvi und setzte ihre Brille wieder auf die Nase. Die Polizei zu verständigen, schien ihr etwas übertrieben. Sie wollte Keke keinen unnötigen Ärger bereiten. Aber einfach nur untätig herumsitzen wollte sie auch nicht. Sie machte sich auf den Weg zu ihrem Büro, um ihre Tasche zu holen. *Dann suche ich ihn eben selbst*, dachte sie.

Doch dazu kam es nicht mehr. Auf dem Flur lief ihr ein völlig aufgelöster Keke in die Arme. Seine blauen Augen waren feucht. Er war verdreckt von oben bis unten. Blätterstückchen hingen in seinen wenigen Haaren. Dicke Erdklumpen klebten an seinen Schuhen.

»Keke, um Himmels willen!«, rief sie und versuchte, sein enormes Körpergewicht aufzufangen, ohne selbst umzufallen. Er schlang die Arme um sie, wie ein Kind, das schlecht geträumt hatte. Sein starker Griff erinnerte sie schmerzlich daran, dass er kein Kind mehr war. Er war einen guten Kopf größer als sie und wog sicher fast das Doppelte. Vor allem jedoch konnte er seine Kräfte nicht einschätzen. Drückte viel zu fest zu.

»Was ist passiert?«, fragte sie vorsichtig. Er antwortete nicht sofort. Einen Moment lang drückte er sie noch fester an sich und sie stieß einen erstickten Schrei aus. Daraufhin lockerte er seine Umarmung.

»Der … Vogel«, stammelte er. »Der Vogel.«

»Ganz ruhig, Keke. Alles ist gut.«

Aber er ließ sich nicht beruhigen. Seine Atmung ging stoß-
weise. Auf seiner Stirn hatte sich Schweiß gebildet.

»Hast du draußen einen Vogel gesehen?«

Er schüttelte energisch den Kopf. Sein ganzer Körper
bewegte sich dabei mit.

»Den Vogel kann man nicht sehen. Aber … er ist da.«

»Ich verstehe nicht ganz, Keke«, setzte Elvi an. Zugleich
merkte sie, dass ihn die Fragen überforderten. Er zitterte vor
Anspannung.

»Der Vogel war es! Der Vogel!«, rief er immer wieder.

6.

Mikael Kohonen schob mit der Hand einen dornigen Zweig
beiseite, bevor er geduckt durch das Gebüsch kroch. Längst
hatte er die Trampelpfade verlassen und war mitten im dichten
Unterholz angelangt. Sein rechtes Knie knackte verdächtig. Er
war eben nicht mehr der Jüngste. Ging bereits auf die fünfzig zu. Und konnte die grauen Härchen auf seinem Kopf nicht
mehr zählen.

»Verdammt, aua!«, fluchte er, als ihn doch noch eine Ranke
an der Wade erwischte und einen tiefen Kratzer verursachte,
der sofort zu bluten anfing. *Was ist hier nur los?* Warum war der
Junge hierher gebracht worden? War er überhaupt hier? Zum
ersten Mal zischte ein Gedanke durch sein Gehirn. *Was, wenn
das eine Falle war und sie hier gleich irgendwo nur die Uhr ohne
Kind finden würden?* Mikael drehte sich um und nickte den drei
uniformierten Beamten direkt hinter ihm zu. Eine Kollegin
war bei den Autos geblieben. Und bei Annika Lodman. Der
Reihe nach krochen ihm die drei Polizisten hinterher. Hatten
immerhin lange Hosen und feste Schuhe an. Mikael hatte
plötzlich ein ganz mieses Gefühl.

»Wo bleibt die übrige Verstärkung?«, flüsterte er.

23

»Ist auf dem Weg, Hauptkommissar. Samt Krankenwagen und Feuerwehr.«

»Es muss noch einen anderen Weg geben. Hier kommt keiner vernünftig durch«, mutmaßte Mikael. *Und es stand nirgends ein Auto*, fügte er in Gedanken hinzu.

Endlich schienen die dornigen Sträucher weniger zu werden. Und es wurde heller. Mikael konnte wieder aufrecht stehen und trat gleich darauf auf eine klitzekleine Lichtung hinaus.

»Das Signal ist hier ganz in der Nähe«, zischte er. Die Polizeibeamten hinter ihm zogen ihre Waffen und teilten sich auf. Auch wenn weit und breit nichts zu hören und niemand zu sehen war.

Mikael legte einen Finger an seine Lippen. *Leise!* Er setzte einen Fuß vor den anderen. Langsam. Bedacht. Seine Augen waren zu kleinen Schlitzen verengt. Suchend. Da stand ein alter, mächtiger Baum mit einer großen Öffnung im Stamm. Mikael beugte sich hinunter zu dem etwa einen Meter hohen Loch. Tatsächlich befand sich dahinter ein Hohlraum. Er war leer. Dann fingen seine Augen einen großen Erdhügel ein. Mit Stöcken und Blättern bedeckt. Je näher er herantrat, desto seltsamer kam ihm diese Erhebung vor, mitten im flachen Wald. Sie sah beinahe künstlich aus. Von Menschenhand gemacht. Aber warum? Er ging noch näher darauf zu. Dann hörte er es. Ein leises Wimmern. Weit entfernt. Dumpf.

»Yanis?«, rief er.

Das Weinen wurde lauter. Flehender.

Mikael rannte jetzt auf den Haufen zu. Was er sah, ließ ihm das Blut in den Adern gefrieren. Der Hügel erwies sich lediglich als eine Art Wall, der als Sichtschutz errichtet worden war. Dahinter befand sich ein Brunnen aus verwittertem Stein. Mikael beugte sich über die dunkle Öffnung und sah nichts als Schwärze. Er konnte nicht einschätzen, wie tief es hinunterging.

»Hallo, Yanis, bist du da unten?«, rief er, obwohl er längst sicher war, dass das Weinen vom Grund des Brunnens kam. Der dumpfe Klang seiner Stimme hallte von den steinernen Wänden wider. Und tatsächlich nahm er in der Tiefe eine Bewegung wahr. Oder hörte sie vielmehr nur.

»Hier ist jemand drin!«, schrie Mikael den Kollegen zu. »Wo bleibt die Verstärkung, verdammt? Wir brauchen die Feuerwehr!«

Die aufgeregten Stimmen und Schritte im Hintergrund nahm er nur verschwommen wahr. Wichtig war jetzt nur der Mensch da unten.

»Yanis?«, rief Mikael noch einmal in die Schwärze und meinte einen zustimmenden Laut gehört zu haben. Mittlerweile hatte ihm ein Kollege seine Taschenlampe in die Hand gegeben, mit der Mikael nun nach unten leuchtete. Tatsächlich befand sich am Grund des Brunnens eine kleine, zu einem Bündel zusammengekauerte Gestalt, offensichtlich ein Kind.

»Hab' keine Angst, wir holen dich da raus!«, versprach Mikael. Als Antwort drang nur ein leises Wimmern herauf. Auch auf die Frage, ob es verletzt sei, antwortete das Kind nicht. Mikael redete trotzdem weiter. Erzählte ihm von dem blauen Himmel und dem Geschmack seiner Lieblingseissorte. Er wollte es irgendwie beruhigen, wie er es in der Polizeiausbildung gelernt hatte. Bis endlich die Feuerwehr eintraf. Er gab sein Bestes, auch wenn er sich verdammt unzulänglich dabei vorkam. Ein Psychologe hätte dies um vieles professioneller gemacht.

»Achtung, ich komme jetzt zu dir hinunter«, warnte ein junger Feuerwehrmann das Kind wenig später. Er wurde von seinen Kollegen den dunklen Brunnenschacht hinabgelassen. Im Gepäck hatte er einen zweiten Bauchgurt. Alle hofften, das Kind sei nicht so schwer verletzt, dass ein komplizierterer Transport in Betracht gezogen werden musste. Eine Weile hörte man das Reden dort unten nur als leises Geflüster.

»Wir sind so weit!«, rief der Mann endlich. Laut und deutlich. Stück für Stück wurde das Seil nach oben gezogen. Bis Mikael in der schützenden Umarmung seines Retters einen völlig verdreckten kleinen Jungen erblickte, der seine Augen mit der Hand gegen die Helligkeit abschirmte.

»Er hat leichte Schürfwunden an den Händen. Ansonsten wirkt er okay«, sagte der Feuerwehrmann. Mikael nickte nur stumm.

»Bist du Yanis?«, fragte er. Ein kurzes Nicken des Jungen bestätigte das und Mikael war unglaublich erleichtert. Dennoch schossen ihm tausend Gedanken gleichzeitig durch den Kopf. Was sollte das alles? Wo war der Entführer? Warum dieser Brunnen? *Es ist nicht dein Fall*, ermahnte er sich selbst. Er war nur zufällig hier hereingezogen worden. Das sagte er sich immer wieder selbst vor.

»Du bist jetzt in Sicherheit. Ich bringe dich als Erstes zu deiner Mama«, meinte einer der uniformierten Beamten von der Seite. Instinktiv trat Mikael ein paar Schritte zurück. Wollte den Kollegen von der Streife das Feld überlassen. Der junge Feuerwehrmann folgte ihm. Hielt ihn offensichtlich für zuständig.

»Warten Sie«, sagte er und packte Mikael an der Schulter. Dieser drehte sich erschrocken um. »Da ist noch mehr in dem Brunnen unten«, flüsterte der Mann.

7.

Sie hatten es endlich geschafft, Keke zu beruhigen. Oder eher ruhigzustellen. Drei Betreuer waren dafür nötig gewesen. Und ein Arzt.

»Ich habe ihm ein leichtes Beruhigungsmittel gegeben«, sagte Letzterer zu Elvi Nyman, die gedankenverloren aus dem Fenster in den grünen Innenhof starrte.

26

»Danke, Dr. Halonen«, antwortete sie, ohne sich umzudrehen.

»Ich sehe morgen noch mal nach ihm. Eventuell muss die Medikation angepasst werden.«

Elvi nickte beipflichtend. »So habe ich Keke noch nie erlebt«, sagte sie.

»Hat er gesagt, wo er heute war?«

»Nein. Er hat leider überhaupt nichts Sinnvolles von sich gegeben.«

»Ich denke, er stand unter Schock. Die Frage ist, warum«, sagte Dr. Halonen nachdenklich.

»Ich mache mir etwas Sorgen«, flüsterte Elvi und drehte sich nun doch um. »Wegen dem, was letztes Mal passiert ist, als er weg war.«

»Ich weiß«, antwortete er. »Ich habe das oft mit ihm besprochen. Und ich denke nicht, dass er schlechte Absichten hatte.«

»Er war auf dem Spielplatz der Schule«, sagte sie. »Er hat den Kindern dort Angst gemacht.«

»Er ist selbst wie ein Kind.«

»Aus psychiatrischer Sicht vielleicht. Aber körperlich ist er ein erwachsener Mann. Was, wenn er wieder dort war?«, fragte Elvi und starrte Dr. Halonen ein paar Sekunden lang direkt an. Der grauhaarige Mann in weißem Hemd und langer beiger Hose strahlte Seriosität aus.

»Lassen Sie mich morgen mit ihm reden«, antwortete der Arzt und schickte sich an, den Raum zu verlassen. Elvi stand noch eine Weile alleine da. Beobachtete, wie die zarten Wölkchen am Himmel langsam vorbeizogen. Dann holte sie einen Waschlappen. Sie wollte dem schlafenden Keke wenigstens noch den ärgsten Schmutz aus dem Gesicht und von den Händen entfernen. Leise öffnete sie die Tür zu seinem Zimmer. Ein zufrieden gurgelndes Schnarchen drang ihr entgegen. Er lag ganz friedlich auf seinem Bett. Hatte nach wie vor kleine Blätter im schütteren Haar und Erde an der Hose.

Was hast du nur gemacht?, dachte sie und begann, Keke vorsichtig das Gesicht zu säubern. Als sie seine Hände waschen wollte, erschrak sie. Da blitzte etwas Rotes unter seinem Pullover hervor. Vorsichtig schob sie den Ärmel nach oben. Keke zuckte dabei unruhig hin und her. Als müsste er noch im Schlaf ein Geheimnis hüten. »Mein Gott«, flüsterte Elvi und schlug die Hand vor den Mund. Dicke rote Kratzer auf dem Unterarm. Blutverkrustet. Frisch. Sie musste Keke morgen dringend zur Rede stellen. Mit einem harten Klumpen aus Sorge im Bauch verließ sie das Zimmer. *Was, wenn er diesmal noch weiter gegangen ist*, dachte sie besorgt.

8.

Mikael Kohonen schluckte zweimal, um seinen trockenen Hals zu befeuchten. Dann öffnete er die Tür. Seine Vorgesetzte Susanna Anttila saß am Schreibtisch und hob den Blick nicht sofort. Stattdessen bedeutete sie Mikael mit ihrer Hand, Platz zu nehmen. Im Büro war es stickig und schwül. Nur gut, dass sich Mikael nicht allzu viel aus Hemden machte, sondern ein lockeres T-Shirt vorzog. Er beneidete seine Chefin, die in hochgeschlossener Bluse samt Blazer vor ihm saß, nicht. Dabei hätte sie es gar nicht nötig gehabt, sie verströmte unabhängig von ihrer Kleidung stets eine natürliche Aura der Autorität.

»Was war da heute los, Mik?«, fragte Anttila. Ihr Tonfall klang neutral. Als Mikaels Antwort auf sich warten ließ, hob sie doch den Blick und musterte ihn durch ihre randlose Brille hindurch mit aufmerksamen Augen.

»Ich kam zufällig zu diesem Supermarkt«, setzte Mikael an. »Zum Glück haben wir den Jungen gefunden.«

»Zur richtigen Zeit am richtigen Ort«, murmelte Anttila. »Sie wissen, dass das nicht Ihre Zuständigkeit war?«

»Ja«, gab Mikael knapp zurück und überging den leichten Unterton in ihrer Stimme. Seine Kurzschlussentscheidung hatte dazu geführt, dass der Junge wohlbehalten gefunden worden war. Andernfalls hätte diese Aktion sicher ein disziplinarrechtliches Nachspiel für ihn gehabt. Vielleicht blühte ihm das aber auch so. Fragend blickte er seine Chefin an. Diese hatte zwischenzeitlich ihre Brille abgesetzt und sich in ihrem Stuhl zurückgelehnt. Dennoch wusste Mikael aus Erfahrung, dass sie aufmerksam zuhörte und sich nichts vormachen ließ. Klare, deutliche und vor allem ehrliche Antworten waren ihr am liebsten.

»Der Entführer?«, fragte Anttila.

»Konnte trotz umgehend eingeleiteter Fahndung bislang nicht gestellt werden.«

»Aber etwas anderes wurde gefunden?«, fuhr die Chefin fort. »In dem Brunnen?«

Mikael räusperte sich. Bei dem Gedanken daran, was der arme Yanis hatte ertragen müssen, stellten sich seine Nackenhaare auf. Er hoffte nur inständig, dass das Kind nicht alle Details wahrgenommen hatte. Immerhin war es da unten verdammt dunkel gewesen.

»Ja«, antwortete Mikael und fuhr sich mit der Hand durch die Haare. Unter den Armen hatten sich unschöne Schweißflecken auf dem grauen T-Shirt gebildet.

»Yanis war nicht der Erste dort unten. Es wurden Knochen gefunden. Menschliche Knochen. Kleine Knochen. Vermutlich von einem Kind.«

»Kann man dazu schon irgendetwas sagen?«, fragte Anttila möglichst sachlich, obwohl man auch ihr eine gewisse Traurigkeit in den Augen ansah.

»Sie wurden in die Rechtsmedizin gebracht, sind wohl schon einige Jahre alt.«

»Verdammter Mist, wie kann das sein?«

»Ich weiß es nicht, Chefin«, sagte Mikael wahrheitsgemäß. *Es ist nicht mein Fall*, dachte er.

»Dann finden Sie es heraus«, meinte Anttila.

»Wie bitte?«

»Sie haben mich schon richtig verstanden. Kümmern Sie sich um die Ergebnisse der Spurensicherung. Stellen Sie noch mehr Leute für die Umgebung ab. Welche Parkplätze gibt es in der Nähe? Welche Überwachungskameras? Fordern Sie alle Landkarten an, die es gibt.« Sie seufzte. »Zwei Kinder in einem Brunnen. Das ist zu viel, um an Zufall zu glauben.«

Nein, das ist kein Zufall, dachte Mikael. Irgendjemand hatte diesen Brunnen gezielt angesteuert und diese armen Kinder leiden lassen. Und zwar sehr. Die Frage war, wer. Und warum.

Spätsommer 1985

Es ist so kalt hier unten. Und dunkel. Ich kauere mich zusammmen, mache mich ganz klein. Und hoffe, dass die Angst weggeht. Dass jemand kommt, irgendjemand. Meine Augen sind vom vielen Weinen ganz klein und verquollen. Ich will einfach nur nach Hause.

Ich sitze auf einem feuchten Haufen aus altem Laub. Zum Glück ist kein Wasser in dem Brunnen. Ein modriger Geruch steigt vom Boden empor. Irgendetwas krabbelt an meinem Bein entlang. Ich habe keine Ahnung, wie lange ich schon hier drin bin. Immer wieder hebe ich meinen Kopf zu dem großen, hellen Kreis oben. Das Tageslicht ist das Einzige, was mich ein bisschen tröstet. Der Kreis bleibt zu dieser Jahreszeit Tag und Nacht hell. Ich darf nicht einschlafen, will meinen Kopf nicht auf die Blätter legen, unter denen ich Tausende von gierigen Käfern vermute.

Stundenlang habe ich geschrien. Aus vollem Halse. So laut ich konnte. Aber keiner kam. Alle haben mich vergessen. Mittlerweile wäre mir jeder recht. Sogar mein Vater. Hauptsache, jemand kommt. Irgendjemand. Und holt mich hier raus.

Mein linker Arm schmerzt bei jeder Bewegung. Sicher ist er gebrochen. Immerhin hat die Wunde am Kopf aufgehört zu bluten. Ich habe einen Ärmel meines Pullovers abgerissen und darumgebunden. Das habe ich mal im Fernsehen gesehen. Ob es wirklich schlau war, weiß ich nicht. Denn jetzt friere ich. Die feuchte Kälte hier unten dringt bis in meine Knochen. Ich schlinge die Arme um mich und wippe langsam vor und zurück. Vor und zurück. Allmählich wird der Hunger schlimmer. Zum wiederholten Male taste ich vorsichtig meine Hosentaschen ab. Aber ich finde kein Bonbon, keinen Riegel darin. Nur meine goldene Münze, die ich fest umklammere. Sie ist mein Schatz.

Warum kommt keiner hierher, um nach mir zu suchen? Ist der Platz zu abgelegen? Oder vermisst mich wirklich niemand? Eine heiße Träne läuft meine Backe hinunter, obwohl ich mich längst wie ausgetrocknet fühlte. Das Schluchzen lässt meinen Körper zucken.

Viel schlimmer als der Hunger ist der Durst. Verzweifelt starre ich die feuchten Wände an. Soll ich meine Lippen daranlegen? Nein. Ich kann nicht. Zumindest noch nicht. Wieder schreie ich, so laut ich kann. Aber es kommt fast kein Ton mehr aus meinem Hals. Ich krächze nur noch, wenn ich den Mund aufmache.

Donnerstag

4. Juni 2015

1.

Mikael Kohonen wälzte sich im Bett. Fahles Licht fiel durch die dünnen Jalousien. Er war zuvor eingeschlafen, ohne die dicken, dunklen Vorhänge zuzuziehen. Jetzt hatte ihm sein Gehirn im Halbschlaf signalisiert, dass es Morgen war. Dabei war es mitten in der Nacht. Er stöhnte und warf einen Blick auf sein Handy: drei Uhr morgens. Zu früh, um ins Büro zu fahren. Zu spät für ihn, um nochmals einzuschlafen. Ein paar Mal wälzte er sich noch unruhig hin und her. Dann stand er auf. Er knipste das Licht an und starrte auf das leere Bett. Es war niemand da, den er hätte wecken können. Nicht mehr. Er war allein.

Mikael schnappte sich seinen Laptop und ging ins Wohnzimmer. Auf dem Weg starrte er auf den ungeöffneten Brief auf dem Esstisch. *Nein*, dachte er. *Heute öffne ich ihn noch nicht.* Er wusste ganz genau, was in dem Schreiben stand, das vom Anwalt seiner Frau stammte. *Du hast alles vermasselt, Mik. Du kannst dich keinem Menschen wirklich anvertrauen.* Er spürte, wie sich bei diesen Gedanken sein Bauch verkrampfte, und wollte die bittere Wahrheit noch eine Weile fernhalten.

Sein Laptop erwachte leise summend zum Leben. Keine neuen Mails. Aber wer schrieb auch Mails, mitten in der

Nacht. Noch spätabends war Mikael mit seinem Kollegen Loris Anders zum K-Market gefahren und hatte die Aufnahmen der Überwachungskameras angefordert. Er wollte die Dateien gleich heute Morgen sichten, sobald sie eintrafen. Aber noch ließen sie auf sich warten. Ein arbeitsreicher Tag stand ihm bevor. Für den er dringend mehr Schlaf benötigte, um ihn zu überstehen. Doch sobald er die Augen schloss, kam ihm Yanis in den Sinn. Der Junge hatte nach der medizinischen Untersuchung nach Hause gedurft. Zum Glück waren keine schweren Verletzungen bei ihm festgestellt worden. Zumindest keine körperlichen. Wie es im Inneren des Kindes aussah, vermochte im Moment niemand zu sagen. Yanis schwieg. Hatte, seit er aus dem Brunnen geholt worden war, kein einziges Wort gesprochen. Bei dem Gedanken daran, dass er das Kind würde vernehmen müssen, krampfte sich sein Magen zusammen. Aber es führte kein Weg daran vorbei. Yanis war der wichtigste Zeuge. Und bisher der einzige.

Mikael starrte auf die grauen Vorhänge, die seine Frau einst liebevoll ausgesucht hatte. Überbleibsel eines Lebens, das er nicht mehr führte. Die weibliche Note seiner Wohnung nahm zusehends ab. Es war keiner da, der Zierkissen auf die ordentlich gemachten Betten legte oder die Räume der Jahreszeit angepasst dekorierte. Dafür kam ihm beim Thema weibliche Note plötzlich eine Idee. Abrupt richtete er sich gerader auf. Die nächsten Ermittlungsschritte, darunter die genaue Auswertung der GPS-Daten der Kinderuhr und Sichtung der Überwachungsbänder, hatte er detailliert im Kopf. Bei der Vernehmung von Yanis dagegen brauchte er definitiv Unterstützung. Und wer wäre dafür besser geeignet gewesen als Sofia.

Sofia Eriksson. Er hielt große Stücke auf die taffe Polizeipsychologin, die für jede schwierige Situation die passende Strategie im Kopf zu haben schien. Wenn jemand einfühlsam mit Yanis sprechen konnte, dann sie. Ihre Unterstützung konnte

Gold wert sein. *Aber darf ich sie überhaupt hinzuziehen,* fragte er sich für einen Moment. Mit ihr verband ihn eine gemeinsame Vorgeschichte. Sie hatte ihn nach einem Jahre zurückliegenden Autounfall im Dienst psychologisch betreut. Zwar hatte sie ihn bei einzelnen, kleineren Gelegenheiten mit ihrer fachkundigen Meinung unterstützt, wirklich inhaltlich bei einer Ermittlung zusammengearbeitet hatte er mit ihr aber noch nie, wusste nicht einmal, ob das überhaupt in ihr Tätigkeitsfeld fiel. Außerdem hatte er schon länger nichts mehr von der Psychologin gehört. Hatte keine Ahnung, wie es ihr ging und ob sie noch dieselben Aufgaben hatte wie seinerzeit. Ganz sicher hätte er zuerst seine Vorgesetzte nach ihrer Meinung dazu fragen sollen. Aber das hätte zu lange gedauert. *Was soll's? Sofia ist die Beste.*

Erneut rief er sein Mailprogramm auf und begann eine E-Mail zu tippen. Dann jedoch stutzte er. Selbst das dauerte zu lange, er brauchte Sofia sofort, am besten gleich heute Morgen. Also zog er sein Handy heraus und schrieb ihr eine SMS, ohne zu wissen, ob ihre Nummer noch aktuell war. Nachdem er das Telefon zur Seite gelegt hatte, fühlte er sich ruhiger. Er lehnte sich auf der Couch zurück, schloss die Augen und versuchte, noch ein wenig zu schlummern.

Das leise Brummen seines Handys ließ ihn bereits wenige Minuten später zusammenzucken. Sofia rief an. Und das mitten in der Nacht. Er blinzelte nochmals, um sicherzugehen, dass er nicht träumte. War sie genauso schlaflos wie er? Eilig nahm er ab.

»Mikael, warum schlafen Sie denn nicht?«, tadelte sie ihn. Keine Begrüßung vorab. »Ich dachte, das Thema mit den Albträumen sei durch.«

»Ist es auch«, sagte Mikael, der nur ungern an seine Gespräche mit Sofia zurückdachte. Sie hatte ihm geholfen, einige seiner Ängste in den Griff zu bekommen. »Es ist nur das Licht. Das Licht hält mich wach.«

»Geht mir auch so«, erwiderte sie. Ihre Stimme klang auf eine seltsame Art und Weise vertraut. Obwohl er sie schon monatelang nicht mehr gehört hatte. Sofia schwieg für einen Moment und er konnte sie förmlich vor sich sehen. Mit ihrem blonden Pferdeschwanz und den braunen Augen, die ihn skeptisch musterten.

»Also, was ist das für ein Fall?«, fragte sie. Mikael setzte sich aufrecht hin und erzählte ihr von seinem Tag, von Yanis, dem Brunnen. Und dem Knochenfund.

»Unglaublich«, flüsterte sie.

»Kann ich auf Ihre Hilfe zählen, Sofia?«

»Ich muss erst abklären, ob ich das darf«, sagte sie leise. »Nachdem Sie auch mein Patient …«

Sie räusperte sich und ihre Wortwahl war ihr offenbar unangenehm. »Nachdem wir so eng zusammengearbeitet haben«, verbesserte sie sich. »Aber ich versuche mein Bestes«, versprach sie. »Jetzt ab ins Bett mit Ihnen. Und ziehen Sie die Vorhänge zu!«

Mit einem zufriedenen Grinsen legte Mikael auf. Er musste zugeben, dass er sich freute, Sofia wiederzusehen.

2.

»Guten Morgen, mein Schatz!«, rief Annika Lodman und sprang sofort vom Sofa auf. Sie hatte ihren Sohn überhaupt nicht aufstehen gehört. Wie ein Geist hatte er sich auf leisen Sohlen angeschlichen. Jetzt stand er hier vor ihr und starrte sie mit großen Augen an. Yanis hatte gestern kein Wort mehr gesprochen, nicht beim Arzt, nicht auf dem Nachhauseweg. Sie hatte ihn nicht zwingen wollen. Hatte den kleinen, schlafenden Körper aus dem Auto in sein Bett getragen und war einfach nur heilfroh gewesen, dass er wieder da war. Annika hatte sich neben ihn gelegt und war sofort in einen tiefen und traumlosen

Schlaf gefallen. Erst vor Kurzem war sie aufgewacht, hatte sich in die Küche geschlichen und gehofft, ihr Sohn werde noch ein bisschen länger ruhen.

»Hast du Hunger, Yanis? Was möchtest du frühstücken?«

Der Junge hatte am Abend zuvor nur noch ein paar Kekse in sich hineingestopft, bevor er im Auto erschöpft eingeschlafen war. Er musste einen Bärenhunger haben. Aber Yanis antwortete nicht. Er stand einfach nur still da und beobachtete sie. Einem inneren Impuls folgend, ging sie zu ihm hin und nahm ihn in den Arm. Strich durch seine blonden, dichten Haare. Spürte, wie sein Körper sich an sie schmiegte. *Alles wird wieder gut*, dachte sie. *Er braucht nur Zeit.* Als Annika die Umarmung löste, blickte sich Yanis aufmerksam im Raum um. Suchend.

»Papa musste kurz in die Arbeit fahren«, sagte sie, weil sie die Gedanken ihres Sohnes erraten hatte. Yanis' Blick wirkte traurig.

»Nachher ist er wieder da. Ich brate uns jetzt ein paar Eier, einverstanden?«

Er starrte an ihr vorbei in den Garten hinaus. Schien sie überhaupt nicht wahrzunehmen. Zuerst dachte sie, er würde einfach nur aus dem Fenster sehen. Den Himmel beobachten. Dann bemerkte sie, dass er zu zittern begann.

»Yanis? Alles in Ordnung?«

Er zitterte immer stärker. Und war kreidebleich im Gesicht. Langsam drehte sie sich um und blickte ebenfalls ins Freie. Mitten im Gras stand eine große schwarze Krähe und sah zu ihnen herüber. Es war, als würde der Vogel sie genauso beobachten wie der Junge ihn. Als das Tier sich wenig später erhob und flatternd in die Lüfte emporstieg, stieß Yanis einen Schrei aus, wie Annika ihn noch nie zuvor gehört hatte. Hoch und schrill.

Es war noch früh am Morgen, als sich Mikael Kohonen in seinem Büro im zweiten Stock der Polizeistation von Helsinki gähnend streckte. Die meisten Räume um ihn herum waren noch leer. Es war herrlich still in dem großen, gräulichen Gebäude. Nach seinem nächtlichen Telefonat mit Sofia war er tatsächlich noch einmal eingeschlafen. Auf der Couch. Halb sitzend. Deswegen schmerzte jetzt nicht nur sein Rücken, sondern auch seine linke Schulter. Immer wieder massierte er sie mit der Hand, was allerdings nur wenig Erleichterung brachte.

»Du bist eben nicht mehr der Jüngste«, witzelte sein Kollege Loris Anders, der selbst deutlich über vierzig war. Anders' blonden Haaren war es zu verdanken, dass man bei ihm, im Gegensatz zu Mikael, noch keine grauen Haare sah. Mikael verzog den Mund zu einem leichten Lächeln. »Danke für den freundlichen Hinweis, Kollege.«

»Stets zu Diensten«, erwiderte Anders und lächelte ebenfalls. »Aber jetzt mal zu gestern. Was war da los?«, fuhr er in ernsterem Tonfall fort. Mikael rutschte unruhig auf seinem Stuhl hin und her. »Es war einfach Zufall, dass ich vor Ort war«, sagte er.

»Oder Glück. Für das Kind, meine ich«, fügte Anders hinzu. »Wie geht es dem Jungen?«

»Er ist zum Glück kaum verletzt. Steht aber unter Schock.«

»Wie kann das sein, Mik?«

»Na ja, bei allem, was passiert ist, finde ich das nicht verwunderlich«, antwortete Mikael und trommelte mit seinen Fingern auf der Tischplatte herum.

»Das meine ich nicht«, sagte Anders. »Dass er verängstigt ist, ist klar. Aber wie kann es sein, dass er überhaupt keine Verletzung davongetragen hat?«

»Eine gute Frage, Anders. Die müssen wir jedenfalls im Auge behalten. Er kann demnach kaum gefallen sein«, erwiderte Mikael nachdenklich. »Im besten Fall sagt er uns bald selbst, was vorgefallen ist.«

»Warum fahren wir nicht gleich zu Yanis?«, fragte Anders.

»Seine Mutter besteht darauf, dass er nach den Strapazen ausschlafen und sich etwas erholen kann«, erwiderte Mikael. *Außerdem will ich auf Sofia warten*, fügte er in Gedanken hinzu.

»Denkst du …«, setzte Anders an und schluckte. »Meinst du, er hat die Knochen da unten bemerkt?«

»Ich weiß es nicht. Aber ich denke nicht, dass er im Dunklen viel erkennen konnte. Zum Glück.«

Eine Weile herrschte absolute Stille im Raum und Mikael hing seinen eigenen Gedanken nach. Diverse Kollegen waren im Moment noch immer dabei, das Waldgebiet im Umkreis des Brunnens zu durchkämmen und Spuren zu sichern. Irgendwo musste das Auto des Entführers entlanggefahren sein und geparkt haben. Sie durften keinesfalls etwas übersehen. Noch hatte die Presse nicht über den Fall berichtet, das konnte sich aber jeden Moment ändern. Dann stieg der Druck, brauchbare Ergebnisse präsentieren zu müssen.

Es war Anders, der schließlich die Stille durchbrach. »Ich geh mir einen Kaffee holen, möchtest du auch einen?«, fragte er.

Mikael schüttelte den Kopf. Er hatte sich vorgenommen, seinen Koffeinkonsum ein wenig einzuschränken. Im besten Fall beeinflusste das auch seinen Schlaf zum Positiven.

»Ich fang schon mal mit den Dateien der Überwachungskameras an«, meinte Mikael. »Der Leiter des K-Markets hat sie gerade geschickt.«

Als Anders wenig später wieder das Büro betrat, nahm Mikael das allenfalls beiläufig wahr. Er saß angestrengt vor seinem Computer und kniff die Augen zusammen. Mit der linken, flachen Hand rieb er nervös über sein Bein.

»Schon was gefunden, Mik?«, fragte Anders, obwohl Mikaels angespannte Körpersprache bereits Bände sprechen musste.

»Bin mir nicht so ganz sicher«, brummte dieser. »Sieh dir das mal an.«

Anders trat näher an Mikaels Schreibtisch heran und blickte über dessen Schulter auf den Monitor. Ein farbiges, etwas körniges Standbild zeigte den Ausgangsbereich des Supermarktes von innen.

»Ich hab jetzt die entsprechende Stelle gefunden. Hier sieht man, wie Yanis im Kassenbereich steht und auf seine Mutter wartet«, sagte Mikael. »Er blickt sich immer wieder suchend um.«

Anders erwiderte nichts, sondern starrte nur gebannt auf den Bildschirm. Deshalb ließ Mikael die Aufzeichnung weiterlaufen. Im Büro war es leise. Nur hin und wieder war von draußen der dumpfe Morgenverkehr zu hören, der allmählich zunahm.

»Das gibt's doch nicht«, zischte Anders kurz darauf. Das etwas körnige Bild zeigte eine Frau mit großer Handtasche und dunkler Brille, die sich auffallend umsah.

»Diese Frau da …«, sagte Mikael und deutete auf den Bildschirm. »Sie spricht kurz mit dem Jungen und anschließend verlässt er den Supermarkt zielstrebig durch den Haupteingang.«

»Aber sie geht ihm nicht nach«, ergänzte Anders.

»Wie kann das sein? Was hat sie zu ihm gesagt? Womit hat sie ihn dazu bewegt, den Supermarkt zu verlassen?«, überlegte Anders.

Mikael starrte den Computer angestrengt an, als würde die Antwort direkt vor ihm liegen und nur darauf warten, von ihm entdeckt zu werden. Immer wieder sah er sich die entsprechende Sequenz an. Bis seine Augen tränten. Sonderlich scharf war das Bild ohnehin nicht.

»Wir müssen diese Frau finden«, flüsterte Mikael. »Irgendetwas stimmt hier nicht. Es sieht so aus, als hätte sie ihn gezielt nach draußen geschickt.«

4.

Elvi Nyman legte Keke beruhigend eine Hand auf die Schulter. Ihre dunkle Brille baumelte an einem Band um ihren Hals. Dr. Halonen war gerade dabei, die tiefen Kratzer auf seinem Arm zu säubern und zu verbinden. Einzelne Krusten waren über Nacht wieder aufgerissen und bluteten leicht.

»Was ist da passiert, Keke?«, fragte sie möglichst beiläufig.

»Weiß nicht mehr«, antwortete er ausweichend. Sein Blick war auf den Boden gerichtet.

»Bist du gestürzt?«, versuchte es Elvi behutsam. Kekes Blick wanderte zum Fenster.

»Nein«, sagte er bestimmt.

»Wo warst du gestern?«

»Nur spazieren.«

Dr. Halonen war inzwischen fertig mit dem Verband und stand langsam auf. »Du warst tapfer«, sagte er zu Keke und fischte eine kleine Gummibärchentüte aus seiner Tasche. Keke blickte noch immer nicht auf, nahm die Süßigkeiten allerdings erfreut an. Mit seinen großen Händen riss er das Päckchen auf. Er hatte einige Mühe, mit seinen groben Fingern die Bärchen zu greifen, wirkte dabei sehr konzentriert.

»Ich unterhalte mich draußen noch kurz mit Frau Nyman, ja?«

Keke war so in seine Tätigkeit vertieft, dass er nicht einmal aufblickte. Leise schloss Dr. Halonen die Tür hinter sich.

»Die Kratzer werden schnell verheilen«, sagte er zu Elvi Nyman. »Aber ich werde seine Medikation etwas erhöhen.«

»Was sind das für Kratzer?«, fragte Elvi.

»Schwer zu sagen. Vielleicht von Ästen, vielleicht von Fingernägeln.«

»Ich mache mir Sorgen um Keke«, sagte Elvi. »Er war gestern fast den ganzen Tag wie vom Erdboden verschluckt. Und dann auch noch diese Verletzungen. Was, wenn er irgendwie Ärger am Hals hat?«

»Keke tut keiner Fliege etwas zuleide«, sagte Dr. Halonen. »Er ist vollkommen harmlos. Machen Sie sich keine Sorgen.«

Elvi nickte langsam. *Da bin ich mir nicht so sicher*, dachte sie beklommen. Nachdem Dr. Halonen gegangen war, klopfte sie noch einmal bei Keke an.

»Ich will jetzt nicht mehr reden«, sagte er bestimmt.

»Keke, ich muss dich das noch mal fragen. Wo warst du gestern?«

»Das ist ein Geheimnis«, flüsterte er und blickte verschwörerisch in ihre Richtung. Dazu hob er den Zeigefinger an seinen Mund.

»Verrätst du es mir?«, fragte Elvi und zwinkerte ihm zu, als wären sie verbündete Ganoven.

»Nein«, rief Keke und schüttelte entschieden den Kopf. »Nein, nein, nein!«

»Hast du etwas Böses gemacht, Keke? Du kannst es mir sagen. Ich helfe dir.«

»Böse ist nur der Vogel«, zischte Keke.

»Wer ist denn der Vogel?«

»Ich sage nichts über den Vogel. Nein!« Keke hielt sich die Ohren zu und schüttelte wieder seinen großen Kopf. Dann schob er Elvi aus seinem Zimmer. »Geh!«

Elvi Nyman hatte das ganze Verhalten mehr alarmiert als beruhigt.

»Keke …«, setzte sie erneut an.

»Geh!«, erwiderte er erneut. Lauter und mit Nachdruck.

»Bereit?«, fragte Mikael Kohonen und blickte Sofia mitten ins Gesicht. Sie trug Jeans und eine weiße Bluse. Ihre blonden Haare hatte sie zu einem Knoten im Nacken gebunden. Sie wirkte zugleich professionell und leger. In ihren rehbraunen Augen zuckte ein Zeichen der Zustimmung, schon lange bevor sie nickte. Sie hatte es tatsächlich geschafft, etwaige Zweifel über eine Zusammenarbeit mit Mikael bei seiner Vorgesetzten zu zerstreuen. Sofia war gut. Das wussten alle und waren froh, sie an Bord zu wissen.

»Bereit«, antwortete sie. Im nächsten Moment drückte sie den Klingelknopf, ohne zu zögern. Annika Lodman öffnete die rot gestrichene Tür des Einfamilienhauses. Sie sah besorgt aus. Ihre Haare wirkten fettig und ungewaschen.

»Schön, dass Sie da sind«, sagte sie. Mit einer einladenden Geste bat sie die beiden ins Haus. »Mein Mann ist im Wohnzimmer bei Yanis. Der darf Zeichentrickfilme sehen.«

Annika Lodman drehte sich um und ging voraus. »Lassen Sie bitte Ihre Schuhe an«, sagte sie höflich.

Das Haus stand in einer bei Familien äußerst beliebten Gegend, in der alles den Eindruck machte, als könnte man seine Haustür einfach unverschlossen lassen. Von außen wirkte es gepflegt, aber unscheinbar. Das Innere war modern und schlicht eingerichtet. Viele helle Farben und Holzelemente. Dazu ein paar stilvoll kombinierte Bilder an den Wänden.

»Ein tolles Haus«, sagte Mikael gerade, als sie ins Wohnzimmer traten. Jaan Lodman saß neben seinem Sohn Yanis auf der Couch. Er war ein adrett aussehender Mann mit dunklen Haaren. Mikael wusste, dass er Mitte vierzig war, mit seinem glatt rasierten Gesicht hätte man ihn jedoch deutlich jünger geschätzt. Er hatte schützend einen Arm um Yanis' Schultern gelegt. Einen Moment lang starrte er Mikael stumm an. Zweifel standen in seinen besorgten Augen. Und eine Frage. *Ist es richtig, Yanis ein weiteres Mal mit seinem schlimmen Erlebnis zu konfrontieren?* Höflich sprang er auf.

»Guten Tag, Herr Hauptkommissar«, sagte er und reichte ihm die rechte Hand zum Gruß. Yanis wandte seinen Blick nicht vom Fernseher ab. Starrte reglos die flimmernden Bilder seiner Zeichentrickserie an.

»Lassen Sie uns doch noch für einen Moment in die Küche gehen«, schlug Mikael vor.

»Möchten Sie etwas trinken?«, fragte Annika, nachdem sich alle einige Meter von Yanis entfernt hatten. Außer Hörweite.

»Nein, danke«, antwortete Mikael. Dann richtete er seinen Blick auf Sofia. »Darf ich vorstellen. Das ist meine Kollegin Sofia Eriksson, sie ist Psychologin und arbeitet eng mit der Polizei zusammen.« Sofia nickte beiden Eltern zu.

»Wenn es für Sie in Ordnung ist, dann werde ich versuchen, mit Yanis über den Vorfall zu sprechen«, setzte Sofia an. Die Eltern nickten langsam. »Er redet nicht mal mit uns«, sagte Annika Lodman vorsichtig.

»Manchmal ist es einfacher, mit einem außenstehenden Dritten zu sprechen«, sagte Sofia. »Ich werde ganz behutsam vorgehen. Ihn nicht überfordern.« Annika Lodman senkte den Kopf und war den Tränen nahe.

»Wie geht es Yanis?«, fragte Sofia.

»Nicht gut. Er isst kaum und schläft schlecht. Schreckt nachts dauernd hoch, auch wenn ich direkt neben ihm liege. Außerdem hat er seit dem Vorfall nicht ein Wort gesprochen.«

Sofia legte der Mutter eine Hand auf die Schulter. »Frau Lodman, Ihr Sohn hat eine traumatische Erfahrung gemacht. Lassen Sie ihm Zeit«, sagte sie. Mikael staunte, wie sie immer wieder so zielsicher die richtigen Worte fand.

»Ich weiß«, flüsterte Annika.

»Darf ich mit ihm reden?«, fragte Sofia erneut. Die beiden Eltern tauschten Blicke aus und führten sie dann zurück ins Wohnzimmer.

»Yanis, diese Frau hier ist von der Polizei«, sagte Jaan Lodman. »Sie will dir ein paar Fragen stellen.« Yanis blickte noch immer nicht auf.

»Hallo, Yanis, ich bin Sofia«, sagte sie und setzte sich neben ihn auf die Couch. Ein leichtes Zucken seines Mundes verriet, dass er sie verstanden hatte.

»Was schaust du da?«

Keine Antwort.

»Oh, ich weiß, das ist doch dieser Superheld. Wie heißt er noch gleich.«

Er schwieg noch immer.

»Ich komme gleich drauf. Batman?«

Yanis seufzte. »Spiderman«, flüsterte er dann. Mikael konnte hören, wie seine Mutter scharf die Luft einsog. Und erleichtert wieder ausstieß. *Es ist das erste Wort, das er spricht, seit er aus dem Brunnen gerettet wurde,* dachte Mikael. Sofia wandte ihren Blick nicht von dem Kind ab. Konzentrierte sich nur auf Yanis.

»Ja genau, so heißt er! Darf ich einfach eine Weile hier sitzen und mit dir fernsehen?«.

Yanis nickte, ohne Sofia anzusehen. Mikael staunte erneut darüber, wie schnell sie es geschafft hatte, eine Verbindung zu dem Jungen aufzubauen. Wenn auch nur eine dünne.

Sowohl Yanis' Eltern als auch Mikael beobachteten das ganze Geschehen gespannt. Aber Sofia saß einfach nur stumm da und sah sich zusammen mit Yanis den Cartoon an. Mikael warf immer wieder einen verstohlenen Blick auf Annika Lodman und ihren Mann. Keine Frage, sie litten mit Yanis. Wie es nur Eltern können. Und sie machten keinerlei Anstalten, den Raum zu verlassen.

»Können wir uns auch noch kurz ungestört unterhalten?«, fragte Mikael die Eltern. »Es gibt neue Erkenntnisse.«

Jaan Lodman blickte ihn interessiert an. »Haben Sie eine Spur zum Täter?«, fragte er.

»Vielleicht«, setzte Mikael an. »Es geht um die Dateien der Überwachungskameras im Supermarkt. Können wir noch mal in die Küche gehen?«

Er wollte Sofia und Yanis einen Moment der Ungestörtheit verschaffen. Widerwillig folgten die Eltern Mikael in den Nebenraum. Sie konnten sich kaum von ihrem Sohn trennen. Wollten keines seiner Worte verpassen. *Fast ein bisschen zu bemüht*, kam es Mikael in den Sinn.

6.

Elvi Nyman saß jetzt bereits seit zwei Stunden auf der alten Parkbank direkt vor dem Gebäude der betreuten Wohngemeinschaft. Von hier aus hatte sie nicht nur einen perfekten Blick auf den wunderschönen Garten mit den bunten Blumen, sondern auch auf den Eingangsbereich. Ohne sofort selbst gesehen zu werden. Sie seufzte theatralisch, dann zog sie ihr Handy aus der Handtasche neben sich und berührte den Bildschirm. Verdammt spät war es schon. So langsam sehnte sie sich nach einem richtigen Feierabend. Und ihrer Couch. Gerade überlegte sie, ihren gewagten Plan für heute aufzugeben, da öffnete sich die Glastür einige Meter von ihr entfernt. Tatsächlich war es Keke, der an ihr vorbeihuschte, ohne sie zu bemerken. Er hatte sich eine frische Hose und ein weißes T-Shirt mit Comic-Aufdruck angezogen. Sogar seine wenigen Haare gekämmt. Um den Hals hing seine kleine Tasche, vermutlich befand sich darin etwas Geld.

»Bingo«, flüsterte sie und richtete sich auf. Es war nicht das erste Mal, dass sie jemandem nachschlich, dennoch fühlte es sich verrückt an. Dann rief sie sich in Erinnerung, warum sie das alles tat. Der Spielplatz vor der Schule letztes Mal. Die Blätterstücke in seinen Haaren. Die Kratzer. Sie wollte ihm keinen Ärger machen. Wollte im Gegenteil nur sich selbst beruhigen. Denn tief in ihrem Herzen hatte sie ein ganz mieses Gefühl.

Keke trat aus dem Garten, vorbei an dem weißen Metallzaun, der das Gelände umgrenzte, und wandte sich nach rechts. Zielsicher marschierte er den Weg entlang, schien genau zu wissen, wohin er wollte. Elvi wartete noch einen Moment und folgte ihm dann möglichst unauffällig. Draußen waren noch viele Menschen unterwegs, auch wenn es schon Abend war. Die laue Stimmung lockte sie alle auf die Straßen. Selbst Mütter mit Kinderwägen gingen noch spazieren, fröhlich miteinander schwatzend.

Keke vergrub seine Hände in den Hosentaschen und kickte beim Gehen gegen einen Stein, der auf dem Weg lag. Elvi hatte Mühe, mit seinem Tempo mitzuhalten. Er machte einfach viel größere Schritte als sie. Sie kamen an zahlreichen großen Wohnhäusern vorbei, aus deren Innenhöfen man Kinderlachen hören konnte. Der Stadtteil Kallio war das am dichtesten besiedelte Wohngebiet Finnlands, mit schier unendlich vielen kleinen Wohnungen. Keke verringerte sein Tempo nicht. Wo auch immer er hinwollte, er schien sein Ziel ganz genau zu kennen. Nach einer Weile wechselte der Charakter der Gegend schlagartig. Weniger Wohnhäuser, mehr kleine Läden und Bars. Was wollte Keke hier?

Er steuerte ein kleines, stylishes Café an, vor dessen Tür ein paar gelbe Tische standen. Von hier aus war es nicht mehr weit bis zu der schönen, aus Granit errichteten Kirche, dem Wahrzeichen Kallios. Elvi ging in einiger Entfernung hinter einem Baum in Deckung. Die Angst, erwischt zu werden, und das schlechte Gewissen, etwas Unmoralisches zu tun, verursachten ihr Bauchschmerzen. Wie auch immer, jetzt war sie hier. Und die Neugier und Sorge um Keke ließen sie bleiben.

Er saß eine Weile allein an einem der Tische. Hatte sich ein großes Eis bestellt, sofort bezahlt und löffelte es genüsslich. *Ich bin doch vollkommen bescheuert*, dachte Elvi. Der arme Keke tat nichts Verbotenes. Mal abgesehen davon, dass er ihr seinen Ausflug erneut nicht mitgeteilt hatte. Sie zog ihre Handtasche, die ihr auf den Arm gerutscht war, zurück auf die Schultern und hoffte, dass niemand ihr Verhalten seltsam fand. Das Klingeln ihres Handys riss sie aus den Gedanken. Schnell kramte sie es aus der Tasche und drückte auf den roten Knopf. *Jetzt nicht.* Als sie erneut aufblickte, sah sie, dass ein Mann neben Keke stand. Er wandte Elvi den Rücken zu. Woher war er so plötzlich gekommen? Der Mann hatte ein weißes Poloshirt an und trug eine Schildkappe. Viel mehr konnte Elvi von ihrem Versteck aus nicht erkennen. Konnte das ein Kellner sein? Nein, das war vorher noch eine Frau gewesen, da war sie sich ziemlich sicher. Natürlich konnte es aber auch einfach mehrere Angestellte geben. Elvi hätte nicht sagen können, woran sie es aus der Entfernung festmachte, aber irgendwie wirkten Keke und der Mann vertraut. Das war keine Zufallsbegegnung. Das hätte sie schwören können.

Wer ist das wohl?, dachte Elvi. Sie änderte die Position ihrer Füße, die einzuschlafen drohten. Da tat sich etwas. Keke war vom Tisch aufgestanden, ganz plötzlich, obwohl der Eisbecher vor ihm noch halb voll war. Lag es an dem, was dieser Mann zu ihm gesagt hatte? Sie hatte kaum Zeit, um über diese Frage nachzudenken, denn Keke steuerte jetzt genau auf sie zu. Noch wenige Meter, und er konnte sie entdecken. Das durfte nicht passieren. Blitzschnell umrundete sie den Baum und hielt Ausschau nach einer Fluchtmöglichkeit. Nur Sekunden später war Keke bereits vorbeigegangen. Er schien so in Gedanken zu sein, dass er die Welt um sich herum überhaupt nicht wahrnahm.

Als Elvi einen letzten Blick Richtung Café warf, war der fremde Mann längst verschwunden. Auch sie beeilte sich nun, wegzukommen. Für heute hatte sie genug.

7.

Spätabends saß Mikael Kohonen an seinem Schreibtisch, vor seinem Computer, und dachte nach. Er starrte aus dem offenen Fenster, durch das ein leichtes Lüftchen hereinwehte, und klopfte dabei mit seinem Bleistift einen immer gleichen Takt auf das Holz des Tisches. Die Lodmans wirkten ehrlich verstört. Sie wollten das Beste für Yanis. Annika Lodman konnte sich die Tatsache, dass sie ihren Sohn für einen Moment aus den Augen gelassen hatte, nicht verzeihen. Jaan Lodman war durch seine Arbeit als renommierter Anwalt vollkommen eingespannt. Beide hatten keine Ahnung, wer die fremde Frau auf dem Überwachungsband sein konnte. Und was sie zu Yanis gesagt hatte.

»Er würde niemals einfach weglaufen.« Diesen Satz hatten beide immer wieder gesagt. Und Mikael glaubte ihnen. Eltern wie die Lodmans schärften ihren Kindern von klein auf ein, nicht mit Fremden mitzugehen. Niemandem zu vertrauen, der einem Süßigkeiten anbot oder einen kleinen, süßen Welpen vorführen wollte. Aber was, wenn der Fremde eine unauffällige Frau war? Eine freundliche Dame, die einen in die Falle lockt? Bevor ein anderer sie zuschnappen ließ? Mikael kratzte sich mit dem Stift hinter dem Ohr. *Warum bist du plötzlich nach draußen gelaufen,* dachte er. *Und wer ist diese Frau?* Die Fragen hingen stumm im Raum. Konnten von Mikael nicht beantwortet werden. Zumindest noch nicht. Die einzige Kamera des Supermarktparkplatzes hatte keinerlei brauchbare

Hinweise ergeben. Sie hatte aber ohnehin nur ein Drittel der ganzen Parkfläche eingefangen. Die Auswertung einer Verkehrsüberwachungskamera dauerte noch an, da Hunderte Autos im fraglichen Zeitraum an dieser vorbeigefahren waren, ohne irgendwie auffällig zu sein. Und leider hatte auch Sofia, so behutsam sie vorgegangen war, keinerlei Informationen aus Yanis herausbekommen. Der Junge war der Schlüssel. Die wichtigsten Auskünfte lagen tief in seinem Kopf verborgen.

»Er ist verängstigt und braucht Zeit«, hatte Sofia gesagt. »Aber er scheint mir zu vertrauen. Das ist gut.«

Mikael fragte sich beklommen, wie viel Zeit sie hatten. Jemand, der kleine Kinder entführte und in Brunnen steckte, hätte in seinen Augen nicht frei herumlaufen sollen. *Unberechenbar*, dieses Wort kam ihm in den Sinn. *Gefährlich*.

Mikael war so in seine Gedanken vertieft, dass ihn das forsche Klopfen an der Tür leicht zusammenzucken ließ. Sein Kollege Loris Anders öffnete sie schwungvoll.

»Noch hier, Anders?«, fragte Mikael überrascht.

»Auf dem Sprung«, antwortete Anders. »Und du, Mik?«, fügte er hinzu, trat zum Fenster und blickte hinaus. Mikael fuhr sich durch die Haare und starrte in dieselbe Richtung wie sein Kollege. Seine Müdigkeit passte nicht zur hellen Stimmung draußen. Wenn er an sein leeres Bett dachte, legte sich seine Stirn in Falten. *Dann lieber noch eine Weile arbeiten*, dachte er, ohne dies laut auszusprechen.

»Eine Sache will ich noch klären«, sagte Mikael. Er sah Anders an, dass dieser sich gerne in den Feierabend verabschiedet hätte. Aber sein Kollege hatte auch eine Frau und zwei Kinder, die auf ihn warteten. Mikael schüttelte sich und ließ sich tiefer in seinen alten schwarzen Sessel sinken. Er mochte den Stuhl, auch wenn das Leder bereits an einigen Stellen starke Abnutzungserscheinungen aufwies.

»Du kannst ruhig schon gehen, Anders«, meinte er und nahm den Hörer seines Telefons in die Hand.

»Die paar Minuten halte ich es auch noch aus«, entgegnete dieser und setzte sich auf den einzig freien Stuhl an einem Tischchen, auf dem sich keine Zettelberge türmten.

»Guten Abend, Hauptkommissar Mikael Kohonen hier«, brummte Mikael ins Telefon. »Ich wollte nachfragen, ob es schon erste Erkenntnisse zu den Knochenfunden aus dem Brunnen gibt.« Dann hörte er eine Weile lang zu, ohne einen Ton zu sagen. Seine Augen allerdings zogen sich immer weiter zusammen, bis nur noch kleine Schlitze übrig waren.

»Das war die Rechtsmedizin«, sagte Mikael, nachdem er aufgelegt hatte.

»Kann man schon etwas sagen?«, fragte Anders neugierig.

»Es ist ein Junge. Also die Knochen. Er muss zum Zeitpunkt des Todes circa acht bis neun Jahre alt gewesen sein«, antwortete Mikael.

Die Stimmung im Büro hatte sich schlagartig geändert. Eine gewisse Traurigkeit lag in der Luft. Und eine dunkle Vorahnung auf einen schweren Fall.

»Es kommt noch schlimmer, Anders«, flüsterte Mikael. »Der unbekannte Junge aus dem Brunnen weist offenbar zahlreiche ältere, bereits verheilte Knochenbrüche auf. Er wurde vermutlich misshandelt.«

»Armes Kind«, seufzte Anders und senkte den Kopf.

»Außerdem hatte er eine unverheilte Fraktur am linken Arm, die wohl kurz vor seinem Tod entstanden ist. Vielleicht durch den Sturz.«

»Hat er noch gelebt …«, setzte Anders erschrocken an. »In dem Brunnen?«

»Ich weiß nicht, ob sich das überhaupt noch klären lässt«, antwortete Mikael seufzend. »Bis wir das vollständige Gutachten der Rechtsmedizin erhalten, dauert es auch noch eine Weile. Die Auskünfte waren alles erste Einschätzungen.«

Anders atmete geräuschvoll aus. Es klang fast wie Erleichterung. »Aber meine Datenbankrecherche lässt sich durch diese neuen Erkenntnisse erheblich einschränken«, fuhr er euphorisch fort. »Ich suche die passenden Vermisstenfälle raus.«

»Ja, Anders, morgen früh«, sagte Mikael ruhig und hielt ihm die Tür auf. »Jeder hat mal Feierabend.«

»Und wann gehst du?«, fragte Anders.

»Gleich«, log Mikael.

Spätsommer 1985

Als ich aufwache, ist es um mich herum schwarz. Alles tut weh. Noch nie habe ich so starke Schmerzen gespürt. Eine Träne kullert an meinem Gesicht nach unten. »Papa, komm und hol' mich«, flüstere ich flehend und erschrecke vor meinen eigenen Worten. Es ist sowieso egal. Keiner kann mich hören. Ich bin noch immer in dem Loch. Ganz allein.

Der Durst ist mittlerweile so stark geworden, dass ich an kaum etwas anderes mehr denken kann. Ich habe alle Hemmungen verloren. Wie ein Wahnsinniger presse ich meine Lippen an die feuchte Steinwand. Lecke mit der Zunge über das Moos. Es fühlt sich angenehm kühl an. Aber sosehr ich es auch versuche, kein einziger Tropfen Wasser lässt sich dem Stein entziehen. Kein Tropfen rinnt meine trockene Kehle hinunter. Dafür habe ich mir die Zunge und Lippen blutig gekratzt. Ich sauge an den Wunden, sehne mich so sehr nach Flüssigkeit. Aber auch das Blut kann mir keine Erleichterung verschaffen. Es schmeckt nur nach Metall. Wieder kauere ich mich zu einem Häufchen zusammen, lege den Kopf zwischen meine Beine. Ich bin nur noch müde.

Als ich schon nicht mehr daran glaube, höre ich plötzlich etwas. Irgendetwas ist anders. Waren das Schritte? Nein, nur raschelndes Laub. Das könnte auch ein Tier sein. Oder ist da doch jemand? Ich schaue zu dem hellen Kreis hinauf. Will mich nicht zu früh freuen. Was, wenn alles nur Einbildung war? Vielleicht bin ich einfach verrückt geworden.

Im nächsten Moment zucke ich erschrocken zusammen. Ein Kopf taucht auf. Eine schwarze Silhouette, ohne Gesicht.

»Hallo!«, rufe ich verzweifelt. »Ich bin hier!« Vor Erleichterung beginne ich zu weinen. »Gott sei Dank!«

Einen Moment lang rührt sich die Gestalt nicht. Dann verschwindet der Kopf wieder. Und ich werde panisch. Kann es sein, dass ich nicht gehört wurde? »Hilfe!«, schreie ich noch einmal. Laut und deutlich. »Hilfe!« Ich schreie, so laut ich kann, mit meiner ganzen verbliebenen Kraft. Dabei platzen meine trockenen Lippen und brennen wie Feuer. Es ist jetzt alles egal. Ich rapple mich auf, zittere, springe, schreie.

Aber die Schritte entfernen sich. Ich kämpfe, bis meine Beine nicht mehr können und ich wie in Zeitlupe zu Boden sinke. Kraftlos, elend. Ich bin wieder allein. Jetzt kann ich nur noch darüber nachdenken, wer die Gestalt war. Und warum sie mir nicht geholfen hat.

Freitag

5. Juni 2015

1.

Joona Mäki war gerade dabei, die neuen Zeitschriften ins Regal zu sortieren. Draußen war es bewölkt und etwas kühler als die letzten Tage. Mit einem Blick durch die Glasfront seines Ladens entschied er, die Zeitungsständer vor der Tür erst mal stehen zu lassen. Nach Regen sah es bisher nicht aus. Einen Moment lang blieben seine Augen an der aus roten Backsteinen erbauten Uspenski-Kathedrale hängen, die mit den goldenen Kuppeln auf ihren Dächern weithin zu sehen war. Er liebte das ruhige Hafenviertel auf der Halbinsel Katajanokka im Osten der Innenstadt von Helsinki.

Draußen liefen einige Passanten vorbei, rissen ihn aus seinen Gedanken und ließen ihn seine Arbeit fortsetzen. Mit einem kleinen Messer ritzte er Kartons auf, in denen die neuesten Klatschblätter und Sportillustrierten geliefert worden waren. Dabei seufzte er etwas missmutig. Rieb sich während des Einsortierens immer wieder über die Augen. Er war müde. Das Baby hatte beinahe die ganze Nacht durchgeschrien. Seine Nerven lagen blank. Und trotzdem erwartete seine Frau Entlastung. Die Arbeit in seinem Kiosk, der Haushalt, das Kind. Alles wurde ihm langsam zu viel. Er atmete tief ein, sog den

Geruch der druckfrischen Zeitschriften auf. Er hing an diesem Laden, den bereits sein Großvater geführt hatte. Das Geschäft war für ihn ein zweites Zuhause. Joona kannte jede Ecke, jeden Riss an der Wand.

Ein leises Klingeln an der Tür verriet ihm, dass ein Kunde eingetreten war. Als Joona sich aus der gebückten Haltung erhob, stieß er mit einem Bein gegen das Regal und fluchte leise. Als er aber sah, wer da hereingekommen war, schluckte er trocken.

Schon wieder dieser Typ, dachte er. Irgendwie war ihm der Mann nicht geheuer. Er war attraktiv, Mitte fünfzig, gepflegt, gut gekleidet. Trotzdem störte ihn irgendetwas an diesem Kunden, ohne dass er genau benennen konnte, was. Der Mann trug keinen Ehering und sah erst recht nicht nach Familienvater aus. Dennoch kam er alle zwei Wochen, um Kinderzeitschriften zu kaufen. Und das schon seit Monaten. *Für wen sind nur die ganzen Zeitschriften*, dachte Joona beklommen. Und ohrfeigte sich im selben Moment innerlich selbst. Er hätte über jeden Stammkunden froh sein sollen. Und nicht alles hinterfragen. Wie auch immer, ein ungutes Gefühl blieb. Schon als Kind hatte er gerne Menschen beobachtet. Das hatte sich automatisch so ergeben, da er fast jeden Nachmittag in dem Kiosk bei seinem Vater verbracht hatte. Viele Leute waren gekommen und gegangen. Er hatte sie alle studiert. Und die meisten sofort wieder vergessen. Einige wenige jedoch waren ihm im Gedächtnis haften geblieben. So wie dieser Typ da.

»Guten Tag«, sagte Joona. »Was darf es heute sein?«

Der Mann nickte zum Gruß und grinste falsch. Wie üblich ließ er seine Finger mit den manikürten Nägeln über das Regal mit den Kinderzeitschriften wandern und zog drei Exemplare heraus. »Die hier«, sagte er und trug sie zur Kasse.

»Da werden sich Ihre Kinder aber freuen«, murmelte Joona und beobachtete den Mann genau. Ein Schatten huschte über dessen Gesicht. Fast unmerklich. Aber für Joona nicht zu übersehen. *Was geht dich das an*, schien er zu denken.

»Allerdings«, antwortete er laut. Er griff nach der Tüte mit den Zeitschriften. Drehte sich an der Tür nochmals um, starrte Joona einen klitzekleinen Moment lang aus eiskalten Augen an und weg war er.

Verdammt!, dachte Joona. *Mit dem stimmt was nicht, ich weiß es einfach.* Ein plötzliches Gefühl der Unruhe hatte ihn gepackt. Er spürte, dass der Mann seinen Laden so bald nicht mehr aufsuchen würde. Vermutlich würde er nie wieder einen Fuß hier hereinsetzen. Einerseits war Joona froh darüber, andererseits quälte ihn der Gedanke, keine Aufklärung über diesen seltsamen Kunden mehr zu erhalten.

Gedankenverloren starrte er durch die gläserne Tür auf die Straße hinaus. *Ich muss etwas unternehmen*, dachte er. *Aber was kann ich schon tun? Wer weiß, vielleicht bilde ich mir doch nur etwas ein.*

2.

Sofia Eriksson strich ihre beige Hose mit der flachen Hand glatt, entdeckte dabei einen kleinen weißen Spritzer, der wohl ein Zahnpastafleck war. Sie war heute schon sehr früh aufgestanden und hatte sich gleich auf den Weg zu den Lodmans gemacht. Noch in seinem Pyjama saß Yanis am Frühstückstisch und starrte einen vollen Teller voller Toast und Obst an, als sie in die Küche trat.

»Darf ich Ihnen einen Kaffee anbieten?«, fragte Annika Lodman freundlich.

»Gerne«, antwortete Sofia und setzte sich neben Yanis.

»Mein Mann ist bereits zur Arbeit gefahren«, sagte Frau Lodman, während sie die Kaffeemaschine bediente. »Kommt der Hauptkommissar auch noch?«

»Nein, heute nicht«, antwortete Sofia. Dann wandte sie sich Yanis zu, der durch die gekippte Terrassentür nach draußen in den Garten starrte.

»Wie geht es dir, Yanis?«

Er reagierte nicht auf ihre Frage. Annika Lodman stellte eine große Tasse mit Kaffee vor sie hin und zog einen Stuhl heran, um sich neben sie zu setzen.

»Ist es okay, wenn deine Mama uns zwei für ein paar Minuten alleine lässt?«, fragte Sofia, bevor diese Platz genommen hatte. Zu ihrer beider Erstaunen nickte Yanis sofort.

»Also gut, dann gehe ich in den Keller zur Waschmaschine«, sagte sie. »Wenn etwas ist, Yanis, du weißt, wo ich bin.« Damit verließ sie den Raum. Und Sofia bemerkte, wie sich der kleine Körper von Yanis sichtlich entspannte.

»Du musst nicht mit mir reden, Yanis«, setzte Sofia an. »Ich will einfach in Ruhe meinen Kaffee trinken. Hier neben dir.« Damit umfasste sie mit beiden Händen die angenehm warme Tasse und nahm einen großen Schluck. Das heiße Getränk tat ihr tatsächlich gut. Vertrieb den letzten Rest Müdigkeit aus ihrem Körper. Eine Weile saßen sie schweigend da. Dann holte Sofia ein weißes Blatt Papier aus ihrer ledernen Aktentasche und legte ein paar Buntstifte dazu.

»Malst du gerne?«, fragte sie. Yanis antwortete nicht. Aber nach einer Weile griff er sich den grünen Buntstift und zog das Papier näher an sich heran. Geraume Zeit saß er unschlüssig vor dem leeren Blatt. Als hätte er seine kindlichen Ideen für immer verloren. Sofia betrachtete den kleinen Jungen in seinem Dinosaurier-Pyjama und empfand plötzlich eine tiefe Traurigkeit.

»Es ist okay, Yanis. Du musst nicht.«

Er hob den Blick und starrte sie an, als hätte er eine Idee. Dann sprang er auf und lief aus dem Raum. Sofia blieb sitzen und wartete ab. Kurze Zeit darauf kam er zurück und setzte sich wieder neben sie. Er hatte einen dicken schwarzen Filzstift geholt. Und begann zu zeichnen. Der Stift kratzte quietschend über das Papier, weil Yanis ihn so langsam bewegte. Und viel zu fest aufdrückte. Er schien aber genau zu wissen, was er zeichnen wollte. Sofia lehnte sich ein Stück weiter zu ihm hinüber und schaute ihm über die Schulter. Viel erkannte sie allerdings nicht. Nachdem er zwei parallel zueinander verlaufende Linien aufs Papier gebracht hatte, hörte er mittendrin auf, knüllte die Seite zusammen und warf das angefangene Werk auf den Boden. Beim zweiten Anlauf lief es ähnlich ab. Noch bevor Sofia eine Ahnung hatte, was die Zeichnung darstellen sollte, lag sie zerrissen auf dem Boden. Beim dritten Versuch drehte er ihr absichtlich den Rücken zu und schirmte so sein Werk vor ihren Blicken ab. Nach einer Weile schien er zufrieden mit seinem Bild zu sein und lehnte sich zurück. Dann schob er die Zeichnung mit seiner kleinen Hand zu Sofia hinüber.

Er hatte einen großen schwarzen Baum gezeichnet. Mit einer Art Loch oder Tür im Stamm.

»Was ist das für ein Baum?«, fragte Sofia. Ihr Gehirn versuchte vergeblich, irgendeine Verbindung herzustellen. Sie hatte Bilder des Brunnens gesehen, in dem der Junge gefunden worden war. Jedoch keine Detailaufnahmen des umliegenden Waldgebiets. »Gibt es diesen Baum in echt?«, wagte sie einen neuen Vorstoß. Aber Yanis drehte sich demonstrativ weg. Sie verstand, dass sie für den Moment zufrieden damit sein musste und nicht weiter nachbohren sollte.

»Darf ich das Bild behalten?«.

Er nickte kurz. Dann sprang er auf und lief erneut aus dem Raum. Diesmal kam er nicht zurück.

Wenig später saß Sofia in ihrem Auto und hielt ihr Handy ans Ohr. »Nein, er hat leider nicht gesprochen, Mikael«, sagte sie. »Zumindest nicht direkt.«

»Was meinen Sie?«, fragte Mikael Kohonen.

»Er hat ein Bild gemalt. Ein düsteres Bild.«

»Kann man etwas erkennen?«

»Es sieht aus wie ein Baum mit einem Loch im Stamm. Aber ich würde der kindlichen Zeichnung nicht zu viel Bedeutung beimessen.«

Eine Weile herrschte Stille in der Leitung.

»Ich kenne einen solchen Baum«, sagte Mikael schließlich. Er konnte die Nervosität in seiner Stimme nicht verbergen. »Ein Baum mit einer Höhle im Stamm.« Er atmete tief ein. »Ich muss noch einmal zurück in den Wald.« Damit legte er auf. Sofia blieb ratlos zurück.

3.

Joona Mäki ging unruhig in seinem Kiosk auf und ab. Zum hundertsten Mal wanderten seine Finger über den Tisch, auf dem die Kasse stand. Die Zeitschriften waren alle sortiert und geordnet. Heute war verhältnismäßig wenig los. Nur ein paar Passanten, die eine Tageszeitung kauften und schnell wieder verschwanden. Zu viel Zeit, um nachzudenken. Joona hatte irgendwie noch immer das Gefühl, etwas unternehmen zu müssen. Wegen des Mannes mit den Kinderzeitschriften. Warum sollte jemand in regelmäßigen Abständen solche Hefte kaufen, ohne jemals ein Kind dabeizuhaben? Er war weder Psychologe noch Privatermittler. Er war ein langweiliger Zeitungsverkäufer mit Halbglatze und einem langweiligen Leben. Außerdem war der Mann längst weg. Statt sich irgendetwas zusammenzureimen, hätte er darüber nachdenken sollen, was sie zu Abend essen würden oder wie man den Schlaf des ewig zahnenden Babys verbessern konnte. Aber er schaffte es nicht. Selten zuvor in seinem Leben hatte er bei einem Menschen ein so mieses Gefühl gehabt wie bei diesem Kerl. Was, wenn er untätig blieb, obwohl dieser Mann wirklich Dreck am Stecken hatte? Wie konnte er das verantworten, wo er doch selbst eine Familie zu Hause hatte?

Gerade erschien die alte Frau Alava vor dem Laden, bereit, ihr tägliches Klatschblatt zu kaufen. Als die Tür klingelnd aufschwang, schielte Joona nach draußen. Er wollte sehen, ob es regnete und er die Ständer reinholen musste. Stattdessen erblickte er etwas ganz anderes. Auf der gegenüberliegenden Straßenseite schlenderte der Mann von zuvor. Schicke braune Lederschuhe, kariertes Jackett, Brille. Kein Zweifel, das war er. Die Tüte mit den Zeitschriften trug er noch immer bei sich. Er schwang sie hin und her, sah gelassen aus. *Das Leben gibt einem nur selten eine zweite Chance*, dachte Joona. *Meine spaziert gerade hier vorbei.*

»Was soll's?«, flüsterte er und schnappte sich, einem plötzlichen Impuls folgend, sein Handy und die Schlüssel. Er drückte sich an Frau Alava vorbei und schob sie dabei unsanft aus dem Laden.

»Entschuldigen Sie bitte, ich muss ganz schnell mal weg«, faselte er und drehte das Schild am Eingang auf »Geschlossen«. Empört blickte ihm die alte Dame nach.

»Ist etwas mit dem Baby?«, hörte er sie noch aus der Ferne rufen. Er antwortete nicht mehr darauf. Hastete über die Straße. Und fragte sich dabei, ob er jetzt endgültig den Verstand verloren hatte.

4.

»Anders, wir müssen los!«, rief Mikael Kohonen seinem Kollegen im Vorbeigehen durch die offene Tür zu. Nach seinem Gespräch mit Sofia über die Zeichnung des Baumes mit der Höhle wollte er keine Zeit verlieren.

Anders sah von seinem Computerbildschirm auf, reagierte aber nicht sofort. Sein sonst so präzise gezogener Mittelscheitel, der seine blonden Haare in zwei Hälften teilte, saß irgendwie schief.

»Mik, gut, dass du kommst«, meinte er und widmete sich wieder seinem PC. »Ich hab die Datenbank nach alten Vermisstenfällen von Kindern durchsucht. Es gibt aus den letzten Jahren fünf vermisste Kinder, die prinzipiell infrage kommen«, fuhr er fort.

»Wie weit bist du zurückgegangen?«, fragte Mikael.

»Über dreißig Jahre«, antwortete Anders.

»Gut. Allerdings haben wir noch kein endgültiges Ergebnis der Rechtsmedizin dazu, wie alt die Knochen wirklich sind.«

Mikael trat nun doch in das Büro ein.

»Für solche Recherchen fehlt mir unser junger Kollege Peter Hakala sehr, weißt du«, seufzte Anders und musste an den engagierten Polizisten denken, der ihnen über einige Monate hinweg vor allem bei der Hintergrundarbeit im Büro wertvolle Dienste geleistet hatte. »Er war ein Meister der Datenbanken.«

Mikael nickte. Für seinen Geschmack war der Mann zwar tüchtig, aber auch ein bisschen zu steif gewesen. »Er fühlt sich bestimmt wohl in Oulu.«

»Du hast ihn vergrault«, seufzte Anders.

»Die Versetzung war sein Wunsch«, entgegnete Mikael in neutralem Ton.

Dann klatschte er in die Hände. Themawechsel, sollte das bedeuten. Er vermisste den eifrigen Hakala ebenso.

»Also, fünf Kinder sagst du?«

»Ja, aber hör mal weiter zu. Natürlich muss man die ersten Erkenntnisse der Rechtsmedizin berücksichtigen«, sagte Anders. Mit dem Zeigefinger schob er seine Brille näher vor die Augen. Sein Blick traf Mikael, der noch immer zum Fenster schielte.

»Mik, hörst du mir überhaupt zu?«

»Ja, Anders.«

Das stimmte zwar, aber Mikael war es im Raum auch viel zu warm. Sein Blick fiel sehnsüchtig auf das geschlossene Fenster. Ohne frische Luft konnte er kaum denken.

»Mach das verdammte Fenster schon auf«, raunte Anders, der Mikael und seine Marotten nur allzu gut kannte. Dankend trat Mikael zum Fenster und riss es auf. Angenehm kühle Luft strömte herein und umwirbelte seinen Kopf. Er sog sie tief ein.

»Viel besser. Red weiter, Anders.«

»Wo war ich? Ach ja, die Erkenntnisse der Rechtsmedizin«, sagte Anders. »Drei der infrage kommenden Kinder sind Mädchen, fallen also weg.«

»Bleiben nur zwei«, flüsterte Mikael. Anders nickte.

»Eines war schon zwölf Jahre alt. Also tendenziell zu alt.«

»Bleibt ein Kind«, sagte Mikael und blickte nachdenklich drein. Er knetete seine markante Nase mit dem kleinen Höcker darauf.

»Genau. Dieser letzte Fall hat meine Aufmerksamkeit besonders erregt. Weil der Junge in Paloheinä lebte, also nahe am Wald.«

Mikael horchte auf.

»Das kann kein Zufall sein.«

»Das denke ich auch nicht.«

»Hast du die alte Akte schon?«

»Ja, die hab ich bereits besorgt«, sagte Anders. Das wiederum war nun Grund genug für Mikael, sich zu setzen. Er fuhr sich mit der Hand durch die Haare. Und dachte nach.

»Wolltest du nicht los?«, fragte Anders und sah ihn über den Rand seiner Lesebrille an, ohne sich richtig vom Papier zu lösen. »Wohin eigentlich genau?«

»Das kann noch einen Moment warten«, antwortete Mikael und schlug die alte Akte auf. Sie war nicht sonderlich dick. Sofort empfing ihn das Foto eines lächelnden blonden Jungen mit Zahnlücke. Simo Laaksonen. Neun Jahre alt. Vermisst seit dem 25. August 1985. *Eine verdammt lange Zeit*, dachte Mikael.

»Viel gibt es ohnehin nicht zu lesen«, sagte Anders. »Der Junge ist eines Abends nach dem Spielen nicht mehr nach Hause gekommen. Eine groß angelegte Suchaktion hat keinen Erfolg gebracht.«

»Wurde auch im Wald gesucht?«

»Vor allem im Wald. Ich frage mich, warum keiner den Brunnen entdeckt hat oder kannte«, sagte Anders.

Bei diesen Worten fiel Mikael etwas wieder ein und sein Blick verdüsterte sich.

»Ich habe mich im Wald über einen Haufen aus Stöcken und Erde gewundert, der an einer Seite des Brunnens aufgetürmt war«, setzte er an. »Von Moos bedeckt«, fügte er hinzu. »Sah irgendwie unnatürlich aus, wenn du mich fragst.«

»Unnatürlich?«

»Ja. Angelegt. Was, wenn das eine Art Sichtschutz sein sollte? Damit keiner den Brunnen findet?«

»Aber das würde bedeuten …«, setzte Anders an.

»Dass es jemanden gibt, der ganz genau wusste, wo Simo war«, vollendete Mikael den Satz für ihn. Anders' Blick verriet Zweifel. Aber auch Besorgnis.

»Wir müssen noch mal in den Wald, Anders. Ich will mir die ganze Gegend genau ansehen. Am besten sofort!« Mikael schnappte sich die Akte und wartete darauf, dass Anders sich erhob.

»Du fährst, ich lese.«

5.

Was zum Teufel mache ich hier eigentlich, dachte Joona Mäki, während er zwischen geparkten Autos auf dem Boden kauerte. Er starrte auf einen roten Plastikverschluss, den jemand achtlos weggeworfen hatte. Joona schlich bereits seit zehn Minuten hinter dem seltsamen Kunden aus seinem Kiosk her und kam sich langsam wirklich dämlich vor. Das Schlimmste war, dass er sich noch nicht allzu weit von seinem Laden entfernt hatte. Vielleicht ein paar Hundert Meter, sodass er noch immer leicht erkannt werden konnte. Und das wäre mehr als peinlich gewesen. Nachdenklich betrachtete er Steinchen auf dem Boden. Und allerlei Müll. Wenn jemand vorbeikam, tat er jedes Mal so, als würde er etwas suchen. Aber auch wenn er sich verdammt lächerlich vorkam, so musste er doch eines zugeben: Das Adrenalin zu spüren, tat gut. Es war schön, im Kiosk zu stehen. Es war schön, ein Ehemann und Vater zu sein. Aber es war schon so lange nichts Aufregendes mehr passiert. Tag für Tag der gleiche Trott. Das hier war anders. Das hier war spannend. Es fühlte sich an wie eine Jagd. Die Frage war nur, was oder wen er eigentlich jagte.

Der Mann mit den Kinderzeitschriften befand sich gerade in einer Bäckerei gegenüber. Was genau er kaufte, konnte Joona durch die Scheibe nicht erkennen.

Er verhält sich nicht gerade verdächtig, dachte Joona und schüttelte heftig den Kopf. Seufzte dabei leise. *Du Idiot!* Gerade spielte er erneut mit dem Gedanken, umzukehren. Da tippte ihm plötzlich jemand von hinten auf die Schulter.

»Haben Sie etwas verloren?«, fragte ein junger Mann freundlich. Und etwas skeptisch. Dabei starrte er auf das Auto, neben dem Joona kniete.

»Oh, Entschuldigung. Ist das Ihr Wagen?«, fragte Joona und rappelte sich auf. Der Mann nickte langsam.

»Mir ist mein Schlüssel runtergefallen, aber ich habe ihn schon wieder.« Zum Beweis seiner Geschichte hielt er triumphierend seinen Schlüsselbund in die Höhe. Dabei meinte er zu spüren, dass er leicht errötete. Er trat einen Schritt zur Seite, um dem Fahrzeugbesitzer Platz zu machen, der ihn noch immer taxierte, während er die Tür seines Autos öffnete. Joona lächelte wie ein Idiot und hob freundlich die Hand zum Abschied, als dieser sich hinters Steuer setzte.

Just in dem Moment trat der von ihm verfolgte Kunde aus der Bäckerei gegenüber. *Verdammt!* Sein Blick traf Joona und ihm blieb nichts anderes übrig, als ihn starr zu erwidern. Das Lächeln war ihm augenblicklich vergangen. Die Augen des Typen verengten sich ein wenig. Gerade so weit, dass sich bei Joona eine leichte Gänsehaut im Nacken ausbreitete. Und plötzlich wusste er wieder, warum er das alles tat. Joona hielt dem Blick eine Weile stand. Er wollte seinem Gegenüber eines klar machen: *Ich sehe dich. Und ich weiß, dass irgendetwas mit dir nicht stimmt.*

Nach einer Weile drehte sich der Mann samt seiner Tüte mit den Kinderzeitschriften weg und ging langsam davon. Joona sah ihm noch eine Weile hinterher. Seine Gänsehaut blieb. Aber so schnell wollte er sich nicht geschlagen geben.

Nach einer kleinen Weile holte er tief Luft und betrat die Bäckerei. Die junge Frau hinter dem Tresen kannte er nicht. Zum zweiten Mal an diesem Tag hielt Joona seinen Schlüssel hoch und versuchte, aufgeregt zu klingen.

»Der ältere Mann mit den hellen Haaren und dem karierten Jackett, der hier gerade raus ist, hat draußen seinen Schlüssel verloren! Leider habe ich ihn nicht mehr eingeholt.« Die Verkäuferin hob interessiert ihren Kopf.

»Wissen Sie zufällig, wer das war?«, fragte er freundlich. Die junge Frau schien eine Weile zu überlegen. »Ich kenne seinen Namen nicht«, sagte sie. »Aber er war schon ein paar Mal hier. Soll ich den Schlüssel nehmen, falls er zurückkommt?«

»Ach, nein danke. Ich denke, ich gebe ihn bei der Polizei ab«, sagte Joona beiläufig. »Bitte richten Sie ihm das aus, sollte er doch noch einmal zurückkommen und danach fragen.« Er drehte sich zur Tür, um die Bäckerei zu verlassen.

»Warten Sie!«, rief die Verkäuferin plötzlich. »Ich glaube, er ist Lehrer. Falls Ihnen das etwas hilft«, sagte sie. »Hab' ihn zumindest schon öfter in der Nähe der Grundschule hier gesehen.«

»Vielen Dank«, antwortete Joona. Natürlich, ein Lehrer! Wieso war er nicht selbst darauf gekommen?

Nachdenklich schlurfte er zurück zu seinem Kiosk und kam sich ziemlich dämlich vor.

6.

Mikael Kohonen saß auf dem Beifahrersitz des dunklen VW, den sein Partner Loris Anders steuerte. Er hatte die alte Vermisstenakte auf dem Schoß liegen und blätterte von Zeit zu Zeit geräuschvoll um.

»Und?«, fragte Anders, der das Auto kurz darauf ziemlich ruckartig an einer roten Ampel anhielt. Mikael musste sich mit einer Hand am Handschuhfach abstützen, um nicht schmerzhaft in den Gurt zu fallen. Aber er war so in seine Gedanken versunken, dass er das Bremsmanöver – abgesehen von einem ergebenen Seufzer – unkommentiert ließ.

»Du hattest recht, Anders. Viel steht da wirklich nicht. Der Junge, Simo Laaksonen, war gerade neun Jahre alt, als er verschwand. Wohnte mit seinem Vater in Paloheinä. Kam eines Abends nicht nach Hause zurück. Die groß angelegte Suchaktion blieb erfolglos. Es wurde damals von einem Verbrechen ausgegangen.«

»Gab es Verdächtige?«, fragte Anders. Und setzte den Blinker. Mikael antwortete nicht sofort. Er starrte aus dem Beifahrerfenster.

»Nein. Keine konkreten«, sagte er schließlich. »Jemand hatte an diesem Tag einen auffälligen weißen Lieferwagen in der Wohngegend des Kindes gesehen. Aber diese Spur verlief im Sand.«

Als die Ampel auf Grün schaltete und Anders anfuhr, nahm Mikael seine Finger vom Handschuhfach. Er blickte nach draußen. Heute war es bewölkt und nicht so warm wie die letzten Tage. Trotzdem hatte er das Beifahrerfenster weit geöffnet. Der Fahrtwind blies durch seine Haare.

»Simo wuchs bei seinem Vater auf. Die Mutter ist früh verstorben«, fuhr Mikael fort. »Mit dem Vater müssen wir reden. Und eine DNA-Probe nehmen.«

Anders nickte leicht. »Das wird ganz sicher nicht einfach werden. Nach all der Zeit«, seufzte dieser. Eine Weile schwiegen beide. Der Verkehr war dicht. Es schien, als wolle die ganze Stadt zur selben Zeit an einem gewissen Ort sein. Langsam näherten sie sich Paloheinä am nördlichen Stadtrand. Und dem Wald.

»Denkst du, jemand hat Simo in den Brunnen gestoßen?«, fragte Anders plötzlich.

»Ich weiß es nicht«, murmelte Mikael. »Aber wenn ich an die Erkenntnisse der Rechtsmedizin denke, muss es zumindest jemanden geben, der den armen Simo mehrfach misshandelt hat.«

»Steht dazu denn nichts in der Akte?«

»Nein. Gar nichts. Und genau da beginnt unsere neue Spur«, sagte Mikael entschlossen.

Je weiter sie sich aus der Innenstadt entfernten, umso mehr lichtete sich der Verkehr. Anders konnte mehr Gas geben, sodass sie das letzte Stück zügiger vorankamen. Als die Wohnhäuser weniger wurden und die ersten Bäume zu sehen waren, klappte Mikael die Akte zu. Er dirigierte Anders genau den Weg entlang, den er mit Annika Lodman auf der Suche nach Yanis gefahren war. Es war derselbe Weg, den auch der Entführer laut

Auswertung der GPS-Daten von Yanis' Kinderuhr genommen hatte.

»Da vorne kannst du das Auto abstellen, Anders.« Mikael deutete auf genau die Stelle, an der auch er letztes Mal geparkt hatte. »Es ist noch ein Stück zu Fuß. Gut, dass du feste Schuhe trägst,« bemerkte er und musterte seinen Kollegen von der Seite. Dieser hatte heute zur Abwechslung auf sein übliches frisch gebügeltes Poloshirt verzichtet, trug stattdessen ein schwarzes, einfaches Oberteil und dunkelblaue Jeans.

»Jetzt weiß ich, was du gemeint hast, Mik. Verdammte Dornen«, fluchte Anders kurze Zeit später. Sie schlugen sich gemeinsam durchs Dickicht, wobei Mikael auch diesmal voranging.

»Warum sind wir noch mal hier? Die Spurensicherung hat den Brunnen doch gründlich untersucht, oder?«, meckerte Anders von hinten.

»Ja«, sagte Mikael, der sich Zweige aus dem Gesicht schob. »Aber der Brunnen interessiert mich gar nicht so sehr. Sondern der Baum mit Höhle.«

»Wie kommst du auf den Baum?«, fragte Anders. Mikael schwieg für eine kleine Weile.

»Yanis hat ihn gezeichnet. Für Sofia«, sagte er schließlich langsam.

»Deine Sofia?«

Mikael überging den Unterton. »Sie hilft uns in diesem Fall. Mit Yanis. Er vertraut ihr.« Kurz herrschte Stille und Mikael konnte förmlich spüren, wie sich Anders einen weiteren Kommentar zur Zusammenarbeit mit Sofia verkniff.

»Hat Yanis inzwischen gesprochen?«, fragte er stattdessen.

»Nein. Aber gezeichnet.«

Endlich hatten sie die kleine Lichtung erreicht. Ruhig und friedlich lag der Wald vor ihnen. Der Brunnen war noch mit gelbem Band abgesperrt, das kreisförmig mit einem Radius von ungefähr zwei Metern an Sträuchern und Bäumen befestigt war. Mikael blickte sich auf der Lichtung um und fixierte den großen Baum, der in einiger Entfernung vom Brunnen stand. Er konnte auf dem trockenen Waldboden keine Fußspuren entdecken und nahm gedanklich davon Abstand, Schuhüberzieher überzustreifen. Auch Anders, der noch nie hier gewesen war, ließ seinen Blick schweifen.

»Diese Lichtung sieht aus wie der Traum eines jeden kleinen Jungen«, meinte er. »Vielleicht ein geheimes Versteck?«

Sie hatten sich mittlerweile vorsichtig zu dem dicken Baum vorgetastet, und Mikael ging vor dem Loch im Stamm in die Knie.

»Du hast recht, Anders. In dieser Höhle könnte sich durchaus ein Kind versteckt haben.«

Mikael kramte in seiner Hosentasche und zog dünne Einmalhandschuhe über. Dann kroch er auf allen vieren in den Baum, so weit er konnte. Nur die obere Hälfte seines großen Körpers passte überhaupt hinein.

»Siehst du was?«, fragte Anders hinter ihm.

»Nein«, antwortete Mikael. Er ließ seine Finger über das Holz auf der Innenseite gleiten.

»Seltsamer Ort hier«, murmelte Anders. »Schön und unheimlich zugleich.« Mikael antwortete darauf nur mit einem Grunzen. Das Abtasten kostete ihn einiges an Mühe, da er sich dabei ziemlich verrenken musste. Schließlich lag er auf dem Rücken halb in der Baumhöhle. »Hast du eine Taschenlampe für mich?« Anders reichte ihm sein Handy mit eingeschaltetem Licht. »Mehr hab' ich nicht zu bieten, sorry.« Mikael leuchtete mit der schwachen Lampe der Kamera das Holz um sich herum ab, tastete dabei mit der anderen Hand weiter an der Innenseite des Stammes entlang.

»Anders, ich spüre was«, stieß er plötzlich aus.

»Was denn, Mik?«

»Da ist noch ein weiterer, kleinerer Hohlraum. Warte mal.« Mikael schürfte sich die Haut oberhalb des Handschuhrandes auf, als er versuchte, seine Finger tiefer in den schmalen Spalt zu quetschen.

»Aua, verdammt!«

»Mik, komm da raus«, rief Anders alarmiert.

»Nein, da ist was.«

Endlich bekam Mikael etwas Kühles, Glattes zu fassen. Als er rücklings aus dem Baum robbte, hatte er eine kleine Metallbox in der Hand.

»Mik, du bist von oben bis unten voll mit Dreck und Holz.«

»Das ist doch jetzt egal. Sieh mal, was ich hier habe.« Triumphierend hielt Mikael die Box in die Höhe und drehte sie vorsichtig um.

»Sieh mal einer an«, sagte Anders. »Es könnte eine Brotdose sein. Bin gespannt, was da so drin ist.«

»Finden wir es heraus«, sagte Mikael. »Aber nicht hier.« Damit wandte er sich um und stapfte in Richtung des abgestellten Autos los.

»Weißt du, was ich mich noch frage, Mik?«, rief Anders ihm nach. »Warum hat Yanis diesen Baum gezeichnet? Wie konnte er davon wissen?«

Mikael drehte sich nicht mehr um. Auch in seinem Kopf arbeitete es auf Hochtouren.

7.

Annika Lodman spürte den kleinen, zitternden Körper neben sich. Yanis wälzte sich unruhig im Schlaf hin und her. Sie zog die Decke wieder über ihren Sohn und strich ihm eine Strähne des blonden Haares aus dem Gesicht. »Alles ist gut. Mama ist da.«

Doch ihre Worte schienen nicht zu ihm durchzudringen. Er war gefangen in seiner Traumwelt. Atmete schwer. Deshalb nahm sie ihn in den Arm. Schlang ihren ganzen Körper fest um den seinen. Ein Schutzpanzer. Wie fast in jeder der letzten Nächte. An richtigen Schlaf war für sie kaum noch zu denken. Sie war ständig auf der Hut. Geplagt von düsteren Ängsten und Selbstvorwürfen. *Was, wenn der Entführer zurückkommt?* Auch jetzt waren ihre Augen weit geöffnet. Hatten sich längst an die Dunkelheit gewöhnt. Annika starrte die gegenüberliegende Wand an und war tieftraurig. Wie hatte es nur passieren können, dass jemand so etwas mit ihrem Sohn machte. *Ich hätte besser auf ihn aufpassen sollen*, dachte sie. Ihre Gedanken und Selbstvorwürfe hielten sie oft die ganze Nacht wach. Wie ein Fernsehgerät in ihrem Kopf, das sie nicht ausschalten konnte. Es lief die ganze Nacht. Ohne Pause.

Ihr Blick fiel auf ihren Mann, der leise schnarchend auf der anderen Bettseite lag. Auch er hatte die Hände nach Yanis ausgestreckt. Wollte seine Anwesenheit spüren. Jaan sprach es zwar nicht laut aus, aber auch er schien ihr insgeheim Vorwürfe zu machen. *Warum?* Aus ihrem idyllischen Heim war ein Ort der Traurigkeit und des Schweigens geworden.

Irgendwann musste sie tatsächlich eingeschlafen sein. Die Erschöpfung hatte endlich gesiegt. Aber bereits kurze Zeit später schreckte sie beklommen hoch. Ihr linkes Bein hing über den Rand des Bettes und fühlte sich taub an. Als sie es vorsichtig bewegte, breitete sich ein kribbelnder, stechender Schmerz aus. Erst dann bemerkte sie, dass irgendetwas nicht stimmte. Sie tastete das Bett neben sich ab. Yanis lag nicht mehr neben ihr. Augenblicklich stieg die sonst mühsam verdrängte Angst in ihr hoch und eine tief sitzende Übelkeit überkam sie. *Was, wenn…?*

»Nein, beruhige dich! Er wird aufs Klo gegangen sein …«, sagte sie zu sich selbst. Ihr Mann lag noch immer halblaut atmend am äußersten Rand des Bettes. Hatte ihr mittlerweile den Rücken zugedreht.

»Jaan!«, zischte sie. Er reagierte überhaupt nicht. Schien sich im Tiefschlaf zu befinden. Eines wusste sie sofort: Sie wollte nie wieder in ihrem Leben wertvolle Sekunden verschwenden. Sie rüttelte zwar noch einmal von hinten an ihrem Mann, schwang aber bereits ihre Beine aus dem Bett und zog gleich darauf leise die Schlafzimmertür auf. So angestrengt sie auch lauschte, war kein Geräusch aus dem halbdunklen Haus zu vernehmen.

»Yanis?«, flüsterte sie. Bevor das alles passiert war, war er einfach allein aufgestanden und ins Bad gelaufen – oder in die Küche, wenn er Durst hatte. Seit diesem schrecklichen Erlebnis jedoch traute er sich nachts keinen einzigen Schritt ohne Begleitung zu tun. Mit zitternden Knien ging sie in Richtung Badezimmer. Von draußen fiel dämmriges Licht herein. Außerhalb des abgedunkelten Schlafzimmers konnte man sich der nächtlichen Helligkeit nicht entziehen. Im Bad war alles ruhig und leer. Kurz überlegte sie, ihren Mann doch noch energischer zu wecken. Entschied sich aber dagegen. Sie wollte jetzt einfach ihren Sohn finden, ihn zurück ins Bett tragen. Vielleicht lag er unten auf der Couch. Mit wachsender Panik schlich sie die Treppe nach unten, spürte den kühlen Holzboden unter ihren bloßen Füßen. Auf halber Höhe setzte ihr Herz plötzlich einen Schlag aus. Die Haustür stand sperrangelweit offen. Das konnte nicht wahr sein! Das durfte nicht wahr sein!

»Jaan!«, schrie sie nun aus voller Seele. So laut, dass sie sicher sein konnte, nicht zu träumen. Und so laut, dass ihr Mann binnen Sekunden angelaufen kam. Er trug lediglich Boxershorts.

»Was zum Teufel …?«

Er blickte von Annika zur offenen Haustür und wieder zurück. Dann stürmte er, ohne ein weiteres Wort zu sagen, hinaus in die kühle Nacht. Annika lief barfuß und atemlos hinterher. *Nein, nein, nein!,* dachte sie. *Hört denn dieser Albtraum niemals auf?*

»Annika, hier!«, hörte sie ihren Mann rufen. Und dann sah sie ihn. Yanis stand mitten im Garten in der Nähe des einzigen Baums, den es hier gab. Er drehte ihnen den Rücken zu. Seine kleine, dunkle Silhouette hob sich von dem dämmrigen, hellen Himmel markant ab.

»Yanis!«, rief Jaan Lodman. Er war als Erster bei seinem Sohn. Kniete sich vor ihn ins Gras. Nur Momente später erreichte auch Annika die Stelle.

Yanis blickte sie aus dunklen Augen an. War er überhaupt richtig wach?

»Yanis, mein Schatz, was machst du denn hier?«, fragte sie erschrocken. »Wir gehen jetzt ins Haus zurück.«

Yanis reagierte nicht. Er stand nur da, starr und bewegungslos. Neben dem dunklen Stamm.

»Yanis, komm jetzt!«. Es war Jaan Lodman, der seinen Sohn schließlich hochhob und ihn zurück ins Haus tragen wollte. Aber sobald Yanis auf seinem Arm war, begann er, sich unkontrolliert zu winden und aus vollem Halse zu schreien. Er trat und schrie den ganzen Weg zurück ins Haus. Kein Versuch, ihn zu beruhigen, gelang. Er war vollkommen außer sich. Kreischte und bog sich. Annika Lodman ging in Gedanken ihre Optionen durch. Einen Arzt rufen, der Yanis Beruhigungsmittel gab? Mitten in der Nacht die freundliche Psychologin Sofia wecken? Annika saß mittlerweile mit Yanis auf der Couch im Wohnzimmer und hielt ihn mit einem Arm fest an sich geklammert, während sie mit der anderen Hand versuchte, ihr Handy zu bedienen. Yanis wand sich noch immer hin und her. »Er braucht Hilfe«, stöhnte Jaan Lodman und sah kreidebleich aus.

»Schsch…«, zischte seine Frau, die bemerkte, dass sich der kleine Körper ihres Sohnes endlich ein wenig zu entspannen schien. Nach einer Weile war Yanis ruhiger geworden und wenig später sank er schließlich in einen unruhigen Schlaf.

8.

Als Mikael Kohonen nach Hause kam, war es weit nach Mitternacht. Er selbst konnte den Schweiß riechen, der an ihm klebte. Sein Körper lechzte nach einer Dusche. Aber bevor er ins Bad ging, ließ er sich, ohne seine Schuhe auszuziehen, auf die Couch fallen. Den ganzen Abend über hatte er gehofft, dass seine Kollegen die Metallbox schnell wieder freigaben, nachdem diese samt Inhalt gründlich und vorsichtig untersucht worden war. Aber so schnell ging das leider nicht. An einem Cold Case, der dreißig Jahre zurücklag, arbeitete niemand mehr die ganze Nacht. Zumindest niemand außer ihm. So war ihm zumindest Zeit geblieben, um Jaan Lodman ausführlich zu überprüfen. Dieser war, nachdem er mit Yanis bei der Einschulungsuntersuchung gewesen war, ins Büro gefahren. Und anschließend gegen elf Uhr vor Gericht erschienen. Kurz bevor die Mutter mit Yanis zum Einkaufen aufgebrochen war. Wieder begann Mikael, dieselben Fragen im Geiste durchzukauen. *Wen hat Yanis draußen vor dem Supermarkt gesehen? Wer hat ihn dazu veranlasst, aus freien Stücken den Laden zu verlassen?*

Er stand auf, griff nach der Whiskeyflasche, die seit Monaten unangetastet auf der Kommode stand, und nahm einen Schluck direkt aus der Flasche. *Was soll's?*, dachte er kurz darauf und nahm noch einen kräftigen Schluck. Der Whiskey war ein Geschenk gewesen. Das Zeug brannte in seiner Kehle. Für Alkohol war er einfach nicht geschaffen. Seltsamerweise entspannte ihn dieser überhaupt nicht. Er bewirkte lediglich, dass sich sein Gedankenkarussell in doppelter Geschwindigkeit drehte. Warum Yanis? Warum Simo? Warum dreißig Jahre dazwischen? Warum, warum, warum?

Für einen kleinen Moment schloss er die Augen. Glaubte, seine Frau in der Küche zu hören, wie sie abspülte. Leise klapperndes Geschirr. Dazu eine fröhliche, helle Stimme, die sang. Aber es war niemand da. Nur er. Und der Brief auf dem Tisch.

Einem plötzlichen Impuls folgend, stand er auf, ging zum Esstisch und schnappte sich den Umschlag. Er hatte ihn seit Tagen nicht mehr in der Hand gehabt. Nicht, seitdem er ihm persönlich an der Haustür zugestellt worden war. Jetzt drehte er ihn in seiner Hand hin und her. In der anderen hielt er die Flasche. *Verdammt!* Er trank noch einen weiteren Schluck Whiskey und riss den Brief dann ohne weitere Verzögerung auf. Drei Worte sprangen ihm sofort ins Auge: »Antrag auf Ehescheidung«. Ein rotes X markierte die Stelle, an der seine Unterschrift erforderlich war.

Spätsommer 1985

Der Hunger ist weg. Auch der Durst. Trotzdem versuche ich, mir mein Lieblingsessen vorzustellen. Aber selbst der Gedanke an Chicken Nuggets, Pommes und Limonade lässt mich kalt. Ich schaffe es kaum noch, zu sitzen. Eigentlich will ich nur noch schlafen. Es gibt nur ein Problem. Sobald ich die Augen schließe, sehe ich die dunkle Gestalt am Brunnenrand vor mir. Da war jemand. Ich bin sicher. Warum ist die Person wieder weggegangen? Sie muss mich doch gehört haben. Oder war ER es? Wollte ER sehen, ob ich noch lebe? Ich schüttle mich kraftlos. Ich will nicht an IHN denken. Ich will hier raus!

Ich liege mit dem Rücken im feuchten Laub. Die Käfer sind mir egal. Stundenlang starre ich nach oben. Aber nichts passiert. Ich bin allein.

Irgendwann kauere ich mich zu einem Bündel zusammen. Wie ein Baby. Ich will nicht mehr kämpfen, nicht mehr stark sein. Ich will nur noch meine Ruhe.

Zuerst überhöre ich das Rascheln fast absichtlich. Ich bin mir sicher, dass ich mir das nur einbilde. Aber dann wird das Geräusch lauter. Oben raschelt etwas auf eine seltsame Art und Weise. Ist da jemand?

Das Geräusch wird lauter. Es klingt, als würde jemand etwas Schweres über den Boden schleifen. Da ist tatsächlich jemand! Egal, wer es ist. Ganz egal. *Hol' mich hier raus!,* flehe ich. Ob ich die Worte ausspreche oder nur denke, kann ich nicht sagen. Mühsam drehe ich mich wieder auf den Rücken. Im nächsten Moment bemerke ich, dass es immer dunkler um mich herum wird. Und kühler. Etwas nimmt mir von oben das Licht. Und schiebt sich teilweise über das Loch.

»Nein!«, schreie ich. »Lass mich hier raus!«

Aber niemand reagiert.

Irgendwann gebe ich auf. Um mich herum ist nur noch tiefschwarze Dunkelheit. So wird mich garantiert niemand mehr finden. Oder hören. Ich fühle, dass mein Leben zu Ende ist. Und dennoch will ich IHN nicht gewinnen lassen.

Ich greife einen Stein, der neben mir liegt. Und beginne zu ritzen. Richtig schreiben kann ich damit nicht. Außerdem sehe ich nichts. Trotzdem mache ich weiter. Blind. Und hoffe, dass irgendwann einmal jemand findet, was ich hier einritze. Oder mich.

Samstag

6. Juni 2015

1.

Joona Mäki hatte schlecht geschlafen. Er stand in der Küche seiner kleinen Wohnung und trank bereits die zweite Tasse Kaffee. Rieb sich dabei gelegentlich über die geschwollenen Augen. Seine Frau und das Baby schliefen nebenan. Es war noch früh am Morgen. Die meisten Menschen dachten an einem Samstag um diese Uhrzeit noch nicht einmal daran, irgendwann aus ihrem warmen Bett zu kriechen. Aber der Kiosk hatte auch samstags geöffnet. Joona blickte nachdenklich aus dem Fenster und zupfte an seinem faltigen T-Shirt. Er hatte es aus dem Korb mit der frisch gewaschenen Wäsche gefischt, der seit Tagen unangetastet auf dem Sofa stand. Zum Glück musste er keinen Dresscode erfüllen. So kam es auch, dass seine Haare etwas zu lang, sein Bart etwas zu unrasiert waren. Manche Dinge mussten zurzeit hintanstehen. Er nahm einen weiteren großen Schluck seines schwarzen Kaffees und seufzte. Gestern Abend hatte er einen großen Fehler begangen. Er hatte seiner müden, ausgelaugten Frau von dem merkwürdigen Mann mit den Kinderzeitschriften erzählt. Und es war gekommen, was hatte kommen müssen. Sie hatte ihn für verrückt erklärt. Hatte gefragt, ob er jetzt sämtlichen Kunden nachspionieren wolle.

Und damit sein Geschäft ruinieren. Er hatte sich angegriffen gefühlt. Unverstanden. Und zurückgebrüllt. So war ein handfester Streit entstanden.

Natürlich hatte seine Frau im Grunde recht. Das wusste er auch. Es war eine dämliche Aktion gewesen, dem Fremden nachzulaufen. Heute, mit etwas Abstand zu allem, schämte er sich bereits dafür. Joona streckte sich ausgiebig und gähnte ein letztes Mal, bevor er die Küche verließ. Auf leisen Sohlen schlich er am Schlafzimmer vorbei. Das Baby war hellhörig wie ein Hund. Vor allem am Morgen. Und er wollte nicht den nächsten Streit provozieren, weil er es geweckt hatte.

Als die Tür hinter ihm leise in Schloss fiel, atmete er erleichtert durch. Heute freute er sich tatsächlich auf seine Arbeit. Auf einen ganz normalen Tag ohne außergewöhnliche Vorkommnisse. Draußen empfing ihn die kühle Morgenluft. Er griff in eine Hosentasche und kramte nach dem Autoschlüssel. *Verdammt, bitte nicht!* Hätte er noch einmal in die Wohnung zurückgemusst, dann hätte er ganz sicher alle aufgeweckt. Als er den Schlüssel wenige Augenblicke später in seiner anderen Hosentasche fand, war er heilfroh. Er schlenderte zu seinem Auto, das nur wenige Meter entfernt parkte und entriegelte die Türen mit der Fernbedienung. Als er näher herantrat, stockte ihm der Atem.

»Was zum Teufel …«, entfuhr es ihm. Die ganze Länge seines Autos war zerkratzt. Jemand hatte mit irgendeinem spitzen Gegenstand richtig tiefe Kratzer verursacht. Sie zogen sich vom hinteren Kotflügel über die Türen bis nach vorne. *Verdammter Mist!*, dachte er und ballte die Hand zur Faust. Seine Gedanken rasten. War das Zufall? Seine gestrigen Nachforschungen über den Kinderzeitschriftenkerl sprachen dagegen. Doch woher konnte der Mann wissen, wo er parkte, wo er wohnte?

Vorsichtig fuhr Joona mit dem Finger die langen Kratzer in dem weißen Lack nach. Dunkle Kratzer. Einige Hundert Euro

Schaden. Mindestens. Er zog sein Handy aus der Tasche, bereit, die Polizei zu verständigen. Überlegte es sich im nächsten Moment aber anders. Was genau sollte er sagen? Dass er keine Ahnung hatte, woher die Kratzer stammten? Und von wem? Dass er bei einem gewissen Kunden seines Kiosks ein wirklich komisches Gefühl hatte? Das mutete sogar für ihn selbst verrückt an. Und überhaupt: Wenn der Kerl wirklich etwas zu verbergen hatte, hätte er es dann riskiert, durch eine solche Aktion noch mehr Aufmerksamkeit auf sich zu ziehen? Es konnte alles genauso gut einfach nur Pech sein. Betrunkene Teenager, die im Vorbeigehen ihre Schlüssel über den Lack gezogen hatten. Und die man ohnehin nie finden würde. So oder so, eine Anzeige wegen Sachbeschädigung konnte er sich sparen. Es würde nichts dabei herauskommen.

Dennoch machte er sich Sorgen. Sein Blick wanderte die Hausfassade hinauf, bis zu den Fenstern seiner Wohnung im zweiten Stock. Hinter denen Frau und Baby schliefen. Jemand war hier herumgeschlichen, ganz nah an seinem Auto vorbei. Heimlich, hinterhältig. Und feige. Joona lief einige Meter auf und ab und sah sich die Autos an, die vor und hinter seinem parkten. Keines wies ähnliche Beschädigungen auf. *Spricht gegen irgendwelche Teenager*, dachte er. Diese Aktion galt ihm persönlich. Und es war ein Angriff. Oder eine Warnung?

2.

»Wie geht es ihm?«, fragte Sofia Eriksson besorgt. Sie stand im Hauseingang der Lodmans und strich sich eine Strähne ihres blonden Haares hinter das perlengeschmückte Ohr. Sie sah seriös aus, obwohl sie lediglich Jeans und eine kurzärmlige Bluse trug.

»Entschuldigen Sie, dass ich Sie an einem Samstag belästige«, entgegnete Annika Lodman nervös. »Aber die Nacht war wirklich schlimm. Wir wussten nicht, wen wir sonst hätten anrufen können.«

Sofia nickte leicht. »Überhaupt kein Problem.«

»Kommen Sie rein. Yanis ist im Wohnzimmer.«

Sofia trat ein und streifte ihre Sneakers ab. Im Flur herrschte Chaos, Jacken und Schuhe lagen herum. Ganz anders als bei ihrem letzten Besuch, bei dem ihr das Haus beinahe penibel aufgeräumt erschienen war.

»Bitte sehen Sie über die Unordnung hinweg«, sagte Annika, die Sofias Blicke bemerkt hatte. »Ich komme gerade nicht so viel zum Aufräumen wie sonst.« Sofia lächelte höflich, fragte sich aber insgeheim, was sich seit ihrem letzten Besuch verändert hatte. Irgendetwas war heute anders. Annika Lodman hatte ihr zur Begrüßung kaum in die Augen geblickt. Eine seltsame Nervosität lag in der Luft. Einem spontanen Impuls folgend hielt Sofia die Mutter an der Schulter zurück, bevor diese weiter Richtung Wohnzimmer gehen konnte.

»Geht es Ihnen gut?«

Annika Lodman drehte sich energischer um, als Sofia dies erwartet hatte, schüttelte dabei ihre Hand ab. Und zum ersten Mal sah sie so etwas wie Wut in deren Augen.

»Es geht mir gut! Helfen Sie nur bitte meinem Sohn«, kam es schroff zurück. Im nächsten Moment war ihr Blick wieder traurig. »Es tut mir leid, ich habe kaum geschlafen«, meinte sie.

»Was ist gestern Nacht passiert?«, fragte Sofia vorsichtig und lauschte dann dem Bericht. Während Annika die nächtliche Wanderung ihres Sohnes schilderte, hielt sie ihren Blick gesenkt und zitterte leicht. »Es war wirklich furchtbar«, sagte sie. »Solche Schreie habe ich noch nie gehört. Sie gingen mir durch Mark und Bein. Er hat sich erst im Bett wieder beruhigt.«

»Hört sich für mich nach einem Nachtschreck an, der bei kleinen Kindern gar nicht so selten vorkommt«, erwiderte Sofia. Annika sah sie fragend an.

»Dieses Phänomen tritt meist in der ersten Nachthälfte auf und ist an sich harmlos. Das unkontrollierte Treten und Schreien kann beängstigend sein. Ist aber typisch. Yanis war gar nicht richtig wach.«

»Ja, so fühlte es sich an«, sagte Annika. »Aber es war unheimlich.«

»Er selbst kann sich heute an nichts mehr erinnern, keine Sorge.«

»Was ist hier los?« Jaan Lodman war plötzlich in den Flur getreten. Er wirkte ausgelaugt. Als er Sofia erblickte, musste er offensichtlich mühevoll ein Stöhnen unterdrücken.

»Ach, Sie sind es«, murmelte er. Dabei warf er seiner Frau einen fragenden Blick zu und runzelte die Stirn. »Ich dachte, wir wären uns einig gewesen, dass Yanis jetzt wirklich Ruhe braucht.«

»Ich werfe nur einen schnellen Blick auf ihn«, erwiderte Sofia freundlich, noch bevor seine Frau Gelegenheit zur Antwort bekam.

»Ich möchte auch, dass es Yanis wieder gut geht«, seufzte er, während Sofia sich vorsichtig an ihm vorbeidrückte. »Aber ich denke, er braucht jetzt vor allem seine Familie. Und sonst niemanden!« Sofia überging diese Andeutung absichtlich und näherte sich dem Wohnzimmer.

Yanis saß auf der Couch und schaute einen seiner Zeichentrickfilme im Fernsehen. Er hatte seinen Pyjama an, ein Glas Saft in der Hand und schien tatsächlich leicht zu schmunzeln. Sofia atmete erleichtert aus. *Was hast du denn erwartet*, fragte sie sich.

»Hallo, Yanis.«

Überraschenderweise hob Yanis bei diesen Worten sofort den Kopf. Seine Augen drückten Freude aus. Freude, sie zu sehen.

»Wie geht es dir heute?«, fragte sie, ohne eine Antwort zu erwarten. Aber Yanis öffnete instinktiv den Mund, war kurz davor, etwas zu antworten. Überrascht beugte sie sich zu ihm hinunter. Gab ihm einige Momente lang Zeit zu antworten. Der Blick des Jungen schwenkte über ihre Schultern und in seinen Augen flackerte es kurz. Als Sofia sich umdrehte, stand Annika Lodman hinter ihr. Ihre Augen trafen Yanis und dieser starrte betreten zu Boden. *Warum weicht er ihrem Blick aus,* dachte Sofia und machte sich eine gedankliche Notiz. Dann gab sie Yanis' Mutter unmissverständlich zu verstehen, dass sie kurz mit ihrem Sohn allein sein wollte. Aber diese rührte sich nicht vom Fleck. *Was ist hier heute nur los?*

»Gibt es ein Problem, Frau Lodman?«

»Er gibt mir die Schuld«, flüsterte Annika. »Mein Mann.« Bevor Sofia antworten konnte, stand Jaan Lodman neben ihnen. »Weil es auch deine Schuld ist«, stieß er hervor. Sofia konnte die Verzweiflung in seinen Augen sehen. Nach außen hin wirkte er rationaler als seine Frau, im Inneren schien er nicht minder aufgewühlt zu sein. »Hättest du besser aufgepasst …«

»Sei still!«, schrie Annika. Yanis hob sofort beide Hände an die Ohren. Seine Eltern bemerkten es nicht.

»Letzte Nacht …«, setzte Jaan an. »Yanis wäre beinahe wieder weg gewesen!«

»Jaan!«, unterbrach ihn seine Frau.

»Was denn? Das muss doch mal einer sagen. Yanis wäre fast abgehauen.«

»Lassen Sie uns das nicht hier besprechen«, sagte Sofia ruhig und blickte zu Yanis. Sein Blick war dunkel und undurchsichtig. Er hörte offenbar längst nicht mehr zu. Jaan Lodman hatte sich selbst derart in Rage geredet, dass seine Wut nun jeden zu treffen schien, der sich in der Nähe befand.

»Sie machen alles nur noch schlimmer«, zischte er. »Wir kommen gut alleine zurecht. Es ist besser, Sie gehen jetzt.«

Sofia hob erstaunt eine Augenbraue.

»Ich bin nicht Ihr Feind. Ich bin hier, um zu helfen«, sagte sie.

»Wenn es nach mir ginge, würden wir die Dinge allein regeln.«

»Wie Sie meinen«, sagte Sofia und wandte sich zum Gehen. Beinahe augenblicklich sprang Yanis auf und lief aus dem Raum.

»Da haben Sie es«, zischte Jaan Lodman. »Ihre Anwesenheit hier macht alle verrückt.« Er fuhr sich durch seine Haare. Kurz darauf kam Yanis überraschend wieder ins Wohnzimmer gelaufen. Er drückte Sofia einen zusammengefalteten Zettel in die Hand. *Für dich*, schienen seine Augen zu sagen. Jaan Lodman starrte fast schon gedankenverloren an Yanis vorbei, die Situation schien ihn sichtlich zu überfordern. Annika Lodman dagegen wirkte neugierig. »Was ist das für ein Zettel?«, fragte sie.

Yanis starrte sie ein paar Sekunden lang unsicher an, wandte sich dann wieder Sofia zu. Er drückte die Hand, in der sie das Papier hielt, etwas fester zusammen.

»Danke, Yanis«, flüsterte Sofia ihm halblaut zu. »Das sehe ich mir zu Hause an, einverstanden?« Sie konnte die Erleichterung des Jungen beinahe körperlich spüren. Annika Lodman schwieg, ihr Blick war undurchsichtig. *Sie ist gern Herrin der Lage*, ging es Sofia durch den Kopf.

Erst als die Psychologin kurz darauf wieder in ihrem Auto saß, fiel die professionelle Anspannung von ihr ab. Sie legte beide Hände auf das Lenkrad und atmete tief durch. Irgendetwas stimmte hier nicht.

3.

Hauptkommissar Mikael Kohonen legte die Hände auf die Lehnen seines schwarzen Bürosessels und beugte sich angestrengt Richtung Bildschirm, die Worte auf dem Computer

verschwammen vor seinen Augen. Zu lange hatte er sie angestarrt, ohne zu blinzeln. Mit gespreizten Fingern fuhr er sich
durch die grau melierten Haare. Eine bleierne Müdigkeit
überkam ihn. Der Drang, kurz die Augen zu schließen, wurde
immer stärker. *Nur ganz kurz*, dachte er und lehnte sich langsam zurück. Der alte Sessel machte dabei ein quietschendes Geräusch. *Wieso hast du den Brief gestern Abend geöffnet*,
schimpfte er sich selbst. Das Wort »Scheidung« schwarz auf
weiß zu lesen, hatte ihm eine weitere beinahe schlaflose Nacht
auf der Couch beschert. Mikael rieb sich die Augen, strich dabei
mechanisch über die feine Narbe an der linken Augenbraue.
Seine Ehe hatte schon seit längerer Zeit nicht mehr funktioniert. Das wusste er. Schuld daran waren seine Dämonen aus
der Vergangenheit gewesen. Seit dem verheerenden Autounfall
im Dienst, bei dem sein Partner Christopher schwer verletzt
worden war, hatte niemand wirklich zu Mikael vordringen können. Auch seine Frau nicht. Am meisten wühlte ihn auf, dass
durch Sofias Hilfe eine wirkliche Verbesserung seiner Traumata
eingetreten war. Aber gerade dann, als er beschlossen hatte, an
sich zu arbeiten, war seine Frau endgültig ausgezogen. Ein tief
sitzendes Gefühl des Versagens lastete auf seinen Schultern.
Und wollte einfach nicht vergehen.

Ungeduldiges Klopfen an der Tür ließ ihn zusammenzucken.
Mikael richtete sich kerzengerade auf, voller Anspannung, um
dann im nächsten Moment erleichtert wieder in seinen Stuhl
zu sinken.

»Hast du einen Geist gesehen, Mik?«, witzelte Anders,
der im Türrahmen stand. Er trug ein weißes Poloshirt und sah
ziemlich fit und munter aus.

»Mir reicht schon dein Anblick«, konterte Mikael und
lächelte schief. Keinesfalls wollte er dumme Fragen über seinen
Gemütszustand riskieren. Keinesfalls wollte er über sein priva-
tes Scheitern sprechen.

»Ha, ha, sehr witzig«. Anders rollte mit den Augen. Lächelte dabei aber ebenfalls. »Was hast du morgen vor, Mik?«

»Wieso morgen?« Mikael dachte nach. Morgen war Sonntag. Morgen hatte er frei. Pläne hatte er keine. Schlafen wäre vermutlich eine gute Idee gewesen.

»Das Wetter wird gut«, fuhr Anders fort, bevor Mikael antworten konnte. »Kommst du zu uns zum Grillen?«

Mikael dachte einen Moment über die Antwort nach. Auf die bei Anders herrschende Familienidylle mit Haus, Frau und Kindern hatte er weniger Lust als auf jeden Zahnarztbesuch. Anders, der Mikaels Blick richtig deutete, rümpfte die Nase.

»Ich weiß, dass du nichts vorhast. Wir starten um sechzehn Uhr. Diskussion beendet.«

Mikael seufzte. »Ich werde sehen. Bist du jetzt extra in mein Büro gekommen, um mir das zu sagen?«

Etwas in Anders' Blick veränderte sich schlagartig. Binnen Bruchteilen einer Sekunde wechselte er von freundlich zu ernst.

»Eigentlich nicht«, sagte der Kollege langsam. »Eben kam ein weiterer Bericht der Rechtsmedizin.«

Mikaels Augen weiteten sich. »Hast du schon reingelesen?«

Anders nickte stumm. »Es passt alles zu Simo Laaksonen. Wir müssen den Vater kontaktieren. Für eine endgültige Identifikation brauchen wir seine Hilfe.«

Mikael schwieg. Knetete seine Nasenspitze. Die weiteren Schritte, die auf sie zukamen, waren keine einfachen.

»Todesursache?«, fragte er.

»Die konnte nicht mehr zweifelsfrei ermittelt werden.«

»Verdammt!« Mikael zog eine Augenbraue nach oben. Anders fuhr unbeirrt fort.

»Er hatte eine unverheilte Fraktur am linken Arm. Daher liegt die Vermutung nahe, dass er in den Brunnen gestürzt ist«, sagte Anders.

»Oder gestoßen wurde«, fügte Mikael hinzu.

»Ja. Er hatte keine schweren Kopfverletzungen oder dergleichen«, sagte Anders. Seine nächsten Worte wählte er mit Bedacht. »Vielleicht hat er in dem Brunnen noch einige Zeit gelebt.«

Stille erfüllte den Raum. Mikael versuchte, den Gedanken daran zu verdrängen. Aber das Bild eines Jungen, der verletzt und allein am Grund des Brunnens saß und weinte, brannte sich in sein Gehirn, unter seine Haut und in seine Seele. Er würde es von jetzt an in sich tragen. Bei jedem Schritt.

»Wir müssen zum Vater«, sagte Anders.

»Ich weiß«, antwortete Mikael. Sie hatten es bisher geschafft, den Knochenfund gänzlich aus den Medien rauszuhalten. Der Überraschungseffekt war ihnen sicher. Mikaels Magen verkrampfte sich beim Gedanken an das bevorstehende Gespräch. Aber vielleicht war es genau diese eine Nachricht, auf die der Vater seit Jahrzehnten wartete. Die eine Nachricht, die endlich seine quälende Ungewissheit beendete.

»Er heißt Rasmus Laaksonen. Der Vater. Lebt nach wie vor in Paloheinä. Ist nie weggezogen«, sagte Anders. »Wollen wir gleich los, Mik?«

Mikael nickte. Machte jedoch keinerlei Anstalten, sich zu erheben. Stattdessen schien er durch seinen Kollegen hindurchzusehen.

»Zuerst muss ich dir aber auch noch etwas berichten, Anders«, sagte er schließlich.

»Hat es was mit der Metallbox zu tun, die du gefunden hast?«

»Ja.«

»Was war drin?«

»Papier. Einige Seiten. Dank des massiven Behältnisses gut erhalten. Die Kollegen haben mir Scans der Originale zur Verfügung gestellt.«

»Was ist drauf?« Anders neigte den Kopf zur Seite. Sah neugierig und interessiert aus.

»Ich habe mir den Kopf darüber zerbrochen. Werde nicht aus allem schlau«, sagte Mikael. »Aber ich denke, es sind Teile eines Tagebuches. Von Simos Tagebuch.« Mikael holte tief Luft. »Die Frage ist, warum er sie versteckt hat.«

4.

Elvi Nymans Hand zitterte unruhig, als sie vorsichtig an Kekes Tür klopfte. Er hatte den ganzen gestrigen Tag in seinem Zimmer verbracht. War nur kurz herausgekommen, um sein Essen zu holen. Und dann wieder in seinem Zimmer verschwunden.

»Keke, ich mache mir Sorgen um dich«, sagte Elvi, nachdem sie langsam eingetreten war. Keke lag auf seinem Bett und starrte die Decke an. Er reagierte nicht auf ihre Worte.

»Du bist nicht ehrlich zu mir«, versuchte sie einen erneuten Anlauf. Er stöhnte leise, blickte allerdings nicht in ihre Richtung. Offensichtlich hatte er beschlossen, sie zu ignorieren.

»Was war das vorgestern für ein Mann, den du getroffen hast?«, fragte sie schließlich unverblümt. Der kleine Angriff verfehlte sein Ziel nicht. Keke erschrak sichtlich.

»Das geht dich nichts an«, zischte er.

»Doch, Keke. Wir haben eine Vereinbarung«, sagte Elvi streng.

Keke sah sie trotzig an. Wie ein kleines Kind, dem man verboten hatte, weiter von seiner Schokolade zu naschen.

Sie trat neben das Bett und ging in die Knie.

»Wenn du in Schwierigkeiten bist«, flüsterte sie, »ich kann dir helfen.«

Abrupt begann Keke laut und hemmungslos zu lachen. Fast schon hysterisch.

»Mir kann keiner helfen«, presste er zwischendrin hervor.

»Doch, Keke. Ich kann es«, sagte sie ernst.

»Kannst du machen, dass er weggeht?«, fragte Keke schließlich und blickte sie ernst an. Noch immer lag er auf dem Rücken, hatte nur den Kopf in ihre Richtung gedreht.

»Wer denn? Der Mann?«, fragte Elvi vorsichtig.

Kekes Augen weiteten sich. Dann setzte er sich so ruckartig auf, dass Elvi erschrak und beinahe nach hinten kippte. Im letzten Moment schaffte sie es, sich mit den Händen am Boden abzustützen. Keke sprang auf und packte sie unsanft an der Schulter. Zog sie hoch. Er war sich der Kraft, die er ausübte, nicht bewusst.

»Keke, du tust mir weh.«

Erschrocken lockerte er seinen Griff.

»Der Vogel. Kannst du machen, dass er mich in Ruhe lässt?«

Elvi schaffte es, wieder auf die Beine zu kommen. Sie blickte Keke ein paar Sekunden lang stumm an. Dieser große Mann hatte wirklich Angst. Das sah sie ihm an.

»Natürlich kann ich dir helfen«, sagte sie leise. »Doch dafür musst du mit mir reden.«

Keke nickte vorsichtig. Er schien über das Gesagte nachzudenken.

»Aber er hat gesagt, ich darf niemandem etwas erzählen. Er hat gesagt, wir haben ein Geheimnis«, sagte er verwirrt.

»Hast du Angst?«, fragte Elvi.

Wieder nickte Keke. »Er ist böse.«

»Von wem sprichst du, Keke?«

»Von dem Vogel. Dem schwarzen Vogel, der sich unter meinem Bett versteckt«, sagte er. »Er ist da, jede Nacht. Er beobachtet mich«, flüsterte er. »Er macht mir Angst.«

»Keke, da ist kein Vogel unter deinem Bett«, sagte Elvi sanft.

»Doch!«, schrie Keke aufgebracht. »Er ist da. Und wenn du nicht aufpasst, dann holt er dich auch.«

»Keke, beruhige dich. Soll ich mal unter deinem Bett nachsehen?«

»Er kommt nur nachts«, war seine Antwort.

»Wie wäre es dann, wenn ich heute Nacht hier aufpasse?«, fragte sie.

Keke riss seine Augen auf. Sein Blick strahlte Dankbarkeit aus.

»Das würdest du tun?«, fragte er. »Aber ich weiß nicht, ob er kommt, wenn du da bist.«

»Wir werden sehen«, sagte Elvi.

Als sie aus dem Zimmer schritt, spürte sie noch immer eine leichte Gänsehaut auf den Unterarmen. Sie wollte Keke helfen. Und herausfinden, was ihn so beschäftigte. Eines jedoch musste sie zugeben. Auch sie hatte ein mulmiges Gefühl.

5.

»Ich war schon ewig nicht mehr hier«, murmelte Mikael Kohonen, während er aus dem Beifahrerfenster auf mehrere neu gebaute Wohnblocks starrte. »Hat sich einiges getan.«

Anders warf stattdessen einen besorgten Blick zum Himmel. »Sieht nach Regen aus, Mik.«

Sie befanden sich am südlichen Ende des Stadtteils Paloheinä und fuhren auf der Hauptstraße weiter in Richtung Norden.

»Dann hoffen wir mal, dass Rasmus Laaksonen zu Hause ist. Und uns reinbittet«, meinte Mikael. Er hasste es, Angehörigen schlechte Nachrichten überbringen zu müssen. Dennoch war es Teil seines Berufs und musste erledigt werden.

Inzwischen hatte es leicht zu tröpfeln begonnen. Der Scheibenwischer fuhr in langsamen, regelmäßigen Intervallen hin und her. Erzeugte dabei jedes Mal ein quietschendes Geräusch.

»Allmählich sieht die Gegend hier aus, wie ich sie in Erinnerung habe«, murmelte Mikael. In einer älteren Siedlung reihte sich ein Einfamilienhaus neben das andere. Alle sahen ähnlich aus.

»Was hast du mit Paloheinä am Hut?«, fragte Anders.

»Freija kommt von hier«, antwortete Mikael, ohne weiter darüber nachzudenken. Bereits eine Sekunde später bereute er seine Worte. Über seine Frau zu sprechen, während er mit Anders allein im Auto fuhr, war ganz sicher keine gute Idee.

»Wie geht es Freija?«, fragte Anders prompt.

»Ich weiß es nicht«, sagte Mikael wahrheitsgemäß.

»Und wie geht es dir?«

»Ganz gut, denke ich.« *Hör auf zu fragen.*

Anders drehte den Kopf und blickte Mikael kurz ins Gesicht, bevor er sich wieder der Straße vor ihnen zuwandte.

»Wenn du mal reden willst, Mik …«

»Konzentrier dich auf den Verkehr, Anders.«

»Du könntest ja auch mal das Steuer übernehmen«, entfuhr es Anders.

Daraufhin herrschte betretenes Schweigen im Wagen. Mikael hatte seit seinem Unfall vor vielen Jahren Schwierigkeiten mit dem Autofahren. Das wusste jeder. Sofia hatte ihn in zahlreichen Sitzungen so weit gebracht, dass er wieder ohne größere Panikattacken einsteigen konnte. Doch wenn er die Wahl hatte, ließ er immer noch lieber andere ans Lenkrad. Sein Kollege wusste das, sprach eigentlich nie darüber.

»Entschuldige, Mik«, murmelte Anders nach einer Weile.

»Schon gut, du hast ja recht.« Es gab so einige Baustellen im Leben von Mikael Kohonen, die er früher oder später würde angehen müssen. Momentan war ihm später lieber als früher.

»Das Ziel befindet sich in hundert Metern rechts«, tönte das Navi und Mikael richtete sich auf. Sie parkten vor einem einfachen, aber gepflegten Häuschen mit einer weißen

Eingangstür. Mittlerweile hatte es wieder aufgehört zu regnen. Ein Geruch nach feuchter Erde lag in der Luft, als Mikael die wenigen Meter über die nasse Straße zum Haus schritt. Er blieb einen Moment lang stehen und sog die Art von frischer Luft ein, die es nur nach Regen gab. Hinter ihm ließ Anders krachend die Wagentür zufallen.

»Geht's noch lauter, Anders? Die arme Tür.« Aus dem Augenwinkel nahm Mikael eine andere Bewegung wahr. Ohne den Kopf zu drehen, schielte er in die Richtung, in der er sie gesehen hatte, konnte jedoch niemanden entdecken.

»Ich glaube, in dieser Siedlung bleiben Geheimnisse nicht lange geheim«, meinte Mikael, mehr zu sich selbst. Anders war mittlerweile mit fragendem Blick zu ihm getreten. Ohne weitere Erklärung drückte Mikael den Klingelknopf und harrte der Dinge, die da kommen sollten.

Schlurfende Schritte näherten sich von innen. Dann öffnete ein älterer, verhärmter Mann die Tür. Seine Haare waren durchgehend grau, die Schatten unter den Augen schwarz.

»Ja?«, fragte er und musterte die beiden Männer aufmerksam, die da vor ihm standen. Er musste über die Jahre viel mit Polizisten zu tun gehabt haben, denn seinem Blick entnahm Mikael, dass er sie sofort richtig einordnete.

»Rasmus Laaksonen?«

»Ja.«

»Hauptkommissar Mikael Kohonen. Das hier ist mein Kollege Loris Anders. Dürfen wir reinkommen?« Er zeigte seinen Dienstausweis dem Mann, der sowohl ihn als auch das Dokument skeptisch musterte. »In Ordnung«, erwiderte er schließlich, klang dabei aber alles andere als erfreut.

Rasmus Laaksonen trat ein Stück nach hinten und bedeutete den beiden Ermittlern einzutreten. Ein modriger Geruch empfing sie und ließ Mikael instinktiv wieder einen Schritt zurückweichen. Dabei trat er Anders auf den Fuß.

»Entschuldige«, murmelte er.

Innen war das Haus bei Weitem nicht so aufgeräumt und ordentlich, wie es von außen wirkte. Laaksonen führte sie in sein Wohnzimmer, in dem auch ein kleiner Esstisch stand. Sein Blick war düster und undurchsichtig.

»Gibt es etwas Neues?«, fragte er.

»Vielleicht sollten Sie sich setzen«, schlug Anders vor. Biss sich dann aber auf die Lippen. Der Tisch war übersät mit leeren Flaschen und benutztem Geschirr. Auf den Tellern gammelten undefinierbare Essensreste vor sich hin. Über den Stühlen hing dreckige Wäsche. Es schien Laaksonen nicht zu stören. Oder er nahm es überhaupt nicht mehr wahr. Etwas in seinem Blick veränderte sich, als eine Gewissheit sich in seinem Kopf ausbreitete.

»Sie haben ihn gefunden«, sagte er leise. Mikael war unfähig, seinen Blick zu deuten. Suchte darin vergebens nach einem Zeichen der Hoffnung. Oder der Trauer.

»Wir gehen davon aus«, sagte er. »Aber wir brauchen Ihre Hilfe bei der endgültigen Identifikation.«

»Wo?«, fragte der Vater, ohne auf das vorher Gesagte einzugehen.

»Im Wald«, sagte Mikael und wartete ab. Laaksonen senkte den Kopf und hob beide Hände vor sein Gesicht.

»Wir haben überall gesucht«, murmelte er.

»Dort nicht«, antwortete Mikael und setzte den Vater mit kurzen, prägnanten Sätzen ins Bild. Dabei legte er ein Foto auf den Tisch. Es zeigte einen halb verrotteten grünen Kinderschuh.

»Ich muss Sie das jetzt fragen. Kennen Sie diesen Schuh?«

Ein Zittern ging durch den Körper des Mannes. Er hob seine Hand, um nach dem Foto zu greifen, überlegte es sich dann aber doch anders.

»Ja«, hauchte er. »Simo hatte solche Schuhe.«

Einen Moment lang herrschte absolute Stille in dem Raum. Rasmus Laaksonen hatte sich erstaunlich schnell wieder im Griff.

»Erinnern Sie sich noch an die Leute, die damals bei der Suche halfen?«

»Halb Paloheinä war dabei. Was soll diese Frage?«, zischte Laaksonen.

»Der Täter ist nach wie vor auf freiem Fuß, Herr Laaksonen«, antwortete Mikael.

»Simo ist tot. Was wollen Sie denn noch nach all dieser Zeit?«

»Herausfinden, was passiert ist«, sagte Mikael schlicht.

»Ich möchte, dass Sie jetzt gehen. Ich will allein sein.«

»In Ordnung«, sagte Mikael. »Doch zuvor brauchen wir eine DNA-Probe von Ihnen. Für die Identifikation.«

»Von mir aus«, zischte Laaksonen.

Bereits an der Haustür, drehte Mikael noch einmal den Kopf.

»Eine letzte Frage noch. Wissen Sie, ob Simo ein Tagebuch geführt hat?«

Bei dieser Frage blitzte etwas in Laaksonens Augen auf.

»Nicht dass ich wüsste«, sagte er. Seine Augen verrieten die Lüge.

»Auf Wiedersehen«, sagte Mikael. »Wir melden uns.« Damit verließen sie das Haus und hörten, wie die Tür hinter ihnen geräuschvoll ins Schloss flog.

»Mit dem Typen stimmt was nicht, das schwör ich dir«, sagte Mikael, nachdem sie ihren Wagen erreicht hatten.

»Er hat nicht einmal gefragt, wann die Beerdigung stattfinden kann«, sagte Anders. »Eigentlich hat er überhaupt nichts gefragt.«

»Und wir konnten ihn auch noch nicht zu Simos Verletzungen befragen.«

Anders umrundete das Auto und stieß einen erstaunten Pfeifton aus.

»Sieh mal, Mik. Unter dem Scheibenwischer klemmt ein Zettel.«

»Darf man hier nicht parken, oder was«, witzelte Mikael und wollte schon einsteigen. Anders fischte nach dem Papier und faltete es auf.

»Sieh dir das mal an«, rief er. Er reichte Mikael den Zettel. »Fragen Sie Keke Harju«, war in krakeliger Schrift darauf geschrieben.

»Was soll das?«, fragte Anders.

»Klingt nach einem Namen«, antwortete Mikael.

»Ach, was du nicht sagst!«

Beide blickten sich verstohlen um. Es war weit und breit niemand zu sehen.

»Wir wirbeln alten Staub auf«, sagte Mikael. Es fühlte sich an, als lauerten hier an jeder Ecke dunkle Geheimnisse. Bei denen man sich fragte, ob es gut war, sie nach all den Jahren freizuschaufeln.

6.

Elvi Nyman warf einen Blick auf ihre Armbanduhr. Zum zwanzigsten Mal in der letzten halben Stunde. Es war mittlerweile dreiundzwanzig Uhr. So lange war sie noch nie in den Räumlichkeiten der betreuten Wohngemeinschaft geblieben.

Mittlerweile bereute sie es, Keke diese nächtliche Überwachung zugesagt zu haben. Sie saß nunmehr seit fast zwei Stunden auf einem harten Holzstuhl in seinem Zimmer. Er schlief seit halb zehn friedlich. Elvi dagegen wusste kaum mehr, wie sie sitzen sollte. Sie hatte auf ihr Handy gestarrt und probiert zu lesen. Dennoch war ihr langweilig.

Was hast du denn erwartet, Elvi? Es ist Keke. Keke erzählt gerne Geschichten, dachte sie.

Sie erhob sich von ihrem Stuhl und streckte sich ausgiebig. Keke grunzte kurz im Schlaf und drehte sich um, sodass er ihr den Rücken zuwandte.

Zeit für eine kleine Pause, dachte Elvi. Sie wollte sich für einen Moment die Beine vertreten und dann auf ihren nächtlichen Posten zurückkehren. Vorsichtig drückte sie die Klinke von Kekes Tür nach unten, um ihn nicht zu wecken, und schlich auf Zehenspitzen hinaus. Mit einem Blick zurück vergewisserte sie sich, ob er noch immer schlummerte, dann zog sie die Tür behutsam zu. Alles war still. Auch die Türen der Mitbewohner waren geschlossen. Der Flur lag einsam vor ihr.

Schlaf gut, dachte sie. Und ging in Richtung Ausgang. Sie wollte draußen in Ruhe eine Zigarette rauchen. Auf dem Weg dorthin warf Elvi einen Blick durch eines der allesamt geschlossenen Fenster ins Freie. Das sonst so dämmrige Licht hatte sich in den letzten Minuten zunehmend verdunkelt. Große schwarze Wolken waren aufgezogen. Der Wind brachte die Baumkronen in Bewegung und kündigte ein Unwetter an.

Vielleicht spare ich mir die Zigarette doch, dachte sie, als ein Knall sie zusammenzucken ließ. Augenblicklich hatten sich sämtliche feinen Haare auf ihrem Körper kerzengerade aufgerichtet. Was war das gewesen? Sie drehte sich um und blickte in den leeren, düsteren Gang. Nach wie vor waren alle Türen und Fenster geschlossen. Nichts als Leere um sie herum.

Du kennst das hier. In diesen Räumen ist nichts Ungewöhnliches, sprach sie sich selbst Mut zu. *Ich muss noch einmal zu Kekes Zimmer und nach dem Rechten sehen. Ich habe es ihm versprochen.*

Es kostete sie tatsächlich einige Überwindungskraft, kehrtzumachen. Alle ihre Instinkte rieten ihr zum Rückzug. Dennoch stand sie kurz darauf vor Kekes Tür und legte ihre Hand auf die kühle Metallklinke. Bereit, jeden Moment den

Raum zu betreten. Da hörte sie es. Eine tiefe Stimme. Nicht Kekes Stimme. »Was hast du getan, Keke?«, fragte die Stimme. Nur mühsam unterdrückte Elvi einen Schrei.

Er kommt nur nachts. Er ist böse, klangen Kekes Worte vom Nachmittag in ihren Ohren nach. Sie spürte das dumpfe Pochen ihres Herzens. Und hörte das Blut in ihren Ohren rauschen. *Ich muss hier weg!*

Noch immer lag ihre Hand auf dem Türgriff. Sie war wie erstarrt. »Wem hast du von mir erzählt?«, fragte die Stimme hinter der Tür.

»Niemandem«, piepste Keke. »Ich schwöre es.«

»Ich glaube dir nicht.«

»Bitte tu mir nichts!«

Das reicht jetzt, dachte Elvi. Sie kratzte all ihren Mut zusammen. Und drückte die Klinke nach unten. Mit einem kraftvollen Schwung stieß sie die Tür auf. Das Erste, was sie wahrnahm, war Keke. Er saß kerzengerade in seinem Bett und starrte sie aus dunklen Augen an. Hinter ihm war das Fenster weit geöffnet. Der Wind ließ die Vorhänge wehen.

»Er ist wieder weg«, hauchte Keke. »Glaubst du mir jetzt?«

7.

Mikael Kohonens Finger schmerzten. Zu oft hatte er sie in der letzten Stunde gedankenverloren knacken lassen. Er überflog zum hundertsten Mal das Protokoll der Vernehmung von Simos Vater aus dem Jahr 1985. Simo sei beinahe jeden Tag und bei jedem Wetter zum Spielen draußen gewesen. Eines Abends sei er nicht nach Hause gekommen. Viel mehr stand da nicht. Je öfter Mikael die kurzen Zeilen seiner damaligen Kollegen überflog, desto seltsamer wurde sein Gefühl. Er konnte nicht sagen, warum. Lag es daran, dass der Vater keinerlei Freunde seines Sohnes hatte benennen können? Daran, dass der Junge freiwillig bei jedem Wetter draußen umhergestreift war? Oder an den vielen verheilten Verletzungen, die die Rechtsmedizin festgestellt hatte? Mikael empfand plötzlich ein tiefes Mitgefühl mit dem Jungen, der alleine in dem kalten Brunnen verstorben war. Er legte den Kopf zurück und schloss für einen kurzen Moment die Augen. Als Nächstes wollte er sich den Tagebuchseiten des Jungen intensiver widmen, die er bisher zwar überflogen, aber nicht bis ins letzte Detail studiert hatte.

Ein Räuspern ließ Mikael zusammenzucken. Seine Vorgesetzte Susanna Anttila stand in der Tür und taxierte ihn. Sie trug wie meistens einen Hosenanzug und Schuhe mit hohen Absätzen. Ihre Haare hatte sie zu einem strengen Pferdeschwanz zusammengebunden.

»Mik, was gibt es Neues?«

Mikael brauchte ein paar Sekunden, um sich zu sammeln. Er richtete sich auf, wobei sein alter Bürosessel ein quietschendes Geräusch von sich gab.

»Die Kinderleiche aus dem Brunnen hat jetzt einen Namen«, sagte er schließlich. »Wir waren heute beim Vater für einen DNA-Test, der jeden Zweifel ausräumen soll.«

»Und?«

»Undurchsichtiger Kerl.« Mehr sagte Mikael nicht.

»Dranbleiben«, meinte Anttila, die oft in kurzen, prägnanten Sätzen sprach. Mikael wusste, dass ihr Verstand außerordentlich schnell arbeitete, bei einigen Kollegen hatte sie mit ihrem fast militärischen Befehlston allerdings nicht den besten Ruf.

»Die ersten Pressemeldungen lassen nichts Gutes erahnen. Ergebnisse müssen her, Mik.«

Mikael nickte stumm. *Wie immer*, dachte er. Seine Arbeit war ein ewiger Wettlauf gegen die Zeit. Mal mehr, mal weniger gehetzt.

»Ich habe Tagebuchteile von Simo aus dem Jahr 1985 gefunden. Im Wald«, fuhr Mikael fort.

»Aufschlussreich?«

»Auf den ersten Blick bieten sie keinen wirklich bahnbrechenden neuen Hinweis. Aber sie sind der Schlüssel, um einen besseren Eindruck von dem Jungen zu gewinnen. Was er getrieben hat, vor was er sich fürchtete. Deshalb lohnt es sich mit Sicherheit, sie eingehender zu studieren …«

Das Seufzen, das aus Anttilas Mund kam, war schwer einzuordnen. »Was gibt es Neues bei Yanis?«

»Er spricht noch immer nicht. Aber er hat gezeichnet«, antwortete Mikael.

Anttila war an Mikael vorbei ans Fenster getreten und schaute hinaus, wobei sie ihm den Rücken zukehrte. »Er muss reden«, meinte sie gedankenverloren. »Sagen Sie das Ihrer Psychologin.«

Sie ist nicht meine Psychologin, dachte Mikael, dennoch überkam ihn ein seltsames Gefühl der Scham und er hoffte, dass man ihm dieses nicht ansah.

»Ich weiß«, sagte er laut und räusperte sich. Thema beendet.

»Was ist mit der Auswertung der Kameras rund um den Supermarkt?«, fuhr Anttila fort. Sie hatte sich zu ihm umgedreht und musterte ihn mit klarem Blick. Mikael schätzte ihre Fähigkeit, stets den Überblick zu behalten, dennoch kam auch er sich durch die Art ihrer Fragen ein wenig wie bei einem Kreuzverhör vor.

»Yanis spricht mit einer Frau und verlässt daraufhin den Supermarkt. Wir hoffen weiterhin auf Hinweise zu ihrer Person. Nachdem Yanis durch den Ausgang ist, verliert sich seine Spur.«

»Er muss aber irgendwo in ein Auto eingestiegen sein.«

»Das ist richtig, Chefin. Wir sind dran.«

Anttila betrachtete Mikael für einen Moment, ohne etwas zu erwidern. Mikael wusste, dass sie nachdachte und diese kleine

Pause nicht mit Small Talk füllen würde. In diesem Punkt waren sie sich erstaunlich ähnlich. Ihr schien keine weitere Frage mehr einzufallen.

»Weitermachen«, meinte sie daher, wobei sie freundlich lächelte. Es war ihre stille Art der Anerkennung für seine Arbeit.

Nachdem Anttila gegangen war, warf Mikael einen Blick auf seine Uhr. Dann fischte er ein weißes Hemd aus dem hintersten Eck seines Schranks. Es wies einige Falten auf, aber etwas Besseres gab es nicht. Als er wenig später das Büro verließ, spürte er tatsächlich einen Anflug von Nervosität. *Reiß dich zusammen*, dachte er. *Du bist keine fünfzehn mehr.* Er war mit Sofia Eriksson in einem kleinen Pub in der Innenstadt verabredet, wo sie sich gegenseitig auf den neuesten Stand bringen wollten. Als er um die nächste Häuserecke bog, sah er sie schon von Weitem. Sie trug Jeans und eine weiße Bluse und sah umwerfend aus. Wenn auch etwas müde. Sie war der Typ Frau, der sich keine große Mühe geben musste, um gut auszusehen.

Sofia winkte ihm aus der Entfernung zu und er wünschte sich plötzlich, dass sein Hemd nicht so viele Falten aufgewiesen hätte. *Nur geschäftlich*, erinnerte er sich selbst.

Als sie in das Pub traten, atmete Mikael erleichtert durch. Es war fast leer. Nur ein älterer Typ an der Bar, der offensichtlich deprimiert auf das Bier vor sich starrte und nicht den Blick hob. Mikael ging voraus und wählte einen Tisch im hinteren Teil.

»Hier findet uns der Kellner niemals«, witzelte Sofia und lächelte auf hinreißende Art und Weise.

»Dafür können wir in Ruhe reden«, erwiderte Mikael. Als sie Platz genommen hatten, nahm Sofias Miene besorgtere Züge an.

»Wie geht es Ihnen, Mik? Sie sehen mitgenommen aus.«

»Mir geht es gut.«

»Haben Sie wieder Albträume?«

»Wir sind nicht hier, um über mich zu sprechen. Diesmal nicht.«

Mikael spielte auf die Zeit im letzten Jahr an, in der Sofia zahlreiche Gespräche mit ihm geführt hatte. Gespräche, um den lange zurückliegenden Autounfall während seines Dienstes aufzuarbeiten, bei dem sein damaliger Partner Christopher schwer verletzt worden war. Christopher war seitdem ein Pflegefall und Mikael hatte nicht nur mit dem Autofahren, sondern vor allem auch mit seinem schlechten Gewissen massive Probleme gehabt. Damals hatte sein Befinden im Vordergrund gestanden, heute dagegen sah er keinen Grund dafür.

»Sie haben recht, Mik«, sagte sie und blickte auf den Tisch.

»Wie läuft es mit Yanis?«, fragte Mikael, woraufhin sie wieder den Kopf hob. Ihre Lippen setzten gerade zu einer Antwort an, als der Kellner an den Tisch trat und ihnen freundlich eine Karte unter die Nase hielt. »Darf ich schon Getränke bringen? Essen Sie auch etwas?«

Mikaels Magen knurrte. Er hatte mal wieder fast den ganzen Tag über nichts gegessen.

»Ich nicht«, sagte Sofia höflich. »Aber bringen Sie mir bitte das Hausbier.«

Mikael war überrascht. Ihre Getränkeauswahl gefiel ihm. Zugleich entschied er, dass er auch nichts essen würde. Er wollte keinesfalls wie ein Flegel vor ihr sitzen und sich einen Burger in den Mund stopfen.

»Ich nehme auch das Hausbier«, sagte er daher. »Sonst nichts.« Sein Magen quittierte diese Ansage mit einem wütenden Knurren.

»Mit Yanis läuft es eigentlich gut«, sagte Sofia, nachdem der Kellner sich entfernt hatte. »Er baut zunehmend Vertrauen zu mir auf. Er hat wieder gezeichnet.«

»Was hat er gezeichnet?«, fragte Mikael interessiert.

»Wieder einen schwarzen Vogel«, murmelte Sofia und spielte damit auf Yanis' derzeitiges Lieblingsmotiv an. Mikael runzelte nachdenklich die Stirn.

»Aber er hat noch nicht gesprochen?«

»Nein«, antwortete Sofia. »Doch es ist nur eine Frage der Zeit.«

»Ich fürchte, diese Zeit haben wir nicht«, seufzte Mikael. »Meine Chefin hat mir vorhin noch mal unmissverständlich klar gemacht, dass Yanis reden muss. Wir haben nichts. Er ist der wichtigste Zeuge. Er muss reden, er muss einfach.«

»So funktioniert das aber nicht«, sagte Sofia bestimmt, nachdem der Kellner ihre Getränke auf den Tisch gestellt hatte. »Erst das Vertrauen, dann das Reden. Lassen Sie mich meinen Job machen.«

Mikael nickte leicht. Er nahm einen Schluck von seinem Bier und überlegte, was er als Nächstes sagen sollte. Sofia kam ihm zuvor.

»Wer mir etwas Sorgen bereitet, sind die Lodmans. Yanis' Eltern.«

»Inwiefern?«

»Als ich heute bei ihnen war, lag so viel unterschwellige Wut im Raum, vor allem bei Annika Lodman. Eventuell rührt es daher, dass ihr Mann ihr die Schuld daran gibt, was passiert ist.«

Mikael überlegte. Die Eltern hatte er längst überprüft und als Verdächtige ausgeschlossen. Beide waren nie strafrechtlich in Erscheinung getreten, Jaan Lodman hatte für die Tatzeit ein gesichertes Alibi, weil er als Anwalt einen Gerichtstermin wahrgenommen hatte. Er konnte sich keinen anderen Reim auf ihr Verhalten machen, als dass sie der Vorfall zutiefst mitgenommen hatte.

»Am Montag begleite ich Sie zu den Lodmans, einverstanden?«, fragte er.

»Einverstanden«, antwortete Sofia.

Damit schien der geschäftliche Teil der Unterhaltung vorerst beendet zu sein. Beide Gläser waren allerdings noch halb voll. Mikael räusperte sich. Small Talk lag ihm überhaupt nicht.

»Ich bin froh, wieder mit Ihnen zusammenzuarbeiten«, sagte Sofia. Und blickte ihm in die Augen. Er merkte, wie ihm eine peinliche Röte ins Gesicht stieg. Zum Glück war es in dem Pub dunkel.

»Ich halte Sie für einen der Besten«, fügte sie schließlich hinzu. Sein Blick wanderte zu ihren Händen, die zusammengefaltet auf der Tischplatte ruhten. *Kein Ehering*, dachte er. Und ohrfeigte sich im nächsten Moment innerlich selbst. *Bleib professionell*. Der Alkohol stieg ihm bereits zu Kopfe. Sein leerer Magen war schuld. Überraschenderweise leerte sie ihr Glas vor seinen Augen in einem Zug. Er dachte, sie würde sich jetzt schnell verabschieden. Aber sie blieb. Und bedeutete dem Kellner, eine weitere Runde zu bringen.

»Ich will diesen fiesen Tag aus meinem Kopf vertreiben«, sagte sie und lächelte ihn an. Mikael überkam eine seltsame Nervosität, die hauptsächlich daran lag, dass er nicht aus ihr schlau wurde. Flirtete sie mit ihm? Und wenn ja, wollte er das überhaupt? Immerhin wusste sie jede Menge unschöne Details über ihn. Unbeholfen räusperte er sich. Warum fühlte er sich neben ihr wie ein Schuljunge?

Gerade kam der Kellner mit der zweiten Runde Bier. Hastig trank Mikael den letzten Schluck aus seinem ersten Glas, der allerdings größer war, als er gedacht hatte. Fast hätte er sich verschluckt. Als der Kellner sein Tablett abstellen wollte, passierte es. Einer der beiden Bierkrüge kippte um und der gesamte Inhalt landete auf Mikaels Hose.

»Oh mein Gott, entschuldigen Sie«, rief der Kellner erschrocken. »Ich hole Tücher.«

Mikael war reflexartig aufgesprungen. Seine Hose triefte. Und Sofia kicherte.

»Im Fiesen-Tag-Vertreiben sind Sie spitze«, witzelte sie. »Kann ich irgendwie helfen?«

»Ich fürchte, ich werde jetzt nach Hause gehen«, stammelte Mikael, dem das Ganze peinlich war. Jetzt stand er nicht nur mit zerknittertem Hemd da, das leicht über seinem Bäuchlein spannte. Seine Hose sah zudem aus, als hätte er es nicht mehr rechtzeitig zur Toilette geschafft.

»Ich begleite Sie nach draußen«, sagte sie und ließ einen Geldschein auf dem Tisch liegen. Dieser Umstand trug nicht gerade dazu bei, seine Laune zu heben. *Nicht mal ans Bezahlen denkst du*, schimpfte er sich im Stillen. Und stapfte nach draußen.

Vor dem Pub empfing sie eine angenehm kühle Abendluft. Sofia verschränkte die Arme vor der Brust und lächelte.

»Danke für den unterhaltsamen Abend, Mikael.«

»Stets zu Ihren Diensten als Dorfclown«, antwortete er.

»Wir sehen uns am Montag.«

Sie beugte sich leicht vor, streifte mit ihren Lippen hautnah an seiner Backe vorbei. »Ich freue mich darauf«, flüsterte sie in sein Ohr. Und verschwand hinter der nächsten Häuserecke. Mikael blieb mit leicht geöffnetem Mund zurück.

SOMMER 1985

Tagebucheintrag vom 14.7.

Heute war ein richtig heißer Tag. Ich wäre gerne an den See gegangen. So wie die anderen Kinder aus der Nachbarschaft. Aber ich bin nicht so wie die anderen. Mein Leben ist anders. Nicht einmal eine kurze Hose konnte ich anziehen. Sonst hätten sie die ganzen blauen Flecken gesehen. Zum Glück gibt es den kühlen Wald. Ich mag die Ruhe. Und das Alleinsein. Manchmal stelle ich mir vor, die Bäume wären meine Freunde. Ich spreche mit ihnen. Lausche ihrem vertrauten Klang.

Zu Mittag habe ich Cracker gegessen, etwas anderes habe ich nicht gefunden. Der Kühlschrank war leer. In meinem Bauch grummelt es. Dann ist mir etwas eingefallen. Soll ich zu IHM gehen? Dort gibt es Essen. Und Limo. Zumindest, nachdem man seine Behandlung im Keller überstanden hat. Nein, heute nicht. Heute will ich alleine sein.

Ich war den ganzen Tag im Wald. Habe mich in das kühle Moos gelegt, bis mein Körper ganz kalt wurde. Habe mir die Wolken angesehen, die irgendwann in meinem Kopf die verschiedensten Formen annahmen.

Abends beim Einschlafen stelle ich mir all die Dinge vor, die ich gerne essen würde. Brathähnchen, Pizza, Pommes. Das Wasser läuft mir im Mund zusammen. Und dann denke ich wieder an IHN. Ich hasse IHN. Ich weiß, dass ich wieder dorthin muss. Er wartet auf mich.

Montag

8. Juni 2015

1.

»Mik, hallo? Ich rede mit dir.« Die Stimme von Anders drang aus weiter Entfernung an Mikael Kohonens Ohr. Gedämpft, als hätte ihm jemand einen großen Wattebausch um den Kopf gewickelt.

»Wo warst du gestern, Mik?«, fragte Anders erneut.

»Was meinst du?«, entgegnete Mikael gedankenverloren. Er starrte aus dem Fenster seines Büros und beobachtete einige Vögel, die kreischend vorüberzogen, vermutlich in Richtung Meer. Der Himmel war um diese frühe Uhrzeit bereits strahlend blau. Keine Wolke war zu sehen.

»Das Grillen. Du warst eingeladen«, fuhr Anders fort.

Mist! Langsam drehte Mikael sich um. »Sorry, ich war müde.«

»Du hast die besten Steaks verpasst«, sagte Anders und rümpfte die Nase. »Ich hoffe, du kamst zum Schlafen. Siehst jedenfalls erholter aus.«

Tatsächlich hatte Mikael sehr gut geschlafen. Den Brief auf seinem Küchentisch hatte er ignoriert. Dafür hatte er das ein oder andere Mal an Sofia gedacht.

»Was gibt's Neues bei Sofia Eriksson?«, fragte Anders, als hätte er Mikaels Gedanken gelesen.

»Sie baut Vertrauen zu Yanis auf. Das dauert. Ich begleite sie nachher zu den Lodmans. Und mache mir selbst ein Bild.«

»Ach, deswegen hast du heute ein Hemd an«, spottete Anders. »Und sogar ein gebügeltes.«

»Klappe zu, Anders«, erwiderte Mikael und wechselte das Thema. »Was war bei dir?«

Anders lächelte einen Moment lang weiter und betrachtete Mikael aufmerksam. Dann wurde sein Gesichtsausdruck ernst. »Ich war schon fleißig. Ich habe diesen Keke Harju aufgestöbert. Du weißt schon, der Name, der auf dem Zettel unter dem Scheibenwischer stand.«

»Gut. Was ist das für ein Kerl?«

»Er lebt in einem betreuten Wohnheim für geistig beeinträchtigte Menschen. Ein Gespräch könnte unter Umständen etwas schwierig werden.«

»Hm. Wie alt ist dieser Keke?«, fragte Mikael.

»Jahrgang 1972«, las Anders von einem Blatt vor ihm ab. »Also zweiundvierzig«, fügte er hinzu, weil Mikael nicht sofort reagierte.

»Danke, du Mathegenie«, witzelte Mikael. »Er war also noch ein Kind, als Simo verschwand. Gerade mal dreizehn. Vorstrafen?«

»Nein«, antwortete Anders. »Aber es gibt einen Eintrag wegen eines Polizeieinsatzes auf einem Spielplatz.«

Mikael wurde hellhörig. »Was war auf dem Spielplatz?«

»Er hat sich wohl seltsam verhalten und die Kinder verängstigt. Eine Mutter hat die Polizei gerufen.«

»Klingt, als müssten wir ihm einen Besuch abstatten«, sagte Mikael. »Wo ist das Wohnheim?«

»In Metsälä.«

»Okay.« Mikael machte eine dramatische Pause. »Ich will ihn persönlich fragen, ob er Simo gekannt hat.«

»Oder herausfinden, ob uns jemand auf eine gänzlich falsche Spur locken will«, fügte Anders etwas leiser hinzu.

2.

Joona Mäki lag in seinem Bett. Dachte an seinen Kiosk. Und wollte nicht aufstehen. Auch wenn er durch die großen Ritzen des alten Rollladens bereits erkennen konnte, dass es ein wunderbar sonniger Tag werden würde. Das Baby lag quer im Bett und er hatte, wie meistens, die kleinen Füße im Gesicht. Nur seine Frau kam in den Genuss des süßen Köpfchens, das sich vertrauensvoll an sie schmiegte. Joona hatte den ganzen Sonntag lang nachgedacht. Über den Mann. Die Kratzer an seinem Auto. Und seine nächsten Schritte. Seine Frau hatte er diesmal nicht eingeweiht. Er wollte ihr keine unnötigen Sorgen bereiten. Es reichte schon, dass er beunruhigt war. Wenn er das Schnüffeln jetzt sein ließ, würde er niemals eine Antwort darauf erhalten, ob sein Bauchgefühl ihn getäuscht hatte. Dafür gab es in diesem Fall wahrscheinlich keinen Ärger mehr wie Kratzer im Lack. Sein Gehirn wägte auch jetzt, im Halbschlaf, immer noch beide Optionen gegeneinander ab. Bis seine Frau die Gedanken zerriss.

»Schatz, du kommst zu spät zur Arbeit«, flüsterte sie. Beinahe augenblicklich bewegte sich der kleine Babykörper neben ihm leicht. Er nützte die Gelegenheit und wälzte sich umständlich aus dem Bett.

Als er wenig später seinen Kiosk aufschloss, atmete er tief durch. Alles war so wie immer. Hier fühlte er sich sicher und wohl. Er konnte beinahe die Anwesenheit seines Vaters spüren, der hinter der Theke stand und mit der Hand das Holz polierte. Joona griff nach einem Stapel frischer Tageszeitungen und ritzte, ohne wirklich hinzusehen, mit einem Messer die Plastikhülle auf. Dabei rutschte er leicht ab und das Messer schnitt in die Haut seines Zeigefingers. Reflexartig steckte er den Finger in den Mund, um die Blutung zu stillen. Er war sich sicher, dass es nur eine winzige Verletzung war, auch wenn der metallene Geschmack nicht aufhören mochte. Als er wenig später die Wunde ansah, tropfte dunkelrotes Blut auf die Titelseite der obersten Zeitung. Gedankenverloren folgte er mit seinem Blick den Spritzern. Und erstarrte. Es waren weniger die in das grobe Papier der Zeitung gesickerten roten Tropfen, die seine Aufmerksamkeit erregt hatten, als vielmehr die Schlagzeile darunter. Auf der Titelseite blickte ihm ein Kindergesicht entgegen. Joonas Augen scannten die Überschrift, lange bevor sein Gehirn fähig war, die Information zu verarbeiten. »WER IST DER BRUNNENMANN?« stand da in dicken schwarzen Buchstaben. Joona schoss beim Lesen nur ein einziger Gedanke durch den Kopf: *Es gibt sie tatsächlich. Die richtig bösen Menschen. Sie sind mitten unter uns. Getarnt. Lauernd.*

Und plötzlich hatte er seine Entscheidung gefällt. Er wickelte den verletzten Finger in ein Taschentuch und zog sein Handy aus der Hosentasche. Suchte nach der Adresse jener Schule, die ihm die Mitarbeiterin der Bäckerei genannt hatte. *Ich will mich nur umsehen. Vielleicht kann ich etwas über den unheimlichen Mann herausfinden,* dachte er. *Und dann wende ich mich an die Polizei.*

Er drehte das Schild an seinem Laden wieder auf »Geschlossen«. Seine Frau informierte er nicht. Auch sonst wusste niemand, was er vorhatte. Niemand kannte seinen Plan. Nur er selbst.

3.

»Guten Morgen!«, flötete eine unverschämt gut aussehende Sofia. Sie hielt einen halb vollen Pappbecher in der Hand, den sie mit einem schnellen Schluck leerte.

»Guten Morgen«, erwiderte Mikael. Er musste zugeben, dass beim Anblick der Psychologin augenblicklich ein wenig von deren guter Laune auf ihn überschwappte. Sofia sah aus wie das pure Leben. Ihre Haut war glatt und makellos. Die feinen Fältchen um ihre Augen wirkten wie gemalt, verliehen ihr ein erwachsenes, seriöses Aussehen.

»Gehen wir's an«, murmelte sie, verstaute den Pappbecher im Innenfach der Fahrertür, bevor sie diese mit Schwung zuwarf.

»Bin bereit«, sagte Mikael und schritt bereits auf das Haus der Lodmans zu. Noch ehe ihn Sofia einholen konnte, drückte er den Klingelknopf. Sie hatten sich extra früh verabredet. Wollten die Familie zu einer Zeit überraschen, zu der auch noch Jaan Lodman zu Hause war. Ebendieser öffnete nun im dunkelblauen Anzug und weißen Hemd die Tür und starrte Mikael überrascht an. Sein Blick wanderte dann zu der hinter dem Hauptkommissar stehenden Sofia.

»Was machen Sie hier so früh?«, fragte er skeptisch.

»Es gibt neue Entwicklungen«, sagte Mikael und beobachtete den Vater dabei ganz genau, dessen Stirn sich sorgenvoll in Furchen legte.

»Ach ja? Was denn für neue Entwicklungen?«

»Könnten wir das bitte im Haus besprechen, Herr Lodman?«, fragte Mikael freundlich, aber bestimmt.

»Natürlich«, erwiderte dieser und ging voraus in das Haus hinein.

»Mit Ihnen an meiner Seite ist er wesentlich angenehmer«, flüsterte Sofia Mikael über die Schulter zu. Dann folgten sie dem Vater.

»Yanis schläft noch. Meine Frau ist bei ihm«, sagte dieser und führte sie in die Küche.

»Entschuldigen Sie die frühe Störung. Aber wir wollten, dass Sie es von uns erfahren«, setzte Mikael an, dem es eigentlich ganz recht war, dass er den Vater alleine erwischte. »Die gefundenen Skelettteile wurden identifiziert. Sie gehören mit großer Wahrscheinlichkeit zu einem neunjährigen Jungen namens Simo Laaksonen.«

Jaan Lodmans Blick blieb neutral.

»Armer Junge«, erwiderte er und starrte aus dem Fenster in den Garten hinaus. Er schien ganz in Gedanken zu sein. Dachte vermutlich daran, dass auch sein Sohn so hätte enden können.

»Sagt Ihnen der Name irgendetwas?«

»Nein«, war Jaans knappe Antwort.

In diesem Moment stürmte Yanis die Treppe herunter. Er lächelte leicht, als er Sofia sah.

»Geh doch schon mal ins Wohnzimmer mit Yanis«, sagte Mikael zu Sofia. »Yanis, ich unterhalte mich noch einen Moment lang mit deinem Papa.«

Von oben konnte man ein leises Rauschen hören, vermutlich duschte Annika Lodman. Yanis folgte der Aufforderung sofort. Jaan Lodman hatte keine andere Wahl, als zu bleiben. Unsicher starrte er seinem Sohn nach, der mit Sofia im Wohnzimmer verschwand. Mikael hoffte inständig, dass Yanis bald redete. Sicherlich nahmen seine Erinnerungen an das Geschehen immer weiter ab. Immerhin war er erst fünf Jahre alt. Wusste er überhaupt noch, wie der Täter aussah? Als Jaan Lodman sich wieder zu Mikael drehte, hatten seine Gesichtszüge weichere Formen angenommen.

»Was ist mit dem Jungen passiert? Diesem Simo?«, fragte er beinahe flüsternd. In seinen Augen flackerte echtes Mitgefühl.

»Wir wissen es noch nicht genau«, sagte Mikael. »Aber wir finden es heraus«, fügte er mit Nachdruck hinzu. Jaan Lodman nickte nur stumm. Schien ganz in seinen Gedanken versunken zu sein.

116

»Ich muss gleich zur Arbeit«, sagte er schließlich. Mikael trat einen Schritt zur Seite, um ihm den Weg freizugeben, als ein schriller Schrei die Stille der Küche zerriss.

»Yanis!«, schrie Jaan und stürzte ins Wohnzimmer. Sofia kniete auf dem Boden neben dem Jungen, der im Schneidersitz auf dem Teppich saß und seinen kleinen Körper immer wieder vor und zurück wiegte. Seine Arme hatte er um die Knie geschlungen, den Kopf zwischen den Oberschenkeln vergraben.

»Geh weg, geh weg«, murmelte er immer wieder.

»Sie haben es gehört, gehen Sie weg von ihm«, rief Jaan Lodman. Sofia erhob sich langsam. In diesem Moment hob Yanis den Kopf und starrte seinen Vater aus wütenden Augen an.

»Nein, DU sollst weggehen!«, schrie er. Es waren die ersten Worte, die Mikael von dem Jungen gehört hatte.

»Yanis, beruhige dich«, flüsterte Sofia und legte ihm eine Hand auf den Rücken. Aber Yanis war aufgebracht. Jede Faser seines Körpers zitterte. Plötzlich stand er auf, rannte auf seinen Vater zu und schlug ihm mit seiner kleinen Faust gegen den Oberschenkel.

»Yanis!«, schrie dieser entsetzt auf.

»Geh weg! Geh weg!«, schrie der Junge nun immer wieder. »Du hast mich alleine gelassen! Mama hat mich alleine gelassen!«

Zwischenzeitlich war Annika Lodman in den Raum getreten. Ihre Haare waren noch nass von der Dusche. Ihr Mund stand vor Entsetzen offen. Mit Vorwürfen ihres Mannes hatte sie offenbar gerechnet, nicht aber mit solchen ihres Sohnes. Sie schritt unsicher auf Yanis zu, umschlang ihn mit beiden Armen. Dieser wand sich aus ihrem Griff, hatte Tränen in den Augen. »Du bist schuld!«, rief Yanis aus. Annika Lodman ließ nicht locker, zog den Jungen erneut an sich heran.

»Ich lasse dich nie wieder aus den Augen«, flüsterte sie, ebenfalls mit Tränen in den Augen. »Ich verspreche es! Und Papa auch nicht.«

Yanis schmiegte seinen kleinen Kopf an ihre Schulter. Seine Wut war in Schluchzen übergegangen.

»Ich denke, es ist das Beste, wenn Sie jetzt gehen«, meinte Annika zu Sofia gewandt. Sie wirkte kühl.

Sofia warf Mikael einen Blick zu, den dieser als »Sollen wir wirklich schon gehen?« deutete. Seine Antwort war ein Nicken.

Kurze Zeit darauf führte Jaan Lodman die beiden zur Tür.

»Machen Sie sich keine Vorwürfe«, sagte Sofia zu Jaan, als sie aus der Tür trat. »Dieses Verhalten ist normal. Er braucht Schuldige, um die Sache verarbeiten zu können. Er muss auf sie wütend sein, weil es sonst gerade niemanden gibt.«

»Das werde ich ändern«, versprach Mikael und verabschiedete sich von dem sichtlich mitgenommenen Vater.

Draußen vor dem Haus sog Mikael scharf die Luft ein. »Die Familie hat es schwer«, sagte er.

»Aber Yanis hat gesprochen. Er hat gesprochen, Mikael! Wir stehen kurz vor einem Durchbruch. Wenn ich nur noch mal reingehen könnte …«

»Heute nicht mehr«, erwiderte Mikael schnell. »Was hat den Jungen so aufgeregt? Ich habe einen Schrei gehört.«

»Er wollte wieder etwas für mich zeichnen«, setzte Sofia an und zog einen zusammengefalteten Zettel aus ihrer Hosentasche. Mühsam faltete sie das Papier auseinander und hielt es Mikael unter die Nase.

»Was ist das?«, fragte dieser, der kein Bild, sondern nur dünne, wirre Linien erkennen konnte.

»Sieht für mich wie der Versuch aus, Buchstaben zu kritzeln. Oder Zahlen«, sagte Sofia.

»Kann Yanis schon schreiben?«, entfuhr es Mikael überrascht.

»Nein. Er ist fünf«, antwortete Sofia.

»Woher hat er dann diese Zeichen?«

»Das habe ich ihn auch gefragt«, sagte Sofia. »Und er hat auch geantwortet.« Sie machte eine theatralische Pause.

»Er sagte, er hätte sie aus dem Brunnen. Und dann hat er plötzlich nur noch geschrien.«

»Was sind das für Zeichen?«

»Ich habe keine Ahnung, Mikael.«

Verdammt! Von Buchstaben oder Zahlen hatte die Spurensicherung absolut nichts erwähnt. War etwas übersehen worden? *Das Geheimnis liegt im Brunnen*, dachte Mikael. *Jemand muss noch mal in den Brunnen hinunter. Und zwar bald.*

4.

Joona saß in dem Leihwagen, den ihm die Werkstatt für die Zeit überlassen hatte, bis die Kratzer in seinem eigenen Auto ausgebessert waren. Er kaute energisch auf seinem Kaugummi herum, das schon lange den Geschmack verloren hatte, aber das schmatzende Geräusch beruhigte ihn irgendwie. Wenn er daran dachte, dass er seinen Kiosk bereits zum zweiten Mal einfach so geschlossen hatte, wurde ihm leicht flau im Magen. Sein Großvater hatte dieses Geschäft aufgebaut. Er hätte sich im Grabe umgedreht, wenn der Laden aufgrund solchen Verhaltens den Bach runtergegangen wäre. Aus weiter Entfernung drang das Läuten der Schulglocke an Joonas Ohr. Kurz darauf strömten die ersten Grundschüler aus dem Gebäude, um sich auf den Heimweg zu machen. Schnell wurde es voller. Kleinere Grüppchen bildeten sich. Liefen zum Schulbus. Manche Kinder standen auch allein da. Vermutlich warteten sie auf ihre Eltern. Zum Glück fiel Joonas parkendes Auto in dem Trubel überhaupt nicht auf. Trotzdem fühlte er sich unbehaglich. Unruhig trommelte er mit den Fingern auf dem Lenkrad herum. Beobachtete, wie sich das Schulgebäude und der Vorplatz langsam leerten. Auf der Homepage der Schule hatte Joona keine Fotos der Lehrer vorgefunden. Also wartete er. Er hoffte inständig, dass ihn hier niemand kannte. Wenn seine Frau von der Sache Wind bekam, würde sie ausflippen. Der Kiosk lief ohnehin nicht gut. Einen Tag blauzumachen, konnte sich Joona eigentlich nicht leisten. Ein paar Mal war er kurz davor einzunicken. Spürte, wie seine Augenlider schwer wurden.

Im nächsten Moment wurde er von einem Adrenalinstoß durchflutet. Da war er, dieser Mann, er kam aus der Schule marschiert. Hatte sein Hemd an den Ärmeln hochgekrempelt und sah freundlich aus. *Er ist wohl tatsächlich Lehrer*, dachte Joona. *Das könnte natürlich die Kinderzeitschriften gut erklären.* Er seufzte laut. *Nicht aber mein zerkratztes Auto.*

Der Mann ging zu einem grauen Auto und öffnete die Tür. Blickte sich noch einmal um, bevor er langsam einstieg. Joona duckte sich ein wenig hinter dem Lenkrad. Der Mann schien ihn nicht bemerkt zu haben. Er startete sein Auto und fuhr los. Auch Joona drehte nun den Zündschlüssel, folgte dem Wagen mit einigem Abstand und prägte sich dessen Kennzeichen ganz genau ein, indem er es immer wieder laut wiederholte. Es war schwer, ihn im dichten Verkehr nicht aus den Augen zu verlieren. Joona musste das ein oder andere waghalsige Manöver vollführen, um ihm auf den Fersen zu bleiben. Eine Frau schrie ihm wütend hinterher, als er sogar eine rote Ampel überfuhr.

Sie entfernten sich aus dem Innenstadtgebiet, fuhren immer weiter nach Norden. Mit der Zeit wurde der Verkehr weniger und Joona rutschte unruhig auf seinem Sitz hin und her. *Er fährt in Richtung Wald*, dachte er und legte seine Stirn in Falten. Je näher sie dem Waldrand kamen, desto mehr Abstand ließ Joona zwischen ihnen. Sicher war sicher. Der Mann schien einen genauen Plan zu haben. Er steuerte sein Auto zielsicher zu einer bestimmten Stelle abseits der Wohnhäuser. *Was macht er hier*, dachte Joona. Ihm schien, als suche der Mann einen Platz, um sein Auto abstellen zu können. *Was, wenn er den Weg zu Fuß fortsetzt?*

Aber so weit kam es nicht mehr. Im nächsten Moment bremste der Mann vor ihm abrupt ab. Und Joona sah auch, warum. Vor ihnen standen zwei Polizeiautos und ein Feuerwehrfahrzeug am Waldrand. *Was ist hier los?* Beinahe augenblicklich wendete der Mann sein Auto und drehte ab. Was immer sein Plan gewesen war, er schien es sich anders überlegt zu haben. Und zwar ziemlich plötzlich. *Das reicht jetzt an Eigenrecherche*, dachte Joona beklommen, während auch er umdrehte. *Jetzt verständige ich die Polizei.*

5.

Mikael und Anders gingen durch einen gepflegten kleinen Garten auf das graue Wohnhaus zu. Der gepflasterte Weg führte an einem Beet vorbei, in dem bunte Blumen blühten.

»Es ist sehr schön hier«, sagte Mikael, als sie sich der gläsernen Eingangstür näherten. Der Ort fühlte sich beinahe wie eine kleine Oase der Ruhe in dem ansonsten so dicht besiedelten Wohngebiet an. Neben dem Eingang befand sich ein unauffälliges Schild mit der Aufschrift:

Betreute Wohngemeinschaft der Lönne-Stiftung.

»Mit wem sind wir verabredet?«, fragte Mikael und blieb so abrupt stehen, dass Anders fast in ihn hineingelaufen wäre.

»Mit einer gewissen Elvi Nyman. Sie wirkte am Telefon sehr nett. Sie ist die Betreuerin von Keke.«

»Na, dann mal los«, meinte Mikael und drückte mit der flachen Hand gegen die schwere Glastür. Drinnen empfing sie ein typischer Krankenhausgeruch, auch wenn es überhaupt nicht nach Klinik aussah. Die hellen Flure wirkten freundlich und einladend. Große Topfpflanzen setzten das Grün des Gartens fort. Von Weitem sahen sie eine junge Frau auf sie zu eilen und schritten ihr erwartungsvoll entgegen. Als sie näher kam, setzte sie ein breites Grinsen auf. Und sah plötzlich jünger aus als erwartet.

»Ihr müsst die Piraten sein«, sagte sie verschwörerisch.

»Wie bitte?« Anders räusperte sich. Mikael, der längst begriffen hatte, dass sie es nicht mit Elvi Nyman, sondern einer Bewohnerin der Gruppe zu tun hatten, stieß ihn in die Seite. *Spiel mit,* sollte diese Geste bedeuten.

»Oh ja, dieser hier ist der gefährlichste Pirat weit und breit«, witzelte er.

»Ich hab nur Spaß gemacht«, sagte die junge Frau. »Piraten gibt's gar nicht mehr. Nur in meinem Buch.«

Sie hob etwas in die Höhe, das nach Kinderbuch aussah.

»Tolles Buch«, sagte Mikael. »Wo ist denn Elvi?«

»Die ist in ihrem Büro«, erwiderte das Mädchen und schlenderte pfeifend davon.

»Sei nicht so steif, Anders«, zischte Mikael und klopfte seinem Kollegen auf die Schulter. Dieser schüttelte nur den Kopf. »Selber Pirat«, murmelte er.

Als sie wenig später in Elvi Nymans Büro standen, war es wieder Anders, der die Führung übernahm. Seriöse Gespräche lagen ihm offenbar weit mehr.

»Kriminalpolizei. Wir haben telefoniert, Frau Nyman. Dürfen wir zu Keke?«

»Natürlich«, sagte sie. Wirkte aber etwas skeptisch. Sie setzte ihre moderne schwarze Brille ab.

»Steckt er in Schwierigkeiten?«

»Nein, überhaupt nicht. Er könnte nur ein wichtiger Zeuge sein.« Elvi nickte langsam. Noch nicht ganz überzeugt.

»Es gibt da noch etwas, das Sie wissen sollten«, setzte sie vorsichtig an. In kurzen Worten berichtete sie von der Nacht, in der sie Keke bewacht hatte. Und Unheimliches erlebt hatte. Gebannt lauschten Mikael und Anders ihrer Erzählung.

»Da war noch jemand im Raum«, sagte sie. »Das könnte ich schwören.«

»Das ist in der Tat merkwürdig«, sagte Mikael. »Könnte Keke mit sich selbst gesprochen haben?«

»Das glaube ich nicht. Er ist entwicklungsverzögert. Aber er hat keine dissoziative Identitätsstörung.«

Anders warf Mikael einen vielsagenden Blick zu.

»Was hat es mit diesem Vogel auf sich?«, fragte er alarmiert.

»Ich weiß es nicht. Er redet immer wieder von einem Vogel, der ihn holt.«

»Können wir zu Keke?«, fragte Mikael, der sich selbst ein Bild von dem Mann machen wollte. Natürlich hatte auch er den Zusammenhang mit Yanis und dessen Zeichnungen nicht übersehen. Eine seltsame Unruhe breitete sich in seinem Magen aus. »Am besten sofort.«

Elvi führte sie den Gang entlang zu Kekes Zimmer. Vorsichtig klopfte sie an. Als er nicht reagierte, klopfte sie noch einmal.

»Vielleicht schläft er«, sagte sie. »Er hat sein Zimmer jedenfalls sicher nicht verlassen. Ich habe extra darauf geachtet.« Leise öffnete sie die Tür und zuckte merklich zusammen. Das Zimmer war leer. Keke war nicht da. Dafür stand sein Fenster weit offen. Mikael lief sofort in den Raum und blickte in den Garten hinaus.

»Man könnte springen«, sagte er. »Hoch ist es nicht.«

»Ich habe Angst«, flüstert Elvi.

»Er ist bestimmt nur spazieren gegangen«, sagte Mikael beruhigend. »Er ist okay.«

»Ich mache mir keine Sorgen um ihn«, fuhr sie fort. »Ich mache mir Sorgen wegen dem, was er vielleicht tut.«

»Wie meinen Sie das?«, fragte Anders alarmiert. Da berichtete Elvi über den Vorfall, als Keke verletzt und verschmutzt nach Hause gekommen war.

Anders und Mikael tauschten kurze Blicke aus. *Das war der Tag, an dem Yanis verschwand*, sagten ihre Augen.

6.

»Mach mal langsamer«, rief Elias nach oben. Der junge Polizist war gerade mit seinem Schuh von dem glitschigen, feuchten Stein des Brunnens abgerutscht und in den Klettergurt gefallen. Seine Stimme hallte dumpf von den Wänden wider.

»Sei vorsichtig«, rief ihm sein Kollege Juhani, der ihn sicherte, von oben zu.

»Nach was soll ich Ausschau halten?«, fragte Elias und leuchtete mit seiner starken Taschenlampe den Boden unter sich ab, auf dem das Wasser stand.

»Konzentrier dich auf die Mauer. Auf die Steine«, rief es von oben. Der gesamte Inhalt des Brunnens wurde bereits herausgeholt und von der Spurensicherung durchgesiebt.«

Deswegen ist hier wieder Wasser, dachte Elias. Wenn er ehrlich war, dann hatte er sich seinen Job bei der Polizei genau so vorgestellt. Spannend, actionreich, gefährlich. Also gab es genau genommen keinen Grund zur Beschwerde. Trotzdem hatte er ein mulmiges Gefühl im Bauch und hätte sich am liebsten sofort wieder nach oben ziehen lassen. Er schluckte seine Unsicherheit hinunter.

»Okay«, rief er und leuchtete die ganze Mauer um sich herum ab. »Hier ist nichts. Lass mich ein kleines Stück weiter nach unten.«

Sofort gab Juhani von oben Seil nach und Elias machte einen kleinen Satz an der Mauer entlang in die Tiefe. Kam mit seinen Füßen dem dunklen Wasser bedenklich nahe.

»Stopp!«, schrie Elias. »Das reicht! Ich will nicht baden gehen.«

Wieder leuchtete er die Steine ab, irgendetwas krabbelte davon, als der Lichtschein es berührte. Elias schüttelte sich leicht. Hier unten hätte niemand freiwillig sein wollen.

»Und?«, rief es von oben.

»Ich sehe nur Spinnen. Wonach genau soll ich suchen?«, fragte er erneut.

»Hauptkommissar Kohonen hat gemeint, wir sollen uns die Steine und die Brunnenmauer ansehen.«

Der sportliche Elias ließ sich nun frei in dem Gurt hängen und drehte sich um neunzig Grad. *Hier ist doch nichts*, dachte er. *Nur der kalte Tod.* Er schüttelte angewidert den Kopf und war kurz davor, sich nach oben ziehen zu lassen.

»Moment mal«, flüsterte er plötzlich, mehr zu sich selbst. Ihm war, als hätte etwas den Lichtschein reflektiert. Ein weiteres Mal richtete er die Taschenlampe auf die entsprechende Stelle. Dann tastete er mit seiner Hand die feuchten Ritzen im Stein ab.

Da war etwas, dachte er. In diesem Moment fiel der Lichtstrahl auf eine breitere Ritze in der Mauer, in der irgendetwas zu klemmen schien. Er steckte Finger in den dunklen Spalt, hatte plötzlich die düstere Angst, von irgendetwas gebissen zu werden. *Reiß dich zusammen, hier ist nichts!*

Da seine großen Finger kaum in den Spalt passten, kratzte er mit einem Werkzeug vorsichtig etwas Moos ab und zwängte zwei Finger gewaltsam hinein. »Aua«, murmelte er. Beim nächsten Versuch bekam er etwas zu fassen und nach mehreren Anläufen gelang es Elias, den glatten, kleinen Gegenstand zu lockern und schließlich herauszuziehen. Er betrachtete ihn erstaunt. Eine Münze. Eine goldene Münze. Er zog einen kleinen Plastikbeutel aus seiner Hosentasche und steckte die Münze dort hinein. Dann leuchtete er erneut die entsprechende Stelle und ihre Umgebung an der Mauer ab. Trotz des Moosbelags ließ sich jetzt erkennen, dass etwas in den Stein geritzt worden war. Behutsam fuhr er mit den Fingern die Kratzer im Stein nach. Feine Furchen. Dann zückte er seine Kamera und fotografierte alles. Das grelle Blitzlicht ließ ihn zusammenzucken.

»Zieh mich wieder nach oben«, rief Elias wenig später.

»Hast du etwas gefunden?«, fragte sein Kollege, kaum dass er mit dem Kopf über dem Brunnenrand war.

»Ich denke schon«, antwortete Elias.

7.

Elvi Nyman blickte zum wiederholten Male aus dem Fenster in den Garten. Keke war noch immer nicht nach Hause gekommen. Langsam wurde es Abend. Sie hatte Hauptkommissar Kohonen versprochen, ihn auf dem Laufenden zu halten. Bescheid zu geben, wenn Keke wieder hier war. Oder eben nicht. *Was, wenn er diesmal nicht zurückkommt,* dachte sie beklommen. Sie sah schon die entsprechenden Schlagzeilen vor sich. Sein Gesicht in allen Zeitungen. Er würde mächtig Ärger bekommen. Dessen war sie sich auf seltsame Art und Weise sicher.

»Wenn ich Kohonen jetzt anrufe, fahndet er nach dir«, flüsterte sie in Richtung Fenster, als könnte ihr Schützling sie hören. Sie fühlte sich beinahe wie eine Mutter, die nachts auf die Rückkehr des Kindes aus der Disco hoffte. Nur dass Keke sicher nicht tanzen gegangen war.

Im Raum blieb es still. Nichts als das leise Summen ihres Computers war zu hören. In ihrem Kopf stritten zwei Stimmen miteinander. Der einen tat der kindliche Keke leid, der vielleicht irgendwo allein umherirrte. Die andere hatte Angst.

Angst vor dem wuchtigen Keke, der eine Walnuss im Bruchteil einer Sekunde mit der Hand zerbröseln konnte, ohne sich seiner Kräfte bewusst zu sein. *In welchen Schwierigkeiten steckst du, Keke?*

Als es an Elvis Tür klopfte, keimte neue Hoffnung in ihr auf. *Gott sei Dank*, dachte sie. *Er ist zurück.* Aber es war nicht Keke, der da vor ihrer Tür stand, sondern eine ihrer Mitarbeiterinnen, die sich in den Feierabend verabschiedete.

»Schönen Abend«, sagte Elvi gedankenverloren und spürte, wie ihr Magen sich zu einem harten Klumpen zusammenzog. Sie verließ den Raum, um einen letzten Blick in sein Zimmer zu werfen. Er war nicht da. Es gab keine Eltern, keine Freunde, von denen sie wusste. Keinen Ort, an dem Keke Zuflucht suchen konnte. Außer vielleicht bei diesem seltsamen Mann von neulich, von dem Keke nicht hatte verraten wollen, um wen es sich handelte.

Ich kann nicht mehr länger warten, dachte Elvi und griff nach ihrem Handy. *Es tut mir leid, Keke.* Dann wählte sie Mikael Kohonens Nummer und schloss die Augen. Die weitere Entwicklung lag nicht mehr in ihrer Hand.

SOMMER 1985

Tagebucheintrag vom 15.7.

Ich habe ein ganz wunderbares Versteck gefunden. Im Wald. Man muss zwar durch dornige Büsche krabbeln. Aber das ist auch gut so. Jede gute Burg hat ihre Mauern. Mein Ort ist geheim. Dort kann mich keiner finden. Vor allem nicht ER.

Vielleicht kann ich mich für immer im Wald verstecken? Nie wieder nach Hause gehen? Nein, das kann ich vergessen. Bald schon wird er wieder die Tür zu seinem Keller aufschließen. Und mich hineinführen in sein dunkles Reich. Zu bald.

Immer will er die Kontrolle haben. Über alles und jeden. Aber mein Innerstes erreicht ER nicht. Ich schmunzle bei dem Gedanken an meinen Spitznamen für IHN. Vogel. Den habe ich mir ausgedacht. ER klingt wie ein Vogel, wenn er seine Melodien pfeift. Und er pfeift wirklich viel, die ganze Zeit über. Fröhliche Melodien. Bei ihm klingen sie böse.

Er ist ein schwarzer, böser Vogel. Einer, der einem die Augen aushackt, wenn man nicht aufpasst.

In fünf Wochen habe ich Geburtstag. Eine Feier wird es nicht geben. Aber ich werde älter. Und mit jedem Jahr werde ich stärker. Und schlauer. Ich kann hier raus. Raus aus diesem Viertel. Raus aus diesem Leben. Ich weiß, dass ich es schaffen kann.

Dienstag

9. Juni 2015

1.

Mikael starrte auf das Blatt Papier, das vor ihm lag, bis die Buchstaben vor seinen Augen verschwammen. *Ich kann hier raus. Raus aus diesem Viertel. Ich weiß, dass ich es schaffen kann.* Sätze, an denen er immer wieder hängen blieb.

»Diese Tagebuchseiten lesen sich wie ein Krimi«, murmelte er in Richtung Loris Anders, der im Türrahmen lehnte. Sein Kollege biss und kaute seit geraumer Zeit auf einem Apfel herum, von dem nicht mehr viel übrig war.

»Hast du schon alle Seiten durch?«, fragte Anders. Er hielt das Kerngehäuse am Stiel und drehte diesen, um noch Stellen zu finden, an denen er knabbern konnte.

»Hm«, brummte Mikael unbestimmt. »Simo hatte vor irgendjemandem Angst, einem ER, den er Vogel taufte. So viel steht fest.«

»Immer wieder Vogel«, murmelte Anders und steckte nunmehr auch das letzte bisschen Gehäuse in seinen Mund. Nur den Stiel ließ er übrig.

Ja, immer wieder Vogel, dachte auch Mikael. Er konnte sich darauf beim besten Willen noch keinen Reim machen.

»Aus manchem werde ich nicht schlau«, fuhr er schließlich fort. Er kratzte sich mit einem Bleistift hinterm Ohr, dann deutete er mit der Stiftspitze auf eine bestimmte Stelle des vor ihm liegenden Papiers. Anders war zu weit entfernt, um etwas lesen zu können. Er wartete stattdessen auf Mikaels Erklärung.

»Manches ist nur wildes Gekritzel. Oder Buchstabengewirr«, sagte dieser.

»Bedenke, der Junge war erst neun Jahre alt«, brummte Anders.

»Ja, du hast recht. Allerdings sind viele Seiten klar und verständlich geschrieben. Sogar außerordentlich sprachgewandt, wenn du mich fragst.«

»Was willst du andeuten?«

»Ich denke, es könnte sich bei dem Buchstabengewirr um eine Art Code handeln. Oder eine Geheimsprache.«

»Ich weiß nicht, Mik«, erwiderte Anders zögerlich, der dieser Theorie offenbar nicht viel abgewinnen konnte. »Er war ein Kind.«

»Hattest du früher in der Schule keine Geheimsprache? Hast du nie geheime Botschaften an deine Freunde übermittelt?«, fragte Mikael und schmunzelte Anders zu.

»Nein«, antwortete dieser trocken. »Aber mal was anderes. Ist dieser Keke wieder aufgetaucht?«

Mikael stapelte die vor ihm liegenden Zettel ordentlich auf einen Haufen.

»Nein«, sagte er, wobei seine Stimme dunkel und angespannt klang.

»Das gefällt mir nicht«, meinte Anders.

Mikael wusste ganz genau, worauf sein Kollege hinauswollte. Keke war an jenem Tag, an dem Yanis entführt worden war, unauffindbar gewesen. Den ganzen Tag lang. Und dann mit Blätterstückchen in den Haaren zurückgekommen.

»Mir gefällt das auch nicht«, sagte er. »Aber wir haben abgesehen von seinem Fehlen im Heim keinerlei Gründe, ihn zu verdächtigen. Außerdem hat Keke bestimmt keinen Führerschein. Oder Zugang zu einem Auto. Er kann Yanis nicht gefahren haben.«

Anders schien über die Worte nachzudenken. Eine Weile starrte er an Mikael vorbei aus dem Fenster hinaus. Den blauen Himmel durchzogen längliche weiße Wölkchen.

»Vielleicht hat ihm jemand geholfen?«

»Hm«, brummte Mikael erneut. Anders fuhr unbeirrt fort.

»Seltsam ist das Ganze schon. Findest du nicht? Zuerst dieser Zettel am Auto, der uns zu Keke führt. Der meiner Meinung nach höchst verdächtig ist. Und dann ist er plötzlich verschwunden.«

»Vielleicht wollte uns jemand nicht nur auf eine falsche Spur führen, sondern den Verdacht absichtlich auf ihn lenken«, warf Mikael ein und spann damit den Gedanken weiter, den Anders bereits geäußert hatte. Beide schwiegen einen Moment und ließen das Gesagte auf sich wirken.

»So oder so. Wir müssen herausfinden, wer uns den Zettel unter die Windschutzscheibe geklemmt hat«, sagte Mikael. »Derjenige muss mehr wissen.«

»Dafür müssen wir noch mal nach Paloheinä«, ergänzte Anders schnell.

2.

Sofia hatte sich die ganze letzte Nacht unruhig im Bett gewälzt. Ihre Gedanken waren immer wieder um Yanis gekreist. Der Junge war ohne Frage schwer traumatisiert, dennoch schien er sich allmählich zu erholen. Und zu öffnen. Umso mehr hatte sein gestriger Wutausbruch sie überrascht. Je länger sie heute, mit etwas Abstand, darüber nachdachte, desto verständlicher erschien ihr allerdings sein Verhalten. In seinen Augen hatten es die Eltern nicht geschafft, ihn vor dem Bösen zu beschützen. Und dafür gab er ihnen jetzt die Schuld. Einerseits taten ihr Annika und Jaan Lodman leid. Die beiden machten sich ohnehin schon selbst genug Vorwürfe, die durch Yanis' wütende Reaktion noch verstärkt wurden. Andererseits galt es jetzt, alles daran zu setzen, dass der Junge sich sicher fühlte und endlich sprach. Würde ihm das im Umfeld der tonangebenden Mutter gelingen? Irgendwann in den frühen Morgenstunden hatte Sofia sich vorgenommen, mit Yanis nochmals vollkommen allein zu sprechen, und war dann endlich eingeschlafen.

Nachdem sie am Morgen nur schwer in die Gänge gekommen war, saß Sofia jetzt in ihrem Auto und steuerte es durch den dichten Vormittagsverkehr. Sie war später dran als geplant, dennoch waren die Straßen voll. Es schien, als habe die ganze Stadt heute länger geschlafen. Gerade hupte das Auto hinter ihr laut, weil die Ampel vor ihr längst auf Grün gesprungen war. »Entschuldigung«, murmelte sie, mehr zu sich selbst. Und schaffte es noch immer nicht, aus dem Sumpf ihrer Gedanken aufzutauchen. Sie wollte jetzt endlich zu Yanis. Er war bereit zu reden, das spürte sie deutlich. Am liebsten wäre sie gleich gestern noch einmal zu ihm gefahren, aber Mikael Kohonen hatte sie davon abgehalten. Mit etwas Bauchweh hielt sie ihr Auto nun vor dem Haus der Lodmans an. Jaan Lodman war um diese Uhrzeit ganz sicher schon bei der Arbeit.

Tatsächlich öffnete diesmal Annika Lodman die Tür. Im Flur hinter ihr war es still und sie wirkte abweisend. Vorsichtig spähte Sofia an ihr vorbei in das Haus.

»Jaan und Yanis sind nicht da«, sagte Annika sofort, bevor Sofia die Chance bekam nachzufragen. Überrascht hob Sofia eine Augenbraue. Yanis hatte das Haus, abgesehen von seiner nächtlichen Wanderung im Schlaf, seit seiner Entführung kein einziges Mal verlassen. Offensichtlich machte er wirkliche

Fortschritte und Sofias Hoffnung, ihn bald vernehmen zu können, wuchs.

»Was machen die beiden? Muss Ihr Mann nicht arbeiten?«, fragte Sofia.

»Jaan hat heute frei«, antwortete Annika und fuhr sich mit den Fingern durchs Haar. »Er ist mit Yanis auf dem Spielplatz hier in der Nähe.« Sie bemerkte wohl die Überraschung in Sofias Augen, denn schnell fuhr sie fort: »Wir dachten, ein bisschen frische Luft tut ihm gut. Ich bin so froh, dass Yanis mitgegangen ist.«

Sofia schluckte den Kloß, der sich in ihrem Hals gebildet hatte, hinunter. »Ja«, sagte sie nachdenklich. Sie war erstaunt, dass Yanis tatsächlich dazu bereit gewesen war. Zwar machte er eine gute Entwicklung durch, aber nach seinem jüngsten Wutausbruch hätte sie einen Spielplatzbesuch am allerwenigsten erwartet. Unsicher stand sie an der Tür und überlegte, was sie nun tun sollte. Ihren nächsten Termin hatte sie erst am Nachmittag.

»Wann kommen die beiden zurück?«, fragte sie.

»Ich weiß nicht, sie sind noch nicht allzu lange weg«, antwortete Annika. *Zu lange, um im Haus auf sie zu warten*, ergänzten ihre Augen stumm. Sie wollte offensichtlich ihre Ruhe haben.

»Dann komme ich später wieder«, sagte Sofia und stieß damit auf keinerlei Widerspruch.

Als sie sich auf den Rückweg zu ihrem Auto machte, spürte sie Annika Lodmans Blick in ihrem Nacken, sah jedoch nicht mehr zurück. Aus dem Augenwinkel nahm sie noch eine andere Bewegung wahr und drehte sich instinktiv um. Ein Mann, der angelaufen kam. Genau auf ihr Auto zu. Es war Jaan Lodman. Er rannte, als ginge es um sein Leben. Fiel dabei fast über eine Bordsteinkante. Sein Kopf war hochrot, der gequälte Gesichtsausdruck verriet Schlimmes. Er war allein.

»Wo ist Yanis?«, schrie ihm Sofia schon aus einigen Metern Entfernung entgegen.

»Er ist weg!« Jaans Stimme war zu einem unnatürlich hohen Kreischen verzerrt. Hinter Sofia war inzwischen Annika Lodman auf den Bürgersteig geeilt.

»Wo ist mein Sohn?«, schrie sie ihren Mann hysterisch an, der nunmehr beim Haus angekommen war.

»Ich kann ihn nicht mehr finden!« Die Worte hingen sekundenlang unkommentiert in der Luft, bis Jaan Lodman keuchend fortfuhr: »Ich habe ihn die ganze Zeit an der Rutsche beobachtet ...«, stammelte er. Seine Frau starrte ihn aus wilden, verzweifelten Augen an. »Dann habe ich nur kurz auf mein Handy gesehen. Und als ich wieder aufblickte ...« Er stockte. »... war er weg. Ich habe überall nach ihm gesucht und dachte jetzt, er sei vielleicht zurück nach Hause gelaufen.«

Jaan Lodman fiel vor Annika Lodman auf die Knie und vergrub sein Gesicht in den Händen.

»Er ist nicht hier«, antwortete Sofia anstelle seiner Frau.

Hinter sich hörte sie einen dumpfen Aufprall. Annika Lodman war zusammengebrochen.

»Kümmern Sie sich um Ihre Frau! Ich verständige Polizei und Krankenwagen«, presste Sofia zwischen ihren Lippen hervor. Ihre eigene Panik unterdrückend.

3.

»Okay, Anders. Los geht's«, sagte Mikael Kohonen und schlug die Beifahrertür des Autos zu. Sie waren ein weiteres Mal in die ältere Wohnsiedlung im südlichen Teil Paloheinäs gefahren. Die Einfamilienhäuser hier waren zwar schon etwas in die Jahre gekommen, dennoch wirkte alles äußerst gepflegt. Die schmalen, akkurat gemähten Rasenflächen leuchteten sattgrün. Trotz des guten Wetters waren nur wenige Leute auf der Straße unterwegs. Die meisten befanden sich um diese Uhrzeit bei der Arbeit.

»Hier haben wir geparkt, als wir bei Simos Vater waren«, sagte Mikael und blickte sich um.

»Wie lange waren wir bei Rasmus Laaksonen im Haus?«, fragte Anders. Er verriegelte den Wagen mit einem Druck auf die Fernbedienung, dann musterte er das Haus von Simos Vater, an dem sich seit ihrem letzten Besuch nichts verändert hatte.

»Vielleicht zehn Minuten. Nicht länger«, antwortete Mikael. »In dieser Zeit muss jemand den Zettel unter die Windschutzscheibe geklemmt haben. Aber wer?«

»Ich habe da etwas recherchiert«, begann Anders. Er setzte seine Sonnenbrille auf, die ihm außergewöhnlich gut stand. Sie verdeckte die feinen Fältchen rund um seine Augen, ließ ihn jünger aussehen.

»Du bist und bleibst eben der Beste«, erwiderte Mikael und grinste. Tatsächlich verließ er sich in diesem Punkt sehr auf seinen Kollegen, der stets fundierte Hintergrundarbeit leistete. Mikael war eher ein Mann fürs Grobe. Verknotete sich die Finger beim Berichtschreiben. Und war immer froh, an die frische Luft zu kommen.

Anders ignorierte den Kommentar und fuhr fort. Sein Finger zeigte auf ein weißes Haus mit einem Vorgarten, in dem es in farbenfroher Pracht blühte.

»Direkt neben dem Haus der Laaksonens wohnt ein gewisser Sven Lindholm. Fünfundsiebzig Jahre alt. Er wohnte auch schon vor dreißig Jahren hier. Wurde damals vernommen. Konnte angeblich nichts zu den Ermittlungen beitragen.«

»Hm«, murmelte Mikael.

»Weiter die Straße runter wohnt Lilja Sillberg, fast neunzig Jahre alt. Auch sie lebte schon damals hier.« Anders machte eine Pause und seufzte. »Alle anderen Nachbarn sind irgendwann weggezogen«, sagte er.

Mikael rieb einen seiner Schuhe geräuschvoll über den Asphalt. »Kaugummi«, zischte er. Ein paar Mal noch schabte er mit dem Schuh wild über den Boden. Schnaubte dazu genervt durch die Nasenlöcher.

»Ich wusste gar nicht, dass du so gut tanzen kannst«, witzelte Anders und konnte sich ein leises Kichern nicht verkneifen. Nach einem prüfenden Blick auf seine Schuhsohle nickte Mikael abwesend und fuhr sich mit den Fingern durch die Haare. Am liebsten hätte er auch eine Sonnenbrille getragen. Seine müden Augen vor der Helligkeit der Sonne abgeschirmt. Aber seine Brille lag zu Hause auf dem Esstisch. Neben dem Brief, an den er nicht denken wollte.

»Fangen wir mit Lindholm an, ich muss aus der Sonne raus«, sagte Mikael und steuerte bereits auf das weiße Haus mit dem bunt blühenden Vorgarten zu.

»Hey, nimm mich mit, Dancing Queen«, rief Anders lachend und eilte Mikael hinterher.

»Scheint ein Händchen für Pflanzen zu haben, dieser Lindholm«, meinte Mikael und bestaunte die wunderschönen roten Rosen, die üppig am Wegrand wuchsen. Den Namen der anderen Gewächse kannte er nicht. Botanik war noch nie sein Fachgebiet gewesen.

Bevor Mikael den Klingelknopf drückte, sah er, dass die Haustür nur angelehnt war. Vorsichtig drückte er die Tür einen Spaltbreit auf. Deutlich kühlere Luft schlug ihm aus dem Inneren des Hauses entgegen.

»Herr Lindholm?«, rief Mikael in den stillen Flur hinein. Keine Reaktion.

Er schob die Tür ein Stückchen weiter auf, sah eine ordentliche Garderobe, an der lediglich eine dünne Jacke hing. Außerdem frische Blumen in einer Vase auf einem kleinen Tisch. Kein Laut war zu hören.

»Vielleicht ist er im Garten auf der anderen Seite des Hauses«, hörte er Anders hinter sich sagen. Es war keineswegs ungewöhnlich, dass die Menschen in vielen Gegenden Finnlands ihre Haustüren niemals abschlossen. Man kannte die Nachbarn. Es passierte nie etwas. Zumindest fast nie. Mikael drehte sich zu Anders und nickte. Sein Gefühl riet ihm trotzdem zur Vorsicht.

Als sie das Haus zur Hälfte umrundet hatten, hörte Mikael ein Geräusch. Es klang wie ein heftiges Husten. Er bedeutete Anders, hinter ihm zu bleiben, und spähte um die nächste Ecke. Er sah einen älteren Mann, der in einem Gartenstuhl saß und eine Zigarette rauchte.

»Herr Lindholm?«, fragte Mikael und nahm langsam seine Hand vom Gürtel. Sein Gehirn gab Entwarnung.

»Wer will das wissen?«, fragte der Mann und hustete wieder. »Ich sollte das Rauchen lassen, ich weiß. Aber ich war noch nie vernünftig«, sagte er und grinste. Er entblößte dabei seine gelben, schiefen Zähne. Wie zur Bestätigung seiner eigenen Worte musste er abermals husten. Diesmal war der Anfall so schlimm, dass er nicht mehr weitersprechen konnte. Immer wieder klopfte er sich mit der Faust gegen die Brust, was aber wenig Wirkung zeigte.

»Kann ich Ihnen irgendwie helfen?«, fragte Mikael. Lindholm schüttelte energisch den Kopf und griff nach einem Glas Wasser, das auf dem Tisch vor ihm stand. Nachdem er einen Schluck getrunken hatte, beruhigte sich sein wildes Bellen endlich. Und Anders bekam Gelegenheit, sie beide vorzustellen.

»Kommen Sie wegen Simo?«, fragte Lindholm sofort.

»Ja«, war Anders' knappe Antwort.

»Armer Junge. Er hatte es nicht leicht«, antwortete Lindholm seufzend und blickte betreten zu Boden. Eine Weile sprach er nichts, schien in der Vergangenheit zu schwelgen.

»Inwiefern nicht leicht?«, fragte Mikael schließlich.

»Er war oft allein unterwegs.«

»Das machen Kinder gern.«

»Ja«, sagte Lindholm. Ein harter Gesichtsausdruck umspielte seine Augen. *Was weißt du schon*, schien er zu denken.

»Wie lange wohnen Sie schon hier, Herr Lindholm?«

»Mein ganzes Leben lang. Erst letztes Jahr ist meine Mutter verstorben, die mit mir hier gelebt hat. Seitdem versuche ich, den Garten zu erhalten.«

»Das tut mir leid«, sagte Mikael.

»Haben Sie damals bei der Suche geholfen? Bei der Suche nach Simo, meine ich.«

»Das ganze Viertel hat gesucht«, sagte Lindholm mit bitterer Stimme.

Das ist keine eindeutige Antwort, dachte Mikael. Beließ es aber einstweilen dabei.

»Kannten Sie Simo näher?«

»Nicht wirklich. Habe ihn natürlich manchmal gesehen. Wir waren ja direkte Nachbarn. Er war fast immer allein.« Lindholm seufzte. »Ich denke, er hatte es nicht leicht zu Hause. Habe oft Gebrüll gehört.« Sein Blick wanderte zum Nachbarhaus und er senkte seine Stimme. »Rasmus Laaksonen ist nicht gerade die Freundlichkeit in Person, wenn Sie verstehen.«

Mikael blickte Lindholm mitten ins Gesicht und nickte bedächtig. Lindholm hielt seinem Blick stand.

»Haben Sie neulich den Zettel unter unsere Windschutzscheibe geklemmt?«, fragte Mikael frei heraus. Anders sog die Luft ein. Mit einer so plötzlichen und direkten Frage hatte er offenbar nicht gerechnet. Lindholm blickte erstaunt.

»Ich weiß nicht, wovon Sie sprechen«, sagte er. Und hustete wieder leicht. »Warum sind Sie hier? Nach all der Zeit?«, fragte er, nachdem er sich beruhigt hatte.

»Wir haben Simo gefunden«, sagte Anders, weil Mikael nicht antwortete. Lindholm riss überrascht die Augen auf.

»Der arme Junge«, sagte er und schüttelte den Kopf. Diese Worte wiederholte er immer wieder. Bis Mikael entschied, dass es an der Zeit war, sich zu verabschieden.

Als sie wieder vor ihrem Wagen standen, raufte sich Mikael die Haare. Wie immer, wenn er angestrengt nachdachte.

»Du bist so leise«, sagte Anders.

»Ist dir was aufgefallen?«, fragte Mikael.

Anders blickte ihn stumm an, erwiderte nichts.

»Er hat nicht gefragt, *wo* wir Simo gefunden haben«, sagte Mikael. »Findest du das nicht seltsam?«

»Ich weiß nicht so recht«, antwortete Anders. »Er ist ja nur ein Nachbar.«

»Aber er hat doch selbst gesagt, dass das ganze Viertel nach dem Jungen suchte. Wäre es da nicht naheliegend zu fragen, wo er schlussendlich gefunden wurde?«

»Wahrscheinlich schon«, murmelte Anders. Er wischte sich mit einem Taschentuch den Schweiß aus dem Gesicht. Es war drückend heiß, die Sonne stand hoch. In den meisten Häusern waren die Rollläden oder Vorhänge geschlossen, um die Hitze fernzuhalten. Aus dem Augenwinkel nahm Mikael eine Bewegung wahr.

»Da drüben hat sich gerade eine Gardine bewegt«, meinte er.

»Bist du sicher?«, fragte Anders.

Aber Mikael hatte sich bereits ein paar Schritte entfernt. Zielsicher ging er auf das hellblaue Haus auf der anderen Straßenseite zu.

»Finden wir es heraus«, rief er Anders zu.

4.

Sofia tastete ihre Hosentaschen nach ihrem Handy ab. Wie durch Nebel nahm sie wahr, dass die am Boden liegende Annika Lodman bereits wieder die Augen aufschlug. Panik durchflutete

Sofia in wilden Wellen, die ihr beinahe den Atem raubten. *Yanis ist weg! Das darf nicht sein,* schrie ihr Gehirn, während sie krampfhaft darüber nachdachte, wo sich ihr Telefon befand. *In der Handtasche, auf dem Beifahrersitz,* fiel ihr ein. Erleichtert atmete sie durch. Um dann im nächsten Moment zu ihrem Wagen zu rennen. Hundert Gedanken gleichzeitig fegten durch ihr Gehirn. Immer nur Sekundenbruchteile andauernd. *Polizei verständigen. Mikael anrufen. Krankenwagen. Yanis ist weg. Mein Gott. Yanis ist weg.*

Endlich hatte sie ihr Auto erreicht und umrundete es, um zur Beifahrertür zu gelangen. Was sie dann erblickte, ließ ihr das Blut in den Adern gefrieren. In dem schmalen Spalt zwischen ihrem Auto und dem Bordstein kauerte er. Geduckt. Verängstigt. »Yanis«, zischte sie. Erleichtert. Und doch instinktiv flüsternd. »*Gott sei Dank!*«

Auch Yanis schien dankbar dafür zu sein, Sofia zu sehen. Sie hockte sich auf den Rand der Fahrbahn neben ihn und er schlang seine kleinen Arme um ihren Hals. Sie spürte seine tränenfeuchten Backen an ihren Armen. Und seinen gehetzten Atem auf ihrer Haut. Dieser kleine Moment gehörte nur ihnen beiden.

»Bist du abgehauen?«, fragte Sofia und nahm sein Gesicht zwischen ihre Hände, sodass er gezwungen war, sie anzusehen. Ein zaghaftes Nicken.

»Aber warum?«

Sie konnte förmlich sehen, wie er innerlich mit sich rang. Immer wieder blickte er sich ängstlich um. Als würden ihn unsichtbare Geister jagen. »Ich wollte weg«, sagte er schließlich leise.

»Warum, Yanis? Warum?«

Sofia ahnte, dass dies ein entscheidender Moment war. Der Moment, in dem er reden würde. Vielleicht. Er sah sie mit großen Augen an.

»Da war ein unheimlicher Mann. Auf dem Spielplatz«, piepste er. »Im Busch.«

»Was für ein Mann?«

Keine Antwort.

»Hast du den Mann zuvor schon mal gesehen?«

Ein zögerliches Nicken.

Sofia atmete tief durch, bevor sie die Frage stellte, die ihr auf der Seele brannte.

»War es derselbe Mann, der dich mitgenommen hat? Am Supermarkt?«

Yanis' Augen weiteten sich noch ein bisschen mehr. Er gab keine direkte Antwort auf diese Frage. »Ich habe Angst gekriegt. Papa war zu weit weg.«

»Yanis, du hast alles richtig gemacht! Ich bin so stolz auf dich«, sagte Sofia. »Aber jetzt müssen wir zu deinen Eltern. Sie machen sich große Sorgen.«

Yanis drückte sie noch ein wenig fester an sich. Dann nickte er.

5.

Mikael Kohonen steuerte auf das kleine Einfamilienhaus mit der frisch gestrichenen roten Tür zu.

»Warte auf mich, Kollege«, hörte er Anders hinter sich rufen. Feine Schweißtröpfchen standen auf Mikaels Stirn. Es war einfach zu heiß. Er ertappte sich dabei, irgendetwas Unverständliches zu murmeln, ohne sich umzudrehen.

»Wie bitte?«, fragte Anders, der herangehastet war.

»Selbstgespräche. Hilft beim Denken«, antwortete Mikael.

»Oder beim Verrücktwerden«, flüsterte Anders halblaut.

»Ich merke es mir, Anders.«

Als sie dem Haus näher kamen, konnte Mikael sehen, dass er sich wohl nicht getäuscht hatte. Auch jetzt bewegte sich eine Gardine leicht.

»Wir werden beobachtet«, raunte er.

Die Eingangstür wurde bereits von innen aufgezogen, bevor die beiden sie erreicht hatten.

»Was wollen Sie?«, fragte eine ältere Dame im geblümten Sommerkleid. Sie hatte graue Locken und tiefe Falten im Gesicht. Außerdem auffallend rot lackierte Fingernägel.

»Wir wollen zu Ihnen«, sagte Mikael und zeigte seinen Dienstausweis. Anders tat es ihm gleich. Die Frau trat zur Seite und machte bereitwillig Platz. »Ich habe gerade frischen Eistee gemacht«, sagte sie.

Mikael schien, dass sie nur allzu froh über ihren Besuch war, der ein bisschen Abwechslung in ihren Alltag brachte.

Wenig später schenkte sie Eistee in zwei hohe Gläser ein. Die Eiswürfel, die sie zuvor hineingegeben hatte, klirrten verführerisch.

»Er war so ein netter Junge«, sagte sie. »Ich denke oft an ihn.«

Anders hob das eiskalte Glas an seinen Mund, nahm einen großen Schluck und seufzte dankbar.

»Haben Sie schon immer hier gewohnt, Frau …?«, fragte er dann.

»Janson. Elina Janson«, vollendete sie für ihn. »Und nein, ich habe nicht immer hier gewohnt. Aber meine Eltern. Ich war oft zu Besuch, beinahe täglich. Als die beiden vor einigen Jahren gestorben sind, bin ich hier wieder eingezogen.«

Das erklärt, warum sie damals nicht befragt wurde, dachte Mikael, der die Akte aufmerksam studiert hatte. Solche Details entgingen ihm nie. Auf sein Namensgedächtnis und seinen Sinn für selbst die geringste Kleinigkeit war Verlass.

»Kannten Sie Simo?«, wollte Mikael wissen. Elina Janson drehte sich um und musterte ihn stumm. Er hatte ihren Eistee nicht angerührt.

»Er war früher öfter bei meinen Eltern zu Besuch. Hat Limo bekommen. Oder Kuchen. Aber irgendwann kam er nicht mehr so oft.«

»Wissen Sie, warum?«

Ihre Augen starrten an ihm vorbei, als sie langsam den Kopf schüttelte. »Keine Ahnung.«

Mikael hatte das Gefühl, dass sie ihnen nicht die ganze Wahrheit erzählte. Er musterte sie aufmerksam, wodurch eine unnatürliche Gesprächspause entstand.

»Wie war Simo so?«, fuhr nunmehr wieder Anders fort.

»Ein schlaues Bürschchen. Er ist oft allein herumgelaufen. Hatte nicht viele Freunde.«

Während sich Anders weiter mit der Dame unterhielt, blickte sich Mikael vorsichtig in dem Wohnzimmer um. Alles war sauber und ordentlich. Wenn auch etwas altmodisch eingerichtet. Zahlreiche verschiedenfarbige Zierkissen auf der Couch, überall Krimskrams in den Regalen. Unweit des Sofas befand sich ein kleiner, alter Sekretär. Darauf lag ein Block. Das Format stimmte mit dem jenes Zettels überein, den sie an ihrem Auto gefunden hatten. Mikaels Puls beschleunigte sich schlagartig. Er wollte Anders unbedingt auf seine Entdeckung aufmerksam machen.

»Einen sehr schönen Sekretär haben Sie da«, sagte er daher und wartete, bis Anders seinen Kopf drehte.

»Danke. Er stammt noch von meinen Eltern«, antwortete sie.

Anders' Blick verharrte zuerst kurz auf Mikael und dann auf dem Möbelstück. Mikael war sich nicht sicher, ob er seinen Wink mit dem Zaunpfahl verstanden hatte. Dann jedoch nickte er Mikael leicht zu, was dieser als Aufforderung verstand.

»Warum haben Sie uns den Zettel unter die Windschutzscheibe geklemmt?«, fragte er ohne Vorwarnung. Es klang forsch und herausfordernd. In Elina Jansons Augen blitzte es für eine Sekunde auf. Lange genug, um spüren zu können, dass sie etwas verbarg. »Warum?«, fragte Mikael erneut, ohne ihre Antwort abgewartet zu haben.

»Ich glaube, dass er Dreck am Stecken hat«, zischte sie schließlich. Ihr Blick war finster und wanderte nervös zwischen Anders und Mikael hin und her. Eine Frage drängte sich ihnen beiden auf. Warum war sie nicht einfach zur Polizei gegangen?

»Wie kommen Sie darauf?«, fragte Mikael und überflog im Geiste erneut die alte Akte. Keke wurde darin nie erwähnt. Hatte nie hier gewohnt. Er war damals selbst noch ein Kind gewesen.

Im nächsten Moment hob Frau Janson ihre faltigen Hände und vergrub ihr Gesicht darin. »Ich hätte viel früher reden müssen. Ich schäme mich so«, jammerte sie. »Ich mache mir solche Vorwürfe.«

»Reden Sie jetzt«, sagte Mikael sanft. Daraufhin hob sie den Kopf und begann unter Tränen zu erzählen.

6.

Auch Mikael Kohonen hatte mittlerweile einen Schluck von dem Eistee genommen. Er war ihm viel zu süß. Und richtig kalt war er auch nicht mehr. Elina Janson schniefte und tupfte sich mit einem Taschentuch vorsichtig das Gesicht ab.

»Er war so ein netter Junge«, wiederholte sie sich. Mikael ließ ihr noch einen Moment Zeit, wollte sie nicht drängen. Er hatte das dumpfe Gefühl, dass sie für ihre Erzählung weit ausholen würde. Anders hatte sein Glas bereits ganz geleert und starrte gierig auf die Karaffe auf dem Tisch, in der sich noch ein Rest Eistee befand. Er blickte ruckartig auf, als Frau Janson ihren Bericht begann.

»Ich war mit Kekes Mutter befreundet, früher«, sagte sie langsam. »Ich kannte sie aus dem Krankenhaus. Wir waren beide Krankenschwestern.«

Mikael nickte, schwieg aber.

»Alles hat sich verändert, nachdem sie Keke bekam. Er war ein schwieriges Kind, von Anfang an. Hatte zahlreiche körperliche und geistige Probleme. Wir haben uns ab und zu getroffen und sie hat mir ihr Herz ausgeschüttet. Manchmal auch hier, bei meinen Eltern im Garten.«

Mikael versuchte, sich auf ihre Worte zu konzentrieren, seine Gedanken drifteten jedoch bereits leicht ab. *Sie kennt Keke*, dachte er.

»Keke war ein sonderbares Kind. Die Probleme blieben, hatten bald alle möglichen medizinischen Namen bekommen. Fragen sie mich nicht nach den Fachbegriffen. Er war verschlossen. Aber wütend. Und stark.«

»Das macht ihn noch nicht verdächtig«, sagte Mikael ruhig. Sie nickte geistesabwesend.

»Ich wollte ihm keinen Ärger machen. Keke meine ich. Und seiner Mutter. Aber sie ist bereits vor einigen Jahren gestorben. Und als ich Sie beide zu Rasmus Laaksonen gehen sah …«, setzte sie an und atmete tief ein.

»Was haben Sie gesehen, damals?«, fragte Mikael, diesmal mit Nachdruck. Sie richtete sich kerzengerade auf, ihre Augen rollten zur Decke, als würde sie in ihren Erinnerungen wühlen.

»Es war Simos neunter Geburtstag. Der Tag, an dem er verschwand. Er war mittags kurz bei uns. Hat Bonbons bekommen. War gut gelaunt. Dieses Lachen werde ich nie vergessen. Keke war an diesem Tag auch da, mit seiner Mutter.«

Sie machte eine Pause und stand auf. Schenkte Anders den restlichen Eistee ein, der dankbar nickte. Dann ließ sie sich wieder schwerfällig und geräuschvoll in ihren Stuhl sinken.

»Keke wollte mit Simo spielen. Er war ganz vernarrt in ihn. Aber Simo wollte nicht. Er war immer lieber allein. Simo hat sich verabschiedet und weg war er. Ich wusste ja nicht, dass es das letzte Mal sein sollte, dass ich ihn sehe.« Wieder vergrub sie ihr Gesicht in den Händen und schluchzte. Die nächsten Worte waren nur undeutlich zu verstehen. Gemurmelt.

»Keke hat gesagt, dass er in den Garten geht. Wir haben drinnen Kaffee getrunken.«

»Aber?«, fragte Mikael unruhig. Er hatte langsam eine düstere Vorahnung, worauf ihre Erzählung hinauslief.

»Aber später haben wir ihn gesucht. Er war nicht mehr da«, schluchzte sie. »Er ist erst zwei Stunden später wieder aufgetaucht. Er wollte nicht verraten, wo er gewesen war.« Dann sackte die alte Dame in sich zusammen. Ihre Beichte hatte ihr die letzten Kräfte geraubt. Es war offensichtlich, dass das schlechte Gewissen sie bereits seit Jahren plagte.

»Warum haben Sie das nie jemandem erzählt?«, fragte Mikael.

»Ich habe es jetzt erzählt«, sagte sie leise.

7.

Hinter dem Tresen seines Kiosks trat Joona Mäki nervös von einem Bein auf das andere. Er hatte das kleine Schild an der Eingangstür auf »Geschlossen« gedreht. Vor ihm stand ein Salat mit Hühnchenfleisch darin. Sein Mittagessen, auf das er im Moment aber keinerlei Appetit hatte. Zuerst musste der Anruf erledigt werden. Er wiegte das Handy in seiner rechten Hand hin und her und knabberte an den Fingernägeln seiner linken. Eine Angewohnheit, die er eigentlich schon vor längerer Zeit erfolgreich abgelegt hatte. Die ganze letzte Nacht über hatte er sich seine Worte genau zurechtgelegt und wusste, dass er den richtigen Ton treffen musste, um ernst genommen zu werden. Ein letztes Mal holte er tief Luft. *Nein, du blamierst dich nicht. Der Mann ist verdächtig. Er ist zum Wald gefahren, hat aufgrund der Einsatzwagen umgedreht,* dachte er. Außerdem hatte Joona recherchiert. Ein kleiner Junge war aus einem Supermarkt entführt und später in ebendiesem Waldstück gefunden worden. *Du bist nicht verrückt,* sagte sich Joona in Gedanken. Dann wählte er den Notruf.

»Notruf Leitzentrale. Wo war der Vorfall?«, begrüßte ihn eine wenig motivierte männliche Stimme, die Joona sofort stocken ließ. *Beruhige dich*, ermahnte er sich selbst.

»Na ja, es handelt sich eigentlich nicht um einen *Vorfall*«, sagte er. Seine Stimme bebte leicht.

»Was dann?«, fragte der Mann und es klang, als würde er auf etwas herumkauen. »Das hier ist die Notrufnummer!«

»Äh ja, ich weiß«, stammelte Joona und fand, dass das Gespräch bereits jetzt eine seltsame Wendung nahm. Und das, noch bevor er seine Geschichte erzählt hatte.

»Ich habe da etwas beobachtet«, begann er vorsichtig.

»Und was?«, kam die forsche Antwort. Wieder eindeutiges Kauen. Aß der Mann am anderen Ende der Leitung etwas, während er mit ihm telefonierte? Joona seufzte, um seine Gedanken zu sammeln. Dies reichte seinem Gegenüber offenbar aus, um endgültig die Geduld zu verlieren.

»Hören Sie, ich muss die Leitung für echte Notfälle freihalten«, brummte er. Joona hatte das sichere Gefühl, dass der Mann bereits im nächsten Moment auflegen würde, und der Schweiß stand ihm auf der Stirn. »Nein, warten Sie!«, rief er lauter als beabsichtigt aus.

Dann überwand er sich und begann alles zu schildern, was ihm auf dem Herzen lag. Beginnend bei den Kinderzeitschriften und seinem zerkratzten Auto. Bei der Fahrt in den Wald endend. Er konnte hören, wie der Mann am anderen Ende der Leitung seufzte.

»Sie können bei der Polizeidienststelle Anzeige wegen Ihres Autos erstatten«, meinte dieser sodann.

»Darum geht es mir doch gar nicht«, sagte Joona. »Mit diesem Mann stimmt etwas nicht. Ich möchte, dass er überprüft wird.«

»Aber Sie haben keinen Namen?«

»Nein. Aber ein Kennzeichen.«

Joona fühlte sich zunehmend unfreundlich behandelt. Wie ein Spinner. War es doch ein Fehler gewesen, anzurufen?

»Ich mache eine Notiz für die Kollegen«, meinte der Mann. »Aber für die Zukunft: Das ist kein Fall für die Notrufnummer.« Dann legte er auf. Joona blieb sprachlos zurück und brauchte eine Weile, bis er sein Handy auf der Theke ablegte. Er war sich nicht sicher, ob er ernst genommen worden war.

8.

»Guten Abend, der Herr«, sagte Sofia und blinzelte Mikael Kohonen dabei zu. Oder bildete er sich das nur ein?

»Guten Abend«, antwortete er und hielt ihr die Tür zum Restaurant auf. Der Italiener war ihre Idee gewesen. Er hatte sie zuvor angerufen, um die weitere Vorgehensweise abzustimmen. »Ich habe noch nichts gegessen«, hatte sie gesagt. Und dann dieses Lokal unweit seines Büros vorgeschlagen.

Wenig später studierten sie beide stumm die Karte. Eigentlich studierte nur Sofia die Karte. Mikael blickte immer wieder über den Rand des Papiers und musterte sie. Hatte sie sich extra schick gemacht? Ihre Perlenohrringe hatte sie gegen glitzernde Ohrstecker getauscht. Ihr schwarzes Oberteil sah nicht nach Arbeit aus.

»Was essen Sie denn?«, fragte sie und überrumpelte ihn damit völlig.

»Pizza«, murmelte er und konnte sich ihr darauffolgendes Kichern nicht erklären.

»Hier gibt's keine Pizza«, sagte sie und deutete auf die Karte. *Was ist das für ein Italiener, in dem es keine Pizza gibt*, dachte er etwas enttäuscht. Und wollte lieber gleich das Thema wechseln. Warum fühlte er sich in ihrer Nähe immer wie ein absoluter Tölpel?

»Yanis hat sich wirklich Mühe gegeben«, sagte er daher schnell. »Die Kollegen haben sich sehr viel Zeit gelassen. Aber wir haben kein brauchbares Phantombild.«

»Was war das Problem?«, fragte sie.

»Seine Angaben haben zu stark geschwankt. Mal war der Mann am Spielplatz groß und eher breit. Dann hatte er wieder ein dünnes Gesicht. Mal mit und mal ohne Bart. Yanis war sich einfach nicht sicher.«

»Schade«, murmelte Sofia nachdenklich.

»Ohne Ihre Hilfe wäre es nie so weit gekommen, dass er überhaupt mit uns spricht«, sagte er aufmunternd. »Danke dafür.«

»Ich habe es gerne gemacht, ich mag Yanis. Er ist mir sehr ans Herz gewachsen.«

»Leider konnte Yanis auch ansonsten nicht viel beitragen«, sagte Mikael und musterte Sofia genau. Sie nickte langsam, hatte nichts anderes erwartet. Mit Details zu der Entführung hielt er sich weiterhin sehr zurück.

»Autofarbe, Automarke und wie der Mann ihn ins Auto gelockt hat, bleiben vollkommen im Dunkeln. Zumindest noch«, fuhr Mikael fort. Wieder nickte sie.

»Er ist schon weit gekommen. Er wird sich jetzt an immer mehr erinnern«, sagte sie.

»Und genau deswegen müssen wir vorsichtig sein«, sagte Mikael.

Sofia starrte nun auf den Tisch vor sich. Schien ganz in ihre Gedanken versunken zu sein.

»Werden Sie weiter mit ihm arbeiten? Mit Yanis, meine ich«, fragte Mikael.

»Wir werden sehen«, murmelte sie. »Ich weiß nicht, ob die Eltern dem zustimmen.«

Sie sah von der Speisekarte hoch, ihm direkt in die Augen. »Finden Sie den Kerl, der Yanis entführt hat. Das ist für alle die beste Therapie.«

»Ich habe es vor«, murmelte er und widmete sich nun tatsächlich auch der Karte, die nur wenige Gerichte enthielt.

Nach einer gefühlten Ewigkeit kam ein Kellner in noblem Anzug und zählte die Spezialitäten des Tages auf. Mikael rümpfte dabei innerlich die Nase. Er mochte weder Meeresfrüchte noch Fisch.

»Lassen Sie uns noch einen Moment überlegen«, sagte Sofia und der Kellner zog von dannen. Mikael sah sie überrascht an. Endlich war der Kellner gekommen und dann schickte Sofia ihn gleich wieder weg?

»Schnell abhauen?«, flüsterte sie verschwörerisch.

»Wie bitte?«

»Ich kenne da einen kleinen, super Burgerladen.«

»Das klingt verführerisch, um ehrlich zu sein«, sagte Mikael und erhob sich, ohne weiter darüber nachzudenken.

Wenig später standen sie an einem Stehtisch im Freien, jeder einen Burger in der Hand und ein Bier vor sich stehen. Und Mikael atmete das erste Mal an diesem Tag erleichtert durch. Dann nahm er einen riesigen Biss von seinem Brötchen. Er hatte mittlerweile solchen Hunger, dass er kaum mehr darauf achtete, wie er wirkte oder aussah.

»Schmeckt hervorragend«, sagte er und biss sofort ein weiteres Mal ab. Er sah sie grinsen und nicken. Und fragte sich plötzlich, was sie hier eigentlich taten. Alle wichtigen Informationen zwischen ihnen waren längst ausgetauscht worden. Hätten auch telefonisch besprochen werden können, wenn er ehrlich war. Dennoch freute er sich auf eine angenehme Art und Weise über ihre Gesellschaft. Er mochte den Duft ihres Parfums und die kleinen Falten, die sich beim Sprechen um ihren Mund bildeten.

»Mik, hören Sie mir eigentlich zu?«, fragte sie laut.

»Äh, was?«, musste er fragen, weil er überhaupt nicht zugehört hatte.

»Begleiten Sie mich noch zu meinem Auto?«

»Natürlich«, antwortete er und würgte schnell den letzten Bissen hinunter.

»Ich fühle mich sicher bei Ihnen«, flüsterte sie, als sie nebeneinanderher gingen. Sie liefen so eng beieinander, dass sich ihre Hände fast berührten. Aber nur fast. Mikaels Herz schlug schneller. Er konnte es nicht mehr länger ignorieren, er fand Sofia anziehend. Und wie!

Schließlich standen sie vor ihrem Wagen und er wollte sich verabschieden. »Es war ein schöner Abend«, sagte er.

Sie sprach nicht. Trat einen Schritt näher auf ihn zu. Er sog den Geruch ihrer Haare ein. Sie war fast einen Kopf kleiner als er. Seine Hand hob sich automatisch. Er wollte ihr Haar berühren, ihr Gesicht. Aber im letzten Moment siegte die Vernunft und seine Hand senkte sich wieder. Sie hatte seine Geste beobachtete und hob ihren Kopf. Mikael konnte ihren Blick nicht deuten. Bevor er etwas sagen konnte, stellte sie sich auf die Zehenspitzen. Ihr Kopf war ganz dicht an seinem. Ihre Augen flatterten. Er war unfähig, irgendetwas zu denken. Er nahm ihr Gesicht in seine Hände und sie schloss langsam die Augen. Es war eine stumme Einladung. Er war ihr so nah, dass er ihren Atem auf seiner Haut spürte. Aber irgendetwas hielt ihn zurück. Ließ ihn zögern. Das schien auch Sofia zu bemerken, die ihn plötzlich mit sanftem Druck von sich wegschob. In ihren Augen flackerte Enttäuschung auf. Sie war ohne jeden Zweifel gekränkt.

»Gute Nacht, Mik«, flüsterte sie. Und weg war sie.

»Was bist du nur für ein Idiot!«, flüsterte Mikael, bevor auch er sich auf den Heimweg machte.

Sommer 1985

Tagebucheintrag vom 16.7.

Heute habe ich etwas Schlimmes getan. Etwas, wovon niemand etwas erfahren wird. Niemand je etwas erfahren *darf.*

Als der Plan heute Morgen in meinem Kopf entstand, war er den ganzen Vormittag über nicht mehr herauszubekommen. Ich wusste ganz genau, was ich zu tun hatte. Ich fuhr zu SEINEM Haus. Starrte lange auf den so überaus gepflegten Vorgarten. Den perfekt gemähten Rasen. Niemand weiß, was sich im Inneren des Hauses abspielt. Im Keller. Niemand außer mir.

Jetzt oder nie, dachte ich. Der große Stein in meiner Hand war so schwer, dass ich beide Hände brauchte, um ihn über meinem Kopf zu halten. Dann warf ich ihn mit all meiner Kraft. Krachend traf er das Fenster und ließ das Glas in tausend Scherben zerspringen. Mein Herz schlug wild. In mir breitete sich ein Gefühl der Genugtuung aus, das ich kaum beschreiben kann. Es fühlte sich so gut an. Ich kann mich wehren. Ich bin nicht machtlos. ER hat mich nicht in der Hand.

So schnell ich konnte, rannte ich davon. Rannte, bis meine Lunge brannte. Bis zum Wald. Je weiter ich mich von SEINEM Haus entfernte, desto mehr verließ mich der Mut. Was hatte ich getan? ER würde wütend sein. Sehr wütend.

Ich habe den ganzen Nachmittag lang überlegt. War ein paar Mal kurz davor, zu IHM zu gehen. Und mich zu entschuldigen, um Gnade zu flehen. Aber ich wagte es nicht.

Jetzt sitze ich hier. Halte meine goldene Münze ganz fest. Meinen Talisman. Und habe Angst.

Mittwoch

10. Juni 2015

1.

Elvi Nyman trommelte unruhig mit den Fingern gegen den Türrahmen von Kekes Zimmer. Ein Beamter war gerade dabei, Kekes Schreibtisch zu durchsuchen, ein zweiter widmete sich dem Fußboden unter seinem Bett. Elvi empfand bei dem Anblick eine seltsame Mischung aus Unruhe und Sorge. Unruhe, weil es Keke ganz sicherlich nicht recht war, dass so in seinen Sachen gewühlt wurde. Angst vor dem, was vielleicht zum Vorschein kam.

»Hat er seine ganzen persönlichen Dinge in diesem Zimmer hier?«, fragte der ältere Polizist, der vor dem Schreibtisch kniete.

»Ja«, antwortete Elvi und blickte sich in dem kleinen Raum um. Viel war es wirklich nicht, das Keke besaß. Ein kleiner Schrank mit seinen Jeans und bunten T-Shirts, der Schreibtisch, sein Bett.

»Er zeichnet gerne«, sagte sie erklärend, nachdem der jüngere Beamte einige Skizzen unter der Matratze von Kekes Bett herausgeholt hatte. Sie zeigten das immer gleiche Motiv – einen schwarzen Vogel. »Die nehmen wir mit«, verkündete der Mann und richtete sich mühsam auf.

»Wie geht es jetzt weiter?«, fragte Elvi leise. Auch wenn sie sich die Antwort schon denken konnte. Keke war nicht entführt worden, er war gegangen. Und zwar absichtlich. Die Frage war nur, wohin. Die beiden Beamten blickten sie stumm an, als könnten sie ihre Gedanken lesen. Schlagartig kam Elvi ein neuer Gedanke, den sie zuvor nicht hatte wahrhaben wollen. Die Polizei war nicht hier, um einen Vermissten zu finden. Die Polizei war hier, um einen Verdächtigen verhaften zu können.

»Keke hat nichts Schlimmes gemacht«, sagte sie. Weil sie in diesem Moment das starke Bedürfnis hatte, ihn zu verteidigen. »Alle aus der Wohngruppe vermissen ihn.«

»Er wird zurückkommen«, sagte der ältere Polizist dann. In Elvis Ohren klang es wie eine hohle Versprechung. Eine Floskel, die gesagt werden musste, zur allseitigen Beruhigung. Sie nickte den beiden zu, als sie den Raum verließen, und nahm sich vor, später bei Hauptkommissar Mikael Kohonen nachzufragen, der ihr seine Karte gegeben hatte.

Eine Weile stand sie noch unschlüssig in Kekes Zimmer. Gerade als sie sich zum Gehen umdrehte, begann das Handy in ihrer rechten Hosentasche zu vibrieren. Sie zog es heraus und stutzte einen Moment, als sie auf das Display blickte. Unbekannter Anrufer.

»Elvi Nyman«, meldete sie sich förmlich. Am anderen Ende der Leitung war nur ein tiefes Atmen zu hören. Die Hand, in der Elvi ihr Handy hielt, begann zu zittern.

»Keke?«, stöhnte sie in den Hörer. Ein tiefes Grunzen bestätigte ihre Annahme. So hörte sich nur ein nervöser Keke an.

»Keke! Wo bist du? Wie geht es dir? Brauchst du Hilfe?«, sprudelte es aus Elvi heraus, ohne dass sie ihre Worte hätte kontrollieren können. Eine ganze Weile war es still. Gerade als Elvi dachte, dass keine Antwort mehr käme, murmelte Keke etwas in den Hörer.

»Mir geht es gut«, sagte er. »Aber ich habe Angst.«

»Ich kann dich abholen, Keke! Sag mir nur, wo du bist.«
Er atmete lang und seufzend aus. Dann legte er einfach auf. Elvi blieb nichts, als das lange Freizeichen am anderen Ende der Leitung.

2.

In Mikael Kohonens Bauch rumorte es. Diesmal war er sich allerdings nicht ganz sicher, ob es nur auf den Hunger zurückzuführen war. Der letzte Abend ließ ihn grübeln. Und erzeugte ein seltsam flaues Gefühl in seinem Magen, das er zu ignorieren versuchte. Anders hielt ihm eine Tasse mit Kaffee unter die Nase. »Hab dir ein Brötchen mitgebracht«, sagte er und legte eine kleine Tüte auf den Schreibtisch ab. Mikael nahm einen großen Schluck Kaffee und warf einen Blick in die Papiertüte.

»Gern geschehen«, witzelte Anders, der es schon gewöhnt war, dass Mikael kein großer Freund von Lobeshymnen war.

»Nach Keke wird jetzt auch in den Print- und Onlinemedien mit Foto gesucht«, fügte er ernster hinzu.

»Hm, gut«, brummte Mikael geistesabwesend, der den Presseaufruf selbst veranlasst hatte.

»Mik, hast du mich überhaupt gehört?«

Anders warf einen Blick auf die ausgebreiteten Papierseiten auf Mikaels Schreibtisch.

»Liest du wieder in dem Tagebuch?«

»Ja«, murmelte Mikael. Und hob den Kopf. »Er hat über seinen geheimen Platz im Wald geschrieben. Simo. Und er erwähnt immer wieder einen Mann, vor dem er sich fürchtet.«

»Aber wir wissen nicht, wer der Mann ist«, murmelte Anders.

»Noch nicht«, sagte Mikael. »Bisher keine klaren Hinweise darauf.« Er seufzte. »Der Junge hatte es nicht leicht. Schlechtes

Elternhaus. Das Gegenteil von herzlich, wenn du verstehst, was ich meine.«

Anders blickte zum Fenster hinaus, an dem graue Wolken vorbeizogen. Das Schicksal von Simo ließ ihn alles andere als kalt.

»Etwas Interessantes habe ich aber noch in den Seiten entdeckt. Er schreibt auch über seine goldene Münze, eine Art Talisman, den er immer dabeihatte.«

»Dann ist es wirklich seine Münze, die in der Brunnenwand gefunden wurde«, murmelte Anders. Mikael nickte. »Und die in den Stein geritzten Zeichen sind auch von ihm.« Mikael kramte umständlich in einem Zettelberg, der einfach nur nach Chaos aussah. Zog aber kurz darauf tatsächlich den Ausdruck eines Fotos hervor. Es war ein Foto jenes Zeichens, das in die steinerne Brunnenwand geritzt worden war.

»Sieht aus wie ein M, wenn du mich fragst«, sagte Anders.

»Oder ein H?«

»Ich weiß es nicht«, musste Mikael resigniert zugeben. Es gab für seinen Geschmack in diesem Fall zu viele Fragezeichen und zu wenige Antworten, um sich festzulegen. Er schwieg.

»Ich habe auch Neuigkeiten«, setzte Anders an und unterbrach damit den Moment der Stille. »Simos Leiche wurde mittlerweile eindeutig identifiziert und von der Rechtsmedizin für die Beerdigung freigegeben«, sagte er. »Außerdem spekuliert die Presse neuerdings wieder über den alten Fall. Und beginnt Verbindungen herzustellen.« Er hielt Mikael eine Zeitung unter die Nase. »Zwei verschwundene Kinder, ein Wald. Welche Geheimnisse lauern in Paloheinä«, lautete die plakative Überschrift.

»Ich sagte doch, wir wirbeln Staub auf«, war Mikaels Antwort.

»Es wird Zeit für ein Statement von Simos Vater. Dass sein Sohn gefunden wurde. Dass immer noch nach dem Täter gesucht wird«, fuhr Mikael fort. Anders nickte.

»Ich habe bereits versucht, Rasmus Laaksonen telefonisch zu erreichen. Kein Erfolg.«

»Dann fahren wir noch mal vorbei«, erwiderte Mikael entschlossen. »Und diesmal reden wir Klartext mit ihm.«

3.

Sofia setzte ihre nichtssagende Miene auf. Ein Gesichtsausdruck, der irgendwo zwischen Neutralität und Unnahbarkeit lag. »Guten Morgen, Frau Lodman«, sagte sie und wollte ihr die Hand reichen. Annika Lodman rührte sich nicht. Ihr Arm blieb schlaff neben ihrem Körper hängen.

»Sie haben Ihr Phantombild«, sagte sie. Ruhig und langsam. »Yanis braucht jetzt Zeit, um alles zu verarbeiten.«

Sofia wollte etwas entgegnen, wollte mitteilen, dass es leider kein brauchbares Phantombild gab, aber Frau Lodman hob entschlossen die Hand und signalisierte ihr, innezuhalten.

»Ich danke Ihnen für Ihre Hilfe. Yanis mag Sie sehr«, sagte sie. Und es klang nach Abschied.

»Es sind noch nicht alle Details geklärt …«, setzte Sofia an.

Annika Lodman blickte sie aus traurigen Augen an.

»Was wollen Sie denn noch? Jedes Mal, nachdem Sie da waren, ist Yanis außer sich. Wütend. Schlägt um sich. Oder er ist verschlossen. Und traurig. Ich kann das nicht mehr«, zischte sie. Es klang eher verzweifelt als aufgebracht.

Sofia betrachtete die tiefen Furchen um die Augen der Frau.

»Ich bespreche mich mit Hauptkommissar Kohonen«, sagte sie schließlich. Weil sie merkte, dass sie so nicht weiterkam. Und gegen den Willen der Eltern konnte sie sich ohnehin keinen Zutritt zu dem Haus verschaffen. Yanis war weder zu sehen noch zu hören. Wahrscheinlich saß er wieder vor dem Fernseher.

»Ich wünsche Ihnen alles Gute«, sagte Sofia und machte auf dem Absatz kehrt. Die Blicke, die Annika Lodman ihr nachwarf, konnte sie regelrecht körperlich spüren. Dann wurde die Tür hinter ihr mit Nachdruck geschlossen. Das klackende Geräusch ließ Sofia zusammenzucken. Und in diesem Moment fasste sie einen Entschluss. Sie setzte sich in ihr Auto, das nur fünfzig Meter vom Haus der Lodmans entfernt parkte. Und behielt den Eingang im Blick.

Etwa zehn Minuten vergingen, in denen nichts passierte. Sofia trommelte mit ihren Fingern auf dem Lenkrad herum. Ihren nächsten Termin hatte sie erst in zwei Stunden. Genug Zeit, um noch etwas länger hier zu sitzen. *Ein Kaffee wäre toll*, dachte sie und seufzte. Ganz kurz senkte sie den Blick zu ihrer Handtasche, suchte nach der Wasserflasche, die sich darin befand. Da nahm sie aus dem Augenwinkel eine Bewegung wahr. Ruckartig hob sie den Kopf und sah, wie Annika und Jaan Lodman aus dem Haus traten. Sein Anzug sah teuer aus und stand ihm ausgesprochen gut. Sofia konnte sich gut vorstellen, wie er sich als Anwalt vor Gericht Gehör verschaffte. Er strahlte Autorität und Stärke aus. Sofia rutschte instinktiv in ihrem Autositz etwas nach unten, aber die Lodmans waren so sehr in ihr Gespräch vertieft, dass sie überhaupt nichts um sie herum wahrzunehmen schienen. Jaan Lodman legte seiner Frau versöhnlich die Hand auf die Schulter. Aber diese schüttelte ihn grob ab. Sie gestikulierte wild und Sofia konnte durch die geschlossene Fensterscheibe hören, dass Jaan etwas schrie, wobei sie die Worte nicht verstand.

Ich würde zu gerne hören, um was es geht, dachte Sofia und ließ langsam ihr Fenster ein Stück nach unten. Das Geräusch kam ihr verräterisch laut vor, ging aber im Gebrüll von Jaan Lodman vollkommen unter. Wortfetzen drangen an Sofias Ohr.

»Yanis beschützen« und »Wehe, du lässt jemanden ins Haus«, konnte sie verstehen. Die Sorge stand dem Mann ins Gesicht geschrieben. Annika Lodman war wütend, ihre Gesten ausladend. Sofia seufzte leise. Leider konnte sie sich aus der Praxis an so manche Fälle mit Beteiligung von Kindern erinnern, bei denen die Ehe der Eltern den Strapazen nicht standgehalten hatte. Offenbar steckte auch diese Beziehung gerade in der Krise.

Plötzlich drehte sich Jaan Lodman um und ließ seine Frau einfach stehen. Sofia rutschte automatisch noch etwas tiefer in ihren Sitz. Aber es nützte nichts. Jaan kam zielstrebig auf ihr Auto zu.

»Verschwinden Sie hier«, zischte er durch ihr offenes Fenster. Der Nachdruck in seiner Stimme ließ sie ohne Umschweife den Motor starten. Und losfahren.

4.

Mikael Kohonen und Loris Anders klingelten bereits zum zweiten Mal bei Simos Vater, Rasmus Laaksonen. Der weiße Kastenwagen gegenüber, bei dem es sich offensichtlich um Vertreter der Presse handelte, war ihnen nicht entgangen.

»Der ist nicht da«, sagte Anders. Mikael spähte durch das kleine Fenster neben der Eingangstür und meinte, weiter hinter im Haus einen schwachen Lichtschein zu erkennen.

»Geh du doch mal zu den Presseleuten da drüben und behalte sie im Auge«, setzte Mikael an. »Ich seh' mich hinter dem Haus um.«

»In Ordnung«, antwortete Anders.

Mikael legte instinktiv eine Hand an seine Waffe, wie er es immer tat, wenn er sich in einer für ihn nicht ganz eindeutigen Situation befand. Sein Bauchgefühl sagte ihm, dass Rasmus Laaksonen zu Hause war. Die Frage war, warum er ihnen nicht öffnete. Immerhin hatten sie Informationen zu seinem Sohn. Mikael bemerkte sofort, dass der Garten hinter dem Haus nicht so ordentlich aussah wie vorne. Der alte, dreckige Kühlschrank wartete offenbar schon seit langer Zeit darauf, entsorgt zu werden. Ebenso ein ehemals weißer Gartentisch aus Plastik, der an mehreren Stellen zerbrochen war. Das Gras war bräunlich, hohes Unkraut wuchs an allen Ecken. *Rasmus Laaksonen hält nur nach außen hin den Schein der Normalität aufrecht*, dachte Mikael. *Wahrscheinlich, um in Ruhe gelassen zu werden.* Was sich hinter der Fassade befand, sollte offenbar niemand erfahren. Mikael trat näher an die Terrassentür heran, sie war nur angelehnt und ließ sich ohne Probleme aufdrücken.

»Herr Laaksonen? Polizei!«, rief Mikael in das stumme Haus hinein, ohne eine Antwort zu bekommen. Er machte kehrt und holte Anders zu sich. Dieser hatte es zwischenzeitlich geschafft, den weißen Wagen verschwinden zu lassen.

»Was hast du vor?«, fragte Anders, als er mit Mikael hinter dem Haus stand.

»In der Küche brennt Licht«, flüsterte Mikael. »Und die Tür stand offen. Das gefällt mir nicht.«

Bereits im nächsten Moment war Mikael durch die Tür getreten und nahm erneut das furchtbare Chaos, das darin herrschte, wahr. Ein widerlicher Gestank stieg von den zahlreichen verschmutzten Tellern mit Essensresten auf, die vor sich hin gammelten. Überall lagen leere Flaschen und zur Hälfte gefüllte Müllsäcke herum.

»Puh«, stöhnte Anders und schlug sich die Hand vor den Mund. »So unschön hatte ich es gar nicht in Erinnerung.«

»War es auch nicht«, sagte Mikael, der längst einen anderen Geruch wahrgenommen hatte. Mitten in dem Chaos lag ein weißer Umschlag auf dem Tisch, der sauber und neu aussah. Mikael riss ihn auf, überflog die Zeilen und drehte sich ruckartig zu Anders um. »Ruf sofort Verstärkung«, schrie er und hastete in den dunklen Flur.

5.

Keke schlich geduckt durch die dichten Zweige. Kleinere Blätterteile verfingen sich dabei in den wenigen Haaren, die er auf seinem Kopf trug. Seine Statur machte es nicht gerade leicht, durch das Buschwerk zu dringen. Er schnaufte und der Schweiß stand ihm auf der Stirn. Aber er hatte eine Mission. Und die musste erfüllt werden. Das Gespräch zuvor mit seiner Betreuerin Elvi hatte ihn aufgewühlt. Die vertraute Stimme hatte ihn fast umkehren und nach Hause laufen lassen. Aber nur fast. Das Ganze war zu wichtig. Er durfte jetzt nicht aufgeben. Endlich sah er den Spielplatz zwischen den Sträuchern durchblitzen. Die rote Rutsche, die zwei Schaukeln und die Sandkiste, die ihm so vertraut waren. Seine Augen flogen über die Spielgeräte. Der Junge war noch nicht da. Keke setze sich auf einen kleinen Fleck auf dem Boden, umringt von schützenden Zweigen. Und wartete. Er wusste, dass das Kind kommen würde. Jeden Tag ging die Mutter auf dem Nachhauseweg mit ihm hier vorbei. Jeden Tag machten sie einen kurzen Abstecher auf den Spielplatz. Keke war ganz aufgeregt, als er auf die Armbanduhr an seinem Handgelenk blickte. Gleich war es so weit. Gleich. Er wischte sich einen dünnen Speichelfaden vom Mundwinkel. Je mehr Minuten vergingen, desto unruhiger wurde er. Wo blieb der Junge? Plötzlich bekam Keke große Angst. Was, wenn er heute gar nicht kam? Was, wenn sein Plan durchkreuzt wurde? Kekes Atmung ging schneller, beinahe panisch.

Aber dann nahm er ein fröhliches Lachen wahr. Und wusste, dass er da war. Vorsichtig spähte Keke durch die Hecke. Der Junge kletterte gerade die Rutsche hoch. Sein blondes Haar glänzte in der Sonne. Dann rutschte er quietschend vor

Freude herunter. »Mama, ich bin gleich wieder da«, rief er und verschwand umgehend in den Büschen. Seine Mutter setzte sich lächelnd auf eine Parkbank und nahm ihr Handy aus der Tasche. Sie würde in den nächsten fünf bis zehn Minuten nicht ein einziges Mal von dem Gerät aufschauen.

»Hallo«, flüsterte der Junge kurze Zeit darauf. »Ich hab Schokolade mitgebracht, die können wir uns teilen.« Keke lächelte ihn an. »Au ja!«, antwortete er erfreut. »Aber du weißt schon …«

»Ja, ich weiß, du bist mein Geheimnis«, sagte der Junge verschwörerisch und setzte sich zu Keke auf den Boden. Schweigend saßen sie da und aßen ihre Schokolade.

»Weißt du«, sagte Keke plötzlich. »Es kann sein, dass wir bald einen Ausflug machen. Du und ich.« Der Junge starrte ihn mit großen Augen an. Sicherlich hatte seine Mutter ihm Hunderte Male gesagt, dass er nicht mit Fremden mitgehen durfte.

»Das darf ich doch nicht«, flüsterte er wie zur Bestätigung.

»Mit mir schon«, sagte Keke. »Wir sind doch Freunde.«

Der Junge runzelte die Stirn. Ihm war offenbar nicht ganz wohl zumute.

»Ich muss jetzt gehen«, sagte er und verschwand.

»Bis morgen«, flüsterte Keke ihm nach und steckte das leere Schokoladenpapier in seine Hosentasche, bevor er sich schwerfällig erhob. *Der Junge*, dachte er. *Der ist der Richtige.*

6.

Mikael Kohonen stand einen Moment lang unsicher im Flur. »Mik, was ist hier los?«, fragte Anders hinter ihm alarmiert. Ohne etwas zu antworten, gab er den Zettel in seiner Hand an seinen Kollegen weiter. Dann starrte er wieder in Richtung Treppe, die nach oben führte. Unterschwellig hatte ihm sein

Magen die ganze Zeit über etwas gemeldet, das sein Gehirn noch nicht zu verarbeiten fähig war. Der schlechte Geruch in diesem Haus kam nicht nur von dem Müll und dem vergammelten Essen. Es war noch ein anderer, vertrauter Gestank, der ihm den Magen langsam umdrehte. Der Geruch des Todes.

Es tut mir leid. Alles tut mir leid.

Das waren die einzigen Worte, die auf dem großen Zettel geschrieben standen. Während Mikael sich auf den Weg nach oben machte, konnte er hören, wie Anders hinter ihm übers Handy Verstärkung organisierte.

Die alten Holzstufen knarrten leicht bei jedem Schritt, den Mikael tat. Oben stand die Tür zum Badezimmer einen Spaltbreit offen, der Gestank hatte sich intensiviert. Mikael nahm eine Ellenbeuge vors Gesicht und ging weiter.

»Mik?«, konnte er kurz darauf Anders' Ruf durch das stille Haus schallen hören.

»Oben, im Badezimmer«, erwiderte Mikael. Er konnte am Knarren der Treppe hören, dass sein Kollege im Anmarsch war, und trat aus dem Bad.

»Besser, du wappnest dich innerlich«, sagte Mikael, der blass im Türrahmen stand. »Kein schöner Anblick.«

»Ist es Rasmus Laaksonen?«, fragte Anders.

»Schwer zu sagen«, meinte Mikael. »Viel ist von seinem Gesicht nicht mehr übrig.«

Zusammen sahen sie sich in dem Raum um. Auf dem Fliesenboden lagen mehrere leere Alkoholflaschen herum, an denen bräunliches Blut klebte. Die offensichtlich männliche Leiche daneben war kaum zu identifizieren. Die Person hatte sich in den Kopf geschossen. Jedenfalls war dort, wo eigentlich ein Gesicht zu erwarten gewesen wäre, nur eine breiige Masse zu sehen. Eine Pistole lag neben der Leiche auf dem

Boden. Blutspritzer an der Wand ließen vermuten, aus welcher Richtung abgedrückt worden war.

»Verdammter Mist!«, fluchte Mikael. »Der hier gibt der Presse ganz sicher kein Statement mehr.«

»Nein«, flüsterte Anders.

Mitten in der Stille des Badezimmers begann das Diensthandy in Mikaels Hosentasche zu vibrieren.

»Willst du nicht drangehen?«, fragte Anders neben ihm, dem das summende Geräusch offenbar nicht entgangen war. Statt einer Antwort griff Mikael nach dem Telefon und nahm ab. Binnen Sekunden verhärteten sich seine Gesichtszüge zu einer strengen Maske. »Wir müssen zurück ins Büro«, meinte er, nachdem er aufgelegt hatte.

»Noch mehr schlechte Neuigkeiten?«, fragte Anders unsicher.

»Nicht unbedingt. Eine Frau hat sich gemeldet. Sie gibt an, diejenige zu sein, mit der Yanis auf dem Überwachungsband des Supermarktes spricht.«

»Sieh mal einer an«, murmelte Anders. »Die Kollegen müssten gleich da sein«, fügte er dann noch hinzu.

Mikael warf einen letzten Blick auf die dunklen Spritzmuster an der Wand. Dann kam ihm der Abschiedsbrief unten auf dem Küchentisch in den Sinn. *Was tut dir denn so leid, Rasmus*, dachte er beklommen.

7.

Annika Lodman kniete sich zu ihrem Sohn Yanis auf den Boden, der ganz in das Spiel mit seinen Autos vertieft zu sein schien. Eine Weile saß sie neben ihm, ohne ein Wort zu sprechen. Beobachtete, wie er die kleinen Fahrzeuge hin und her schob.

»Warum hast du sie weggeschickt?«, fragte er plötzlich und ohne Vorwarnung. Annika Lodman war zwar heilfroh darüber, dass ihr Sohn wieder ein paar Sätze sprach. Aber wann und was er sprach, das entschied immer noch nur er selbst. Meistens blieb er stumm. Umso mehr hatte sie die abrupte Frage überrascht.

»Wen meinst du?«, entgegnete sie.

»Sofia«, flüsterte er.

»Hättest du sie gerne gesehen?«, antwortete Annika mit einer Gegenfrage. Yanis schien nachzudenken. Er parkte gerade ein kleines gelbes Auto zwischen zwei anderen ein. Dann hob er den Kopf. Und nickte.

»Ich mag sie«, sagte er.

»Ich rede mit Papa«, murmelte Annika und blickte durch die Terrassentür nach draußen. Es sah nach Regen aus.

»Wo ist Papa?« Yanis blickte sie aus traurigen Augen an.

»Er muss noch arbeiten, mein Schatz.«

Ihr Sohn schien sich mit dieser Antwort zufriedenzugeben. Jedenfalls setzte er sein Spiel fort. Aber nur für einen Moment.

»Mama, was ist mit dem anderen Jungen passiert?«, fragte er beinahe beiläufig und ließ ihr damit das Blut in den Adern gefrieren. Mit allem hatte sie gerechnet, aber nicht mit dieser Frage.

»Mit welchem Jungen?«, fragte sie, obwohl sie die Antwort längst kannte.

»Dem Jungen. Unten.« Mehr sagte er nicht. Es war Erklärung genug. Es war das erste Mal, dass er mit ihr über sein Erlebtes sprach. Sie rutschte näher an ihn heran. Nahm seinen Kopf in ihre Hände.

»Wie kommst du jetzt darauf?«

»Einfach so«, sagte Yanis. »Er war ganz allein da unten.«

Annika fragte sich, woher Yanis diese Information nahm. Er musste seinen Vater im Gespräch mit der Polizei belauscht haben. Eine andere Möglichkeit gab es nicht. Oder? Eine feine

Gänsehaut breitete sich in ihrem Nacken bei dem Gedanken daran aus, dass Yanis neben den Knochen im Brunnen gesessen hatte.

»Ich weiß nicht, was ihm passiert ist«, sagte Annika schließlich ehrlich. »Was ist mit dir passiert?«, wagte sie zu fragen.

Sie war über ihren Schatten gesprungen und hatte die Frage direkt gestellt, die sie sich die ganze Zeit über nicht getraut hatte auszusprechen. Yanis wand sich aus ihrem Griff und drehte den Kopf demonstrativ zur Seite.

»Das darf ich nicht sagen, hat er gesagt.«

»Yanis, du musst keine Angst mehr haben«, sagte sie und nahm ihn in den Arm. Drückte ihn fest an sich. Sein kleiner Körper zuckte und er begann zu schluchzen.

»Mama, es tut mir leid, dass ich mitgegangen bin«, presste er hervor. »Er hat gesagt, wir machen einen Ausflug.« Dann begann er bitterlich zu weinen.

8.

Mikael Kohonen betrat den weiß gestrichenen Raum, in dem die Jalousien halb heruntergelassen waren. Die Zeugin wartete bereits auf ihn und erhob sich stumm, als sie ihn erblickte.

»Bleiben Sie ruhig sitzen«, sagte Mikael freundlich und wies auf einen Stuhl. Die Frau streckte ihm trotzdem die Hand entgegen und er kam nicht umhin, ihr die seinige zum Gruß zu reichen. Sie trug weiße Shorts und ein rosa Poloshirt, wirkte fast, als wäre sie direkt vom Golfplatz hierhergekommen. Er schätzte sie auf Anfang fünfzig, auch wenn sie sich mit ihren blond gefärbten Haaren sehr viel Mühe gab, jünger zu wirken.

»Hauptkommissar Mikael Kohonen«, stellte er sich vor, während er ihre Hand schüttelte.

»Smilla Nissen«, sagte sie und setzte sich auffallend langsam wieder auf ihren Stuhl.

»Ich bin hier, weil ich den Zeugenaufruf im Fernsehen gesehen habe. Der arme Junge!«, schnatterte sie sofort los und warf dabei ihre Arme in die Luft. »Wenn ich das nur gewusst hätte. Ich hätte ihn niemals nach draußen geschickt.«

»Jetzt mal ganz von vorne«, sagte Mikael ruhig. »Wir sprechen vom Mittwoch, dem 3. Juni.«

»Das weiß ich doch«, sagte sie hastig. »Ich war an diesem Tag im K-Market einkaufen. Bin gerade von draußen reingekommen.« Sie warf mit einer Handbewegung ihre blonden, schulterlangen Haare hinter die Schulter. »Da hab ich den Jungen gesehen. Er hat ausgesehen, als würde er jemanden suchen.«

Jetzt senkte sie den Blick, als wäre ihr das Ganze äußerst unangenehm. »Ich hab mich umgesehen. Und da hab ich draußen diesen Mann winken gesehen. Er hat dem Jungen zugewinkt. Es wirkte auf mich so, als würden sich die beiden kennen.« Jetzt stockte sie in ihrer Erzählung. »Ehrlich gesagt habe ich die ganze Szene überhaupt nicht hinterfragt. Der Junge ist dann ziemlich zielstrebig nach draußen gelaufen.«

Mikael musterte Smilla Nissen aufmerksam. Sie legte großen Wert darauf, wie sie auf andere wirkte. Mit ihren perfekt manikürten Fingernägeln strich sie sich eine Strähne ihres Haares hinter das Ohr.

»Mir tut das alles sehr leid«, flüsterte sie. »Hätte ich gewusst, dass seine Mutter im Supermarkt nach ihm sucht, ich hätte ihn niemals auf den Mann draußen aufmerksam gemacht.«

Mikael nickte. Ihre Geschichte klang durchaus plausibel.

»Können Sie den Mann beschreiben?«, fragte er.

»Nicht wirklich ...«, setzte sie an. »Ich habe ihn nur kurz durch die Tür gesehen. Ein eher großer, aber schmaler erwachsener Mann mit einer Schildkappe auf dem Kopf, glaube ich.«

Wieder nickte Mikael stumm. »Es tut mir leid«, ergänzte Smilla, als sie Mikaels enttäuschten Blick auffing.

»Ist Ihnen sonst noch irgendetwas aufgefallen?«, fragte Mikael, obwohl er nicht mehr mit bahnbrechenden Neuigkeiten rechnete. Smilla überlegte eine Weile.

»Mir fällt da noch eine Kleinigkeit ein«, sagte sie dann. »Der Junge hat noch etwas gesagt, bevor er nach draußen gegangen ist. Ich habe mir dabei nichts gedacht.«

»Was hat er gesagt?«

»›Komm, wir wollen doch einen Ausflug machen‹, das waren seine Worte, denke ich.« Das wiederum fand Mikael sehr interessant.

9.

Nach einem langen Arbeitstag streckte Mikael Kohonen seine müden Füße auf der Couch aus. Zum wiederholten Male nahm er sein Telefon in die Hand, zögerte dann aber wieder. *Stell dich nicht so an, Mik. Du bist ein erwachsener Mann*, dachte er. Schließlich nahm er sich ein Herz und wählte Sofias Nummer. Sie nahm auch nach dem zehnten Läuten nicht ab. Etwas enttäuscht legte er das Handy zu Seite. Sofort begann sich das Gedankenkarussell in seinem Kopf zu drehen. Ignorierte sie ihn absichtlich? War sie verabredet? Warum kümmerte ihn das überhaupt?

Lange Zeit beobachtete er nun die Falten der Vorhänge am Fenster, bis er irgendwann darüber einschlief. Das Klingeln seines Handys ließ ihn schließlich hochschrecken. Ein Blick auf die Uhr verriet ihm, dass er höchstens eine halbe Stunde geschlafen haben konnte.

»Hallo, Mik«, seufzte sie in den Hörer. Sofia.

»Alles okay bei Ihnen?«, antwortete er.

»Ja, war nur ein langer Tag.«

»Bei mir auch.« Den kurzen Moment der vertrauten Stille in der Leitung unterbrach sie sofort mit ihrer nächsten Frage.

»Was gibt es Neues, Mik?«

Er seufzte leise, bevor er antwortete. »Die gesuchte Frau aus dem Supermarkt hat sich gemeldet.«

»Wow!«, sagte Sofia. »Was sagt sie?«

»Sie war äußerst kooperativ. Hat allerdings nur gesehen, wie ein Mann Yanis zuwinkte, und hat den Jungen darauf aufmerksam gemacht.«

»Was ist das nur für ein Mann?«, flüsterte Sofia kaum hörbar.

»Die Zeugin sagt, es wirkte, als hätte ihn der Junge gut gekannt. Er ist sofort losgegangen. Hat Yanis noch mehr erzählt? Irgendwas, das uns weiterbringt?«

»Leider nein«, sagte Sofia. »Darüber wollte ich auch sprechen. Die Lodmans lassen mich nicht mehr in ihr Haus.«

»Hm«, murmelte Mikael, der nachdachte. »Vielleicht schadet eine kleine Pause nicht«, sagte er dann. »Wir drehen uns ohnehin im Kreis.«

»Aber Yanis weiß noch mehr, das spüre ich«, sagte sie.

»Mag sein, aber wir können ihn nicht zwingen. Und seine Eltern auch nicht.«

Diesmal seufzte Sofia wieder. »Denken Sie, die Zeugin aus dem Supermarkt hängt da irgendwie mit drin?«, fragte sie frei heraus.

»Eigentlich nicht. Sie macht sich selbst die schlimmsten Vorwürfe. Sie hatte keine Ahnung, dass Yanis' Mutter noch im Laden war.«

Eine Weile herrschte betretenes Schweigen. Es schien, als hätten sie nun alle relevanten beruflichen Fakten ausgetauscht.

»Sollten wir noch über etwas anderes reden?«, fragte Mikael schließlich vorsichtig.

»Ich denke nicht«, antwortete Sofia, forscher als erwartet. Es versetzte ihm einen kleinen Stich ins Herz. »Also dann, gute Nacht, Mik.«

»Gute Nacht, Sofia.«

Nachdem Mikael aufgelegt hatte, stand er auf und ging entschlossen zum Esstisch. Er zog das Anwaltsschreiben näher heran. Und setzte seine Unterschrift an die Stelle, die mit einem X markiert war. Dann schenkte er sich ein Glas Whiskey ein. Und fühlte sich seltsam befreit.

SOMMER 1985

Tagebucheintrag vom 25.7.

Ich habe eine ganze Woche lang nicht mehr geschrieben. Ich war nur im Wald. Jeden Tag im Wald, gleich nach der Schule. Saß in meiner geheimen Höhle. Stundenlang. Sonst habe ich nichts gemacht. Mir fehlte die Kraft. Auch jetzt noch kann ich mich kaum überwinden zu schreiben.

ER hat es doch herausgefunden. Irgendwie. Herausgefunden, dass ich seine Scheibe eingeworfen habe. Und ER hat mich dafür bestraft. Ich musste wieder in den Keller. In SEINEN Lieblingsraum. Dort ist es dunkel. Und es stinkt. ER geht mit mir da hinunter, um ungestört zu sein. Und damit mich niemand hört. Keiner ahnt, was im Keller dieses Hauses passiert. Oben sieht alles schön aus, normal. Unten lauert das Böse.

Dieses Mal war irgendetwas anders. Das habe ich gleich gespürt. Normalerweise sind wir nie lange im Keller. Diesmal aber ließ er sich Zeit, viel Zeit. Er hat die Tür abgeschlossen. Das macht er sonst nie. Und böse gegrinst. Er war wütend. Das konnte ich sehen. Er hat meine Hände zusammengebunden. Und dann tat er mir weh. Sehr weh.

Manchmal habe ich mir vorgestellt, ich würde so laut schreien, dass alle Nachbarn angerannt kommen. Aber in

Wirklichkeit habe ich keinen Ton von mir gegeben. Ich war mucksmäuschenstill.

Als ich wieder nach oben durfte, fühlte ich mich furchtbar. Er sagte, jetzt sei alles wieder gut. Und hat mir Kaugummis gegeben. Den ekligen Geschmack im Mund habe ich damit nicht wegbekommen. Der Geschmack ist immer noch da. Er klebt an mir wie eine dunkle, schmierige Masse. Auf meiner Zunge, tief in meinem Hals. Bringt mich zum Würgen, wenn ich nur daran denke. Ich hasse den Keller. Und ich hasse IHN. Aber bald muss ich wieder hin. Und das weiß ER.

Donnerstag

11. Juni 2015

1.

Keke hatte schlecht geschlafen. Bis in die frühen Morgenstunden hatte er sich unruhig auf der stinkenden Matratze hin und her gerollt. Und nachgedacht. War immer wieder alles durchgegangen. Heute war der große Tag. Endlich. Aufregung vermischte sich in seinem Bauch mit Angst. Nichts durfte schiefgehen.

Gegen fünf Uhr morgens hielt Keke es nicht mehr länger aus und stand leise auf. Er rieb sich mit seinen groben, dicken Fingern über die verschlafenen Augen. Strich die wenigen Haare auf seinem Kopf glatt. Und streckte sich, sodass das T-Shirt nach oben rutschte und seinen behaarten Bauch enthüllte. Das Shirt trug er jetzt schon drei Tage lang. Es begann zu stinken. Aber er hatte keine Wahl. Wechselkleidung gab es keine. Wenn er ehrlich war, dann vermisste er sein Zimmer. Und Elvi. Aber ins Wohnheim zurückzuschleichen war viel zu riskant. Was, wenn dort schon die Polizei auf ihn wartete? Er wollte auf keinen Fall ins Gefängnis. Das kannte er aus Büchern nur allzu gut. Ein unschöner Ort ohne Blumen und Bäume. Nur Mauern. So stellte er es sich dort vor. Keke räusperte sich leise und schluckte alle seine Bedenken wie einen dicken Kloß nach unten. Heute musste er tun, was zu tun war. Er konnte nur hoffen, dass der blonde Junge angebissen hatte. Sein Gefühl sagte *ja*. Aber Restzweifel blieben. Kinder waren heutzutage vernünftiger als früher. Früher, da waren immer alle alleine herumgelaufen. Heute waren alle vorsichtig. Von ihren Eltern vorgewarnt, niemals mit Fremden mitzugehen. Ihm fiel auf, dass er nicht mal den Namen des Jungen kannte. Aber er würde ihn herausfinden. Und zwar bald.

Keke blickte sich vorsichtig um und machte sich auf den Weg. Um diese frühe Uhrzeit traf man auf den Straßen kaum Menschen an. Alles war leer.

»Morgen, noch vor der Schule, treffen wir uns hier auf dem Spielplatz«, hatte er dem Blondschopf gestern ins Ohr geflüstert. Es hatte geklungen wie ihr Geheimplan. Ein Geheimplan unter Freunden.

Jetzt kauerte sich Keke wieder in die Büsche und wartete. Ein Blick auf die Uhr verriet ihm, dass erst eine Stunde vergangen war. Um ihn herum war es still, nur ein paar Vögel zwitscherten in den Bäumen. Ab und zu fuhr ein Auto in einiger Entfernung vorbei. Keke schloss seine Augen und atmete die frische, kalte Luft ein. Er war bereit.

2.

Mikael Kohonen hastete über den Flur. Vorbei an der Kaffeemaschine und zwei Kollegen, die ihm zunickten. Seinen Blick hielt er stur geradeaus gerichtet, bis er an jenes Büro kam, das er aufsuchen wollte. Die Tür war nur angelehnt und er machte sich nicht die Mühe zu klopfen.

»Anders«, brummte Mikael. »Der Junge wurde missbraucht. Simo wurde von irgendjemandem missbraucht.«

Wenn Anders durch den stürmischen Eintritt erschrocken war, so ließ er es sich nicht anmerken. Er hob bedächtig den Kopf und rollte mit seinem Stuhl ein klein wenig zurück. Dann nahm er die filigrane Lesebrille von der Nase, musterte Mikael dabei von oben bis unten.

»Steht das im Tagebuch?«, fragte er ruhig.

»Ja. Mehr oder weniger. Lies es am besten selbst, Anders.«

Anders senkte den Kopf, setzte seine Lesebrille wieder auf und widmete sich dem Auszug aus Simos Tagebuch, den Mikael vor ihn auf den Tisch gelegt hatte. Mikael trat einstweilen zum Fenster und blickte in einen tiefblauen Himmel. Kein Wölkchen war heute am Himmel zu sehen.

»Verdammter Mist«, murmelte Anders und veranlasste Mikael dadurch, sich umzudrehen.

»Aber er gibt keine Hinweise«, seufzte Anders. »Warum beschreibt er nie den Mann. Oder das Haus.«

»Es ist ein Tagebuch, kein Bericht«, sagte Mikael. »Aber es gibt etwas. Es muss etwas in diesen Seiten geben, das uns weiterhilft. Das weiß ich«, sagte Mikael. »Das spüre ich«, fügte er etwas leiser hinzu. »Ich habe es nur noch nicht gefunden.«

Anders blähte die Backen und blies dann zischend die Luft nach draußen. »Dann finde besser bald was. Hast du heute schon die Nachrichten gelesen, Mik?«

Mikael schüttelte den Kopf, trat aber interessiert einen Schritt näher. »Zwei Jungs, verschwunden in einem Wald. Gefunden in ein und demselben Brunnen. Einer davon tot. Das gibt gute Schlagzeilen«, fuhr Anders fort.

Zur Demonstration las er ein paar der plakativen Überschriften von seinem Computerbildschirm ab.

ALTER VERMISSTENFALL GEKLÄRT. JUNGE TOT AUFGEFUNDEN.

SIMO NACH 30 JAHREN TOT AUFGEFUNDEN. WAR ES MORD?

DER TODESBRUNNEN VON PALOHEINÄ.

»Das sind nur einige davon«, beendete Anders seine Aufzählung.

»Hm«, brummte Mikael und schwieg eine Weile. Im Grunde konnte ihnen die Presse egal sein. Aber sie zeichnete ein Bild der Geschehnisse und baute Druck auf, bald Ermittlungsergebnisse zu präsentieren. Anders schien ähnlichen Gedanken nachzuhängen.

»Wir wissen nach wie vor nicht, ob wir es mit einem Mord oder einem Unfall zu tun haben«, meinte Anders. »Er kann auch einfach in den Brunnen gefallen sein, Mik.«

Mikael schwieg noch immer. Hatte Anders wieder den Rücken zugedreht. Sonnige Streifen fielen durch die Jalousien auf seinen Körper. Wärmten ihn. Für einen Moment schloss er die Augen.

»Eines kann ich dir sagen, Anders«, setzte er schließlich an und drehte sich dabei um. »Zwei Jungs in demselben Brunnen. Das ist kein Zufall. Simos Tod war kein Unfall. Das glaube ich nicht.«

»Gut möglich, dass wir das in Simos Fall nie beweisen können«, gab Anders seufzend zurück. »Wobei ich zugeben muss, dass der Selbstmord von Rasmus Laaksonen nicht das beste Licht auf die ganze Sache wirft«, ergänzte er.

»Es ist alles da. Hier vor uns. Wir müssen die Hinweise nur deuten«, murmelte Mikael, wobei er die letzten Worte fast flüsterte. Der Schlüssel zu allem lag im Tagebuch. Davon war er überzeugt. Wer immer Simo missbraucht hatte, besaß jedenfalls ein Motiv.

»Simo schreibt von einem Keller, in dem er verletzt wurde. Hat Rasmus Laaksonens Haus einen Keller?«, fragte Mikael und machte bereits ein paar Schritte in Richtung Tür.

»Soweit ich gesehen habe, ja«, sagte Anders, der schon ahnte, was Mikael als Nächstes vorhatte.

»Aber wir haben keinen konkreten Verdacht?«

»Ich will mir nur kurz den Keller ansehen«, erwiderte Mikael, dem Anders' mahnender Blick nicht entgangen war. »Komm mit oder lass es bleiben.« Anders schnaufte, hatte sich aber schon erhoben. »Du fährst, Mik!«

3.

Finja hörte bereits außen das aufgeregte Klappern der Schulranzen und das fröhliche Geplapper. Sie war jetzt seit fünf Jahren Grundschullehrerin. Und sie liebte ihren Beruf. Der Flur vor dem Klassenzimmer war leer. Sie war spät dran. Hatte wieder einmal den Bus verpasst. Trotz des Zeitmangels hielt sie noch einen Moment inne. Lauschte dem lebhaften Treiben der Kinder, die kichernd Neuigkeiten untereinander austauschten. Als sie schließlich die Tür öffnete und in den Raum trat, wurde es schlagartig leiser. Die Kinder nahmen ihre Plätze ein.

»Guten Morgen!«, rief Finja. Ein schallendes »Guten Morgen« war die Antwort. Lächelnd stellte sie ihre schwere Umhängetasche ab und zog eine Mappe und einen Stift daraus hervor.

»Lasst uns gleich unser Buch weiterlesen«, sagte sie, woraufhin geschäftiges Rascheln einsetzte. Während die Schüler ihre Bücher herauszogen, musterte Finja stumm die Plätze und Gesichter. Ein Platz war leer.

»Wo ist Aarne?«, fragte sie und richtete sich dabei in erster Linie an Aarnes besten Freund Thore. »Ist er krank? Weißt du was?«

Thore schüttelte den Kopf. »Ich weiß nichts. Wir haben uns gestern Nachmittag noch gesehen. Da war er fit.«

Finja überlegte einen Moment. Es sah Aarne nicht ähnlich, unentschuldigt zu fehlen. Seine Mutter meldete ihn stets krank oder gab die Gründe für ein sonstiges Fehlen bekannt.

Heute hatte im Sekretariat jedoch keine derartige Nachricht vorgelegen.

Finja sah auf ihre Armbanduhr. *Ich warte noch zehn Minuten*, dachte sie. *Vielleicht hat er ja auch den Bus verpasst.* Dennoch begann sich in ihr eine seltsame Nervosität breitzumachen. Vielleicht lag es an den Schlagzeilen in der Zeitung, die sie auf dem Weg hierher gelesen hatte. Und den Dingen über vermisste Jungs, die darinstanden. Vielleicht lag es aber auch daran, wie vorbildhaft sich Aarnes Familie stets verhielt. Jedenfalls passte es einfach nicht.

In zehn Minuten rufe ich bei Aarnes Mutter an, dachte sie entschlossen. Und schlug unruhig das Buch vor sich auf.

4.

»Okay, Mik, los geht's«, flüsterte Mikael Kohonen sich selbst zu. Sein Kollege Anders hatte bereits auf dem Beifahrersitz des Dienstwagens Platz genommen und war gerade dabei, sich anzuschnallen. Mikael hatte die Hand an den Griff der Fahrertür gelegt. Aber zögerte. Auch wenn er dank der Gespräche mit Sofia wieder halbwegs normal Auto fahren konnte, war eine letzte Unsicherheit geblieben. Würde ihn vermutlich für den Rest seines Lebens begleiten. Er ignorierte die wohlwissenden Blicke von Anders, folgte seinem inneren Ritual. *Tür mit der linken Hand öffnen, mit dem rechten Fuß einsteigen. Hinsetzen. Sitz und Spiegel einstellen, schließlich war zuletzt Anders gefahren. Gurt anlegen. Lenkrad umgreifen. Motor starten. Nicht nachdenken!* Als das Auto langsam aus der Einfahrt rollte, atmete er erleichtert durch. *Ging doch.* Den Kloß aus schlechtem Gewissen schluckte er schnell hinunter. Er hatte seinen Ex-Kollegen Christopher, der wegen des gemeinsamen Autounfalls dienstunfähig war, seit Monaten nicht mehr besucht. *Vielleicht am Wochenende*, dachte Mikael beklommen und ließ alle Scheiben herunter. Warme

Luft strömte herein. Die Sonne auf der Haut tat gut. Ließ die bösen Geister in seinem Kopf verblassen.

»Du kannst es ja noch«, meinte Anders neben ihm und schwieg dann für den Rest der Fahrt.

Erst als sie vor Rasmus Laaksonens Haus standen, fand der Kollege seine Stimme wieder. »Diesmal ist keine Presse zu sehen«, meinte Anders. Das Haus lag still da. Laaksonens Leiche war bereits zur Rechtsmedizin gebracht worden, damit der Fall als Selbstmord bestätigt werden konnte. Mikael kramte den Schlüssel aus seiner Hosentasche und atmete tief durch, bevor er die Tür aufschloss.

»Dann mal los«, murmelte er und trat als Erster ein. Er ignorierte das Chaos im Flur. Deswegen waren sie nicht hier. Zielstrebig ging er zur Kellertür, spürte Anders dicht hinter sich. Es war eine einfache, dünne Holztür. Sie war zum Glück nicht abgeschlossen. Dahinter kam eine schmale Treppe zum Vorschein, die in der Dunkelheit verschwand. Mikael suchte nach dem Lichtschalter und musste zugeben, dass er heilfroh war, als er ihn gefunden hatte und das Licht die Räumlichkeiten erhellte. Was er sah, überraschte ihn kaum. Weitere Müllberge, säckeweise. Alte Möbel, achtlos übereinandergestapelt. Es gab eine Tür, die allerdings nur in einen Heizungsraum führte, der verhältnismäßig aufgeräumt erschien. »Kein weiterer Raum«, stellte Mikael fest. Fast schon enttäuscht.

»Nein, hier ist nichts«, ergänzte Anders und machte bereits wieder kehrt. Mikael aber rührte sich nicht vom Fleck.

»Warum sind die Möbel an der einen Wand so auffallend hoch gestapelt, Anders?«, fragte er. »Platz hätte es genug gegeben, um alle einfach nebeneinander abzustellen.« Noch bevor Anders antworten konnte, bahnte sich Mikael bereits seinen Weg dorthin, stieg über stinkende Säcke und alte Farbeimer. Trat in irgendeine undefinierbare Flüssigkeit, die an seinen Schuhen kleben blieb. Und fluchte leise. Dann leuchtete er mit der Taschenlampe zwischen die Ritzen des Möbelberges. Und ließ einen leisen Pfiff los.

»Hilf mir mal, Kollege!«

Zusammen begannen sie, einen alten Gartentisch herunterzuheben und wegzustellen. Und ein Regal zu verschieben. Es war schwerer, als es aussah. Außerdem mussten immer wieder Müllsäcke zur Seite geschafft werden, um Platz zu schaffen.

»Sieh mal einer an«, brummte Mikael nach einer Weile. Hinter den Möbeln kam eine weitere Tür zum Vorschein. Und ein Gedanke drängte sich Mikael plötzlich auf: War es möglich, dass Simos Vater selbst für den Missbrauch seines Kindes verantwortlich war?

5.

Finja warf einen nervösen Blick auf ihre Armbanduhr. Und dann zur geschlossenen Tür des Klassenzimmers. Aarne war noch immer nicht da.

»Macht jetzt bitte selbstständig die Aufgabe fünf. Ich bin gleich wieder zurück«, sagte sie. Die Kinder schlugen bereitwillig ihre Bücher auf. Doch als Finja auf den Flur hinausgetreten war, konnte sie hinter sich bereits das Getuschel und leises Gelächter der Schüler hören, denen die kleine Pause gelegen kam. Forschen Schrittes ging Finja den Gang entlang. Beeilte sich, zum Rektorat zu kommen. Ohne vorher angeklopft zu haben, öffnete sie schwungvoll die Tür zum Sekretariat.

Etwas atemlos berichtete sie in knappen Sätzen das Fehlen von Aarne.

»Hat seine Mutter sich inzwischen gemeldet?«, fragte sie dann.

»Nein«, antwortete die füllige Sekretärin und blickte dabei kaum von ihrem Schreibtisch auf. »Hier hat niemand angerufen.«

»Okay, dann geben Sie mir jetzt bitte die Nummer von Aarnes Mutter, Ilma Melkko.«

Finja beobachtete, wie die korpulente Frau sich schwerfällig in ihrem Sessel aufrichtete und etwas in ihren Computer eintippte. Sie schob dabei die Brille auf ihrem Nasenrücken ein kleines Stück weiter nach oben und räusperte sich umständlich.

Geht's auch etwas schneller, dachte Finja, riss sich aber zusammen, um diesen Gedanken nicht laut auszusprechen. Ihr Blick fiel auf die Tageszeitung, die auf dem Tisch vor ihr lag. Auf der Titelseite prangte bedrohlich die Schlagzeile:

ZWEI VERSCHWUNDENE KINDER IM SELBEN WALD. IST ES EIN SERIENTÄTER?

Finja schluckte hart, um ihre trockene Kehle zu befeuchteten. Sie hustete unsicher und wandte den Blick ab. Endlich kam die Sekretärin auf sie zugehumpelt und schob ihr ein Stück Papier vor die Nase. »Bitte schön.«

»Ich darf doch das Telefon hier benützen?«, fragte Finja und hatte sich bereits das Schnurlostelefon geschnappt. Ihr Handy hatte sie gedankenlos in ihrer Handtasche im Klassenzimmer vergessen. Noch bevor die Sekretärin etwas erwidern konnte, hatte sie flink die Ziffern eingetippt und lauschte angespannt dem Freizeichen. *Was, wenn ich die Mutter nicht erreiche*, fragte sie sich insgeheim. *Was machst du dann?* Bereits im nächsten Moment erwies sich zumindest diese Sorge als überflüssig, eine freundliche Frauenstimme meldete sich mit »Ilma Melkko«.

»Mit Aarne alles ok? Er hat sich doch nicht wehgetan?«, fragte Aarnes Mutter sofort, nachdem Finja sich zu erkennen gegeben hatte. Für einen Moment herrschte Stille. Weil Finja es plötzlich wusste. Wusste, dass etwas Schlimmes passiert war.

Wie schon unzählige Male zuvor sortierte Joona Mäki auch heute wieder die neuen Zeitschriften fein säuberlich in die Regale ein. Dazu saß er auf dem Boden, um bequem an die unterste Reihe heranzukommen. Alles hier im Kiosk hatte seine ganz genaue Ordnung. Eine Ordnung, die schon sein Großvater eingeführt hatte. Und die seitdem nie verändert worden war. Joona strich mit den Fingern über die druckfrischen Cover und sog den typischen Geruch tief ein. Er liebte seinen Laden. Trotzdem warf er hin und wieder einen sehnsüchtigen Blick zur Tür hinaus. Der Himmel war strahlend blau. Nur wenige Leute gingen vorbei. Die meisten schienen das außerordentlich gute Wetter für Aktivitäten in der Natur zu nutzen. Auch seine Frau machte gerade einen Spaziergang mit dem Baby im Kinderwagen. *Sie hat Glück*, dachte er, *dass sie bei diesem Wetter draußen sein kann*. Im nächsten Moment schüttelte er sich, als wollte er diesen Gedanken abschütteln. Er hütete sich, solche Dinge noch vor ihr laut auszusprechen. Es hatte jedes Mal in einer endlosen Diskussion darüber geendet, wer von ihnen beiden mehr arbeite oder gefordert sei. Und dass er ihren Beitrag zum Familienwohl unterschätze. Also war er lieber still.

Joona schielte auf die Tageszeitungen im Ständer schräg neben ihm. Er kannte die Schlagzeilen alle auswendig. Hatte auch die dazugehörigen Artikel längst verschlungen. Zu seiner Beruhigung trug das nicht gerade bei. Nach wie vor geisterte der Fremde mit den Kinderzeitschriften in seinem Kopf herum. Zwar besänftigte er sein Gewissen damit, dass er einen Hinweis bei der Notrufnummer abgegeben und damit seinen Beitrag geleistet hatte. In kleinen Momenten des Zweifels wunderte er sich allerdings darüber, warum seitens der Polizei nie eine

Nachfrage gekommen war. Oder ein simples »Danke«. Er hatte dazu zwei unterschiedliche Theorien aufgestellt.

Erstens: Die Polizei war zu beschäftigt. Sein Hinweis war richtig und wichtig gewesen und hatte die Ermittlungen weitergebracht. Aber seine Hilfe wurde nicht mehr benötigt. Zweitens: Eine Überprüfung des seltsamen Kunden hatte nichts ergeben. Der Mann war ein absolut rechtschaffener Bürger.

Diese beiden Gedanken trösteten ihn den ganzen Tag über. Wenn er beschäftigt war. Abgelenkt. Aber abends, wenn er mal wieder nicht einschlafen konnte, taten sie das nicht. Dann machte er sich Vorwürfe. Warum er nicht persönlich zur Polizei gegangen war. Warum er nicht nachfragte. *Joona! Der Typ ist genau zu der Stelle im Wald gefahren, in deren Nähe die beiden Jungen gefunden wurden*, schrie sein Gehirn dann. *Das ist mehr als verdächtig!*

Soeben erklang das vertraute Glöckchen, das anzeigte, dass ein Kunde eingetreten war. Joona atmete tief ein und langsam wieder aus. Als er aufstehen wollte, bemerkte er, dass seine Beine eingeschlafen waren. Er hatte viel zu lange auf dem Fußboden gesessen. Energisch klatschte er auf seine Oberschenkel, stemmte sich mühsam hoch und hüpfte auf und ab, um das unschöne Kribbeln und Stechen zu vertreiben. Die alte Frau Bollström schien sich daran nicht zu stören. Sie kam fast jeden Tag her. Kannte Joona und sein Kiosk gut genug, um sich über nichts mehr zu wundern.

»Haben Sie ein neues Auto?«, fragte sie und spielte damit auf seinen Leihwagen an, der direkt vor dem Kiosk parkte.

»Nur geliehen«, erwiderte er und dachte unweigerlich an die tiefen Kratzer im Lack seines eigenen Autos. *Vielleicht sollte ich doch noch mal bei der Polizei nachfragen. Nur, um die innere Neugierde zu befriedigen. Und vielleicht auch, um den letzten Rest an schlechtem Gewissen loszuwerden.*

Mikael Kohonen lehnte sich in seinem Bürosessel zurück und musterte das frische T-Shirt, das Anders sich angezogen hatte. Er wusste, dass er selbst kein sauberes mehr in seinem Büroschrank finden würde. Gedankenverloren wischte er über die Staubflecken auf seinem Shirt, die er sich in Laaksonens Keller zugezogen hatte. Nach der Entdeckung einer weiteren Tür hatten sie das Feld erst mal geräumt und den Kollegen von der Spurensicherung die sachgemäße Entrümpelung des Kellers überlassen. Gespannt warteten sie auf deren Bericht.

»Wann besorgst du dir endlich mal einen neuen Sessel?«, fragte Anders, der das abgewetzte Leder musterte.

»Wenn dieser hier zusammenbricht«, brummte Mikael und erweckte seinen Computer zum Leben. Dabei strich er sich mehrmals durch die Haare, die sicherlich auch etwas Staub abbekommen hatten.

Anders räusperte sich. »Übrigens. Sofia hat gerade eben bei mir angerufen«, sagte er dann plötzlich. Auffallend beiläufig.

»Wie bitte?«, erwiderte Mikael. Ihm stand die Verunsicherung ins Gesicht geschrieben. Warum rief sie neuerdings bei Anders an. Mied sie ihn?

Anders zuckte nur mit den Schultern, konnte sich aber ein leichtes Grinsen nicht verkneifen. »Ärger im Paradies?«

Als Mikael nichts antwortete, fuhr Anders unaufgefordert fort.

»Wir sollen noch mal mit den Lodmans sprechen, um ihr Zugang zu Yanis zu verschaffen.«

»Hm«, brummte Mikael, der sich noch immer fragte, warum sie mit diesem Anliegen nicht zu ihm gekommen war. War er neulich beim Abschied zu weit gegangen? Oder zu wenig weit?

»Das finde auch ich vernünftig«, sagte Anders. »Wir haben Grund zu der Annahme, dass Yanis seinen Entführer kannte. Der Junge weiß noch mehr, Mik.«

Mikael sagte eine ganze Weile lang nichts. »Na, dann seid ihr euch ja einig, ihr beiden«, murmelte er schließlich. Und widmete sich wieder seinem Bildschirm.

»Mik …«, setzte Anders an. Weiter kam er nicht mehr. In diesem Moment wurde die Tür von außen förmlich aufgerissen. Ihre Chefin Susanna Anttila stand im Rahmen.

»Aufstehen, mitkommen!«, rief sie. »Und zwar schnell.«

Mikael wusste sofort, dass etwas passiert sein musste.

»Was ist los?«, fragte er besorgt.

»Ein Junge wurde als vermisst gemeldet. Aarne, acht Jahre alt, blond. Verschwunden auf dem Weg zur Schule.«

»Das darf doch nicht wahr sein«, entfuhr es Anders.

Und Keke ist immer noch unauffindbar, dachte Mikael, der bereits aus seinem Sessel aufgesprungen war.

8.

»Jaan. Jaan!«

Annika Lodman rüttelte ihren Mann aus dem Schlaf. Dieser grunzte irgendetwas Unverständliches, drehte sich dann auf die andere Seite. Bereit, sofort wieder einzuschlafen.

»Jaan! Ich habe ein Geräusch gehört«, flüsterte Annika, die es nicht wagte, aufzustehen. Erschrocken tastete sie das Bett neben sich ein weiteres Mal ab.

»Yanis ist drüben in seinem Zimmer. Er ist beim Lesen heute Abend in seinem Bett eingeschlafen.«

Es war untypisch für ihren Sohn, dass er nachts nicht in das elterliche Bett gewandert kam. Seit seiner Entführung hatte er ausnahmslos jede Nacht bei ihnen verbracht. Endlich regte sich Jaan Lodman und richtete sich schlaftrunken auf.

»Was für ein Geräusch?«, fragte er.

»Schsch …«, zischte Annika. Beide lauschten.

»Er träumt«, flüsterte Jaan, der leises Gemurmel aus dem Zimmer seines Sohnes vernahm. »Er redet im Schlaf.«

»Lass uns bitte nachsehen«, sagte Annika. Ihre Stimme hatte einen flehenden Unterton angenommen. Sie war seit heute wieder in höchster Alarmbereitschaft, seit die Presse von einer weiteren Entführung eines kleinen Jungen berichtete. Jaan schwang die Füße aus dem Bett und schlich barfuß in Richtung Flur. Annika folgte ihm. Je näher sie Yanis' Zimmer kamen, desto lauter wurde das Flüstern. Schon von draußen konnte man die Worte klar und deutlich verstehen.

»Nein, Simo«, zischte Yanis. »Ich darf es nicht sagen. Er hat es verboten.«

Annika hielt den Atem an. Sie konnte kaum glauben, was sie da soeben gehört hatte. Verstört schlang sie die Arme um ihren Körper und begann zu zittern.

»Woher kennt er seinen Namen?«, flüsterte sie unruhig. »Ich habe ihn ihm gegenüber nie erwähnt.« Eine Gänsehaut hatte sich auf ihrem Rücken breitgemacht.

»Er muss uns belauscht haben«, sagte Jaan. »Ich gehe jetzt und wecke ihn«, fügte er forscher hinzu.

»Nein!«, zischte Annika und griff ihren Mann grob am Oberarm. »Du weißt genau, was das letzte Mal passiert ist, als du ihn geweckt hast. Er hat nur noch geschrien.« Sie drückte sich an Jaan vorbei und betrat Yanis' Zimmer. Zu ihrer Bestürzung lag Yanis nicht wie erwartet in seinem Bett. Er kauerte in einer Ecke seines Zimmers. Auf dem Boden. Hatte ihr den Rücken zugewandt.

»Simo! Nein! Das darfst du nicht«, flüsterte er. »Ich kriege Ärger.«

Annika stand wie angewurzelt da. Die Angst lähmte sie. Außerdem war da noch etwas anderes. Sie wollte hören, was Yanis sagte.

»Das reicht jetzt«, rief Jaan hinter ihr und stürmte auf seinen Sohn zu. Er hob ihn hoch und trug ihn in sein Bett. Yanis ließ es widerstandslos mit sich machen. Er drehte sich auf eine Seite, zog die dünne Decke bis zum Kinn nach oben und schlief ruhig weiter. Atmete gleichmäßig und leise. Annika kauerte sich vor sein Bett. Sie hatte nicht vor, in dieser Nacht noch einmal von seiner Seite zu weichen.

Irgendwann musste sie eingeschlafen sein. Erstes Vogelzwitschern war bereits zu hören, als Annika erwachte. Ihr Körper schmerzte von der unnatürlichen Haltung. Und sie fror. Leise streckte sie sich und stand auf. Erst jetzt bemerkte sie, dass Yanis aufrecht in seinem Bett saß. Er sah sie aus großen, dunklen Augen an.

»Mama«, flüsterte er. »Simo sagt, dass etwas Schlimmes passieren wird.«

Eine leichte Brise wehte durch das Zimmer. Das Fenster war gekippt. Annika fröstelte. Sie setzte sich zu Yanis auf das Bett. Nahm ihn fest in ihre Arme. Und dachte an den entführten Jungen, von dem ihr Sohn noch nichts wissen konnte.

»Es war nur ein Traum, mein Schatz. Nur ein Traum.«

SOMMER 1985

Tagebucheintrag vom 30.7.

Heute im Wald war ich nicht allein. Jemand ist mir nachgeschlichen. Das könnte ich schwören. Da war ein leises Knacken von Ästen hinter mir. Ein seltsames Räuspern. Ich habe mich versteckt. Und gewartet. Ziemlich lange sogar. Aber ich habe niemanden gesehen. Und trotzdem habe ich es gespürt. Gespürt, dass da jemand ist, der mir folgt. Mich beobachtet. Ich muss dringend herausfinden, wer es ist. Und ich habe auch schon eine Idee, wie.

Aber leider habe ich im Moment ein ganz anderes Problem. Morgen muss ich wieder hin. Zu IHM. Bei dem Gedanken daran muss ich mich beinahe übergeben. So sehr ekle ich mich vor IHM. Und seinen widerlichen Spielchen.

Es gibt kein Entrinnen. An jenen Tagen habe ich schon so ziemlich alles versucht. Ich habe versucht, mich zu verstecken. Mich krank zu stellen. Versucht, abzuhauen. Aber irgendwann habe ich es aufgegeben. Es gibt kein Entrinnen. Kein Entrinnen für mich.

Freitag

12. Juni 2015

1.

Mikael Kohonen hatte kaum geschlafen. Es war ihm einfach nicht richtig vorgekommen, zu ruhen. Sich ins Bett zu legen, während draußen die verzweifelte Mutter von Aarne zusammen mit unzähligen Freiwilligen und Polizisten am Boden und aus der Luft nach ihrem Sohn suchte. Sofia war zur psychologischen Unterstützung der Mutter dazugekommen, die ansonsten weitestgehend allein dastand. Aarnes Vater war gestorben, als Aarne noch ein Baby gewesen war. Die Hotline für Hinweise glühte, ohne wirkliche, verwertbare Ergebnisse zu liefern. Außerdem war die Presse spätestens seit der gestrigen Konferenz zur Höchstform aufgelaufen und meldete beinahe stündlich Updates von der Suche nach dem Jungen. Nein, an Schlaf war nicht zu denken gewesen. Und so war Mikael bereits außerordentlich früh wieder ins Büro gefahren.

Der Ton in der Polizeistation war rau, die Kommandos kurz. Trotzdem war Mikael das lieber als seine leere Wohnung. Und die mit Schlaf einhergehende Untätigkeit der Gedanken.

Es war ein trüber Morgen. Dicke graue Wolken verhängten den gestern noch so blauen Himmel. Es war, als hätte sich der Himmel den Ereignissen des Vortages angepasst. Seltsamerweise fühlte sich Mikael nicht müde. Auch wenn er dem Impuls, sich ab und zu über die Augen zu reiben, nachgeben musste. Er lehnte sich so weit zurück, bis die Lehne seines alten Bürosessels verdächtig knackte. Und massierte seine Schläfen. Hoffte, dass er Ordnung in das Knäuel aus wirr durcheinanderfliegenden Gedanken in seinem Kopf bringen konnte.

Zwei Hubschrauber kreisten seit gestern ununterbrochen über der Stadt, einer davon über dem Wald von Paloheinä. Auf dem Boden wimmelte es von Polizei, ebenso in Aarnes Wohnviertel. Für heute Abend war eine weitere Pressekonferenz geplant, diesmal mit einer Mitteilung der Mutter vor laufender Kamera. Diese war bisher zu labil für einen Auftritt gewesen. Vorausgesetzt, Aarne war bis dahin nicht gefunden worden. Mikael konnte die innere Unruhe nicht verdrängen. Es fühlte sich schon falsch an, kurz zu sitzen. Die Zeit lief gegen ihn. Also stand er auf und ging zum Fenster. Raufte sich die Haare. *Was hast du übersehen, Mik? Was?* Insgeheim war er noch immer davon überzeugt, dass der Schlüssel zur Lösung dieses Falles irgendwo in der Vergangenheit zu finden war. Simos Vergangenheit. Des ersten Jungen im Brunnen. Aber die Dringlichkeit der aktuellen Situation holte ihn sofort zurück in die Gegenwart.

Aarne, acht Jahre alt, war verschwunden. Ein Kind in diesem Alter lief nicht über Nacht weg. Dessen war sich Mikael nur allzu schmerzlich bewusst. Und alle anderen waren es auch. Jemand hatte ihn. War es derselbe Mann, der Yanis entführt hatte? Der auch mit dem Verschwinden von Simo zu tun hatte? Und wenn ja, was würde derjenige nun machen – angesichts der enormen Polizeipräsenz in der Stadt? Einen anderen, einsameren Brunnen finden? Oder durchdrehen? Bei dem Gedanken daran wurde es Mikael plötzlich eiskalt. Er musste dringend herausfinden, ob es irgendwo eine Karte der Brunnen von Helsinki zu finden gab. Und zwar schnell. Er zog sein Handy aus der

Tasche, das just in diesem Moment anfing, in seiner Hand zu vibrieren. Die Nummer auf dem Display kannte er nicht.

»Hauptkommissar Mikael Kohonen.«

»Guten Morgen. Hier spricht Elvi Nyman, die Betreuerin von Keke«, meldete sich eine freundliche Frau am anderen Ende. Ihre Stimme klang etwas angespannt.

»Guten Morgen«, murmelte auch Mikael. Es klang unfreundlicher als geplant.

»Ich habe hier ein Problem«, sagte Elvi und räusperte sich umständlich.

»Welches Problem?«, fragte Mikael, der begonnen hatte, unruhig im Zimmer auf und ab zu gehen.

»Die Presse«, zischte Elvi. »Draußen stehen zwei Reporter, die sich nicht abwimmeln lassen«, sagte sie. »Sie wollen etwas zu Keke wissen.«

»Kein Wunder«, flüsterte Mikael. Am anderen Ende der Leitung war es für ein paar Momente lang vollkommen leise.

»Wie meinen Sie das?«

Mikael seufzte. »Der kleine Aarne wird seit fast vierundzwanzig Stunden vermisst«, sagte er.

»Und Keke ist noch immer verschwunden«, fügte sie selbst leise hinzu.

»Genau«, murmelte Mikael. »Die Presse beginnt, eins und eins zusammenzuzählen. Und dann ist da noch dieser von Keke ausgelöste Polizeieinsatz auf dem Spielplatz vor einigen Wochen …«

»Ich weiß, wie das wirkt«, zischte Elvi. »Aber Keke würde keiner Fliege etwas zuleide tun.«

»Hm«, sagte Mikael. Er wusste nicht, was er sonst hätte sagen sollen. Er war sich da nicht so sicher. Zu viele Ehefrauen, Mütter, Väter, Freunde, Kollegen hatten ihm im Laufe der Jahre bereits versichert, dass ein Verdächtiger zu der ihm zur Last gelegten Tat ganz sicher nicht fähig sei. Viele hatten sich getäuscht. Um ehrlich zu sein, stand Keke auf der Liste seiner Verdächtigen ganz oben.

»Frau Nyman, ich muss Sie das jetzt fragen«, setzte Mikael an. »Fällt Ihnen noch irgendein Platz ein, ein Lieblingsort vielleicht, oder ein Bekannter, bei dem Keke sich aufhalten könnte?«

»Nein«, sagte Elvi. Schnell und kalt. Mikael konnte spüren, dass sie zu einer Art Abwehrhaltung gewechselt hatte. Sie klang wie eine Anwältin. Schien bemerkt zu haben, dass es nicht mehr um Keke, den Vermissten, ging. Sondern um Keke, den Verdächtigen.

»Keke hat damit nichts zu tun«, ergänzte sie noch. Dann legte sie einfach auf. *Ich hoffe, sie hat recht*, dachte Mikael. Ihm war noch ein anderer Gedanke gekommen. Er hatte noch eine Idee, wer etwas über den Aufenthaltsort von Keke wissen konnte. Und diese Person wollte er sofort kontaktieren.

2.

Annika Lodman konnte durch die geschlossene Badezimmertür hören, wie ihr Mann sich mit der elektrischen Zahnbürste die Zähne putzte. Sie legte eine Hand auf die kühle Klinke, bereit, jeden Moment einzutreten. Aber irgendetwas hielt sie zurück. Sie war die ewigen Krisengespräche rund um Yanis so leid. Ihr ganzes Leben hatte sich innerhalb weniger Tage in einen Albtraum verwandelt. Einen Albtraum, aus dem es kein Erwachen zu geben schien. Einen Moment später drückte sie die Klinke doch nach unten und trat in das Badezimmer ein. Jaan stand mit nacktem Oberkörper vor dem Spiegel, rasierte sich mittlerweile. Der Raum war noch erfüllt vom Wasserdampf seiner heißen Dusche. Seine braunen Haare nass.

»Guten Morgen«, murmelte er, ohne sie wirklich anzusehen.

»Yanis schläft noch«, sagte Annika. Und schloss leise die Tür hinter sich.

»Jaan, woher kennt er seinen Namen? Simos Namen?«, setzte sie an und sah dabei in das Spiegelbild ihres Mannes. Dieser starrte sie für einen Moment an, fuhr dann mit seiner Rasur fort.

»Das sagte ich doch schon. Er hat uns eben belauscht. Beziehungsweise diese Psychologin«, erwiderte Jaan, wobei er das Wort »Psychologin« abfällig betonte.

»Es war unheimlich, Jaan. Er hat mit Simo geredet.«

»Er hat nur geträumt«, sagte ihr Mann. Annika nickte gedankenverloren. Wahrscheinlich hatte er recht.

»Ich habe nachgedacht. Ich finde, wir sollten Sofia noch eine Chance geben. Yanis mag sie«, sagte Annika vorsichtig.

Jaan murmelte etwas Unverständliches und fuhr sich mit dem Rasierer gröber als beabsichtigt über das Kinn. Dann stieß er einen lauten Fluch aus. »Aua, verdammt!«

Dunkelrotes Blut tropfte in das weiße Waschbecken und auf den Boden. Annika schnappte sich ein Handtuch und tupfte ihm damit vorsichtig über die Wunde.

»Diese Psychologin tut Yanis nicht gut«, seufzte Jaan. »Jedes Mal gibt es irgendein Theater, wenn sie da war.«

»Theater?«, hakte Annika nach.

»Du weißt, was ich meine«, fuhr er fort. »Ich dachte, wir wären uns einig.«

»Ja, schon«, murmelte Annika gedankenverloren. »Aber was sollen wir denn sonst machen? Wer hilft uns?« Sie begann damit, das Blut vom Boden aufzuwischen.

»Wir helfen uns selbst. Als Familie«, erwiderte Jaan und nahm seine Frau in den Arm. Draußen vor dem Fenster flog in diesem Moment ein Polizeihubschrauber vorbei. Die rotierenden und laut knatternden Rotorblätter ließen Annika aufblicken. Und plötzlich fielen ihr die Worte ihres Sohnes wieder ein, dass »etwas Schlimmes passieren wird«.

»Es gibt keine einheitlichen Karten«, sagte Anders.

»Wir nehmen alles, was wir kriegen können«, murmelte Mikael. »Jeder Brunnen, der verzeichnet ist, wird kontrolliert«, fügte er hinzu. Auch wenn er selbst wusste, welche Mammutaufgabe da vor ihnen lag. Anders schnaufte heftig aus, protestierte aber nicht.

»Was Neues zu Keke?«, fragte er. Mikael schüttelte den Kopf. »Ich habe Elina Janson angerufen«, sagte er. »Die Frau, die uns den Hinweis zu Keke unter die Windschutzscheibe geklemmt hat«, ergänzte er, weil Anders nicht sofort verstanden hatte.

»Und?«, fragte dieser.

»Ich habe gehofft, sie kennt noch alte Plätze von Keke. An denen er früher gerne war.«

»Aber sie konnte nicht helfen?«, schlussfolgerte Anders.

»Leider nicht.«

»Okay, dann also ran an die Brunnen«, rief Anders und klatschte dabei mit der Hand gegen einen Oberschenkel. Tätigkeit war besser als Untätigkeit. Ablenkung. Um nicht die schlimmste Befürchtung im Kopf durchzuspielen. *Was, wenn Aarne längst tot ist?*

Karten wurde ausgebreitet, Geologen zu Hilfe gezogen. Die Einsatzkräfte koordiniert. Mikael hatte seinen Hunger irgendwann so lange ignoriert, bis ihm schwindelig geworden war.

»Du gehst jetzt und isst etwas«, hatte Anders gesagt. »Das ist ein Befehl.«

Beide mussten ohnehin zurück in ihre Büros, um eingegangene Nachrichten zu sichten und die nächsten Schritte zu koordinieren.

Als Mikael die Bürotür hinter sich schloss, empfing ihn eine angenehme Ruhe, die er mit einem tiefen Seufzer quittierte. Er ließ sich in seinen Sessel fallen und überflog seine E-Mails und Anrufe in Abwesenheit, schob sich dabei einen der alten Kekse in den Mund, die er in seiner Schreibtischschublade gefunden hatte. Nach einer Weile lehnte er sich zurück. Ausgebreitet auf einem Tischchen neben seinem Schreibtisch lagen die Seiten aus Simos Tagebuch und er konnte nicht anders, als sich die nächste Seite vorzunehmen, während er kaute.

Als Anders wenig später im Türrahmen auftauchte, sprang Mikael von seinem Sessel, auf. »Es war nicht Simos Vater! Der Missbrauch im Keller. Das kann er nicht gewesen sein, Anders.«

»Hast du wieder in dem Tagebuch gelesen, Mik?«

»Ja, verdammt! Und es steht hier schwarz auf weiß. Warte …«

Mikael schnappte sich die entsprechende Seite und las laut vor:

Mein Vater bringt mich jedes Mal bis vor die Haustür. Persönlich. Geht auf Nummer sicher, dass ich auch wirklich hineingehe. Zu IHM.

»Ein anderer Keller ist gemeint, Anders. Davon bin ich überzeugt.«

»Mhh«, murmelte Anders. »Die Kollegen haben gerade angerufen. Der Kellerraum, den wir in Simos Haus gefunden haben, war komplett leer.«

»Siehst du«, meinte Mikael.

»Er kann auch nachträglich ausgeräumt worden sein«, sagte Anders.

»Nein. Ich bin sicher. Wir müssen den richtigen Keller finden«, murmelte Mikael.

»Zuerst müssen wir Aarne finden«, sagte Anders. Und er hatte recht. Mikael stand auf.

»Hast du etwas gegessen?«, fragte Anders streng.

»Ja, Mama.«

»Die Vorbereitungen für die Pressekonferenz heute Abend laufen«, sagte Anders. »Du musst fit sein.«

Mikael folgte Anders zurück zum Besprechungsraum, auf dessen Tisch diverse Landkarten ausgebreitet waren. Insgeheim waren seine Gedanken jedoch noch immer bei dem Tagebuch. Er war auf der richtigen Spur, das spürte er. Hätte er nur diese Geheimschrift entschlüsseln können! Aus ihr wurde Mikael nach wie vor nicht schlau.

4.

»Schau mal, ein Hubschrauber!«, rief Aarne und deutete mit einem Finger zum bewölkten Himmel. Keke hob den Kopf, duckte sich dann aber schnell wieder. »Runter!«, rief er und drückte Aarne kraftvoll zu Boden. »Sonst kommen sie uns holen.«

»Wer sind die?«, fragte Aarne. Etwas ängstlich.

»Die Bösen«, antwortete Keke und hockte sich zu dem Jungen auf den Boden. »Die dürfen uns nicht finden, hast du verstanden?«

Aarne nickte langsam. Aber es war ein müdes, misstrauisches Nicken geworden. Das konnte Keke sehen.

»Wir sind doch Freunde?«, fragte er daher.

Wieder nickte Aarne. »Es ist nur…«, flüsterte er. »Ich habe solchen Hunger.«

»Trink noch einen Schluck Wasser«, brummte Keke und schob ihm eine fast leere Flasche vor die Füße.

»Ich habe aber Hunger!«, rief Aarne.

»Du sollst leise sein, verdammt!«, zischte Keke.

Bei diesen Worten veränderte sich etwas in Aarnes Blick. »Weißt du was? Ich will nach Hause!«, rief er. »Ich habe keine Lust mehr auf unseren Ausflug!«

Tränen standen dabei in seinen kleinen Augen. Keke hatte die Hand zur Faust geballt. Wie konnte der Junge nur so undankbar sein? Nach allem, was er für ihn getan hatte.

»Hör zu …«, sagte er versöhnlich. »Ich besorg uns was zu essen. Versprochen. Aber erst mal müssen wir noch hier drin bleiben. Gerade ist es zu gefährlich.«

»Ich will aber nicht!«, schrie Aarne jetzt. Aus vollem Halse. »Ich will nicht! Ich will hier raus!«

Langsam wurde Keke sauer. Verstand das Kind denn gar nichts? Warum sie hier waren? Warum sie nicht nach draußen durften? Er war wie die anderen. Dumm und klein.

Inzwischen hatte sich Aarne vom Boden aufgerappelt. Er wischte sich mit seinem schmutzigen Arm über die feuchte Backe. »Ich gehe jetzt raus«, sagte er. Eine letzte Unsicherheit schwang in seiner Stimme mit. Als witterte er plötzlich etwas Böses, das er zuvor nicht fähig gewesen war zu sehen.

»Nein, das wirst du nicht«, sagte Keke ruhig. Er packte Aarne am Arm. Grob. »Du bleibst bei mir.«

Aarne brach in Tränen aus, flehte und bettelte herzzerreißend. Dann begann er, auf Keke einzutreten. Er trat ihm gegen die Beine, kratzte ihn, versuchte sogar, ihn zu beißen. »Lass mich los!«, fauchte er.

»Das werde ich nicht tun«, sagte Keke. »Unser Ausflug ist noch nicht zu Ende.«

Daraufhin begann Aarne wild zu kreischen. Er schrie, so laut er nur konnte. Keke holte mit der rechten Hand aus und schlug ihm einmal kraftvoll von der Seite gegen den Kopf. Aarne fiel um, schlug hart auf dem Boden auf. Und blieb reglos liegen.

»Du warst zu laut«, flüsterte Keke. »Sie dürfen uns nicht finden.«

Mikael Kohonen knetete nervös seine Nasenspitze. Eine Angewohnheit, die nur schwer abzulegen war. Vor allem, wenn er angespannt war. Hunderte Menschen suchten nach Aarne. Unzählige Brunnen waren durchsucht worden. Ohne Erfolg. Keine Spur. Kein entscheidender Hinweis über die extra eingerichtete Hotline. Der blonde Junge blieb verschwunden, als hätte ihn die Erde verschluckt. Ein anerkannter Profiler war zurate gezogen worden, aber auch dieser konnte aufgrund der äußerst dürftigen Spurenlage nur wenige Rückschlüsse ziehen. Es gab keine Beobachtung, kein verdächtiges Auto. Nichts.

Alle sprachen immer von den ersten vierundzwanzig Stunden, die entscheidend waren. Und das stimmte auch. Zu Beginn waren die Spuren noch frisch, die Chancen statistisch noch hoch, ein Kind lebend zu finden. Zum jetzigen Zeitpunkt, fast sechsunddreißig Stunden nach dem Verschwinden, gab es nichts mehr zu beschönigen. Das Kind wurde nicht einfach nur vermisst, es war entführt worden. Das wusste die Polizei. Und das wusste auch Aarnes Mutter, Ilma Melkko, die in wenigen Minuten ihre Ansprache vorlesen würde. Sie hatte sich den ganzen gestrigen Tag über trotz Sofias Intervention geweigert, vor die Kamera zu treten. Wollte lieber nach Aarne suchen, was in eine Art panischen Wahn geführt hatte. Sie hatte sich so aufgeregt, dass stärkere Beruhigungsmittel benötigt wurden und sie erst seit Kurzem wieder bei klarem Verstand war.

Ilma wartete auf ihr Zeichen, keine Emotion war ihrem steifen Körper anzumerken. Ihre Haut war so weiß wie die Mauer, vor der sie stand. Sie wollte mit niemandem reden, blockte jeden, der in ihre Nähe kam, um ihr einen Kaffee oder ein Wasser anzubieten, mit der flachen Hand ab. Und starrte nur auf den Boden vor sich. Mikael ahnte, dass sie eine Mauer aufrechtzuerhalten versuchte. Eine Mauer, die all die unaussprechlichen Ängste von ihrem Herzen fernhielt. Zumindest noch.

Als sie ihr Stichwort bekam, ging Ilma zu einem kleinen Podest. Zahlreiche Kameras waren dabei auf sie gerichtet. Im Hintergrund wurde ein Bild von Aarne auf eine Leinwand projiziert. Ein fröhlicher blonder Junge mit strahlenden Augen.

»Mein Sohn Aarne ist acht Jahre alt«, begann Ilma mit zitternder Stimme zu sprechen. »Er hat sich gestern Morgen auf den Weg zur Schule gemacht. Dort kam er nie an.«

Erschöpft atmete sie aus, als hätten ihr diese wenigen Worte bereits ihre ganze Kraft geraubt. Sie brauchte ein paar Momente, um fortzufahren. Starrte den faltigen Zettel vor sich an.

»Aarne hat blonde Haare. Er trägt blaue, kurze Hosen und ein weißes Oberteil.«

Wieder hielt sie einen Moment inne. Dann richtete sie ihren Blick direkt in die Kameras.

»Wenn Sie Aarne haben …«, sagte sie. Und brach ab. »… oder wissen, wo er sich aufhält …« Ihr Atem stockte.

Sie schniefte. Schluckte im nächsten Moment hart. Mikael merkte ihr an, wie sehr sie kämpfte. Und keinesfalls aufgeben wollte.

»Ich bitte Sie, lassen Sie ihn gehen. Helfen Sie! Melden Sie jeden noch so kleinen Hinweis.«

Damit senkte sie ihren Kopf wieder. Und trat vom Podium zurück. Ein Beamter stützte sie. Führte sie aus dem Raum. *Wo ist Sofia,* ging es Mikael durch den Kopf. Erst nachdem Aarnes Mutter weg war, setzte vielstimmiges Gemurmel ein. Wilde Spekulationen. Geflüsterte Theorien. Der Pressesprecher räusperte sich. Beendete die Konferenz offiziell mit ein paar letzten Hinweisen. Mikael stand wie angewurzelt da. Unfähig, sich zu bewegen.

»Wieder an die Arbeit«, zischte seine Chefin hinter ihm. Mikael rührte sich noch immer nicht. Er starrte das Handy in seiner Hand an. Sofia hatte gerade versucht, ihn zu erreichen. Und er wusste nicht, ob er sich darüber freuen sollte oder nicht.

6.

Annika Lodman schlich durch das Haus, als würde sie auf Eierschalen laufen. Alles schien ihr plötzlich fremd zu sein, hier in ihrem einst so vertrauten Zuhause. In der Küche stapelte sich noch das Geschirr vom Mittagessen. Sie mied den Anblick und setzte sich zu ihrem Sohn Yanis auf die Couch.

»Soll ich dir ein Buch vorlesen?«, fragte sie.

»Weiß nicht«, grummelte Yanis.

»Das mit den Dinosauriern?«, versuchte sie, ihn erneut aus der Reserve zu locken.

»Ich mag keine Dinosaurier mehr«, sagte Yanis.

»Oh, seit wann denn das?«, rief sie erstaunt aus. Ihr Sohn liebte Dinosaurier. Vom Pyjama über die Bettwäsche bis hin zu seinem Kakaobecher – alles voll mit Dinosauriermotiven.

»Na eben seit jetzt«, sagte er trotzig. Dann blickte er ihr plötzlich mitten ins Gesicht. Fast schon provokant.

»Simo mag keine Dinosaurier. Er sagt, sie sind nicht cool.«

Annika schluckte. Sie hatte das Thema den ganzen Tag über vermieden. Ihr Sohn hatte im Schlaf mit einem Jungen gesprochen, der längst tot war. Den er nie gekannt hatte. Nicht kennen konnte. Die Albträume waren beängstigend, aber es waren eben Träume. Das dachte sie zumindest. Aber jetzt hier, hellwach, mitten auf der Couch, war ihr das Verhalten von Yanis langsam mehr als nur unheimlich.

»Welcher Simo?«, fragte sie betont beiläufig.

»Das weißt du ganz genau«, sagte er. »Simo sagt, ihr wisst alle, wer er ist.«

»Yanis, mein Schatz. Lass den Quatsch. Ich bereite bald schon das Abendessen vor. Wünsche?«

»Nudeln. Mit Tomatensoße«, sagte Yanis. Wieder konnte sich Annika nur wundern. Er sah ihren fragenden Blick.

»Simos Lieblingsessen«, flüsterte er verschwörerisch.

»Ich seh mal, was wir dahaben«, murmelte Annika zerstreut und machte sich auf den Weg in die Küche. *Das darf doch alles nicht wahr sein,* dachte sie dabei. Das Verhalten ihres Sohnes wurde immer merkwürdiger. Und langsam machte sie sich ernsthafte Sorgen um ihn, fürchtete, dass er einen bleibenden Schaden davongetragen hatte. Und sie sorgte sich um die ganze Familie, die unter den Ereignissen zu zerbrechen drohte. Die klare Ansage ihres Mannes kam ihr in den Sinn. Sie sollte Sofia nicht mehr ins Haus lassen. *Aber anrufen könnte ich sie doch zumindest,* dachte sie. *Um Rat fragen.* Annika zögerte. Sie griff nach ihrem Handy. Überlegte. Öffnete gedankenverloren den Browser und traf auf die Startseite einer großen Tageszeitung. Was sie sah, ließ ihr das Blut in den Adern gefrieren. Ein weiterer Junge wurde vermisst. Bereits seit gestern. Deswegen der Polizeihubschrauber heute Morgen. Wie hatte sie das nicht mitbekommen können?

Sie stürmte zurück ins Wohnzimmer. Nahm Yanis bei beiden Schultern. Schüttelte ihn leicht.

»Was hat Simo gesagt? Was wird passieren?«, rief sie. Yanis saß erschrocken vor ihr. Sah sie mit großen Augen an. »Du tust mir weh, Mama«, sagte er. Sofort lockerte sie ihren Griff. »Tut mir leid, Schatz.«

Sie atmete tief durch. Versuchte, sich zu beruhigen. »Was wird passieren, Yanis? Was ist das Schlimme?«

Yanis war den Tränen nahe. »Ich weiß es nicht, Mama«, schluchzte er. Sie fühlte sich plötzlich schrecklich. Hatte vollkommen überreagiert. Und ihren Sohn erschreckt.

»Es tut mir leid«, sagte sie noch einmal. *Ich rufe jetzt Sofia an*, dachte Annika. *Egal, was Jaan gesagt hat.* Alleine kriegen wir das nicht mehr hin.

7.

Mikael Kohonen war seltsam nervös. Er verspürte ein feines Flattern in seiner Magengegend. Ein Gefühl, das er bislang nicht gekannt hatte. Er wählte Sofias Nummer und atmete einmal stoßartig aus. Gerade noch rechtzeitig, sie hob bereits nach dem zweiten Freizeichen ab.

»Mikael, gut, dass Sie sich melden«, keuchte sie ins Telefon. Sie klang seltsam gehetzt. *Eigentlich hat doch sie mich zuerst angerufen*, dachte er. Sprach diesen Gedanken aber nicht laut aus.

»Alles in Ordnung bei Ihnen?«, fragte er stattdessen. »Sie waren nicht bei der Pressekonferenz …«

»Ja … das heißt, nein«, seufzte sie. »Eigentlich nicht.«

»Was ist los, Sofia?«

»Annika Lodman hat mich gerade angerufen«, sagte sie. »Yanis geht es gar nicht gut.«

»Hat er etwas mitbekommen?«, fragte Mikael. »Über den vermissten Jungen?«

»Vermutlich. Aber es ist leider noch beunruhigender.«

Mikael hielt inne und wartete auf ihren weiteren Bericht. Stumm lauschte er ihren Worten.

»Er unterhält sich also mit dem toten Simo?«, fragte er nachdenklich, nachdem Sofia ihre Erzählung beendet hatte.

»Zumindest denkt er das, ja.«

»Hm, interessant«, sagte Mikael.

»Wohl eher besorgniserregend«, erwiderte Sofia. »Ich habe mit seiner Mutter ausgemacht, dass ich noch heute Abend zu den Lodmans fahre. Aber …«

»Ich komme mit«, entfuhr es Mikael sofort, noch bevor sie ausgesprochen hatte.

»Danke«, sagte sie. »Jetzt gleich?«

»Alles klar«, antwortete Mikael und schnappte sich seine Jacke. Er wollte Sofia keinesfalls allein zu den Lodmans lassen. Abends würde auch Jaan Lodman anwesend sein. Und dieser hatte bereits mehr als einmal feindselig ihr gegenüber reagiert. Aber es gab auch noch einen anderen Grund, warum Mikael gerne mitkommen wollte. Yanis redete mit Simo. Egal, ob eingebildet oder nicht. Und er wollte hören, was dieser Simo zu sagen hatte.

8.

Joona Mäki hielt einen Bleistift in der Hand, mit dem er angespannt auf den Holztresen vor sich schlug. Es war bereits spät, er war noch immer im Kiosk. Hatte jedoch längst die Eingangstür zugesperrt. Die Meldungen des heutigen Tages hatten ihn aufgewühlt. Und verunsichert. Ein weiterer Junge war verschwunden. Ein kleiner, blonder Junge. Und dann noch diese arme Mutter, die zur Bevölkerung gesprochen hatte. Das war zu viel. Er konnte sich nicht mehr länger darauf ausruhen, dass er den Notruf gewählt hatte. Der Mitarbeiter am anderen Ende hatte genervt geklungen. Unfreundlich. Was, wenn sein Hinweis nie bei den zuständigen Stellen angekommen war?

Also nahm sich Joona ein Herz und wählte die in der Zeitung angegebene Nummer für Hinweise zu dem verschwundenen kleinen Aarne. Er war noch immer nervös. Solche Anrufe lagen ihm einfach nicht.

Es dauerte nicht lange, da hatte er eine zuständige Mitarbeiterin in der Leitung. Und diese war gänzlich anders als der unfreundliche Mann letztes Mal. Sie hörte wirklich zu. Notierte sich nebenbei auch etwas, das konnte er hören.

»Und Sie sind dem Mann in Ihrem Auto gefolgt?«, fragte sie gerade. Etwas ungläubig.

»Äh, ja«, stotterte er. »Ich weiß, das klingt verrückt.«

»Nein, nur etwas leichtsinnig«, sagte sie.

»Jedenfalls ist er in Richtung Paloheinä gefahren. Zum Wald. Es wirkte, als wollte er dort parken. Aber dann waren da überall Polizeiautos. Und er hat umgedreht.«

»Ich bedanke mich bei Ihnen, Herr Mäki«, sagte die Frau. »Wir nehmen Ihren Hinweis sehr ernst und melden uns wieder bei Ihnen.«

Joonas Puls hatte sich beschleunigt. Er fühlte sich erleichtert. Und bereute gleichzeitig, diesen Schritt nicht viel früher unternommen zu haben.

Mit einem guten Gefühl im Bauch legte Joona auf. Vielleicht war sein Hinweis wirklich wichtig. Vielleicht konnte er etwas bewirken. Er konnte es sich selbst nicht erklären, aber sein Bauch kannte die Antwort auf diese Frage bereits ganz genau: *Ja, Joona. Warte ab.*

9.

Als Mikael Kohonen beim Haus der Lodmans eintraf, war es bereits nach zwanzig Uhr. Er sah Sofias Auto, konnte die Psychologin selbst jedoch nirgends entdecken. *Sie wird doch nicht schon reingegangen sein*, dachte Mikael beklommen. Er hatte sie ausdrücklich gebeten, zu warten. Besorgt trat er zur Eingangstür und klopfte. Es dauerte eine Weile, bis er Schritte hörte, die langsam näher kamen.

»Guten Abend«, begrüßte ihn eine mager aussehende Annika Lodman.

»Guten Abend«, sagte auch Mikael und warf über ihre Schulter einen Blick in das Haus. Annika Lodman hatte dies offensichtlich bemerkt. »Sie ist im Wohnzimmer«, sagte sie unaufgefordert. Also doch. Sofia war tatsächlich allein reingegangen. Er folgte Annika ins Wohnzimmer und traf die Psychologin auf der Couch mit Yanis an. Jaan Lodman war nirgends zu sehen.

»Hallo, Sofia«, begrüßte Mikael sie, bemüht, sie mit ernstem Gesicht auf die Missachtung ihrer Vereinbarung aufmerksam zu machen. Wenn Sofia dies bemerkte, so ließ sie es sich überhaupt nicht anmerken. Sie hielt seinem Blick stand und begrüßte ihn emotionslos. Dann wandte sie sich wieder Yanis zu. Dieser freute sich offensichtlich sehr, Sofia wieder hierzuhaben. Er lächelte sogar ein wenig. Ein Anblick, der Mikael eine kleine Last von der Seele nahm.

»Ist Ihr Mann nicht zu Hause?«, fragte er Annika.

Diese schüttelte den Kopf. »Er ist noch im Büro«, sagte sie. Mikael wurde aus der Situation nicht schlau. Wusste Jaan Lodman überhaupt, dass Sofia und er hier waren?

»Er ist oft lange in der Kanzlei«, fügte Annika unaufgefordert hinzu.

»Wie geht es Ihnen?«, fragte Mikael und sah in betrübte Augen.

»Seit diesem Tag…«, setzte Annika leise an, »… ist nichts mehr so, wie es einmal war«, flüsterte sie. »Ich habe das Gefühl, dass unsere Familie auseinanderbricht.«

Mikael nickte. Er wusste nicht, was er sagen sollte. Er sah seine Aufgabe darin, den Täter zu finden. Bisher war ihm das nicht gelungen. Und das empfand er als Niederlage.

»Und jetzt noch dieser neue Vermisstenfall«, flüsterte Annika. Sie wollte offensichtlich nicht, dass Yanis sie hörte. Dieser allerdings murmelte ohnehin irgendetwas Unverständliches mit Sofia auf der Couch.

»Alles wird sich klären«, sagte Mikael. »Wir geben unser Bestes.«

»Ich weiß«, sagte Annika resigniert. Ihr Blick verriet, dass sie sich nicht mehr sicher war, ob die Polizei den Täter finden würde.

»Ich würde auch gerne noch kurz mit Yanis reden«, sagte Mikael. Dann ging er ohne Umschweife zu dem Jungen hin.

Yanis sah ihn mit großen Augen an, als er näher kam. Auch Sofia schien sich zu fragen, was Mikael eigentlich vorhatte.

»Yanis«, fing Mikael an. »Wenn du noch irgendetwas weißt. Über den Mann, der dich mitgenommen hat. Egal, was. Bitte sag es. Alles, wirklich alles, jedes kleine Detail könnte uns helfen. Es ist wirklich wichtig.«

Yanis schwieg, starrte ihn nur an.

»Weil noch ein Junge weg ist?«, fragte er plötzlich. Mit dieser Frage hatte Mikael nicht gerechnet.

»Weil es einfach ganz wichtig ist, den Mann zu finden«, antwortete er unbestimmt. Er wollte keine weiteren Ängste bei dem Kind schüren.

»Simo hat gesagt, dass das passieren wird«, flüsterte Yanis plötzlich. Die kleinen, blonden Haare auf Mikaels Armen stellten sich bei dieser Aussage kerzengerade auf.

Wie sollte er darauf reagieren? Simo war tot. Aber für Yanis schien er sehr real zu sein. Mikael entschied spontan, sich auf das Spielchen von Yanis einzulassen. Ohne Fragen zu stellen.

»Was genau hat Simo gesagt?«, fragte er.

»Dass etwas Schlimmes passieren wird.«

»Und woher weiß Simo das?«

Yanis schluckte. »Er weiß alles.«

Mikael lehnte sich weit aus dem Fenster, das wusste er selbst. Aber er musste die nächste Frage einfach aussprechen, die ihm auf der Zunge lag.

»Weiß Simo auch, wer der Mann ist, der dich mitgenommen hat?«

Er sah aus dem Augenwinkel den schockierten Blick von Sofia. Auch Annika war instinktiv ein paar Schritte näher an die Couch getreten. Dennoch unterbrach ihn keine von beiden. Eine unheilvolle Stille lag in der Luft. Es schien, als wollte nun jeder hören, was Yanis zu sagen hatte. Dieser nickte nur langsam. Mikaels Herz schlug schnell.

»Kann Simo mir sagen, wer er ist?«

Daraufhin schüttelte Yanis wild den Kopf. »Nein!«, brüllte er.

Mikael versuchte, ruhig zu bleiben. Er spürte, dass Sofia kurz davor war, das Gespräch zu unterbrechen, um Yanis zu schützen.

»Warum nicht, Yanis?«

»Weil er nicht will!«, schrie Yanis. »Er will nicht, er will nicht!«

»Beruhige dich«, flüsterte Sofia und legte Yanis eine Hand auf die Schulter. Der Junge hatte sich so aufgeregt, dass er wild atmete. »Lass mich!«, stieß er aus. »Lasst mich alle in Ruhe!« Mit diesen Worten sprang er auf und wollte aus dem Raum rennen. Sofia hielt ihn an der Schulter zurück.

»Wenn Simo reden möchte – oder du – ich bin jederzeit für euch da.« Yanis starrte sie ein paar Sekunden lang an, wischte sich dann seine triefende Nase am Ärmel ab und nickte leicht, was Sofia als Zeichen der Versöhnung deutete. Sie ließ den Jungen los, der nach oben in Richtung seines Zimmers sprintete. Seine Mutter rannte hinter ihm her.

»Wir sollten jetzt gehen«, meinte Sofia zu Mikael.

Wenig später standen sie draußen bei ihrem Auto. »Wir waren so nah dran«, sagte er.

»Ja«, antwortete Sofia. »Aber Drängen bringt nichts. Ich bin mir nicht mal sicher, ob Yanis wirklich weiß, wer der Entführer ist«, sagte sie.

»Ich denke schon, dass er es weiß«, erwiderte Mikael und schwieg. »Es wäre gut, wenn Sie wieder regelmäßig mit ihm sprechen«, fügte er hinzu.

»Sie haben den anderen Jungen noch nicht gefunden?«, fragte Sofia. Mikael blickte an ihr vorbei. »Nein.«

Eine Weile standen sie so da und schwiegen.

»Wir sollten uns nicht mehr außerhalb des Büros treffen, Mikael«, sagte Sofia plötzlich. Ohne Vorwarnung.

»Okay«, antwortete Mikael ruhig, obgleich es ihn wie ein Schlag in die Magengrube getroffen hatte.

SOMMER 1985

Tagebucheintrag vom 30.7.

Heute war es wieder so weit. Ich sollte wieder hin. Zu IHM. Innerlich war ich wie eingefroren. Mehr als das. Wenn ich an IHN denke, werde ich traurig. Und aggressiv zugleich. Mein Vater versteht nicht, warum. Er denkt, ich bin trotzig. Er denkt, ich bin schwierig. Er kennt die Wahrheit nicht. Weil starke Männer nicht weinen. Nicht jammern. Alles runterschlucken. Das hat er mir so oft gesagt. Deshalb rede ich nie mit ihm. Er würde es nicht verstehen.

Aber heute war es anders. Ich wollte da nicht mehr hin. Nie mehr. Deswegen versuchte ich es mit der Wahrheit. Es hat mich einiges an Überwindung gekostet. Ich bin zu meinem Vater gegangen. Und ich habe es wirklich versucht. Versucht, ihm die Wahrheit zu sagen. Zu sagen, was ER mit mir macht. Im Keller. Wo einen keiner hört. Aber mein Vater hat nur gelächelt. Richtig gegrinst hat er. Er dachte, das sei eine neue Masche von mir. Weil ich doch immer nur lügen würde. Ich sei ein Lügner, hat er gesagt. Ich würde andere Leute in den Dreck ziehen, aus Faulheit. Das hat er gesagt. Aus mir würde niemals etwas werden.

Und da bin ich wütend geworden. Sehr wütend. Ich konnte mich nicht mehr beherrschen. Ich wusste schon in dem

Moment, dass es falsch war und ich es später bitter bereuen würde. Aber ich konnte nicht anders. Ich habe ausgeholt. Und dann hab ich ihn geschlagen. Meinen Vater. Mitten ins Gesicht. Und dann ist er ausgerastet. Er hat gebrüllt wie noch nie. Und er hat zurückgeschlagen. Der Schmerz war leicht zu ertragen. Auch das Blut, das ich in meinem Mund schmeckte. Innerlich spürte ich einen Triumph. So konnte ich auf keinen Fall zu IHM gehen. Und das wusste auch mein Vater. Er betrachtete mein Gesicht, das blaue Auge, das sich bereits andeutete. Und meldete mich krank. Jetzt liege ich in meinem Bett und grinse. Für heute habe ich es geschafft.

Draußen höre ich meinen Vater herumwandern. Er murmelt wütend vor sich hin. Stampft ab und zu mit dem Fuß auf oder schlägt gegen irgendeine Wand. Ich hoffe nur, dass er sich wieder beruhigt. Sonst wird es unschön für mich. Leise stehe ich auf und schiebe mein Nachtkästchen vor die Zimmertür. Wenig später sehe ich seinen dunklen Schatten unter der Tür. Mein Vater steht draußen, lauert. Und trinkt. Ich schließe meine Augen und versuche zu schlafen.

Samstag

13. Juni 2015

1.

Aarne war mitten in der Nacht aufgewacht. Zumindest dachte er das. Sicher war er sich nicht. Sein Zeitgefühl war ihm längst abhandengekommen. Jedenfalls lag er auf dem Boden. In T-Shirt und kurzer Hose. Er schlang die Arme um den Körper, wollte die Kälte vertreiben, die tief in seinen Knochen saß, und blickte sich vorsichtig um. Fahles Licht fiel von außen in die alte Lagerhalle. Und die Erinnerung kam zurück wie ein Schlag ins Gesicht. Wo er war, mit wem er mitgegangen war. Er schluchzte leise. Hielt sich dann aber die Hand vor den Mund. Keke lag neben ihm, zusammengekauert auf einer schmutzigen Decke, und schnarchte leise. Aarnes Puls beschleunigte sich beinahe augenblicklich. Das war seine Chance. Seine Chance zur Flucht. Sicher suchten sie längst nach ihm. Er wollte nur noch nach Hause. In sein Bett. Zu seiner Mutter. Der Gedanke daran trieb ihm Tränen in die Augen. Wie hatte er nur so dumm sein können? Seine Mutter hatte ihn so oft davor gewarnt, mit fremden Menschen mitzugehen. Doch Keke war anders gewesen. Ein Freund. Wie einer seiner Klassenkameraden. Das hatte er zumindest gedacht.

Aarne richtete sich langsam auf. Sein Kopf dröhnte. Er durfte jetzt keinen Fehler machen. Kein unbedachtes Geräusch.

Keinen Fehltritt. Er beobachtete den großen Mann mit den wenigen Haaren ganz genau. Keke lag ruhig da, atmete gleichmäßig. Er schien wirklich tief zu schlafen. Aarne nahm seinen ganzen Mut zusammen und stand beinahe lautlos auf. Barfuß huschte er über den kühlen Boden bis zur Tür. Er konnte hören, wie Keke einmal tief seufzte und sich im Schlaf drehte. *Jetzt oder nie*, dachte Aarne, legte seine Hand an den Metallgriff und versuchte, ihn nach unten zu drücken. Dabei entstand ein schreckliches, verrostetes Quietschen. Aarne zuckte zusammen. Wagte es nicht, sich umzudrehen. Innerlich rechnete er jede Sekunde damit, von hinten gepackt zu werden. Er konnte die starken Arme beinahe körperlich spüren. Wie sie sich um ihn schlangen. Ihn zu Boden drückten. Aber nach ein paar Sekunden stellte er erleichtert fest, dass Keke noch immer schlief. Also drückte er die Klinke weiter nach unten und zu seiner Überraschung war die Tür nicht abgesperrt. Leise knarrend schwang sie auf. Und sofort schwappte eine Welle aus frischer Luft über Aarnes Kopf hinweg. Ein leichter Wind blies durch seine blonden Haare. War das eine Falle? Das fühlte sich irgendwie zu einfach an. Er blickte sich um. Konnte in der Dämmerung ein paar Sträucher erkennen. Einzelne Bäume. Keine anderen Häuser. Wo war er?

Da hörte er plötzlich ein raschelndes Geräusch hinter sich. Ohne weiter darüber nachzudenken, sprintete er los. Rannte, so schnell er nur konnte. Hinweg über stacheliges Gras und Steine, die sich in seine nackten Füße bohrten. Rannte um sein Leben. Die Geräusche hinter ihm wurden lauter. Er blickte nicht zurück.

2.

Mikael Kohonen streckte umständlich seine Beine aus und stöhnte leise. Seine Couch war eigentlich bequem, eignete sich aber nicht gerade dazu, die ganze Nacht auf ihr zu verbringen.

Er war gestern Abend nach Hause gegangen. Hatte nach Hause gehen müssen. Aber das hieß nicht, dass er schlafen musste. Das konnte letztlich keiner kontrollieren. Er hatte sogar versucht, in seinem Bett zu schlafen. Hatte sich hineingelegt und die Augen geschlossen. Doch trotz der schier erdrückenden Müdigkeit hatte er nicht in den Schlaf gefunden. Zu viel war zu tun. Zu viele Gedanken in seinem Kopf. Und zugleich immer dieses Gefühl, dass die Lösung bereits direkt vor ihm lag und nur darauf wartete, entdeckt zu werden. Aber sosehr er sich auch anstrengte, er erkannte sie nicht.

Also hatte er sich mit Simos Tagebuchauszügen auf die Couch gelegt. Hatte sie immer wieder gelesen. Bis er sie beinahe auswendig kannte. Alles – außer jenen Seiten mit der Geheimschrift.

Simo schrieb, dass er von seinem Vater immer wieder zu einem Mann gebracht wurde, der schlimme Dinge tat. Wer war dieser Mann? Und warum musste Simo immer wieder zu ihm?

Die ganze Nacht hatte Mikael halb grübelnd, halb dösend auf seiner Couch verbracht. Irgendwann hatte sein Rücken so sehr geschmerzt, dass er aufgestanden und in die Küche gegangen war.

Jetzt erfüllte ein herrlicher Kaffeegeruch den Raum. Er nahm einen Schluck von dem heißen Getränk und spürte, wie sich ein gewisses Wohlbehagen in seinem Körper ausbreitete. Überraschenderweise fühlte er sich tatsächlich erholt. Vielleicht konnte man sich an Schlafmangel gewöhnen. Gleichzeitig quälte ihn der Gedanke daran, wie der kleine Aarne wohl die letzte Nacht verbracht haben musste. Konnte er überhaupt noch am Leben sein? Statistisch gesehen war es schon jetzt eher unwahrscheinlich. Mikael schnappte sich sein Handy und überflog die neuen Fakten, die das Team während seiner Abwesenheit zusammengetragen hatte. Jedes noch so kleine Detail von Aarnes üblichem Tagesablauf war durchleuchtet worden. Gab es jemanden, den er getroffen haben konnte? Dem er vertraut hatte? Einen bestimmten Ort, zu dem er freiwillig gegangen sein konnte? Seufzend musste Mikael sich eingestehen, dass sie es nicht wussten.

Nach einer Dusche beschloss er, ins Büro zu fahren. Er musste zugeben, dass er sich zurzeit dort wohler fühlte als in seinen eigenen vier Wänden. Vielleicht lag es an der Einsamkeit. Niemand wartete zu Hause mehr auf ihn.

Im Büro dagegen waren etliche Mitarbeiter des Teams selbst zu dieser frühen Stunde unermüdlich dabei, die wichtigen von den unwichtigen Zeugenhinweisen zu trennen. Das eine Körnchen Gold an Information herauszufiltern, das sie eventuell zum Täter führen konnte.

Noch von zu Hause aus ließ Mikael sich von den Kollegen am Telefon ins Bild setzen. Tatsächlich waren seit dem verzweifelten Aufruf von Aarnes Mutter gestern Abend über hundert neue Hinweise eingegangen. Der Hinweis eines Zeitungsverkäufers, der einen konkret Verdächtigen nannte, erweckte seine Aufmerksamkeit sofort.

»Schicken Sie mir eine Zusammenfassung aller Hinweise per Mail«, bat er, bevor er sich seiner Jogginghose entledigte und diese gegen eine nicht weniger bequeme schwarze Shorts tauschte. Dazu zog er ein schlichtes graues T-Shirt ohne Aufdruck an. Er musste sich wohlfühlen, um gut denken zu können.

Noch bevor Mikael die Wohnung verlassen hatte, ertönte ein leises »Pling«, das eine neue Mail ankündigte. Es war die erbetene Zusammenfassung aller eingegangenen Hinweise. Mikael setzte sich noch einmal hin und überflog die Zeilen, versuchte, ein Gefühl dafür zu bekommen, welche wichtiger waren als andere. Viele Menschen kannten Aarne, der ein lebhafter Junge zu sein schien, und schilderten seinen üblichen Tagesablauf. Nur ein paar wenige Meldungen befassten sich mit möglicherweise verdächtigen Beobachtungen. Eine Frau hatte einen weißen Kastenwagen in der Nähe des Spielplatzes, auf dem das Kind verschwunden war, gesehen. Allerdings leider erst Stunden nach dem Vorfall. Erneut sprang Mikael der Hinweis des Zeitungsverkäufers ins Auge, weil er etwas von den anderen abwich. Ein gewisser Joona Mäki hatte einen konkret verdächtigen Mann gemeldet. So weit nicht außergewöhnlich. Viele Menschen neigten dazu, andere als verdächtig einzustufen. Vor allem, wenn ein kleines Kind verschwunden war. Aber etwas hatte Mikael aufhorchen lassen. Dieser Joona gab an, den Mann mit dem Auto verfolgt zu haben. Bis hin zum Wald. Fast bis zu der Stelle, an der Simo und Yanis im Brunnen gefunden worden waren. Und zwar bevor die ganze Sache in den Medien breitgetreten worden war.

Mikael nahm sein Handy zur Hand und wählte Loris Anders' Nummer. »Aufwachen, Schlafmütze! Ich hole dich ab. Wir haben etwas zu erledigen.«

Anders raunte etwas Unverständliches in den Hörer, das Mikael nicht wirklich verstand. »Ich bringe Kaffee mit«, versprach er dem Kollegen schmunzelnd. Als Mikael sich erhob, hatte er ein kribbelndes Gefühl im Bauch. *Das wäre nicht der erste Täter, der zum Tatort zurückkehrt*, dachte er und beeilte sich, zum Auto zu kommen.

3.

Petri rückte seine Kopfhörer zurecht. Gerade hatte er die letzten Häuser der Siedlung hinter sich gelassen. Die Musik in seinen Ohren spornte ihn an. Vertrieb die Gedanken an seine Arbeit, die Baupläne und den Stress. Er gab noch ein wenig mehr Gas. Heute würde er seine persönliche Bestzeit unterbieten, das spürte er. Kleine weiße Wolken zogen am Himmel vorbei. Die Luft war angenehm kühl und feucht. Er liebte es, um diese Uhrzeit joggen zu gehen, hatte das Gefühl, der ganzen Welt einen Schritt voraus zu sein. Zu Hause würde eine heiße Dusche den Schweiß wegwaschen. Das angenehme Kribbeln in seinen Muskeln jedoch würde er den ganzen Vormittag über spüren.

Petri konnte seinen Puls beim Laufen spüren. Er fühlte sich herrlich lebendig und fit. Wollte das Gefühl noch ein wenig auskosten. Und entschied sich an der nächsten Weggabelung spontan gegen seine übliche Runde um das Feld. Stattdessen bog er nach links ab. Eine Route, die er nur selten nahm. Doch heute fühlte er sich danach. Die Bäume zu beiden Seiten des Weges warfen leichte Schatten auf den Boden. Er konnte den wurzeligen Boden unter seinen Füßen spüren. Und den feuchten Schweißfilm auf seiner Stirn. Gedankenverloren wischte er sich mit dem Ärmel über den Kopf. Da ließ ihn plötzlich etwas zusammenzucken. Eine flüchtige Bewegung, die er nur aus dem Augenwinkel wahrgenommen hatte. Und die einfach nicht zu der umliegenden Kulisse und der ruhigen Natur gepasst hatte. War da gerade jemand über den Weg gelaufen? Oder war ein Tier vor ihm geflohen und flugs in das Gebüsch gehuscht? Petri ließ den Arm sinken und verlangsamte sein Tempo, bis er nur noch auf der Stelle trippelte. Er blickte sich suchend um, konnte aber nichts Außergewöhnliches wahrnehmen. Wahrscheinlich war es nur Einbildung gewesen, dennoch hätte er schwören können, jemanden gesehen zu haben. Um jegliche Zweifel auszuräumen, nahm er nun auch seine Kopfhörer aus den Ohren, bewegte sich nicht mehr und lauschte für einen Moment. *Da ist doch jemand*, dachte er. Er konnte ein leises Weinen hören, das aus den Büschen vor ihm kam.

»Hallo?«, flüsterte er. Zuerst zaghaft, dann lauter. »Ist da jemand?«

Er vernahm jetzt deutlich, dass das Weinen in ein lauteres Schluchzen überging. Instinktiv griff er in die Hosentasche und umschloss sein Handy. Dann schritt er auf das Geräusch zu. Etwas raschelte in den Blättern.

»Nicht weglaufen«, flüsterte Petri und bog ein paar Äste zur Seite. Eine kleine Gestalt kauerte da vor ihm auf dem Boden. Barfuß und schmutzig. Es fiel nicht genug Licht dorthin, um das Gesicht erkennen zu lassen. Aber Petri ahnte auch so, dass es sich um ein Kind handelte. Er bückte sich und hob das kleine Bündel auf den Arm. Es war ein blonder Junge, der sich eng an ihn schmiegte.

»Ist gut. Alles ist gut«, sagte Petri und schlang schützend die Arme um den kalten Körper. Er hatte nicht einmal eine Jacke dabei, die er hätte anbieten können.

»Was ist passiert?«, fragte er vorsichtig.

Der Junge sah ihn aus großen, dunklen Augen an. »Er ist noch irgendwo da draußen. Wir müssen schnell weg hier«, sagte er. Petri blickte sich ängstlich um. Was war hier nur los?

4.

»Also, noch mal von vorne, Mik«, meinte Anders und nahm einen Schluck von seinem Kaffee. »Wer ist der Typ?«

»Ein Kioskbesitzer«, antwortete Mikael, der den Wagen durch den Stadtverkehr lenkte. Obwohl Samstag war, befanden sich mittlerweile gar nicht so wenige Autos auf den Straßen. Mikael saß am Steuer, während Anders auf dem Beifahrersitz Platz genommen hatte.

»Angenehm, auf dieser Seite des Autos zu sitzen«, sagte Anders. »Könnte mich dran gewöhnen.« Aber Mikael ging darauf nicht ein, er hing mal wieder seinen eigenen Gedanken nach und schien Anders überhaupt nicht gehört zu haben. Die Straße führte sie nahe am Meer vorbei, dessen Geruch durch die geöffneten Fenster in den Wagen strömte. Ein paar Möwen flogen kreischend über dem Wasser. Die Morgenstimmung hatte etwas Tröstliches in all der Hektik, mit der sie zurzeit konfrontiert waren. Mikael gelang es trotzdem nicht, wenigstens einen Moment lang seinem Gehirn eine Pause zu gönnen.

»Er hat den verdächtigen Mann bis zum Wald verfolgt«, fuhr er fort.

»Das ist in der Tat interessant«, murmelte Anders, nahm noch einen Schluck aus seinem Becher und starrte dann wieder nach draußen. »Gibt's sonst was Neues?«, fragte er nach einer Weile.

»Wenn du auf das Tagebuch anspielst, Anders …«, setzte Mikael an. »Nein, nicht wirklich. Ich komme einfach nicht dahinter. Wohin musste Simo gehen? Warum hat ihn sein Vater immer wieder in die Hände eines Monsters gegeben? Oder war am Ende doch er selbst das Monster?«

Im Auto herrschte betretenes Schweigen. Beide dachten auf ihre Art und Weise über das Gesagte nach. Ohne zu einem sinnvollen Schluss zu kommen.

»Simos Vater muss diesen Mann gekannt haben. Und irgendwie von ihm abhängig gewesen sein«, sagte Anders schließlich.

»Nur leider ist Simos Vater tot. Und damit auch jegliche Möglichkeit, ihn zu befragen.« Mikael seufzte.

»Jedenfalls sind wir gleich da«, murmelte er dann. Sie hatten die Verbindungsbrücke nach Lauttasaari überquert, einer Insel westlich des Stadtzentrums. Hier befanden sich hauptsächlich Wohnhäuser, dennoch parkte Mikael das Auto zielsicher am Straßenrand und stieg langsam aus. »Da drüben ist der Kiosk von Joona Mäki.«

»Na, dann mal los«, stieß Anders aus und marschierte direkt auf den Laden zu. Ein freundliches Klingeln ertönte, als sie durch die Tür traten.

»Bin gleich da«, rief ein Mann von weiter hinten. Wenig später trat ein Mittvierziger mit freundlichem Gesicht auf sie zu und musterte sie unverhohlen.

»Polizei?«, fragte er ohne Umschweife.

»Wie kommen Sie darauf?«, erwiderte Mikael erstaunt. Der Mann zuckte mit den Achseln. »Ich habe geraten«, sagte er.

Der Typ hat eine gute Menschenkenntnis, dachte Mikael anerkennend. »Sie haben recht«, sagte er laut und stellte Anders und sich selbst vor.

»Ich weiß, es war nicht schlau, diesem Mann zu folgen ...«, setzte Joona Mäki rechtfertigend an. »Aber ich könnte schwören ...«

Mikael hob die flache Hand und bedeutete Joona, mit seinen Rechtfertigungen aufzuhören.

»Wir sind sehr dankbar für Ihren Hinweis. Und wir nehmen ihn ernst. Er ist also Lehrer, haben Sie gesagt?«

Joona nickte langsam. »Das denke ich, ja. Ich kenne seinen Namen nicht. Aber ich kann ihnen eine Beschreibung geben. Außerdem den Namen der Schule, in der er arbeitet.«

»Kennzeichen des Autos?«, fragte Mikael vorsichtig. Joonas Blick strahlte Stolz aus, als er auch diese Frage bejahen konnte. »Es war ein grauer Kombi. Ich hole meinen Notizzettel wegen der Nummer«, sagte er.

»Nicht schlecht«, murmelte Mikael.

Im gleichen Moment begann sein Diensthandy zu vibrieren. Er hob ab und bedeutete Anders, alle Daten aufzunehmen. Nach einem kurzen Telefonat trat er forschen Schrittes an Anders heran.

»Das hier muss warten«, flüsterte er ihm zu. »Aarne wurde gefunden. Er lebt. Alles Weitere draußen.«

Anders sog scharf die Luft ein. Um dann erleichtert wieder auszuatmen.

»Ich denke, wir haben alles«, sagte er und verabschiedete sich von Joona Mäki, der sichtlich froh darüber war, seine Informationen losgeworden zu sein. Dann liefen Mikael und Anders mit schnellen Schritten zum Auto zurück.

»Diesmal fährst du«, rief Mikael und schmiss Anders den Autoschlüssel entgegen.

»Und wohin?«

»Direkt ins Krankenhaus. Wir dürfen keine Zeit verlieren. Noch ist Aarnes Erinnerung frisch.«

»Ich hoffe nur, dass er mehr spricht als Yanis«, brummte Anders. Mikael ließ diese Worte unkommentiert. Insgeheim hoffte er das auch.

5.

Sofia seufzte und zog sich die Decke bis unter das Kinn. Soeben hatte sie ihren Wecker ausgeschaltet, der wie üblich um 6.30 Uhr geklingelt hatte. Sie war ein Morgenmuffel. Schon immer gewesen. Während andere längst eine Runde joggen waren und frisch geduscht in die Arbeit starteten, wand sie sich meist noch in den warmen Laken ihres Bettes, unfähig, den Schlaf aus ihrem Körper zu treiben. Heute war Samstag. Erst um elf Uhr stand ein Termin mit Aarnes Mutter auf dem Programm, zuvor wurde die Frau von Angehörigen betreut. Ilma Melkko hatte gestern wieder starke Beruhigungsmittel genommen und hoffentlich nachts etwas Schlaf gefunden.

Als Sofia einfiel, dass sie heute nicht sofort aufstehen musste, beschloss sie erfreut, noch ein paar Minuten im Bett zu bleiben. Ihre Katze hatte es sich zu ihren Füßen bequem gemacht. Die Ruhe war jedoch nur von kurzer Dauer, denn erneut klingelte es. Diesmal war es ihr Handy.

»Nicht schon wieder«, murmelte sie. Sie brauchte ein paar Sekunden, um zu realisieren, dass es sich nicht um den Wecker, sondern einen eingehenden Anruf handelte. Als sie mit verschlafenen Augen auf das Display blickte, sah sie, dass es sich bei dem Anrufer um Annika Lodman handelte. Sofort setzte sie sich kerzengerade im Bett auf und räusperte sich.

»Guten Morgen, Frau Lodman«, meldete sie sich und hörte selbst, wie rau ihre Stimme noch klang. Am anderen Ende der Leitung herrschte Stille. Nur ein leises Atmen war zu hören. Sofia lauschte ein paar Sekunden, bevor sich die Erkenntnis den Weg durch ihren müden Kopf bahnte.

»Yanis?«, fragte sie. »Bist du das?«

»Ja«, hauchte Yanis in den Hörer.

»Weiß deine Mama, dass du anrufst?«

Wieder Stille.

»Nein.«

»Wie hast du das alleine geschafft?«, fragte Sofia erstaunt. Yanis konnte immerhin noch nicht lesen.

»Sprachsteuerung«, piepste Yanis und man konnte den Stolz in seiner Stimme hören. »Sofia anrufen.«

»Warum hast du mich angerufen?«, fragte sie dann.

»Kommst du uns heute wieder besuchen?«, fragte Yanis.

»Nein, heute nicht«, sagte Sofia. »Am Montag.«

Yanis seufzte.

»Was ist los, Yanis?«

»Ich habe heute wieder von Simo geträumt«, flüsterte der Junge. »Ich will es Mama nicht erzählen.«

»Warum nicht?«

»Sie glaubt mir nicht. Und ich will ihr keine Angst machen.«

»Hast du denn Angst, Yanis? Vor Simo?«

»Nein«, sagte Yanis bestimmt. »Er ist mein Freund.« Sofia konnte die Entschlossenheit in seiner Stimme hören. So viel hatte der Junge noch nie in zusammenhängenden Sätzen mit ihr geredet. Vermutlich wusste er, dass er am Telefon mit Gesichtsausdrücken und Zeichnungen nicht weit kam.

»Was hat Simo gesagt?«

»Das ist es ja gerade. Was er im Traum gesagt hat, macht mir nämlich schon Angst.«

»Was denn? Was hat er gesagt?«

Im Hintergrund konnte man die Stimme von Annika Lodman hören, die nach ihrem Sohn rief.

»Ich muss auflegen«, flüsterte Yanis.

»Was hat er gesagt?«, fragte Sofia noch einmal, diesmal drängender.

»Dass es noch nicht vorbei ist«, flüsterte Yanis. Dann brach die Verbindung ab.

6.

Mikael Kohonen schmiss die Autotür lautstark zu. Anders hatte den Wagen vorschriftswidrig im unmittelbaren Nahbereich des Krankenhauses geparkt. Eigentlich war dieser Platz den medizinischen Notfällen vorbehalten. Sie wollten jedoch keine Zeit verlieren.

»Da drüben«, rief Anders und zeigte auf einen jungen, uniformierten Kollegen direkt vor den Glastüren des Haupteingangs. Mikael fuhr sich mit der Hand durch die zerzausten Haare und ging direkt auf den Mann zu. Anders verschloss hinter ihm mit der Fernbedienung das Auto. Wenig später folgten die beiden dem jungen Kollegen durch scheinbar endlose Krankenhausflure. Vorbei an der Notaufnahme, in der Mikael eingegipste Arme und anscheinend fiebrige Kinder erspähte. Mit einem großen Aufzug nach oben. Und weiter in den nächsten Gang, in dem es nach Desinfektionsmittel und Latexhandschuhen roch.

»Wo wurde Aarne gefunden?«, fragte Anders, der versuchte, mit Mikael Schritt zu halten.

»An einem Feld jenseits von Toukula. Barfuß. Ein Mann hat ihn gefunden.«

Eine kleine Pause entstand, in der beide nachdachten.

»Barfuß?«, fragte Anders und erriet damit Mikaels Gedanken.

»Er kann nicht allzu weit gelaufen sein«, antwortete Mikael. »Das Gebiet wird durchkämmt.«

»Und was war das für ein Mann?«, fuhr Anders fort.

»Ein Jogger. Mehr weiß ich auch noch nicht.«

Anders nickte. Mittlerweile hatten sie ihre Schritte verlangsamt und kamen vor einem Zimmer zum Stehen. Der junge Beamte, der sie geführt hatte, zeigte auf die Tür und verabschiedete sich freundlich.

Mikael und Anders tauschten kurze Blicke aus. Dann klopfte Mikael an die Tür und öffnete sie, ohne weiter zu zögern. Er sah einen bleichen Jungen aufrecht in seinem Bett sitzen. Die Farbe seiner Haut hob sich kaum gegen die weißen Laken ab. Trotzdem war sein Blick aufmerksam und klar. Es war ohne Zweifel Aarne. Neben dem Bett saß seine Mutter. Sie hatte ihren Stuhl ganz nahe an ihren Sohn herangeschoben.

»Er will nicht schlafen«, sagte sie. Es klang fast schon entschuldigend.

»Guten Morgen, Aarne«, sagte Mikael und ging auf das Kind zu.

»Guten Morgen«, antwortete Aarne deutlich hörbar. Mikael war überrascht von der Stärke in seiner Stimme. Dann wandte er sich an seine Mutter. »Ich bin nicht müde, Mama«, brummte er.

»Ich bin von der Polizei, weißt du«, fuhr Mikael fort.

»Ich weiß«, antwortete Aarne. »Ich bin kein Baby mehr.«

Es klang trotzig und überzeugt zugleich. Mikael musste innerlich schmunzeln. Dieser Aarne war bereits jetzt eine starke Persönlichkeit.

»Kannst du mir sagen, was passiert ist? Du warst eine Weile weg …«, fragte Mikael vorsichtig.

Aarnes Blick verdunkelte sich. »Er hat gesagt, wir machen einen Ausflug«, sagte der Junge. Mikael sog bei diesen Worten scharf die Luft ein. Er hörte diese Worte nicht zum ersten Mal.

»Wer? Wer hat das gesagt?«, fragte Mikael ungeduldig.

Aarnes Augen funkelten herausfordernd.

»Er hat gesagt, er heißt Keke.«

7.

Elvi Nyman trat gerade aus der Gemeinschaftsküche der betreuten Wohngruppe auf den Flur hinaus, begleitet von einem würzigen Geruch. Die Vorbereitungen für das Mittagessen hatten bereits begonnen.

»Fünfzehn Minuten bei zweihundert Grad«, rief Elvi noch in die Küche, bevor sie den Weg zu ihrem Büro antrat. Heute würde es Pizza geben und alle Bewohner freuten sich bereits seit Tagen darauf. Nur einer fehlte. Elvi warf einen besorgten Blick zu Kekes Zimmertür hinüber. Wo steckte er nur? War er in Gefahr? Oder ging die Gefahr in Wirklichkeit von ihm selbst aus? Elvi tat einen Schritt in Richtung seiner Tür, ermahnte sich dann aber selbst. Auf sie wartete eine Menge Arbeit. Sie durfte nicht schon wieder in Kekes leerem Zimmer stehen und Trübsal blasen. Die anderen hier zählten auf sie und brauchten sie.

Elvi strich ihre luftige Bluse glatt und schritt weiter in Richtung Büro. Plötzlich meinte sie, hinter sich eine Bewegung ausgemacht zu haben. Aber als sie sich verwirrt umblickte, war da niemand zu sehen. *Ich drehe schön langsam durch*, dachte sie und ging nun schnelleren Schrittes weiter. Zu ihrer Überraschung stellte sie fest, dass die Bürotür nur angelehnt war. Hatte sie die vorhin nicht geschlossen? Ein seltsamer Druck legte sich auf ihre Brust, als ob ihr Körper sie vor etwas warnte, das ihr Gehirn noch nicht wahrhaben wollte. Sie zwang sich, die Tür zu öffnen. Vorsichtig und leise. Was sie sah, nahm ihr vollends den Atem. Keke. Er stand mitten in ihrem Büro. Trug noch immer dasselbe T-Shirt, in dem sie ihn zuletzt gesehen hatte. Verdreckt sah er aus. Müde. Und traurig.

»Es tut mir leid, Elvi«, sagte er. Dann kam er auf sie zu, zögerte kurz. Aber sie streckte ihm, ohne auch nur eine Sekunde darüber nachgedacht zu haben, die Arme entgegen. Nahm ihn auf wie ein verlorenes Kind, das nach Hause zurückgekehrt war. Ein paar Sekunden lang drückten sie sich aneinander, wobei Elvi wieder einmal die enorme Kraft spürte, die von Kekes großem Körper ausging. Dann stieß er sie abrupt und grob von sich.

»Ich habe etwas Schlimmes getan«, flüsterte er, wobei seine Augen flackerten. Er war den Tränen nahe. Sie stellte keine Fragen. Sah ihn nur traurig an.

»Wir müssen jetzt zur Polizei, Keke«, sagte Elvi ruhig. Er nickte nur.

8.

Auf der Polizeistation herrschte eine ausgelassene Stimmung. Mikael Kohonen konnte überall die Erleichterung und Heiterkeit spüren, die in der Luft lag. Aarne war wieder da. Keke hatte sich gestellt. Dennoch herrschte auch eine gewisse Anspannung. Die Presse wollte Antworten. Mit Keke musste man aufgrund seiner Behinderung umsichtig vorgehen. Auch wenn er sich freiwillig gestellt hatte. Keine Fehler durften gemacht werden, die später vor Gericht zu Problemen führen konnten.

Mikael lief unruhig in seinem Büro auf und ab. Er wusste selbst nicht genau, warum, aber irgendetwas störte ihn an der ganzen Sache. Und zwar gewaltig. Nur fehlte ihm im Moment die Zeit, darüber nachzudenken. Er wollte zu Keke, solange dieser noch hier war. Wollte mit dem Mann sprechen, der für die Entführung von Aarne verantwortlich war. Und vielleicht für noch viel mehr.

Als Mikael den leicht abgedunkelten Raum betrat, war Keke nicht allein. Elvi Nyman war bei ihm, seine Betreuerin. Sie tätschelte dem mächtigen Mann die Hand, flüsterte ihm etwas zu. Umsorgte ihn wie ein Kind. Keke schabte immer wieder mit den Füßen über den Boden, wobei die Plastiksohlen seiner Schuhe quietschende Geräusche erzeugten.

»Hallo, Keke. Hallo, Frau Nyman«, begrüßte Mikael die beiden und setzte sich ihnen gegenüber an den Tisch. Keke hielt seinen Kopf gesenkt. Es war, als schämte er sich. Jedenfalls starrte er nur den Boden unter sich an. Und schabte mit den Schuhen. Auch Elvi Nyman erwiderte den Gruß nicht. Sie sah Mikael distanziert an, wartete offensichtlich auf weitere Anweisungen. Mikael überlegte sich seine nächsten Worte genau. Er wollte Keke zum Reden bringen. Ihn nicht auf Anhieb verschrecken.

»Aarne hat mir erzählt, dass ihr einen Ausflug gemacht habt. Er und du«, setzte er an und beobachtete Keke dabei genau. Dieser hob auch jetzt nicht den Kopf, seufzte aber laut.

»Wo wart ihr denn?«

Keke schwieg. Nur das Schaben unter dem Tisch wurde schneller.

»Was hast du dir dabei gedacht, Keke?«, fragte Mikael etwas forscher. Keke zuckte zusammen wie ein Kind, das man schimpft.

»Ich wollte ihn nur beschützen«, flüsterte er kaum hörbar. Heiser und leise.

»Wie bitte?«, fragte Mikael nach. Er war sich unsicher, ob der Mann ihn auf den Arm nehmen wollte oder einfach nur in seiner eigenen Welt lebte.

»Beschützen«, wiederholte Keke unsicher. Und sah Elvi von der Seite aus an. Diese nickte ihm aufmunternd zu.

»Und vor was beschützen?«, brummte Mikael. Es war ein absurder Dialog. Aber immerhin redete Keke mit ihm.

»Das darf ich nicht sagen«, jammerte der kindliche Mann. Es schien, als wäre er sich der Ausweglosigkeit seiner Situation durchaus bewusst. Er saß bei der Polizei. Musste Antworten liefern. Aber hatte offenbar Angst.

»Du musst alles sagen, was du weißt, Keke«, sagte Mikael streng. »Sonst bekommst du richtig Ärger.«

»Ich weiß«, murmelte Keke und schien innerlich mit sich zu ringen. Er schüttelte den Kopf. Murmelte etwas vor sich hin. Mikael wartete ab. Eine ganze Weile lang war nichts zu hören, außer dem stetigen Quietschen unter dem Tisch. Man konnte sogar dumpfe Stimmen und Schritte vom Gang her hören. Keke wurde immer unruhiger. Mikael löste die Situation aber nicht auf. Er wartete eisern ab. Draußen ging ein Kollege vorbei, der laut vor sich hin pfiff. Seine Schritte entfernten sich wieder. Keke zitterte am ganzen Leib. Schlug sich mit der Hand immer wieder selbst gegen den Kopf.

»Er ist hier«, weinte er. »Er hat mich gefunden.«

»Niemand ist hier, Keke. Alles ist in Ordnung«, mischte sich Elvi ein und legte ihm beruhigend eine Hand auf die Schulter. Keke schüttelte sie unsanft ab und stand in Rage auf. Angst und Panik standen ihm ins Gesicht geschrieben. Die Tür wurde aufgerissen und zwei Beamte stürmten in den Raum. Sie hinderten Keke daran, sich Mikael zu nähern. Der große Mann wand sich im Griff der Uniformierten hin und her. Versuchte, um sich zu treten.

»Sie bringen mich zu ihm. Ich will nicht! Hilfe!«, schrie er. Tatsächlich hatten die beiden Beamten wirkliche Schwierigkeiten, Keke im Zaum zu halten.

»Nein, loslassen! Hilfe!«, kreischte Keke erneut. Und plötzlich bahnte sich eine Erkenntnis in Mikaels Kopf ihren Weg. Keke hatte sich verändert, seit der Kollege pfeifend vorbeigelaufen war. Das Pfeifen schien Keke erschreckt zu haben. Oder an etwas zu erinnern.

»Wer ist er?«, fragte Mikael noch einmal.

Keke schüttelte nur den Kopf, soweit es ihm möglich war. Er war außer sich. »Bitte nicht. Bitte nicht zu ihm!«, brüllte er.

Dann folgte Mikael einfach seinem Bauchgefühl. Er dachte an Simos Tagebuch. Das Pfeifen. Und wagte einen Vorstoß ins Ungewisse.

»Meinst du den Vogel?«, fragte er. Keke riss die Augen weit auf. Beruhigte sich aber schlagartig. Seine Arme fielen schlaff herab, als hätte man Luft aus einer Aufblaspuppe gelassen. Er musterte Mikael genau.

»Sie kennen den Vogel?«, fragte er ungläubig.

SOMMER 1985

Tagebucheintrag vom 3.8.

Gestern habe ich IHN getroffen. Zufällig. Mitten auf der Straße. Ich habe mich sofort hinter der nächsten Häuserecke versteckt. Sein widerliches Pfeifen konnte ich bis hierher hören. Immer pfeift er. Fröhliche Melodien. Er pfeift auch im Keller. Dann, wenn es gar nicht passt. Wenn er böse Dinge tut.

Nachdem ich den ersten Schreck überwunden hatte, habe ich noch mal einen Blick gewagt. ER war nicht allein. Ein anderer Junge war bei IHM. Lief neben IHM her. Der andere war ungefähr so alt wie ich. Oder ein bisschen jünger. Da kam mir das erste Mal ein Gedanke: Was, wenn ich nicht der Einzige bin?

Seitdem verfolgt mich diese Vorstellung. Ich kann an nichts anderes mehr denken. Bislang bin ich davon ausgegangen, dass er all diese Dinge nur mit mir macht. Aber was, wenn nicht? Was, wenn ER auch andere Kinder in den Keller bringt?

Je mehr ich darüber nachdenke, desto wütender werde ich. Es ist wie ein Feuer, tief in mir drin. Das ist nicht richtig. ER darf damit nicht durchkommen. Ich will mich wehren. Ich muss mich wehren. Irgendwie. Aber wer glaubt mir schon. Mein Vater jedenfalls nicht.

Ich habe noch drei Tage Zeit, um mir etwas einfallen zu lassen. Dann muss ich wieder zu IHM. Diesmal werde ich freiwillig hingehen. Ich bin mittlerweile zu allem bereit.

Sonntag

14. Juni 2015

1.

Mikael Kohonen stand im Büro seiner Chefin Susanna Anttila, die Anders und ihn bereits in der Frühe zu sich gerufen hatte. Draußen herrschte trübe Dämmerung, einzelne Wolken zogen vorüber. Dennoch versprach es, ein schöner Tag zu werden. Auf Anttilas Gesicht erschien ein zufriedenes Lächeln, als sie die beiden erblickte. Sie erhob sich von ihrem Sessel. Obwohl sie hohe Schuhe trug, überragten Anders und Mikael sie deutlich.

»Gut gemacht«, meinte Anttila und klopfte Mikael zweimal kräftig auf die Schulter. »Die Zeitungen sind voll mit Kekes Verhaftung. Da muss es demnächst eine Pressekonferenz geben.«

»Hm«, murmelte Mikael unsicher und starrte auf den leicht bewölkten Himmel. »Ich will erst noch mal mit Keke sprechen«, fügte er dann hinzu.

»Der psychiatrische Gutachter ist bei ihm. Es muss über den Grad seiner geistigen Behinderung entschieden werden«, sagte Anttila. »Das hat Folgen für das ganze weitere Prozedere.«

Mikael nickte gedankenverloren. Er hatte einen dicken Klumpen aus Bedenken im Bauch, den er einfach nicht loswurde. Vor allem ging ihm Kekes Rechtfertigung nicht aus dem

Kopf. Hatte er Aarne wirklich nur beschützen wollen? Oder war das eine faule Ausrede? Wer war dieser Vogel? Und warum hatte Keke so eine Angst vor ihm?

Anttila schien ihm seine Bedenken anzusehen. Sie rümpfte leicht die Nase, als sie sprach. »Sie können heute Nachmittag in die Einrichtung, in der er untergebracht ist. Sein Psychiater wird bei der Vernehmung anwesend sein.«

»In Ordnung«, brummte Mikael. Daraufhin breitete sich eine unangenehme Stille im Büro aus. Mikael hatte nichts mehr zu sagen, war sich aber nicht sicher, ob auch seine Chefin schon ausgesprochen hatte. Sie besaß einen messerscharfen Verstand und neigte dazu, genau dann, wenn man nicht mehr damit rechnete, noch neue, manchmal auch unliebsame Arbeitsaufträge zu verteilen. Nach ein paar weiteren Sekunden des Schweigens warf Mikael Anders einen Blick zu. *Zeit zu gehen*, sollte dieser bedeuten. Anders verstand sofort und setzte sich in Bewegung. Als die beiden fast die Tür erreicht hatten, pfiff ihre Chefin sie doch noch einmal zurück. »Moment noch«, rief sie. Mikael blieb stehen, drehte sich zu ihr um. Ihre Augen fixierten ihn und sahen streng aus, aber aus Erfahrung wusste Mikael, dass das nur ihr üblicher, neutraler Blick war.

»Halten Sie mich über alle aktuellen Erkenntnisse auf dem Laufenden. Ich will umgehenden Bericht«, sagte sie. Damit waren sie entlassen.

Draußen im Flur blieb Anders unschlüssig stehen. Mikael aber war kaum zu bremsen. Er ging schnellen Schrittes davon.

»Mik, halt! Was hast du vor?«, rief ihm Anders nach. Aber Mikael hörte ihn überhaupt nicht. Also blieb Anders nichts anderes übrig, als Mikael hinterherzulaufen wie ein Hündchen. Der Hauptkommissar steuerte sein Büro an.

»Was machst du, Mik?«, fragte Anders erneut. »Hab ich was verpasst?«

»Herausfinden, wer dieser Vogel ist, natürlich«, murmelte Mikael und setzte sich an seinen Schreibtisch. Anders sah skeptisch aus.

»Wer sagt, dass es diesen Vogel überhaupt gibt? Vielleicht hat sich Keke die ganze Sache nur ausgedacht. Aus Angst vor Ärger.«

»Vielleicht. Aber hast du gesehen, was er für eine Angst hatte?«, entgegnete Mikael. »Da steckt doch was dahinter.«

Als Mikael seinen Computer aus dem Ruhezustand erweckte, fiel ihm ein Zettel in die Augen, der auf seinem Schreibtisch lag.

»Mist!«, fluchte er. »Wir haben etwas vergessen.«

»Was denn?«, fragte Anders.

»Joona Mäki. Den aus dem Kiosk. Sein Hinweis zu dem verdächtigten Typen mit den Kinderzeitschriften.«

Anders grinste triumphierend. »Ich nicht«, sagte er und zog sein Handy aus der Tasche. »Ich habe mir eine Liste aller Lehrer dieser Grundschule besorgt. Samt Fotos.«

»Was ist mit dem Kennzeichen, dass sich der Zeuge notiert hat?«, erwiderte Mikael.

»Das war leider nicht richtig. Eventuell hat er in der Aufregung etwas verwechselt«, meinte Anders. »Aber ich habe diese Liste.«

»Und?«, fragte Mikael ungeduldig.

»Du kannst mich ruhig auch mal loben, Mik.«

Mikael verdrehte die Augen. »Du hast dir einen Orden verdient«, witzelte er. »Aber jetzt sag schon.«

»Zwei Lehrer kommen prinzipiell in Betracht«, murmelte Anders. »Allerdings sind beide eigentlich zu jung. Dieser Mäki hat den Mann als Mitte fünfzig beschrieben. Außerdem ist auf keinen der beiden ein graues Auto zugelassen.«

»Hm«, murmelte Mikael, wie so oft, wenn er nachdachte.

»Was, wenn der Mann gar kein Lehrer an der Schule ist?«, fragte Mikael. Und musterte Anders dabei genau. Sein treuer Anders mit den blonden Haaren und dem perfekten Mittelscheitel. Auf ihn war wirklich Verlass.

»Dann wird es verdammt schwer, ihn zu finden«, brummte dieser.

Mikael fixierte Anders noch immer. Schien aber nun durch ihn hindurchzustarren. Gefangen im Nebel seiner eigenen Gedanken.

»Mik?«

Mikael dachte an die Tagebucheinträge. Daran, dass es noch weitere Kinder gegeben hatte, die in den Keller mussten. Seine Miene war undurchsichtig.

»Mik, alles okay?«, fragte Anders erneut.

»Eigentlich nicht«, sagte Mikael unbestimmt.

2.

Keke wachte in einem fremden Raum auf. Er wusste nicht, wo er war. Hatte keine Erinnerung daran, wie er hierhergekommen war. Er setzte sich langsam auf. Sein Kopf dröhnte. Und seine Finger fühlten sich seltsam taub an. Das ganze Zimmer war weiß. Weiße Wände, weiße Decke. Kein Farbklecks durchbrach die sterile und nüchterne Stimmung. Vorsichtig strich er sich mit seinen riesigen Händen über den Kopf. Schlug sich dann einmal kräftig gegen die Stirn.

»Was ist hier los?«, zischte er. Aber es war niemand da, der ihn hätte hören können. Also stand er auf und ging zu der weißen Tür, die sich gleich gegenüber dem Bett befand. Rüttelte daran. Sie war fest verschlossen.

»Wo bin ich?«, flüsterte er und rutschte mit dem Rücken an der Tür entlang bis auf den Boden. Hier blieb er sitzen und vergrub das Gesicht in den Händen. Er musste sich konzentrieren.

Die Erinnerung kam nur bruchstückhaft zurück. Aarne. Der Spielplatz. Ihr Ausflug. War das der Grund, warum er hier war? Er schüttelte energisch den Kopf. *Ich habe nichts Falsches gemacht*, dachte er. Und begann zu wimmern. Der Raum war viel zu hell für seine empfindlichen Augen. Selbst der Boden war in Beige gehalten. Alles wirkte reinlich und kalt. Keke wünschte sich mittlerweile nichts sehnlicher, als einfach in sein Zimmer zu dürfen. Nach Hause. Zu Elvi und den anderen.

»Es tut mir leid«, schrie er. Verzweifelt. In der Hoffnung, dass ihn jemand hörte. Erst dann bemerkte er ein leichtes Blitzen. Er hob den Kopf. Eine der Leuchtstoffröhren an der Decke flackerte leicht. Der Raum verfügte über keinerlei Fenster, sodass die Lampen da oben die einzigen Lichtquellen waren. Jetzt begann auch die andere immer heftiger zu zucken. Schließlich fielen beide immer wieder für ein paar Sekunden ganz aus, sodass es jedes Mal in dem Zimmer kurz stockdunkel war. Keke hielt den Atem an. Wagte nicht, sich zu bewegen. Immer wenn das Licht wieder da war, sog er gierig die Luft ein. Erleichtert, zumindest einen Moment lang im Hellen zu sein. Er begann sich zu fragen, ob er sich das alles nur einbildete. Aber dann blieb das Licht vollkommen weg. Kekes Herz raste in der Dunkelheit. Er tastete sich am Boden entlang in Richtung des Bettes, in dem er aufgewacht war. Legte sich flach darauf und schloss die Augen.

»Geh wieder an, geh wieder an!«, flehte er. Immer wieder. Aber nichts geschah. »Bitte, bitte, lasst mich hier raus«, flüsterte er. Die Augen zu öffnen, wagte er nicht. Zu große Angst hatte er vor der Dunkelheit, die ihn umgab. Sein Körper wippte hin und her. Er versuchte verzweifelt, sich zu beruhigen. »Geh wieder an!«

Endlich, nach einer gefühlten Unendlichkeit, näherten sich draußen Schritte. Jemand musste bemerkt haben, dass etwas mit der Elektrik nicht stimmte. Ein Schlüssel wurde von außen in das Schloss gesteckt und langsam gedreht. Als die Tür aufschwang, sah Keke nichts als eine schwarze Gestalt, umgeben von hellem Licht. Ein paar Momente lang bewegte sich die Gestalt überhaupt nicht. Stand einfach nur still im Türrahmen. Beobachtete. Und plötzlich begann die Silhouette zu pfeifen. Es war ein fröhliches Pfeifen, schnelle spitze Töne hintereinander.

»Nein!«, brüllte Keke. »Das ist unmöglich.«

»Nichts ist unmöglich«, sagte der dunkle Mann. »Nicht für mich.«

3.

Mikael Kohonen versuchte zum wiederholten Male, Sofia zu erreichen, kam aber immer nur in die Mailbox.

»Seltsam«, murmelte er.

»Ist ja schließlich auch Sonntag«, sagte Anders. »Und nicht jeder steht so früh auf wie du.« Er deutete auf Mikaels Gesicht mit den dunklen Augenringen. »Oder schläft überhaupt nicht.«

»Ja, ja«, brummte Mikael. Sie hatten soeben den Lodmans einen Besuch abgestattet. Um nach dem Rechten zu sehen. Und um Yanis ein Foto von Keke zu zeigen. Aber Yanis hatte sich äußerst unkooperativ verhalten. Er war sichtlich enttäuscht gewesen, dass sie ohne Sofia aufgetaucht waren. Und hatte sich das Foto nicht mal richtig angesehen. Auf freundliches Zureden und Bitten hatte er nicht reagiert.

»Das war wohl nichts«, seufzte Anders.

»Sofia muss mit. Ohne sie redet er nicht«, murmelte Mikael und starrte auf sein Handy.

»Sollen wir zu ihr fahren?«, fragte Anders. Aber Mikael schüttelte den Kopf. »Später. Keke ist ohnehin in Gewahrsam.« Anders nickte.

»Lass uns erst diesen Mann suchen. Mit den Kinderzeitschriften«, fuhr Mikael fort.

»Aber wie?«, fügte Anders hinzu.

»Wir fragen in der Schule nach.«

»Heute ist Sonntag, Mik«, murmelte Anders zum wiederholten Mal.

»Hm«, erwiderte Mikael kurz. Er hatte diese Tatsache tatsächlich verdrängt. Für ihn glich zurzeit jeder Wochentag dem anderen. Eine Pause wollte er sich nicht gönnen. Erst wenn der Fall abgeschlossen war.

Während sie zurück zur Polizeistation fuhren, klarte der Himmel auf, wie es der Wetterbericht vorausgesagt hatte. Das nahe Meer konnte man riechen, aber nicht sehen. Mikael starrte, wie meistens, aus dem Fenster. Es war Anders, der schließlich die Stille im Wagen durchbrach.

»Denkst du, es gibt diesen Vogel wirklich?«, fragte er.

»Ja, das tue ich«, antwortete Mikael nach einer Weile. »Es ist nicht nur Keke, der von ihm spricht. Auch in Simos Tagebüchern taucht er immer wieder auf.« Eine längere Pause entstand. *Vielleicht ist er mitten unter uns. Getarnt. Angepasst. Bei allen beliebt,* dachte Mikael beklommen.

»Diesmal bin ich an deiner Seite, Mik. Egal, was kommt.« Anders räusperte sich. Beide wussten, wovon er sprach, ohne dass es einer weiteren Erklärung bedurft hätte. Mikael hatte zuvor auch schon das ein oder andere Mal allein Spuren verfolgt. Und war dabei in ziemliche Schwierigkeiten geraten.

»Danke«, brummte Mikael, dem solche Gespräche nicht behagten. Dennoch tat es gut zu hören, dass Anders hinter ihm stand.

4.

Sofia wälzte sich noch immer in ihrem Bett hin und her. Obwohl es bereits später Vormittag war. Sie war gestern lange wach gewesen und hatte die halbe Nacht nachgedacht. Yanis und sein spontaner Anruf bereiteten ihr Sorgen. Von einem toten Jungen zu träumen, war eine Sache. Aber mit ihm auch mitten am Tag zu sprechen, eine vollkommen andere. Neben ihrem Bett türmten sich Fachbücher aus Studienzeiten und ausgedruckte Fachartikel über posttraumatische Belastungsstörungen bei Kindern.

Endlich rappelte sie sich auf und trank einen Schluck aus dem Wasserglas, das neben ihrem Bett stand. Dann nahm sie ihr Handy zur Hand und stellte überrascht fest, dass es aus war. Sie hatte gestern vergessen, es ans Ladekabel anzuschließen, und es musste sich über Nacht mangels Stroms von selbst ausgeschaltet haben. Also steckte sie es an und ging ins Bad. Während das heiße Wasser ihre Sinne langsam zum Leben erweckte, dachte sie über Mikael Kohonen nach. Sie mochte ihn. Irgendwie. Mit seiner plumpen, aber herzlichen Art konnte sie besser umgehen als mit manch geheuchelter Freundlichkeit. Und genau aus diesem Grund ging sie ihm lieber aus dem Weg – zumindest theoretisch. Sie wollte professionell arbeiten. Und das bedeutete, das Private vom Beruflichen zu trennen. Und zwar strikt. Dennoch ertappte sie sich nun dabei, über neulich Abend nachzudenken. Als sie sich erschreckend nahe gekommen waren. Sofort hielt sie ihren Kopf unter den Wasserstrahl und schrubbte sich energisch über den Kopf. Es war Zeit, sich wieder in ihre Fachliteratur zu vertiefen. Als sie aus dem Bad trat, hörte sie, dass ihr Handy einen brummenden Ton von sich gab. Eine neue Nachricht war eingegangen. Als sie diese öffnete, zog sie überrascht und besorgt die Augenbrauen zusammen. Mikael hatte versucht, sie anzurufen, während ihr Handy ausgeschaltet gewesen war. Und zwar mehrere Male. *Das gibt's doch nicht*, dachte sie. *Heute ist Sonntag. Es muss wichtig sein.*

Also setzte Sofia sich auf ihr Bett und wählte Mikaels Nummer, ohne weiter darüber nachzudenken. Erst Momente später fiel ihr auf, dass sie noch immer in ihr Handtuch

eingewickelt war, und sie fühlte sich seltsam nackt. *Unsinn!*
Es ist nur ein Telefonat, ermahnte sie sich in Gedanken selbst.
Trotzdem war sie erleichtert, dass er nicht abhob. Sie fischte sich
Jeans und T-Shirt aus dem Schrank und frottierte ihre nassen
Haare mit dem Handtuch. Dann starrte sie erneut ihr Telefon
an. Mikael war nicht zu erreichen. Was hatte das zu bedeuten?

5.

Mikael Kohonen stieg aus dem Dienstwagen, den sein Kollege
Loris Anders gerade eben auf dem großen geschotterten
Parkplatz abgestellt hatte. Zwar standen einige andere Autos
hier, aber der Platz war bei Weitem nicht voll. Man merkte, dass
Sonntag war. Die Wolken hatten sich mittlerweile zur Gänze
verzogen und es war ungewöhnlich schwül. Vor ihnen lag die
psychiatrische Klinik. Beide hielten einen Moment inne und
betrachteten das weiße Gebäude. Von außen wirkte es freund-
licher als erwartet. Überall blühten farbenfrohe Blumen.

»Na, dann mal auf ins Gefecht«, sagte Anders wie so oft.
Mikael starrte noch immer auf das Haus, als könnte es irgendwelche Antworten liefern.

Innen erfüllte die Klinik sofort ein paar Klischees. Alles
war weiß und steril gehalten. Es roch nach Desinfektionsmittel.
Mikael schüttelte sich leicht. Er mochte es hier nicht.

»Da drüben.« Anders deutete auf einen Empfangstresen,
hinter dem eine blonde junge Frau saß. Sie nickte ihnen freundlich zu. Und hatte sie offenbar bereits erwartet. Nachdem sie
sich vorgestellt hatten, sprang sie von ihrem Platz auf, um Dr.
Halonen zu holen, den behandelnden Arzt. Derweil sahen sich
Mikael und Anders um. Ein paar immergrüne Topfpflanzen
durchbrachen das Weiß der Wände. Dennoch war es für
Mikaels Geschmack viel zu farblos rundum.

»Man kann wirklich froh sein, wenn man hier wieder raus darf«, murmelte er und drehte sich zu der großen gläsernen Schiebetüre um. Dem Ausgang ins Freie.

Kurze Zeit später tauchte ein Arzt im weißen Mantel auf und stellte sich als Dr. Erik Halonen vor. Der Mann war groß und höflich. Strahlte sofort eine gewisse Art der Autorität aus.

»Sind Sie auch Kekes Gutachter?«, fragte Mikael, woraufhin der Arzt nickte.

»Ich habe Keke schon vor diesem Vorfall behandelt. Ich kenne ihn eine Weile.«

»Wie geht es Keke?«, fragte diesmal Anders. Mikael musterte den Psychiater, wie er es bei jeder fremden Person tat, die ihm begegnete.

»Leider nicht so gut. Wir mussten ihn sedieren, weil er Personal angreifen wollte. Er hat sich stark aufgeregt.«

»Worüber denn?«, hakte Mikael nach.

»Wie bitte?«, fragte Dr. Halonen freundlich.

»Worüber hat Keke sich aufgeregt?«

Dr. Halonen hielt Mikaels Blick erstaunlich lange stand. *Er ist willensstark und daran gewöhnt, dass die Menschen sein Urteil nicht hinterfragen*, dachte Mikael.

»Das weiß ich leider nicht genau«, antwortete Dr. Halonen schließlich. »Das alles nimmt ihn sehr mit.«

Mikael nickte wissend. Er mochte den Kerl überhaupt nicht. Auch wenn er nicht logisch hätte begründen können, warum.

»Können wir zu ihm?«

»Ich denke, er schläft noch«, war die Antwort des Arztes.

»Lassen Sie uns nachsehen«, erwiderte Mikael freundlich, aber bestimmt. Dr. Halonen nickte lächelnd und führte sie durch mehrere lange Gänge, bis sie vor einer Tür stehen blieben. Er steckte einen Schlüssel ins Schloss und drückte die Klinke vorsichtig nach unten. Entgegen allen Erwartungen saß Keke aufrecht in seinem Bett. Und starrte die gegenüberliegende Wand an. Er wirkte wie in Trance. Mikael bedeutete den beiden anderen, hier zu warten, und trat alleine ein. Keke zuckte kurz zusammen, als er ihn ansprach.

»Keke, ich bin es. Mikael, von der Polizei.«

Keke schien verwirrt zu sein. Nicht ganz orientiert.

»Er ist noch benommen«, erklärte Dr. Halonen im Hintergrund. Mikael ignorierte diese Aussage und fuhr unbeirrt fort.

»Darf ich mit dir reden?«, fragte er vorsichtig. Keke blickte auf. Starrte zuerst Mikael an, dann auch Anders und Dr. Halonen, die im Türrahmen warteten. Er zitterte leicht, was Mikael nicht entging. Dann schüttelte er, fast unmerklich, den Kopf.

»Ich bin müde«, murmelte Keke und legte sich zurück aufs Bett. Bereits Sekunden später schnarchte er.

»Das war wohl nichts«, sagte Anders beim Hinausgehen.

»Da wäre ich mir nicht so sicher«, antwortete Mikael leise.

6.

Keke wand sich wild in seinem Bett hin und her, wollte die bösen Träume verjagen. Das Licht vor seinen Augen war seltsam orange. Er stand auf einer Lichtung im Wald. Betrachtete seine großen Hände, die voll dunkler Erde waren. Sie hing in den feinen Furchen seiner Handinnenflächen. Und unter den Fingernägeln. Er rieb sich einmal über die Hose. Aber der Schmutz klebte an ihm wie Pech. Um ihn herum rauschten die Blätter im leichten Wind. Hier und da brach ein Sonnenstrahl durch die dichten Kronen der Bäume und warf sein Licht auf den Waldboden. Keke war außer Atem, war für seine Verhältnisse viel zu schnell gerannt. Blätterstückchen hafteten an seinem T-Shirt. Und in seinen Haaren.

Verdammt!, dachte Keke. *Ich habe ihn verloren.* Verzweifelt blickte er sich um. Sah nichts als Bäume. Und ließ die Schultern enttäuscht hängen. Er war so nahe dran gewesen. Beinahe hätte er ihn gekriegt.

Aber dann nahm er in einiger Entfernung einen dunklen Schatten wahr, der sich schnell bewegte. *Warte auf mich*, flüsterte Keke und setzte ihm hinterher. Je tiefer er in den Wald hineinlief, desto unheimlicher fand er es hier. Überall raschelte und knackte es. Viele der Geräusche konnte er nicht eindeutig zuordnen. Nach einer Weile musste er zugeben, dass er keinerlei Orientierung mehr hatte. *Ich finde hier nicht mehr alleine raus*, dachte er sofort. Da hörte er plötzlich ein seltsam schrilles Geräusch, das irgendwie nicht in den Wald zu passen schien. Einen Schrei. Er rannte in die Richtung, aus der der Schrei gekommen war. Rannte immer weiter. Musste auf allen vieren kriechen. Die Zweige um ihn herum bohrten sich in seine Haut. Hinterließen blutige Kratzer. Das Gestrüpp schien dichter und dichter zu werden. Äste und dornige Ranken wanden sich um seine Arme und Beine wie giftige Schlangen. Hielten ihn fest, zerrten an ihm.

»Nein! Lasst mich los«, schrie er.

Wenige Meter vor ihm saß ein großer schwarzer Vogel auf einem Zweig. Mit seinen dunklen Augen blickte er in Kekes Richtung.

»Hilfe!«, schrie Keke. Wollte kehrtmachen. Aber das Gestrüpp ließ ihn nicht los. Er hatte sich heillos darin verfangen. Der Vogel breitete seine großen Flügel aus. Ganz langsam. Dann hob er ab und flog direkt auf Kekes Gesicht zu. Schützend senkte Keke den Kopf zur Brust und schloss die Augen. Gerade als er den spitzen Schnabel jeden Moment auf seiner Haut erwartete, wachte er schweißgebadet auf. In einem Bett. Inmitten eines weißen Raumes. Und schrie aus Leibeskräften. Um sich nur Sekundenbruchteile später selbst die Hand auf den Mund zu drücken. So stark, dass die Fingerknöchel unter der Haut weiß hervortraten. Die Träume waren wieder da. Der Vogel durfte auf keinen Fall erfahren, dass er sich erinnerte.

7.

»Ich habe etwas Interessantes herausgefunden«, sagte Anders und legte einen Zettel vor Mikael auf den Schreibtisch. Sie befanden sich mittlerweile wieder in Mikaels Büro.

»Ich war noch mal auf der Website dieser Grundschule, die der Zeuge aus dem Zeitschriftenladen erwähnt hat. Dort arbeiten nicht nur Lehrer – es sind auch Praktikanten und Ehrenamtliche beschäftigt, die wir uns näher ansehen sollten. Ich hab eine Liste angefordert.«

»Hm«, brummte Mikael.

»Zwar ist heute Sonntag, aber ich hab den Rektor auf seiner Privatnummer erreicht«, fuhr Anders fort. »Er kümmert sich persönlich drum.«

Anders war sich ganz sicher gewesen, dass diese Information bei Mikael auf reges Interesse stoßen würde. Zu seiner Überraschung schien dieser jedoch nur mit einem Ohr zuzuhören.

»Danke, Anders«, murmelte er. »Der Ansatz ist jedenfalls gut«, fügte er nach einer Weile hinzu.

»Das klingt nach einem ›Aber‹, Mik? Wir wollen doch diesen ominösen Vogel finden. Und du hältst große Stücke auf die Angaben dieses Zeugen aus dem Kiosk.«

»Ja«, meinte Mikael. »Der Vogel ist der Schlüssel. Aber hat dieser Mann aus dem Zeitschriftenladen wirklich etwas damit zu tun? Der Typ hat doch nichts gemacht, außer Kinderzeitschriften zu kaufen.«

»Und zu einem Tatort zu fahren«, ergänzte Anders.

»Das stimmt zwar, kann aber auch Zufall gewesen sein«, sagte Mikael schnell.

»Ganz meine Rede«, meinte Anders verblüfft. »Aus meiner Sicht haben wir unseren Schuldigen ohnehin. Und der sitzt in einem weißen Raum in Gewahrsam.«

»Hm«, war Mikaels einzige Antwort. »Ich will diesen Vogel nach wie vor finden«, fügte er hinzu.

»Okay, Mik. Ich kenne dich. Raus mit der Sprache! Was denkst du wirklich?«, fragte Anders interessiert.

Mikael hob den Kopf und lächelte leicht. »Du kennst mich zu gut, Anders«, sagte er. Er atmete einmal geräuschvoll aus. »Wie findest du diesen Dr. Halonen?«

»Kekes Psychiater?«

»Ja.«

»Kompetent. Freundlich. Warum?«

»Keine Ahnung.« Mikael zuckte mit den Schultern. »Nur so ein Gefühl.«

»Und kannst du mir das näher erklären?«

»Nein.«

Anders zog die Augenbrauen nach oben. »Es ist manchmal wirklich schwer, deinen Gedankensprüngen zu folgen, Mik«, sagte er.

»Ich weiß. Aber du hast nachgebohrt«, erwiderte Mikael.

»Lass uns diesen Mann aus dem Kiosk finden«, meinte Anders. »Eins nach dem anderen.«

»In Ordnung«, antwortete Mikael versöhnlich und strich sich durch die Haare. Dann grinste er verschmitzt. »Aber das können die Kollegen übernehmen.«

»Was hast du vor, Mik?«

»Mich ein bisschen über diesen Arzt schlauzumachen.«

»Und wo?«, fragte Anders, der sah, dass Mikael sich bereits seine Jacke schnappte.

»An der Fachhochschule, an der er nebenher Vorlesungen gibt«, murmelte Mikael. »Du musst nicht mitkommen.«

»Dein Tempo ist mir zu schnell«, fluchte Anders.

»Du musst nicht mitkommen, habe ich gesagt.«

»Lass mich doch mal ausreden«, unterbrach ihn Anders. »Keine Alleingänge mehr. Und dabei bleibt es. Ich komme mit.«

8.

Sofia war zwischenzeitlich immer nervöser geworden. Warum rief Mikael Kohonen sie nicht zurück? Der Anruf von Yanis fiel ihr wieder ein. *Es ist noch nicht vorbei*, hatte er gesagt.

Schließlich hielt sie es nicht länger aus. Sie trank den letzten Schluck ihres längst erkalteten Kaffees aus und schlug kurz darauf die Wohnungstür hinter sich zu. Aus den Zeitungen wusste sie, dass ein Verdächtiger verhaftet worden war. Ein gewisser Keke Harju, der für die Entführung von Aarne verantwortlich war. Das beruhigte sie einerseits, andererseits brannte sie darauf, zu erfahren, ob dieser auch der Mann war, der Yanis entführt hatte.

Sie tippte eine kurze Nachricht an Mikael in ihr Handy ein:

Habe Sie nicht erreicht. Fahre jetzt zu Yanis. Gruß Sofia

Dann startete sie den Motor und fuhr los. Sie legte die Strecke zum Haus der Lodmans in erstaunlich kurzer Zeit zurück. Als sie klingelte, öffnete ihr Annika Lodman.

»Sie?«, fragte sie ungläubig. »Erst der Hauptkommissar und dann noch Sie? Wann hat das alles ein Ende?«

Sieh an, Mikael war also heute schon hier, dachte Sofia. Wahrscheinlich hatte er von ihr begleitet werden wollen. Aber sie hatte alles verschlafen.

258

»Ich möchte sehen, wie es Yanis geht«, sagte Sofia ruhig. Von dem gestrigen Anruf des Jungen erwähnte sie nichts. Yanis hatte heimlich Kontakt zu ihr aufgenommen. Und heimlich sollte der Kontakt auch bleiben.

»Er redet nicht viel, seitdem der Hauptkommissar ihm ein Foto unter die Nase gehalten hat«, murmelte Annika. »Aber kommen Sie rein.«

Sofia folgte ihr ins Wohnzimmer, wo Yanis auf dem Boden saß und lieblos ein paar Legosteine durch die Gegend schob. Als er Sofia bemerkte, sprang er freudig auf, lief auf sie zu und fiel ihr in die Arme. »Du bist da«, flüsterte er.

»Natürlich«, erwiderte Sofia und drückte ihn an sich. Dies alles unter den skeptischen Blicken von Annika Lodman.

»Wie geht es dir, Yanis?«

»Es geht so«, flüsterte dieser. »Simo ist böse mit mir.«

»Warum denn?«, fragte Sofia erschrocken.

»Weil ich nicht die Wahrheit sage.«

»Warum nicht? Warum sagst du nicht die Wahrheit?«

»Ich kann nicht. Ich habe Angst.«

»Dieser Mann«, hakte Sofia nach. »Der, den dir der Polizist vorhin gezeigt hat. Der sitzt jetzt im Gefängnis. Er kann dir nichts mehr tun.«

Yanis nickte zögerlich. Sofia nahm ihren Mut zusammen für die eine Frage, die nun unweigerlich gestellt werden musste.

»Ist dieser Mann auch der, der dich mitgenommen hat?«, fragte sie und sah, wie Yanis zusammenzuckte. Er schien eine Weile mit sich selbst zu ringen. Dann nickte er traurig.

9.

Mikael Kohonen und Loris Anders schritten durch breite Flure mit schönem Holzboden. Studierende waren an diesem Sonntag fast keine zu sehen. Nur ab und zu huschte jemand mit

Büchern in der Hand um die Ecke. Vermutlich auf dem Weg in die hauseigene Bibliothek. Um zu lernen.

»Hier fühlt man sich richtig alt«, flüsterte Anders.

»Du *bist* richtig alt«, erwiderte Mikael halblaut und grinste. Anders gab ihm einen kleinen Klaps auf die Schulter und setzte einen tadelnden Blick auf. Einige Meter vor ihnen war eine Reinigungskraft damit beschäftigt, den Boden zu wischen. Anders musste über ihren Eimer steigen, um an Mikaels Seite zu bleiben.

»Mit wem sind wir eigentlich verabredet?«, fragte er.

»Mit einem von Dr. Halonens Assistenten«, antwortete Mikael. Bereits im nächsten Moment deutete er auf einen jungen Mann am Ende des Ganges. Er war ordentlich gekleidet und lehnte schräg an einer Wand.

»Das muss er sein«, sagte Mikael. Er sollte recht behalten. Als sie näher kamen, richtete sich der Mann auf und reichte ihnen freundlich die Hand.

»Wir haben telefoniert«, sagte Mikael. Sein Gegenüber nickte.

»Ich tue Dr. Halonen immer gerne einen Gefallen«, sagte er. »Besonders, wenn es um so eine schöne und wichtige Angelegenheit geht.«

»Vielen Dank, dass Sie sich die Zeit nehmen.« Mikael lächelte freundlich und spürte Anders' fragende Blicke auf sich, die er gekonnt ignorierte.

»Ich bin heute sowieso hier, um an meiner Doktorarbeit zu schreiben«, erwiderte der Mann.

»Um sein Lebenswerk umfassend würdigen zu können, fehlen uns noch ein paar Informationen«, sagte Mikael ungerührt. Anders räusperte sich leise. *Was machst du da eigentlich, Mik*, schien das zu bedeuten.

»Nichts lieber als das. Was wollen Sie wissen?«, fragte der Assistent und rückte den Kragen seines weißen Poloshirts zurecht. Er war noch jung, vielleicht Mitte zwanzig. Trotzdem konnte man in seinem schütteren Haar bereits die ersten kahlen Stellen erkennen.

»Lebenslauf, Auszeichnungen, ehrenamtliche Tätigkeiten, Forschungsschwerpunkte. Alles, was Sie uns erzählen können.« Anders konnte es sich nicht verkneifen, sich nochmals zu räuspern. Diesmal lauter.

»Brauchen Sie ein Glas Wasser?«, fragte der Assistent freundlich.

»Nein, danke«, antwortete Anders streng.

Damit wandte sich der junge Mann wieder an Mikael, den er offenbar als Hauptansprechpartner ansah.

»Ich habe Ihnen hier schon eine kleine Aufstellung vorbereitet. Dr. Halonen ist wirklich der Beste. Er engagiert sich nicht nur in Lehre und Forschung, sondern darüber hinaus auch seit Jahren in der Jugendarbeit und ist in verschiedenen Richtungen ehrenamtlich tätig.«

»Ach ja?«, fragte Mikael nach.

»Ja. Ich kann ihn nur in den höchsten Tönen loben.«

»Worin besteht denn seine Jugendarbeit?«, fragte Mikael betont lässig nach.

»Er berät jugendliche Mobbingopfer, hält Vorträge über die Auswirkungen von Schulstress auf Kinder. Ach, so vieles!« Der Assistent deutete dabei wieder auf seine schriftliche Zusammenstellung. Mikael nickte freundlich. »Darf ich mich melden, wenn ich noch weitere Fragen dazu habe?«, fragte er.

»Natürlich, jederzeit.«

»Vielen Dank. Und Sie wissen ja. Das soll eine Überraschung werden. Also bitte kein Wort an Dr. Halonen.«

Der junge Mann grinste wissend. »Natürlich.«

Nachdem sie sich verabschiedet hatten, packte Anders Mikael an der Schulter, diesmal richtig kräftig.

»Was zum Teufel war das denn, Mik? Was hast du dem Typen erzählt?«

»Dass wir das Lebenswerk des Doktors mit einem Zeitschriftenbeitrag ehren«, erwiderte Mikael sachlich. »Tun wir ja auch. Also sein Lebenswerk gebührend würdigen. In unserer Akte.«

»Was denkst du dir dabei? Das gibt mit Sicherheit Ärger«, zischte Anders. »Wenn ich das gewusst hätte, wäre ich nicht mitgekommen.« Er verschränkte die Arme vor der Brust.

»Ganz ruhig, Anders. Ich wollte den werten Dr. Halonen eben überprüfen, ohne zu viel Staub aufzuwirbeln.«

»Der Mann ist ein Heiliger, Mik«, sagte Anders. »Das hast du ja wohl gehört.«

»Sieht so aus«, murmelte Mikael nachdenklich. »Sieht so aus.«

Während sie in Richtung Auto liefen, zog er sein Handy aus der Tasche. Erst jetzt bemerkte er die Nachricht darauf. Sie stammte von Sofia. *Verdammt!*

»Geh du schon mal vor, Anders. Ich muss noch telefonieren«, sagte Mikael und beobachtete, wie Anders sich ein paar Schritte weit entfernte. Mikael überflog die kurze Nachricht nochmals und wählte sofort Sofias Nummer. Bereits nach dem zweiten Klingeln nahm sie ab.

»Hallo, Mikael! Endlich erreichen wir uns«, waren Sofias erste Worte. »Es gibt da etwas Wichtiges, was ich Ihnen sagen muss«, sagte sie.

»Sie waren bei den Lodmans?«, fragte Mikael, obwohl sie das in ihrer Nachricht bereits erwähnt hatte.

»Ja. Und ich habe Yanis noch mal auf das Foto von Keke angesprochen, das Sie ihm gezeigt haben.«

»Und?«, fragte Mikael ungeduldig.

»Er hat Keke als seinen Entführer identifiziert.«

Für einen Moment herrschte absolute Stille in der Leitung. Mikael riss die Augen auf. Konnte das Gehörte kaum glauben.

»Sind Sie sicher?«, fragte er.

»Ja«, war ihre knappe Antwort.

Als Mikael schließlich den Dienstwagen erreichte, konnte Anders ihm sofort ansehen, dass irgendetwas nicht stimmte.

»Was ist, Mik?«, fragte er, immer noch genervt.

»Das war Sofia«, setzte Mikael an. »Yanis hat Keke auf dem Foto als seinen Entführer erkannt.«

Anders klatschte bei dieser Nachricht einmal freudig in die Hände.

»Ich wusste es, Mik. Ich wusste es! Keke ist unser Mann.«

Mikael stand regungslos da, fuhr sich mehrmals mit den Fingern durch die Haare.

»Keke entspricht überhaupt nicht Yanis' Beschreibungen«, murmelte er dabei und runzelte die Stirn. Man konnte sehen, wie es in seinem Kopf arbeitete.

»Er ist ein Kind. Und du hast selbst gesagt, wie widersprüchlich seine Beschreibungen waren. Wir haben unseren Mann. Mik, sieh es endlich ein! Einen Vogel gibt es nur in Kekes Fantasie«, erwiderte Anders.

Mikael warf einen Blick zurück zu der Hochschule und nickte langsam. Die Fakten sprachen wirklich eine eindeutige Sprache. Warum sein Bauchgefühl nach wie vor nicht dazu passen wollte, wusste er selbst nicht.

SOMMER 1985

Tagebucheintrag vom 6.8.

Heute war es so weit. Heute bin ich das erste Mal in meinem Leben freiwillig zu IHM gegangen. Mein Vater konnte es kaum glauben, dass er mich nicht dazu zwingen musste. Er sah sogar ein bisschen stolz aus. Das hat mich sofort geärgert. Ich war kurz davor, alles wieder hinzuschmeißen. Aber ich hatte ja einen Plan.

Mein Vater hat mich trotzdem hinbegleitet. Bis vor die verhasste weiße Eingangstür. Er traute mir nicht über den Weg. Vermutete eine neue Masche. Bevor mein Vater klingelte, umarmte ich ihn rasch. Er wusste überhaupt nicht, wie ihm geschah. Ich hatte Angst. Ja, große Angst.

Kaum war die Tür hinter uns zu, meinte ER, es gebe heute Cola. Danach. Ich nickte brav. Dann fasste ich meinen ganzen Mut zusammen.

»Kriegen die anderen Jungs auch Cola?«, fragte ich. ER riss seine Augen auf. Konnte meine Frechheit kaum glauben. »Zumindest haben sie mir das erzählt, die anderen«, fuhr ich fort. Er presste seine Lippen zu einem dünnen Strich zusammen. Dann lächelte er leicht.

»Raus mit dir«, sagte er leise. Aber ich hatte gerade erst angefangen. *Dir glaubt ohnehin keiner*, hatte er so oft zu mir gesagt. Unzählige Male. Und es stimmte.

»Weißt du was?«, fragte ich. »*Mir* glaubt keiner. Aber *uns* allen zusammen werden alle glauben«, schrie ich. Damit stürmte ich durch die Tür ins Freie. Ich spürte seinen bitterbösen Blick in meinem Rücken.

Montag

15. Juni 2015

1.

»Mist!«, fluchte Mikael Kohonen leise vor sich hin.

»Was ist?«, fragte Anders neben ihm sofort. Jeder von ihnen hatte eine Tasse mit dampfendem Kaffee vor sich stehen, aber noch keinen Schluck davon getrunken.

»Immer, wenn es in Simos Tagebuch spannend wird, geht es in der Geheimschrift weiter«, antwortete Mikael und knetete seine Nasenspitze. »Dabei habe ich wirklich das Gefühl, dass uns gerade die verschlüsselten Zeilen ein großes Stück weiterbringen würden.«

»Setz doch mal unsere Profis darauf an«, schlug Anders vor. »Also auf den Code.«

»Das hab ich längst. Die sind dran. Bisher keine Rückmeldung.«

Mikael stieß sich mit seinem Stuhl heftiger als beabsichtigt nach hinten und stöhnte leise. »Ich hake da noch mal nach. Ich meine, wie schwer kann es schon sein, die Geheimschrift eines Kindes zu entziffern?«, fragte er halblaut.

»Ich habe irgendwie das Gefühl, dass dieser Simo alles andere als auf den Kopf gefallen war«, sagte Anders nachdenklich. Mikael konnte dazu nur nicken. Der Junge hatte verdammt viele Hinweise hinterlassen. Umso mehr ärgerte es Mik, dass er nicht fähig war, sie alle zu einem Gesamtbild zusammenzusetzen. Zumindest noch nicht.

Erneut versank Mikael in seinen Gedanken. Dass Anders neben ihm telefonierte, nahm er, wenn überhaupt, nur als dumpfes Hintergrundgeräusch wahr. Es dauerte allerdings nicht lange, da holte Anders ihn mit seinen Worten wieder ins Hier und Jetzt.

»Ich habe in der Grundschule noch niemanden erreicht«, berichtete er. »Aber ich besorge die Liste der Praktikanten und Ehrenamtlichen, die mir der Rektor zugesagt hat«, fuhr er bestimmt fort. »Und zwar heute noch.«

»Ja, mach das mal, Anders«, bestärkte ihn Mikael.

»Keke ist noch nicht vernehmungsfähig«, brummte Anders, der Mikaels vorherige Gedanken erraten haben musste. »Er musste wieder ruhiggestellt werden, stand offenbar vollkommen neben sich.«

»Wer hat dir das gesagt?«, fragte Mikael.

»Eine Mitarbeiterin von Dr. Halonen hat vorhin in seinem Auftrag angerufen. Er weiß nicht, wann eine richtige Vernehmung möglich sein wird.«

»Soso«, flüsterte Mikael. Anders sah streng aus. »Mach keinen Blödsinn, Mik, bitte!« Er fasste ihn bei der Schulter. »Keke ist unser Mann. Daran gibt es keine Zweifel.«

»Hm«, machte Mikael. Und stand auf. »Ich muss noch kurz was erledigen, bin gleich wieder da.«

»Soll ich mitkommen, Mik?«

»Keine Sorge, ich gehe nicht außer Haus«, antwortete Mikael. »Bleib du lieber an deinen Recherchen dran.«

Wenig später klopfte Mikael an die Tür seiner Vorgesetzten Susanna Anttila und wurde forsch hineingebeten.

270

»Ah, Mikael«, brummte Anttila, als sie ihn sah. »Was gibt es Neues?«

»Wir sind dran, Chefin. Gehen jedem Hinweis nach«, berichtete Mikael pflichtgemäß. Anttilas Antwort war ein Seufzen, dazu leise gemurmelte Worte, die er nicht verstand. Bei näherer Betrachtung sah ihre Frisur ein wenig zerzaust aus, der Pferdeschwanz saß nicht ganz so akkurat wie sonst.

»Aber deswegen sind Sie wohl nicht gekommen, oder?«, fügte sie ein wenig versöhnlicher hinzu. *Sie steht unter Volldampf,* ging es Mikael durch den Kopf.

»Ich habe da eine Frage«, setzte er vorsichtig an.

»Ja?« Anttilas ungeteilte Aufmerksamkeit war ihm jetzt sicher.

»Ich würde gerne noch mal mit Keke reden«, sagte er. »Aber allein. Ohne seinen Arzt.«

Anttila musterte ihn aufmerksam.

»Weshalb?«, fragte sie überrascht.

»Ich denke, er würde freier reden«, antwortete Mikael.

Seine Chefin rümpfte die Nase. »Vergessen Sie es, Mikael. Um Halonen kommen Sie nicht herum. Er ist der Gutachter«, sagte sie schroff. »Uns dürfen in dieser Sache keinesfalls verfahrensrechtliche Fehler unterlaufen. Also hören Sie gefälligst auf den Mann.«

Mikael nickte mühsam. Diese Antwort hatte er befürchtet. Das bedeutete, dass er sich etwas anderes einfallen lassen musste, um mit Keke allein zu sprechen.

2.

Keke war nach wie vor gefangen in einem Nebel aus Träumen und Übelkeit. Stöhnend wälzte er sich in seinem Bett hin und her. War immer wieder für Momente wach, schaffte es aber nicht, sich aufzurichten. *Wo bin ich,* dachte er. Dann sah er den weißen Raum um sich herum und war kurz davor, einen Gedanken zu fassen. Sekunden später nickte er wieder weg. Und der Gedanke entglitt ihm wie ein feuchter Fisch. Kaum hatte er die Augen geschlossen, kamen die finsteren Träume zurück. Schlugen ihre Klauen tief in seinen Kopf. Er rannte durch den Wald. Allein. Der weiche Waldboden dämpfte seine Schritte. Um ihn herum war es still, ganz still. Dann ein Schrei. Durchdringend und laut. Er kämpfte sich durch das Dickicht. *Aua, die Zweige!* Blut rann an seinem Arm hinab. *Egal, weiter.* Und dann hatte er es plötzlich geschafft. Die dichten Büsche lagen hinter ihm. Er sah einen kleinen Platz. Und einen alten Brunnen.

In diesem Moment riss Keke die Augen auf. Er fror. Schaffte es aber nicht, das Laken über sich zu ziehen. Als er draußen Schritte hörte, schloss er ängstlich wieder seine Augen.

»Geh weh, geh weg«, flehte er leise. Er lag so still da, wie er nur konnte. Bewegte keinen einzelnen Muskel. Wollte sich schlafend stellen.

Forsch wurde die Tür geöffnet. Keke wagte es kaum, zu atmen. Hielt seine Augen fest geschlossen. Er wusste auch so, wer hereingekommen war. Er konnte es am Atmen hören, an der Art, wie die Person ihn still belauerte. *Geh weg, geh weg!*

Der Vogel stand lange im Raum. Beobachtete ihn ausgiebig. Schweigend. Irgendwann war sich Keke nicht mehr sicher, ob er wirklich noch da war. Konnte es sein, dass er längst wieder allein war? Hatte er die Tür nicht gehört, als sie geschlossen worden war? Der Drang, kurz nachzusehen, wurde übermächtig. Und schließlich öffnete Keke vorsichtig die Augen. Der Vogel stand direkt über ihn gebeugt, das Gesicht zum Greifen nah. Und grinste. In der Hand hatte er eine Spritze.

»Nein!«, brüllte Keke aus Leibeskräften. Aber noch bevor er fähig war, sich zu bewegen, raste die Spritze auf seinen Hals zu. Wurde unbarmherzig und kräftig hineingerammt.

»Schlaf gut, Keke«, flüsterte der Vogel dazu.

3.

Mikael Kohonen riss die Tür zu seinem Büro auf. Und erschrak, als er Anders sah. Sein Kollege saß an dem runden Tischchen, das Mikael seit Jahren nur als Ablagefläche benutzte. Es war vielleicht einmal dazu gedacht gewesen, Besuch zu empfangen. Einen Kaffee gemeinsam zu trinken. Aber das geschah hier nie. Mikael hatte lieber seine Ruhe.

»Hast du kein eigenes Büro?«, fragte er mit einer gewissen Ironie in der Stimme.

»Ich habe auf dich gewartet. Du wolltest ja gleich wieder da sein«, antwortete Anders ruhig. Er hatte die Beine übereinandergeschlagen und offenbar nicht vor, aufzustehen.

»Du wolltest also sehen, ob ich wirklich gleich wiederkomme«, brummte Mikael und kniff seine Augen zusammen. »Ziemlich schlau.«

»So bin ich eben«, erwiderte Anders lachend. »Außerdem hat man von deinem Büro aus den besseren Ausblick.«

Mikael verdrehte theatralisch die Augen. Dann setzte er sich an seinen Schreibtisch. »Und wie lange hast du vor, noch hierzubleiben?«, fragte er.

Anders hatte begonnen, etwas auf seinem Laptop zu studieren, und ignorierte diese Frage. »Ich warte auf die Liste. Sie müsste demnächst per Mail kommen«, sagte er stattdessen.

»Okay«, brummte Mikael. So schnell würde er Anders offenbar nicht loswerden. Dann konnte er genauso nachhelfen. Mikael nahm sein Handy zum Ohr.

»Was machst du jetzt?«, fragte Anders.

»Meinem Bauchgefühl folgen«, erwiderte Mikael und hob seinen Zeigefinger an die Lippen, als Zeichen, dass Anders leise sein sollte.

»Ja, hier spricht Hauptkommissar Mikael Kohonen. Ich möchte mit Dr. Halonen sprechen, bitte. Ja, ich warte.«

»Ich hab dir doch gesagt, das Keke nicht vernehmungsfähig ist«, zischte Anders leise.

»Ich will es aber selbst hören.«

Nach einer Weile hatte Mikael den Arzt offenbar in der Leitung. Er stellte das Telefon auf Lautsprecher, sodass Anders jedes Wort mithören konnte.

»Was kann ich für Sie tun?«, fragte Halonen, freundlich, aber kurz angebunden. Es wirkte, als wollte er das Gespräch so kurz wie möglich halten.

»Ich störe Sie nur ungern«, sagte Mikael. »Aber wir müssen wirklich dringend mit Keke Harju sprechen.«

Am anderen Ende der Leitung herrschte Schweigen.

»Ich habe Ihrem Kollegen schon ausrichten lassen, dass der Patient im Moment nicht vernehmungsfähig ist«, ertönte es schließlich aus dem Lautsprecher.

»Weshalb, wenn ich fragen darf? Gestern wirkte Keke Harju recht munter.«

Mikael konnte förmlich spüren, wie sehr Halonen diese Aussage reizte. »Er hat sich nach Ihrem Besuch sehr aufgeregt«, sagte er betont beherrscht. »Und musste wieder sediert werden.«

»Schläft er jetzt seit gestern durch?«, fragte Mikael überrascht.

»Mehr oder weniger«, antwortete Halonen und Mikael spürte zum ersten Mal eine gewisse Unsicherheit bei dieser Aussage.

»Gibt es noch einen anderen behandelnden Arzt?«, fragte Mikael.

»Nein, warum?«, brummte der Psychiater. »Es gibt nur mich.«

»Ich meine ja nur«, sagte Mikael unschuldig.

»Hören Sie, Herr Hauptkommissar. Ich kann mich gerne melden, sobald Keke aufwacht.«

Mikael konnte das süffisante Grinsen von Dr. Halonen beinahe hören. Zumindest sah er es bildlich vor sich. Der Arzt fühlte sich eindeutig in der Übermacht. Und das war er wohl auch. »Aber jetzt muss ich leider weiterarbeiten. Ich habe noch zahlreiche weitere Patienten«, sagte er.

»Natürlich«, säuselte Mikael, dann legte er auf.

»Und was hat das jetzt gebracht?«, fragte Anders.

»Ich finde den Typen seltsam«, erwiderte Mikael. »Und warum muss Keke andauernd sediert werden? Das ist doch nicht normal.«

»Wenn er eine Gefahr für sich oder andere ist, dann schon.«

Mikael blickte eine Weile lang aus dem Fenster in den blauen Himmel.

»Frag doch Sofia um Hilfe«, meinte Anders.

»Das hab ich schon«, antwortete Mikael. »Sie kennt Dr. Halonen zwar vom Hören, kann aber sonst nichts ausrichten.«

Er machte eine Pause.

»Du musst was für mich erledigen«, sagte er dann.

»Und was?«, fragte Anders stirnrunzelnd. Er kannte diesen speziellen Gesichtsausdruck von Mikael. Er legte ihn immer dann auf, wenn er um etwas bitten wollte, das irgendwie nicht ganz richtig war. Jetzt lächelte er ein wenig.

»Du wolltest doch die Wahrheit sagen«, erinnerte er Anders spöttisch. »Und das machen wir jetzt.«

»Warum ahne ich nur, dass dabei nichts Gutes rauskommen wird?«, fragte Anders skeptisch. Mikael fuhr unbeirrt fort.

»Du gehst in die Hochschule zu Dr. Halonens Assistenten. Und gibst dich als Polizist zu erkennen, wie du es gestern schon wolltest«, sagte er. »Außerdem sagst du, dass du sein Büro durchsuchen willst. Und gegebenenfalls einen Durchsuchungsbeschluss erwirken kannst.«

»Aber das stimmt doch gar nicht, Mik.«

»Das weiß ich selbst. Aber du sollst es *sagen*, Anders.«

»Und dann?«

»Dann wird Dr. Halonen angelaufen kommen, jede Wette.«

»Und was machst du?«

»Ich gehe einstweilen zu Keke. Und hoffe, dass er ansprechbar ist.«

4.

Keke hatte mittlerweile gewaltig Angst. Ihm war so heiß. Alle Laken waren durchgeschwitzt. *Ich komme hier nicht mehr raus*, dachte er. *Ich sterbe hier, in diesen weißen Wänden.* Er versuchte, die Hand zu heben. Wollte seine Stirn befühlen. Aber es gelang ihm nicht. Seine Muskeln gehorchten ihm nicht mehr. Eine kleine Ewigkeit lag er mit geschlossenen Augen da. Lauschte seiner Atmung, die ihn daran erinnerte, dass er am Leben war. Noch. Da hörte er von draußen vor der Tür eine vertraute Stimme. Spielte sein Gehirn ihm mittlerweile Streiche? Er konnte kaum noch zwischen Traum und Realität unterscheiden. Wieder hörte er sanfte Worte.

»Darf ich wirklich nicht zu ihm?«, fragte sie. Elvi. Sie war es, seine liebe Elvi. Er freute sich so über ihre Anwesenheit, dass sein Herzschlag sich spürbar beschleunigte.

»Aber ich kenne ihn. Er vertraut mir. Ich will nur kurz nach ihm sehen«, sagte sie. Treue Elvi. Auf sie war wirklich Verlass. Sie ließ ihn nicht im Stich.

Sekunden später wurde der Schlüssel im Schloss gedreht. Das war seine Chance. Seine Chance, hier rauszukommen. Er musste sich bemerkbar machen. Und zwar sofort. *Schrei, Keke*, befahl er sich selbst, weil ihm nichts Besseres einfiel. Aber er schaffte es nicht einmal, seinen Mund zu öffnen.

»Er schläft«, murmelte sie, etwas enttäuscht.

Nein, verdammt! Ich schlafe nicht. Ich bin doch wach. Ich kann dich doch hören. Keke bündelte alle seine Kräfte. Aber zu mehr als einem müden Zucken war er nicht fähig. Er nahm wahr, dass seine Betreuerin sich jetzt ganz nah zu ihm herunterbeugte. »Keke, ich bin hier. Ich bin für dich da, egal, was du getan hast«, flüsterte sie. Elvi verharrte noch einen Moment in dieser Stellung. Er konnte das blumige Shampoo riechen, das sie benützte. Und ihren minzigen Atem riechen.

»Ich komme in ein paar Tagen wieder«, sagte sie schließlich. Dann richtete sie sich wieder auf.

Nein, geh nicht weg, flehte Keke still. *In ein paar Tagen bin ich nicht mehr hier.*

»Was denken Sie, wann er aufwachen wird?«, hörte Keke sie noch fragen, bevor sie den Raum verließ. Und die Tür mit einem metallischen Klicken wieder verschlossen wurde.

Nein, bitte, nicht gehen. Bitte! Ich muss noch etwas erzählen. Etwas Wichtiges. Über den Schrei. Und den Brunnen. Ich bin es Simo schuldig. Eine kleine Träne lief über Kekes Backe hinab bis zu seinem Kissen. Aber es war niemand mehr da, der dies hätte sehen können.

5.

Mikael Kohonen wartete im Wagen und starrte auf sein Telefon. Mit den Fingern seiner linken Hand trommelte er nervös auf dem Lenkrad herum.

»Was treibst du so lange, Anders?«, flüsterte er. Von Zeit zu Zeit sah er in die Krone eines der Bäume, die neben dem Parkplatz wuchsen. Die Blätter bewegten sich leicht im Wind und wirkten irgendwie beruhigend auf ihn. Den Hintergrund bildete ein unverschämt strahlend blauer Himmel. Eine Weile hatte Mikael so dagesessen, da klingelte endlich sein Handy.

»Verdammt, Anders, was dauert da so lange?«, zischte Mikael in den Hörer.

»Ich hab hier ordentlich Staub aufgewirbelt«, sagte Anders und klang dabei, als fühle er sich nicht wohl in seiner Haut. »Es hat sich übrigens herausgestellt, dass Dr. Halonens Assistent nebenbei Jura studiert und die Rechtslage ziemlich genau kennt«, brummte er. »Natürlich besteht er auf einem Durchsuchungsbeschluss für das Büro seines Chefs und macht nichts freiwillig mit.«

»Mist!«, fluchte Mikael.

»Trotzdem habe ich ein wenig Druck erzeugt. Und habe ihn gerade telefonieren sehen. Warten wir's mal ab.«

»Danke, Anders. Auf dich ist Verlass«, erwiderte Mikael und legte auf. Dann schielte er auf Dr. Halonens Auto, das unweit von seinem Standplatz parkte. Sein Gefühl sagte ihm, dass es klappen würde. Niemand sah gerne tatenlos zu, wie seine Sachen von der Polizei durchwühlt wurden. Schon gar nicht jemand wie dieser Arzt, der einen echten Ruf zu verlieren hatte.

Tatsächlich sah er kurze Zeit darauf einen Mann im weißen Arztkittel in Richtung Parkplatz eilen. Es war Dr. Halonen, der offenbar irgendeinen Seitenausgang benützt hatte. Jedenfalls war er nicht durch die gläsernen Schiebetüren des Haupteingangs gekommen. Mit finsterem Gesichtsausdruck hastete er zu seinem dunkelgrauen VW. *Volltreffer*, dachte Mik und konnte ein kleines Gefühl des Triumphes nicht unterdrücken. Er durfte jetzt keine Zeit verlieren. Sobald Halonen mit seinem Auto außer Sichtweite war, stieg er aus und ging im Laufschritt auf das graue Gebäude zu. Er musste dabei an den armen Anders denken, der dem Löwen quasi lebendig zum Fraß vorgeworfen wurde. Und er betete innerlich, dass er bei diesem riskanten Besuch etwas Brauchbares herausfinden würde. Denn ansonsten würden sie beide Ärger bekommen. Und zwar mächtigen.

Was Mikael als Erstes erblickte, nachdem er den Bau durch die gläserne Schiebetür betreten hatte, war die blonde junge Frau am Empfangstresen. Es war dieselbe, die ihn bereits bei seinem letzten Besuch begrüßt hatte. Heute blickte sie jedoch deutlich missmutiger drein. Eine dicke Falte durchzog die Mitte ihrer ansonsten glatten Stirn, als sie konzentriert auf ihre Tastatur einhämmerte. *Das fängt ja gut an*, dachte Mikael. Er fuhr sich ein letztes Mal durch die Haare, bevor er näher an die Frau herantrat.

»Guten Tag! Kennen Sie mich noch?«, fragte er. »Hauptkommissar Mikael Kohonen«, fuhr er fort und hielt ihr seinen Dienstausweis unter die Nase, nachdem sie ihn ein paar Momente lang verständnislos angestarrt hatte.

»Ja, bitte?«, fragte sie dann und bemühte sich, ein etwas freundlicheres Gesicht zu machen.

»Ich muss sofort zu Keke Harju. Es ist ein Notfall«, sagte Mikael. Er versuchte dabei, möglichst viel Autorität in seine Stimme zu legen und möglichst wenige Details zu nennen, die ihn später Kopf und Kragen kosten würden.

»Oh«, stammelte die Frau überrascht. »Dr. Halonen hat gerade das Haus verlassen.«

»Das macht nichts, ich muss ja zu Herrn Harju. Nicht zu Dr. Halonen«, erwiderte Mikael und konnte sich ein kleines Lächeln nicht verkneifen. Die Blondine schien zu überlegen. »Ich rufe einen Pfleger«, sagte sie schließlich. Mikael nickte und vertrieb sich die kurze Wartezeit damit, die vielen eingerahmten Fotos und Urkunden an den Wänden zu betrachten. Dr. Halonen hatte über die Jahre wirklich viel geleistet. Ehrenamtliche Arbeit hier. Forschungspreise da. Er schien das Aushängeschild dieser Klinik zu sein.

Als ihm schließlich jemand von hinten die Hand auf die Schulter legte, zuckte Mikael erschrocken zusammen.

»Entschuldigen Sie, ich wollte Sie nicht erschrecken«, sagte eine freundliche Stimme. Ein fülliger Mann Anfang dreißig stand vor Mikael. Er hatte ein vertrauenerweckendes Gesicht.

»Ich muss zu Keke Harju. Und zwar sofort«, wiederholte Mikael sein Anliegen. Der Pfleger runzelte die Stirn.

»Dr. Halonen hat Anweisung gegeben, niemanden zu Keke zu lassen«, sagte er und es klang, als täte ihm diese Antwort selbst leid.

»Es handelt sich um einen absoluten Notfall. Sie wollen doch nicht die Polizeiarbeit behindern?«, fragte Mikael und blickte seinem Gegenüber dabei direkt in die Augen. Der Mann schüttelte langsam den Kopf. Dennoch schien er nicht überzeugt zu sein. »Ich denke, Keke schläft ohnehin«, sagte er etwas unsicher.

»Ich würde gerne nachsehen, wenn es recht ist«, erwiderte Mikael bestimmt.

Wenig später folgte er dem Mann den Flur entlang zu Kekes Zimmer. Dabei hatte dieser sein Handy in der Hand und versuchte sicherlich, seinen Chef zu erreichen.

»Fünf Minuten«, stieß er nervös hervor. »Und ich bleibe hier stehen.«

»Alles klar«, antwortete Mikael und machte innerlich drei Kreuze, überhaupt so weit gekommen zu sein. Er trat an Kekes Bett heran, der friedlich zu schlafen schien. Mikael beugte sich vorsichtig über ihn.

»Hallo, Keke«, flüsterte er. »Ich bin es. Mikael von der Polizei. Ich möchte dir gerne helfen.«

Nachdem Mikael diese Worte ausgesprochen hatte, öffnete Keke so plötzlich und ruckartig seine Augen, dass Mikael fast aufgeschrien hätte. Im letzten Moment schaffte er es, sich zu beherrschen.

»Ich …«, versuchte Keke zu sagen. Weiter kam er nicht. Mikael ließ ihm Zeit. Er schien sehr erschöpft zu sein.

»Ich habe Angst«, flüsterte Keke schließlich mühsam. Seine Stimme klang heiser und trocken.

»Alles ist gut«, sagte Mikael. »Aber du musst mir helfen.« Keke rührte sich nicht. Aber seine großen braunen Augen starrten Mikael erschrocken an.

»Der Vogel …«, sagte Keke und seine Augen schienen den Raum abzusuchen. So als würde er jeden Moment damit rechnen, angegriffen zu werden.

»Ich glaube dir«, erwiderte Mikael. Keke schienen diese Worte sehr zu beruhigen. Seine Atmung wurde gleichmäßiger und das leichte Zittern seines Körpers hatte aufgehört. Dennoch war er offenbar nicht in der Lage, sich aufzusetzen.

»Kannst du mir seinen Namen sagen?«, fragte Mikael, so leise er konnte. Kekes Augen wanderten zu dem Pfleger in der Tür, der ihn unverhohlen musterte. Jedes seiner Worte aufsog.

»Nein«, hauchte er dann.

»Ist okay«, beruhigte ihn Mikael. Er konnte hören, wie hinter seinem Rücken ein Handy klingelte und der Pfleger abnahm. Verdammt, er musste sich wohl beeilen.

»Keke …«, setzte er erneut an. Aber Keke kam ihm zuvor, unterbrach ihn. »Ich muss reden«, stammelte er.

»Was willst du sagen?«, fragte Mikael. Hinter ihm hörte er den Pfleger mit jemandem telefonieren. Leise gemurmelte Worte, die nichts Gutes verhießen.

»Simo«, flüsterte Keke schließlich. »Der Brunnen, der Schrei.«

»Du warst dort?«, fragte Mikael überrascht. »Als Simo in den Brunnen gefallen ist? Damals?«

Keke nickte kaum merklich.

»Ich muss Sie jetzt bitten, zu gehen«, sagte eine strenge Stimme hinter Mikael. Es war der Pfleger und er klang wütend. Sicherlich hatte er sich zwischenzeitlich mit Dr. Halonen kurzgeschlossen.

»Nur noch einen Moment«, murmelte Mikael und wandte sich wieder Keke zu. *Nur noch ein kleiner Moment.*

»War noch jemand dort? Hast du jemanden gesehen?«, fragte er und merkte selbst, wie hastig er sprach.

Keke starrte an die Decke. Er antwortete nicht. Und Mikael ging die Zeit aus.

»Ich weiß nicht, was das hier wird. Aber Sie müssen jetzt gehen«, sagte der Pfleger nochmals und trat einen Schritt in den Raum hinein. »Dr. Halonen meint, dass durch Ihr Handeln für den Patienten eine ernsthafte Gefahr besteht!«

»Ich bin so gut wie weg«, sagte Mikael und hob entschuldigend beide Hände in die Höhe. »Keke braucht nur ein Glas Wasser«, versuchte er abzulenken. Aber der Mann war nicht auf den Kopf gefallen. »Gehen Sie jetzt!«, zischte er erneut.

»Bitte, Keke«, flüsterte Mikael eindringlich. »Bitte sag was. Ich kann dir sonst nicht helfen.« Er hatte dabei eine Hand auf Kekes Schulter gelegt.

Da richtete Keke seinen Blick direkt auf ihn. »Ja, da war noch jemand anderes bei ihm«, sagte er.

»Wer, Keke. Wer?«, entfuhr es Mikael lauter als beabsichtigt.

»Ich weiß es nicht mehr«, stöhnte Keke. Mikael dachte fieberhaft nach. Er durfte nicht mit leeren Händen hier rausgehen. Das hätte Anders ihm nicht verziehen. *Denk nach, Mik, denk nach!*

Keke hatte Simo gekannt. Offenbar besser, als Mikael vermutet hätte. Bei diesem Gedanken kam Mikael eine spontane Idee. Er zog einen Zettel aus seiner Tasche.

»Kannst du damit etwas anfangen, Keke?«, fragte er schnell. Es war ein Ausschnitt aus Simos Tagebuch. Geschrieben in Geheimschrift. Keke betrachtete den Zettel neugierig, noch immer liegend. Seine Augen flogen über das Papier. Hin und her. Dann lächelte er. Mikael beugte sich hinunter und legte sein Ohr ganz nah an Kekes Mund. Konnte dessen feuchte Lippen spüren. Und verstehen, was ihm Keke zuflüsterte.

In diesem Moment legten sich zwei Hände auf Mikaels Rücken. Schwer und unnachgiebig.

»Ich gehe ja«, brummte er und steckte den Zettel schnell wieder ein. Sein Herz raste so schnell, dass er Angst hatte, es könnte ihn verraten. »Danke«, formte sein Mund still in Richtung Keke. Dann wurde er unsanft nach draußen begleitet.

6.

Loris Anders schwitzte. Und fühlte sich an die Wand gedrängt. Er stand Dr. Halonen und dessen Assistenten gegenüber und ließ seit Minuten deren zornige Ausbrüche über sich ergehen.

»Nein, das haben Sie vollkommen falsch verstanden«, sagte Anders gerade und hob beschwichtigend seine Hände. »Wir sammeln einfach Daten. Und zwar über alle Menschen im Umfeld des verdächtigen Keke Harju.«

»Und warum über mich, wenn ich fragen darf?«, schimpfte Dr. Halonen. »In meinen Räumlichkeiten befinden sich sensible Patientendaten, Herrgott noch mal!«

»Und wo ist jetzt überhaupt Ihr Durchsuchungsbeschluss?«, fragte Halonens Assistent und schob seine Brille zurecht.

»Ich habe nicht gesagt, dass ich zum jetzigen Zeitpunkt einen habe«, stammelte Anders. »Ich habe auf Ihre Kooperation gezählt.«

»Kooperation«, schnauzte Halonen und musste beinahe husten, so sehr spuckte er Anders dieses Wort entgegen. »Eine Kooperation wird es meinerseits nicht geben, haben Sie mich da verstanden?« Der Arzt blickte ihn aus starren und unnachgiebigen Augen an. Und plötzlich konnte Anders es auch spüren. Etwas Böses lag in Halonens Blick. Ohne dass er genau hätte sagen können, was. *Du machst mich noch total verrückt, Mik*, dachte er.

»Chef, ich muss zur Vorlesung«, sagte Halonens Assistent.

»Natürlich«, erwiderte dieser freundlich.

»Ich muss dann auch mal …«, setzte Anders an. Aber Dr. Halonen packte Anders bei der Schulter, bevor er sich wegdrehen konnte.

»Ich weiß genau, was Sie vorhaben«, zischte er. »Und ich werde es nicht zulassen.«

»Was meinen Sie?«, fragte Anders und schüttelte Halonens Hand ab.

»Sie werden nicht meinen Ruf ruinieren. Nicht mein Lebenswerk. Mit Ihren Verunglimpfungen«, grunzte Halonen, wobei tatsächlich etwas Speichel in Anders Richtung flog. Anders konnte die Bedrohung, die von diesem Mann ausging, förmlich mit den Händen greifen. *Hier stimmt etwas ganz und gar nicht,* schlussfolgerte er für sich selbst.

»Das wird Konsequenzen für Sie haben. Sie wissen nicht, wen Sie vor sich haben!«, fuhr Halonen fort.

»Wen denn?«, fragte Anders unschuldig.

Halonen funkelte ihn aus dunklen Augen an. »Ich bin nicht dumm. Ich weiß, dass Ihr Partner bei Keke war.«

»Er ist nun mal unser Verdächtiger«, sagte Anders und zuckte mit den Schultern.

»Er ist nicht zurechnungsfähig«, erwiderte Halonen barsch.

»Ist das Ihr endgültiges Gutachten?«, fragte Anders und machte auf dem Absatz kehrt. Er hatte selten ein so beklemmendes Gefühl in der Brust gespürt.

7.

Mikael Kohonen schritt hastig den Gang entlang zu seinem Büro. Dabei murmelte er leise, unverständliche Worte vor sich hin. Er war vollkommen in seine Gedankenwelt versunken. Zwei Kollegen, die sich an ihm vorbeidrückten, betrachteten ihn neugierig und etwas skeptisch. Er grüßte sie nicht. Mikael wusste, dass es Verhaltensweisen wie diese waren, die ihn bei einigen Kollegen nicht gerade beliebt machten. Aber er konnte nicht aus seiner Haut hinaus. Wenn ihn ein Fall in seinen Bann gezogen hatte, vergaß er beinahe alles andere um sich herum. Und Small Talk war ohnehin noch nie seine Stärke gewesen.

Mikael ging zum Fenster und kippte es. Spürte dankbar den leichten, warmen Windhauch, der hereinzog. Dann ließ er sich mit seinem vollen Körpergewicht in den alten Bürosessel fallen, der vertraut knarrte. Er zog einige Kapitel aus Simos Tagebuch hervor und studierte aufmerksam die Scans der Originalseiten. Wie schon so viele Male zuvor. Es waren scheinbar nur lose aneinandergereihte Buchstaben, Anfangsbuchstaben von Wörtern, dazwischen immer wieder Abstände, als würde etwas fehlen. Hier und da auch einzelne, aus dem Zusammenhang gerissene Wörter wie »verdammte« und »Monster«. Und unten rechts eine Zahl: 233. Wie oft hatte er schon davorgesessen und fieberhaft überlegt. Die Buchstaben und Zahlen so lange betrachtet, bis sie vor seinen Augen verschwommen waren. Aber jetzt, nach Kekes Hinweis, ergab plötzlich alles einen neuen Sinn. Keke hatte zwar nur ein paar Worte geflüstert, aber Mikael war es sofort wie Schuppen von den Augen gefallen. Die Lösung, die die ganze Zeit irgendwie vor ihm gelegen hatte. Und doch auch unerreichbar gewesen war. Ohne Insiderwissen.

Mikael lehnte sich ein wenig zurück. Alles, was er jetzt noch tun musste, war, zu warten. In der Hoffnung, dass Kekes Hinweis tatsächlich so bahnbrechend war, wie er es vermutete. Er schloss für einen Moment seine müden Augen. Verschränkte die Arme vor der Brust. Ruhe hüllte ihn ein. Erst als ein junger Kollege leise an seine offen stehende Tür klopfte, schreckte er wieder hoch. War er tatsächlich eingenickt?

»Ich habe das Buch besorgt, das Sie wollten«, sagte er.

»Vielen Dank«, erwiderte Mikael und stand langsam auf. Er nahm das alte, gebundene Buch in Empfang und strich mit seiner Hand über den Deckel. Ohne sich weiter um den Mann zu kümmern, wiegte er es in seiner Hand hin und her.

»War gar nicht so leicht zu finden. Ich musste in die Bibliothek fahren«, sagte der Kollege.

»Danke«, flüsterte Mikael noch einmal. Es war kein besonders berühmtes Buch. Er hatte jedenfalls noch nie etwas davon gehört. Aber der Titel war bezeichnend: »Mika und der Zaubervogel«. Es war dieser Kinderroman, den Keke zuvor erwähnt hatte. Woher er diese Information hatte, blieb für Mikael ein Rätsel. Er musste Simo besser gekannt haben, als sie es bisher vermutet hatten. Der Ausblick darauf, die fehlenden Stellen anhand dieses Buches entschlüsseln zu können, ließ ihn solche Fragen für den Moment ausblenden.

Mikael nahm erneut Platz, diesmal saß er äußerst aufrecht in seinem Stuhl und betrachtete den ersten Scan aus Simos Tagebuch aufmerksam. Die Zahl 233 unten rechts stach ihm dabei ins Auge. Dabei konnte es sich um eine Seitenzahl aus dem Buch handeln, dachte er gespannt. Und schlug die Seite 233 in »Mika und der Zaubervogel« auf. Zunächst überflog er die Seite im Buch, konnte allerdings nichts Außergewöhnliches entdecken. Dann nahm er den Scan von Simos Tagebuchseite und hielt ihn gegen das Licht. Das Papier war auf diese Weise leicht durchscheinend. Er legte es über die Buchseite, konnte ohne Lichtquelle hinter dem Blatt allerdings nichts erkennen. Außerdem stimmte das Größenverhältnis nicht so ganz. Mikael setzte sich an seinen Computer, rief die entsprechenden Dateien auf. Er verkleinerte den Scan der Originalseiten etwas und druckte sie erneut aus. Dann eilte er in den Flur zum großen Kopierer und fertigte einen Abzug der entsprechenden Seite des Kinderromans an. Ein wenig musste er beide Papiere noch mit der Schere zurechtschneiden. Dann legte er die Seiten übereinander an sein Bürofenster, wodurch natürliches Licht von hinten hindurchschien. Und konnte seinen Augen kaum trauen. Überall dort, wo ein Anfangsbuchstabe von Simo geschrieben worden war, füllte nun ein Wort aus dem Buch die fehlende Lücke aus. Dazwischen ergänzten eigene Wörter die Sätze.

»Ich fasse es nicht«, flüsterte Mikael. »Schlauer Junge!« Gebannt starrte er die Seite vor sich an. Und fing Stück für Stück mit der Transkription an. Nach einer Weile hatte er den ersten Absatz geschafft.

Simos Tagebuch
Dieser verdammte andere Junge. Ich wollte ihm helfen. Wollte mich mit ihm verbünden. Aber er will gar nicht. Er will nicht, dass man ihm hilft. Er geht gern zu IHM, sagt er. Wie kann das sein? Wer geht schon freiwillig gerne zu einem Monster?

»Da gab es wirklich noch einen anderen Jungen«, flüsterte Mikael überrascht. Dann griff er nach der nächsten Seite. Und fuhr ohne Unterbrechung mit seinem Tun fort.

8.

Keke war inzwischen richtig wach geworden. Er hatte es sogar geschafft, zur Toilette zu gehen. Jetzt saß er aufrecht in seinem Bett und dachte darüber nach, was er getan hatte. Er hatte mit dem Kommissar geredet, ganz allein. Und er wusste, was nun auf ihn zukam. Ärger. Krampfhaft überlegte er, wie er etwas an seiner Lage ändern konnte. Er musste hier raus, irgendwie. Vorher hatte der füllige Pfleger einmal seinen Kopf zur Tür hereingestreckt. Nach dem Rechten gesehen. Er wirkte eigentlich ganz nett. Sollte er es wagen, ihm etwas vom Vogel zu erzählen? *Nein*, dachte Keke und schüttelte heftig seinen Kopf. Er durfte niemandem vertrauen. Niemandem in diesem Haus. Aber was konnte er sonst tun? Er betrachtete seine starken, großen Hände. Er konnte versuchen zu kämpfen. Jetzt, wo seine Lebensgeister wieder erwacht waren. Oder sollte er sich lieber still verhalten? Ganz brav sein? Keine Aufmerksamkeit erregen? Das hatte bisher eigentlich immer besser funktioniert. Zumindest die letzten Jahre lang.

Keke tippte unruhig mit seinem Fuß auf den Boden. Da hörte er ein vertrautes Pfeifen vom Gang her. Ein Pfeifen, das er mittlerweile so gut kannte, dass er es schon meilenweit hätte heraushören können. Keiner pfiff so wie er. Eine feine Gänsehaut kroch seinen Körper entlang, von den Beinen bis zum Nacken.

»Er kommt«, flüsterte Keke. Und es gab kein Entrinnen.

»Hallo, Keke«, sprach der Vogel und verzog seinen Mund zu einem bösen Lächeln.

»Ich bin ganz brav, ich schwöre es«, stammelte Keke nervös. »Nicht wieder schlafen. Bitte.«

Der Vogel kniff seine Augen zusammen. Seine rechte Hand hielt er hinter dem Rücken versteckt.

»Keine Sorge, es tut nicht weh«, sagte er. »Es wird dir nie wieder etwas wehtun.«

Nur langsam drangen diese Worte bis zu Keke durch. Er öffnete seinen Mund, aber kein Ton kam heraus. Tatenlos sah er zu, wie der Vogel eine Spritze hervorzog. Er wusste instinktiv, dass er keine Chance hatte. Und seltsamerweise versuchte er nicht einmal, sich zu wehren. Völlig passiv ließ er es geschehen, dass die Spritze in seinen Arm gerammt wurde. Nach der Hälfte der Injektion wurde er schläfrig, merkte noch, wie er auf sein

Bett gedrückt wurde. Bevor der Vogel ihm den Rest der Dosis spritzte.

Zum Glück ist dieser Kommissar noch rechtzeitig da gewesen, dachte Keke. Dann begann sein Körper zu krampfen. Der Vogel stand daneben. Und sah zu.

9.

Als Loris Anders bei Mikael an die Tür klopfte, stand dieser noch immer am Fenster und war in die Tagebuchseiten vertieft.

»Ich habe leider schlechte Nachrichten, Mik«, sagte Anders. »Wir müssen gleich bei Anttila antanzen.«

Mikael schien sich nicht um seine Worte zu kümmern.

»Mik, hast du mich verstanden?«, fragte Anders. »Wir müssen bei der Chefin antanzen. Für unsere Aktion wird es mächtig Ärger geben.« Endlich sah Mikael auf.

»Ich weiß«, erwiderte er trocken. »Aber es hat sich gelohnt, nicht wahr?« Anders blickte Mikael in die Augen und nickte dann. »Ich muss zugeben, dass auch ich Dr. Halonen seltsam finde.« Mikael lächelte, dann winkte er Anders, näher heranzutreten.

»Schon wieder das Tagebuch? Und warum am Fenster?«, fragte Anders.

»Da gab es tatsächlich noch einen anderen Jungen«, sagte Mikael aufgeregt. »Noch ein Missbrauchsopfer, wenn du mich fragst. Aber der andere Junge mochte den Täter.«

»Wie kommst du jetzt da drauf?«, fragte Anders überrascht.

»Keke konnte mir dabei helfen, die Geheimschrift zu entschlüsseln«, antwortete Mikael, als wäre es das Selbstverständlichste der Welt. »Zumindest Teile davon.«

»Keke?«

»Ja, Anders.«

»Ok, dann haben wir Anttila zumindest von einem kleinen Erfolg zu berichten«, meinte Anders.

»Vielleicht sogar von mehr, wenn wir hier schnell weitermachen. Vertrau mir!«

Anders ging darauf nicht ein. Neugierig spähte er auf die Papiere und das Buch.

»Was war das für ein anderer Junge?«, fragte er.

»Ich weiß es noch nicht. Aber laut Simo schien er den Täter irgendwie gernzuhaben.«

»Das kommt gar nicht so selten vor. Vor allem bei Kindern. Stockholm-Syndrom und so«, bemerkte Anders.

Mikael nickte stumm. »Hilf mir«, sagte er.

Anders stellte sich neben Mikael ans Fenster. Wenig später hatten die beiden ihre Köpfe so weit zusammengesteckt, dass diese sich sogar berührten. Mikael schob gerade eine weitere Passage aus Simos Tagebuch über eine Kopie des Kinderbuches, das als Schlüssel zur Entzifferung diente. Aber irgendwie schien es nicht zu funktionieren. Diesmal schimmerten keine passenden Wörter an den Leerstellen durch.

»Irgendetwas machen wir falsch«, murmelte Mikael. »Nur was?«

Anders seufzte. »Ich weiß nur eins …« Er richtete sich auf und blickte auf seine Uhr. »Wir müssen jetzt zur Chefin«, sagte er. »Höchste Zeit.«

Dienstag

16. Juni 2015

1.

Mikael Kohonen war bereits in der Frühe mit Sofia verabredet. Er saß in seinem Wagen, der am Straßenrand parkte, und wartete auf sie. Seine Stimmung hätte kaum schlechter sein können. Er hatte sich fast die ganze Nacht mit dem Tagebuch um die Ohren geschlagen. Ohne Erfolg. Außerdem hatten sie trotz der neuen Ermittlungsergebnisse eine gewaltige Standpauke von ihrer Chefin kassiert. Am meisten hatte Anttila geärgert, dass Mikael sich ihrer klaren Anweisung, wonach Dr. Halonen nicht umgangen werden sollte, widersetzt hatte. Der Arzt hatte offenbar Beziehungen zum Innenministerium. Dass sie einer Suspendierung entgangen waren, lag einzig am noch immer offenen Fall. Und der damit einhergehenden Medienpräsenz. »Ich warne Sie«, hatte Anttila direkt zu Mikael gesagt. »Keine krummen Dinger mehr. Und halten Sie sich von Halonen fern.« Diese unmissverständliche Botschaft verursachte Mikael starke Bauchschmerzen. Ärgerlich ballte er seine Hand zur Faust. Und legte resigniert den Kopf auf das Lenkrad. In diesem Moment hörte er, wie ein Auto vor ihm einparkte. Es war das von Sofia.

»Alles okay mit Ihnen?«, fragte sie vorsichtig, nachdem er die Tür geöffnet hatte.

»Na ja«, brummte er und stieg aus. Es tat gut, sie zu sehen. Wie eigentlich jedes Mal. Sie legte eine Hand auf seine Schulter. Und beinahe augenblicklich zuckten kleine Stromstöße durch Mikaels Körper.

»Wenn Sie Hilfe brauchen …«, setzte sie an.

»Ich bin okay«, brummte er.

Sie fixierte ihn noch einen unbehaglichen Moment länger. »Ich bin da«, sagte sie dann. Und nahm ihre Hand wieder von ihm. »Lassen Sie uns jetzt reingehen.«

Wie schafft sie es nur innerhalb von Sekunden, dass ich mich besser fühle, dachte Mikael beklommen. Und folgte ihr.

Er hatte heute Nacht einen Plan entwickelt. Wenn er schon nicht zu Dr. Halonen durfte, so hinderte ihn immerhin niemand daran, zu Yanis zu gehen. Und diesem ein Foto von ihm zu zeigen. Sofia war sofort bereit gewesen, ihn zu begleiten. »Ich wollte ohnehin nach Yanis sehen«, hatte sie gesagt.

Nun standen sie vor dem kleinen, blassen Jungen. Er hatte weder Mikael noch Sofia richtig begrüßt. Was eigentlich untypisch für ihn war, zumal er die Psychologin sehr mochte.

»Wie geht es dir, Yanis?«, fragte sie zärtlich und Mikael verstand, dass darin ihr echtes Talent lag. In ihrer einfühlsamen Art, die einen sofort zum Reden brachte. Genau mit dieser Gabe hatte sie es auch geschafft, ihm selbst zu helfen, den Dienstunfall aufzuarbeiten.

Yanis hob leicht den Kopf, sah sie aber nur aus traurigen Augen an.

»Ich hab dir doch gesagt, dass du keine Angst mehr haben musst. Der böse Mann kann dir nichts mehr tun«, sagte sie. Yanis sah sie noch immer stumm an. Dann beugte er sich zu ihr.

»Simo sagt, ich muss die Wahrheit sagen«, flüsterte er.

»Ja, das finde ich auch«, antwortete Sofia. Yanis schien dies sehr zu bekümmern. Er seufzte und schien nachzudenken. Sein Blick wanderte zwischen Sofia und Mikael hin und her. Nebenan konnte man leises Geklapper von Geschirr aus der Küche hören. Annika Lodman räumte offensichtlich die Spülmaschine aus. Mikael wagte einen Vorstoß. Er kniete sich hin, um mit Yanis auf Augenhöhe zu sein.

»Der Mann …«, sagte er. »Der dich mitgenommen hat …« Er machte eine Pause. »War das wirklich der Mann auf dem Foto hier?«

Er hielt Yanis erneut ein Foto von Keke hin. Yanis seufzte tief. »Ich weiß nicht mehr genau«, sagte er dann.

»Yanis, ist er es oder nicht?«, fragte Mikael ungeduldig. »Es hängt wirklich viel davon ab.«

Yanis riss erschrocken die Augen auf. Sofia legte ihm sofort eine Hand auf die Schulter. *Lassen Sie mich reden*, sollte das bedeuten.

»Weißt du, Yanis«, setzte Sofia an. »Ich glaube, Simo hat wirklich recht. Du musst die Wahrheit sagen.« Yanis senkte den Kopf. Aber es schien, als hätte er einen inneren Widerstand aufgegeben. Er nickte zögerlich.

»Ist der Mann auf dem Foto der Mann, der dich mitgenommen hat?«, fragte sie. Yanis schüttelte den Kopf. *Ich wusste es*, dachte Mikael und musste sich sehr zusammenreißen, um Sofia nicht reinzureden. Yanis war jetzt ganz still. Langsam übergab Mikael Sofia sein Handy. Sie hielt es dem Jungen hin.

»Was ist mit diesem Mann hier? Kennst du den?«, fragte sie und zeigte ihm ein Foto, das sie selbst offenbar zum ersten Mal sah. Sie zuckte erschrocken zusammen und starrte Mikael an. »Mik, das ist …«, flüsterte sie, besann sich dann aber. Sie kannte Dr. Halonen offenbar auch, was in Anbetracht ihrer Branche wohl nicht verwunderte. Yanis blickte auf das Handy. Dann schlug er es Sofia ganz plötzlich aus der Hand. Und begann bitterlich zu weinen. Das wiederum ließ sofort Annika Lodman herbeieilen. »Was ist hier los?«, fragte sie aufgebracht.

»Ihr versteht gar nichts«, schrie Yanis verzweifelt.

»Yanis, ist schon gut«, flüsterte Sofia. Annika Lodman wollte ihren Sohn in den Arm nehmen, aber dieser schüttelte sie ab. Mikael konnte die vielen Fragen in Sofias Augen sehen, die auch er sich stellte. *Was geht hier vor?*, schien die dringlichste zu sein.

2.

Loris Anders wunderte sich, als er Mikael nicht in seinem Büro antraf. Er hätte schwören können, dass er heute bereits früh hier sein würde. Sich nicht unterkriegen lassen wollte, wie sonst auch. Aber das Zimmer war leer, der Computer ausgeschaltet. Anders kratzte sich nachdenklich am Kopf. Da hörte er hinter sich ein Geräusch. Und sah Susanna Anttila in der Tür stehen. *Nicht schon wieder*, dachte Anders. Die gestrige Standpauke hatte ihm gereicht. Doch als er seine Chefin genauer betrachtete, bemerkte er, dass Anttila nicht wütend, sondern bleich wirkte. Von ihrer stets so selbstbewussten Haltung war wenig zu sehen, stattdessen ließ sie die Schultern hängen.

»Wo ist Kohonen?«, fragte sie leise.

»Noch nicht hier, schätze ich. Was ist los, Chefin?«

Anttila sah mit leeren Augen an ihm vorbei. »Das wüsste ich auch gerne«, antwortete sie kryptisch. »Keke ist tot.«

»Wie bitte?«, entfuhr es Anders. »Wann?«

»Heute Nacht. Offenbar ein Herzinfarkt.«

»Das gibt's doch alles nicht«, stöhnte Anders.

»Es kommt aber noch schlimmer«, seufzte Anttila. »Dr. Halonen ist heute nicht zur Arbeit erschienen.«

»Ich muss Mik Bescheid geben«, war das Erste, das Anders daraufhin erwiderte. Hastig zog er sein Handy aus der Tasche. Mikael hob zügig ab. Anders konnte hören, dass er nicht mehr zu Hause war. Und auch nicht allein.

»Was treibst du, Mik?«, fragte er, bevor er sich erinnerte, dass Anttila neben ihm stand.

»Ich war mit Sofia bei Yanis«, antwortete Mikael.

»Dazu später mehr«, unterbrach ihn Anders. Und setzte ihn mit knappen Worten ins Bild.

»Verdammt!«, zischte Mikael. »Wir gehen sofort wieder zu Yanis rein. Ich möchte ihn nicht allein lassen. Ich habe kein gutes Gefühl.«

»Keke hatte wohl einen Herzinfarkt, Mik. Dafür kann keiner was.«

Im Hintergrund konnte er noch immer das Gemurmel seiner Chefin hören. »Das gibt's doch alles nicht«, sagte diese immer wieder.

»Verdammt, Anders! Das glaubst du wohl selbst nicht. Ich hätte ihn beschützen müssen. Ich hätte Keke beschützen müssen.«

Anders antwortete darauf nicht. »Ich schicke sofort Kollegen vorbei, die bei Yanis nach dem Rechten sehen«, sagte er schließlich. »Komm du zurück.« Dann legte er auf.

»Die Sache wird sich sicher bald aufklären«, hüstelte Anttila nun. Ganz sicher war sie sich dessen offenbar nicht. »Aber finden Sie Dr. Halonen. Und zwar schnell.«

3.

Die Familie Lodman war in Alarmbereitschaft. Vor allem Jaan Lodman machte sich die größten Sorgen. Er war umgehend von der Arbeit nach Hause gekommen. Hatte dafür sogar einen wichtigen Mandanten versetzt, wie er immer wieder betonte. Nun ging er im Wohnzimmer auf und ab wie ein Soldat. Bereit, seine Familie zu verteidigen. Das Geräusch seiner Schritte auf dem Holzboden hätte fast einschläfernd wirken können, wäre es in langsamerem Takt vonstattengegangen. So jedoch verstärkte es die allgemein herrschende Nervosität eher noch.

»Schatz, beruhige dich«, flüsterte Annika Lodman ihm zu. »Du machst uns alle verrückt.«

Jaan wandte sich ruckartig um und starrte seine Frau aus leeren Augen an.

»Soll ich etwa tatenlos hier rumsitzen?«

Yanis hatte sich auf der Couch zusammengekauert, die Arme um seine angezogenen Knie gelegt.

»Kommt der böse Mann jetzt zu uns, Papa?«, fragte er.

»Nein, Yanis. Das lasse ich nicht zu. Keine Angst.«

Yanis schien das nicht im Geringsten zu beruhigen. Er wippte hin und her und summte irgendetwas vor sich hin. Seine Augen waren dabei auf den Boden gerichtet. Annika Lodman versuchte, ihren Sohn in den Arm zu nehmen. Aber dieser schüttelte sie ab.

»Simo sagt, dass alles so kommen wird, wie es kommen muss«, seufzte er. Diese Worte ließen seinen Vater mitten im Schritt innehalten.

»Hör endlich auf mit diesem Simo«, schrie Jaan Lodman unbeherrscht. »Es gibt keinen Simo.«

Annika warf ihm einen warnenden Blick zu. *Nicht jetzt*, sollte dies bedeuten. Aber Jaan ignorierte das.

»Was denn? Stimmt doch«, brummte er. »Dieses Theater muss jetzt endlich ein Ende haben.«

Yanis standen die Tränen in den Augen. »Es gibt ihn aber doch«, flüsterte er und machte ein trotziges Gesicht.

Als es wenig später an der Tür läutete, zuckten alle zusammen. »Das wird die Streife sein, die der Hauptkommissar schicken wollte«, sagte Annika Lodman und machte sich auf den Weg zur Tür, um sie zu öffnen.

4.

»Jetzt, wo Keke tot ist, bleibt uns nur noch das Tagebuch, Anders. Sonst nichts mehr«, sagte Mikael Kohonen seufzend, als er zurück im Büro war.

»Und die gute alte Recherchearbeit«, fügte Anders hinzu. »Die sollte niemals unterschätzt werden.« Entschlossen klatschte er in die Hände, während er sprach. »Ich habe weiter über Dr. Halonen recherchiert«, sprudelte es aus ihm heraus.

Mikael nickte anerkennend. Wenn er an Halonen dachte, zog sich etwas in seiner Brust zusammen. Beklemmend, Furcht einflößend. Und jetzt noch Kekes Tod. Irgendetwas stimmte mit dem Arzt ganz und gar nicht.

»Halonen hat sich als Therapeut von Kindern einen Namen gemacht. Und stell dir vor, er lebt nicht weit entfernt von Simos ehemaligem Haus«, sagte er laut.

Mikael horchte auf. »Therapeut von Kindern«, wiederholte er, etwas leiser. Und knetete nachdenklich seine Nasenspitze. »Aber das reicht nicht. Wir brauchen mehr.«

Anders hob seine Hand als Zeichen für Mikael, kurz zu warten. Dann trat er zu seinem Laptop und fluchte laut. »Verdammt, die Liste!«, rief er aufgeregt.

»Welche Liste?«, fragte Mikael.

»Die Liste mit den Praktikanten und Ehrenamtlichen aus der Grundschule«, fügte Anders hinzu. »Die müsste doch längst eingetroffen sein.«

Er tippte etwas auf seiner Tastatur ein. Seine Augen überflogen die Zeilen. Dann stieß er plötzlich einen erstickten Laut aus.

»Das glaubst du jetzt nicht«, stöhnte er.

»Was?«, fragte Mikael erschrocken.

»Dr. Halonen taucht auf der Liste auf. Er ist ein ehrenamtlicher Mitarbeiter der Grundschule.«

»Verdammter Mist!«, zischte Mikael. Die Erkenntnis traf ihn wie ein Blitz. »Wir sind so dumm, Anders«, stieß er aus. »Dr. Halonen und der seltsame Mann aus dem Kiosk müssen ein und dieselbe Person sein«, schlussfolgerte er.

Mikael musste erneut an sein unangenehmes Gefühl in Zusammenhang mit dem Arzt denken. Er konnte den Kioskbesitzer und dessen Detektivspiele auf eigene Faust sehr gut verstehen. Der Mann, den er verfolgt hatte, war aus der Grundschule gekommen. Aber er war kein Lehrer, sondern Psychiater.

»Es passt alles zusammen«, brummte Mikael. »Dr. Halonen fährt einen dunkelgrauen VW. Wie konnten wir nur so blind sein?«

Anders seufzte laut.

»Wir kommen nicht an Dr. Halonens ehemalige Patientenunterlagen heran. Nicht ohne entsprechenden gerichtlichen Beschluss. Und dafür braucht es mehr Beweise als nur ein Gefühl«, fügte er hinzu.

»Ich weiß«, erwiderte Mikael, dessen Blick auf den Tagebuchseiten von Simo lag. Er hatte die ganze Nacht darüber gebrütet. Warum hatte die Entschlüsselung der ersten Seite so problemlos funktioniert, aber jetzt klappte es nicht mehr?

Anders hatte Mikaels Blick offenbar richtig gedeutet. Er nahm das Papier, das auf dem Tagebuchstapel ganz oben lag, nun selbst in die Hand und betrachtete es eine Weile. Dann hielt er es Mikael hin und deutete auf die Zahl 16, die unten rechts auf dem Blatt stand.

»Hast du es schon damit versucht?«, fragte Anders.

»Ja«, stöhnte Mikael. »Bin schließlich nicht ganz dumm.«

»Weißt du, was seltsam ist?«, fragte Anders. »Die Zahl steht nicht ganz rechts, nicht so wie auf der anderen Seite.«

Mikael sah genauer hin. Anders hatte recht. Sie war tatsächlich etwas in die Mitte gerückt. Warum war ihm das nicht selbst aufgefallen?

»Bist du sicher, dass es das richtige Buch ist?«, fragte Anders.

»Das Buch hat mir Keke genannt«, antwortete Mikael.

Anders nahm das Kinderbuch »Mika und der Zaubervogel« zur Hand. Er blätterte langsam darin.

»Sieh mal, die Seitenzahlen stehen alle ganz rechts«, sagte er und deutete mit dem Finger auf einige der Blätter. Dann schlug er das Buch ganz hinten auf.

»Es gibt eine Fortsetzung. Einen zweiten Teil. ›Mika in der Zauberwelt‹.«

»Anders, du bist ein Genie!«, entfuhr es Mikael. »Wieso hab ich das nicht bemerkt?«

»Manchmal sieht man vor lauter Wald die Bäume nicht«, erwiderte Anders.

5.

»Du gehst nicht zur Tür, Annika«, zischte Jaan Lodman leise.

»Jaan, das ist die Polizei«, erwiderte Annika Lodman ruhig.

»Woher zum Teufel weißt du das?«, flüsterte Jaan und bedeutete ihr, sich neben ihn auf die Couch zu setzen.

»Mach dich bitte nicht lächerlich, Schatz. Ich gehe jetzt und sehe nach«, sagte sie und wandte sich erneut zum Gehen. Aber bereits im nächsten Moment stand ihr Mann hinter ihr, packte sie grob am Arm.

»Wenn es die Polizei wäre, denkst du, die würde so ruhig bleiben?«, fragte Jaan. Erneut war ein leises Klopfen an der Tür zu hören. Kein Rufen, kein energisches Klingeln.

»Ich werde nichts mehr riskieren«, sagte Jaan. »Genug ist genug.« Er ging in die Küche und schnappte sich ein kleines, aber äußerst scharfes Messer. Hielt es, wie man eine Waffe zur Verteidigung hielt. Und schlich langsam in Richtung Flur.

»Papa, du machst mir Angst«, weinte Yanis.

»Alles in Ordnung, mein Sohn«, flüsterte Jaan. Mittlerweile hatte das Klopfen an der Tür aufgehört. In der Wohnung war es still. Jaan schlich flinken Schrittes zur Tür, lauschte noch ein paar Momente lang, bevor er leise den Schlüssel drehte und sie ruckartig aufriss.

Annika Lodman hatte zwischenzeitlich vom Wohnzimmer aus Sofia angerufen. »Ich mache mir Sorgen um meinen Mann, er ist in einen regelrechten Verteidigungswahn verfallen«, murmelte sie.

»Er will Sie beschützen«, war Sofias Antwort, die etwas unscharf bei Annika ankam. Die Psychologin schien sich an einem Ort aufzuhalten, an dem nur mäßiger Netzempfang herrschte.

»Ja, schon«, sagte Annika und streichelte ihrem Sohn dabei zärtlich über den Kopf. »Aber er übertreibt es. Er will, dass wir das Haus nicht verlassen.«

»Ich will Ihnen keine Angst machen, Annika, aber vielleicht ist das wirklich das Beste«, sagte Sofia. »Dr. Halonen wurde noch nicht gefunden.«

Annika seufzte laut. »Hoffentlich hat das alles endlich ein Ende. Ich kann nicht mehr«, flüsterte sie.

»Halten Sie durch. Bald ist alles vorbei«, sagte Sofia beruhigend, wobei das Rauschen in der Leitung immer lauter wurde. »Hören Sie, ich habe heute noch Termine. Aber ich komme gleich morgen wieder vorbei. In Ordnung?«

»In Ordnung«, antwortete Annika Lodman unsicher.

Nachdem sie aufgelegt hatte, rief sie zögerlich nach ihrem Mann. »Jaan, alles in Ordnung?«

Eine Antwort erhielt sie nicht.

6.

Mikael Kohonen und Anders waren selbst in die städtische Bibliothek gefahren, um keine Zeit zu verlieren. Sobald sie eingetreten waren, stieg ihnen der Geruch von gebrauchten Büchern in die Nase, wie er für Bibliotheken typisch war. Eine Mitarbeiterin hatte Ihnen freundlicherweise bei ihrem vorherigen Telefonat zugesagt, das entsprechende Buch herauszusuchen. Doch als sie jetzt danach fragten, lag es noch nicht bereit.

»Ich habe es leider noch nicht gefunden. Es war nicht im Regal«, sagte die ältere Dame entschuldigend. Sie tippte etwas in ihren Computer ein. »Das ist ein älteres Buch. Laut unserem digitalen Katalog ist es nicht ausgeliehen, sollte also im Haus sein. Vielleicht hat es jemand falsch einsortiert.«

Mikael sah sie verständnislos an. Mit Büchern und Bibliothekssystemen kannte er sich nicht allzu gut aus.

»Wenn das Buch falsch einsortiert wurde, kann es quasi überall und nirgends sein«, seufzte die Frau. »Aber eine Idee habe ich noch. Warten Sie kurz.«

Mikael knetete ungeduldig seine Nasenspitze. »Wir brauchen das Buch wirklich dringend«, brummte er.

»Ich komme gleich zurück«, erwiderte die Frau. Und weg war sie.

»Das geht mir alles zu langsam«, stöhnte Mikael.

»Was denkst du, was Halonen gerade treibt?«, fragte Anders.

»Genau das macht mir Sorgen«, antwortete Mikael. Dann schwiegen sie, bis die Frau wieder zurückkam. Zu ihrer Erleichterung hielt sie ein Buch in Händen und strahlte.

»Ich habe es gefunden. Es war noch nicht wieder einsortiert. Ist vor Kurzem erst zurückgegeben worden.«

»Na, da haben wir ja Glück«, flüsterte Mikael und nahm das Buch in Empfang, das schon etwas mitgenommen wirkte.

»Können wir uns hier irgendwo hinsetzen?«, fragte er.

»Natürlich«, versicherte die Frau und wies auf ein paar Tische im Nebenraum.

Anders folgte Mikael und die beiden ließen sich an einem der Tische nieder. Sie waren die Einzigen der Raum.

»Jetzt wird es spannend«, meinte Mikael. Er zog den bereits zurechtgeschnittenen Scan aus Simos Tagebuch aus der Tasche, der extra auf transparentem Papier ausgedruckt worden war, und legte ihn über die Seite 16 im Kinderbuch. Es passte genau. Beide starrten auf das Papier, überflogen die Zeilen, die nun sichtbar geworden waren.

Simos Tagebuch
Ich spreche selten seinen Namen aus. Für mich ist
er nur der Vogel. Das passt zu ihm. Aber ich weiß
natürlich, welcher Name an der Klingel steht. Er
hat sich für immer in mein Gedächtnis gebrannt.
Bei jeder einzelnen seiner widerlichen Sitzungen.
Ich hasse dich, Erik Halonen.

»Verdammter Mist!«, fluchte Mikael. »Ich wusste es.«

»Du hattest recht, Mik«, stöhnte Anders nur.

»Jetzt weiß ich auch, was der eingeritzte Buchstabe im Brunnen bedeuten sollte. Es war wirklich ein H«, zischte Mikael. »Simo hat so viele Hinweise hinterlassen.«

Mikael schnappte sich das Buch und rannte zur Tür. »Das hier müssen wir mitnehmen«, schrie er der Dame zu, die verwundert den Kopf hob.

7.

Dr. Halonen riss nervös an der Rolle mit den blauen Mülltüten und stöhnte dabei leise. Er faltete das blickdichte Plastik auseinander, dann schüttelte er es wild, sodass sich der große Sack geräuschvoll mit Luft füllte. Er warf einen letzten sehnsüchtigen Blick auf die sauber beschrifteten Videobänder und Kassetten im Regal. Dann beeilte er sich, sie alle schwungvoll in die Tüte zu befördern. Die Studien 31 bis 35 landeten krachend auf den Studien 25 bis 30. Dr. Halonen strich noch einmal vorsichtig mit seiner Hand über die Bänder, sein Lebenswerk, bevor er den Sack energisch verschloss. Er konnte sich an jeden einzelnen der

Versuche bestens erinnern. Jeder von ihnen hatte seinen ganz eigenen Reiz gehabt.

Das leichte Lächeln auf seinen Lippen verschwand, als draußen ein Auto vorbeifuhr. Er wusste, dass ihm die Zeit ausging. Schnell schnappte er sich die drei vollen Müllsäcke und schleifte sie hinter sich her, durch das Wohnzimmer bis hin zur Terrassentür, die in den Garten führte. Es kostete ihn einiges an Kraft und Geschicklichkeit, sie alle gleichzeitig nach draußen zu befördern, denn sie waren schwerer und unförmiger, als er es erwartet hatte. Einen Moment lang hielt er inne, atmete heftig. Spürte, wie die Aufregung und Anstrengung seinen Körper strapazierten. Dann hörte er, wie ein Auto vor seinem Haus einparkte. Kein Zweifel, sie kamen. Die Angst davor, auf den letzten Metern erwischt zu werden, verlieh ihm neue Kräfte. Sein Lebenswerk würde nicht zerstört werden. Das würde er auf keinen Fall zulassen. Sobald die Bänder verschwunden waren, würde er in die Klinik fahren. Und sich eine plausible Ausrede für seine morgendliche Abwesenheit ausdenken. Hauptsache, die Bänder waren weg. Sicher war sicher.

Er zerrte und zog an den Tüten, hievte sie über die Hecke in den gegenüberliegenden Garten, dessen Besitzer zum Glück verreist waren. Von hier aus kam er ungesehen zu seinem Auto, das in der Einfahrt der Nachbarn parkte. Er beförderte seine wertvolle Fracht in den Kofferraum seines Wagens und ließ den Deckel leise einrasten. Erst als er den Motor anließ und rückwärts aus der Einfahrt rollte, gestattete er sich, erleichtert auszuatmen. Das war gerade noch einmal gut gegangen.

8.

Im Dienstwagen war für einen Moment Stille eingekehrt. Nachdem Mikael Kohonen und Loris Anders bis vor wenigen Sekunden aufgeregt telefoniert und hastig organisiert hatten, waren sie nun auf dem Weg zu Dr. Halonens Haus. Über Funk standen sie in Kontakt mit dem ersten Streifenwagen, der bereits vor Ort war.

»Niemand zu Hause, wie es aussieht«, brummte der Kollege gerade in sein Gerät, während Mikael sich nervös durch seine Haare strich.

»Wo steckt Halonen?«, zischte Mikael. Es war, als würde er auf diese Frage ohnehin keine Antwort erwarten. Er starrte nur aus dem Fenster.

»Wir sind gleich da«, sagte Anders. Schon von Weitem sahen sie den Streifenwagen vor dem Haus parken.

»Auffälliger geht es nicht«, meinte Mikael genervt. »Falls Halonen zu Hause war, wurde er bestens gewarnt.«

Anders stieg aus und begrüßte die Kollegen, die bei ihrem Wagen warteten. Mikael sah sich um. Halonens Auto war weit und breit nicht zu sehen.

»Sind Sie einmal ums Haus herumgegangen?«, fragte Mikael, worauf die beiden jungen Polizisten ihre Köpfe schüttelten. Mikael nuschelte etwas vor sich hin, das ärgerlich klang. Dann betrat er den Garten, der in einem schmalen Streifen um das Haus herumführte. Alles sah äußerst gepflegt aus, der Rasen war sattgrün. Von der Seite konnte er sehen, dass das Haus über einen Keller verfügte. Aber die Scheiben waren so verschmutzt, dass er selbst dann nichts erkannte, als er in die Hocke ging und sein Gesicht ganz nah an das Glas schob. Als Mikael wieder aufstand, knackste es verdächtig in seinen Knien. *Ich bin wirklich nicht mehr der Jüngste*, dachte er. Wenig später stand er auf der Terrasse hinter dem Haus. Alles sah zunächst normal aus. Aber ein Blick in die Küche ließ ihn stutzen.

»Anders, komm mal her!«, rief er lautstark. Und Anders kam, begleitet von den beiden Beamten, die die Hände an ihre Waffen gelegt hatten.

»Was ist?«, fragte Anders nervös. Mikael deutete durch das Fenster in die Küche.

»Da liegt eine Rolle mit blauen Mülltüten mitten auf dem Boden«, raunte er.

»Ja, und?«, erwiderte Anders etwas skeptisch. Als Mikael sich gegen die Terrassentür lehnte, schwang diese plötzlich auf.

»Ups«, flüsterte er. »Nicht abgeschlossen.« Mikael runzelte die Stirn, dachte angestrengt nach.

»Wir brauchen einen Durchsuchungsbeschluss«, sagte der eine Beamte. Mikael nickte. Sobald die beiden weg waren, lief er in Richtung Hecke.

»Was wird das, Mik?«, fragte Anders erstaunt.

»Halonen ist nicht da, zumindest nicht mehr«, brummte dieser. »Aber sieh dir die frischen Spuren im Gras an. Ich glaube, er war gerade noch hier. Hat irgendetwas Schweres aus dem Haus geschafft, wenn du mich fragst.«

»Ich gebe sofort eine Fahndung nach seinem Auto raus«, sagte Anders. Mikael starrte die halbhohe Hecke an, ohne zu antworten. Erst nach einer Weile drehte er sich um.

»Was immer er weggeschafft hat, muss wirklich wichtig sein, Anders. Wir müssen ihn finden.«

9.

Dr. Halonen hielt die vorgeschriebene Geschwindigkeit exakt ein. Er wollte nichts riskieren. Und er wusste genau, wohin er fahren musste. Zur Ablenkung schaltete er das Klassik-Radio ein und vernahm zufrieden eine sanfte Symphonie, die seine Nerven augenblicklich beruhigte. Er pfiff die ihm bekannte Melodie mit und es klang beinahe so, als würde jemand begleitend ein Instrument spielen. Das Pfeifen hatte er über die Jahre perfektioniert. Nach einer Weile atmete er erneut geräuschvoll aus. Im Kofferraum lag seine wertvolle Fracht. Er würde sie vergraben, alles andere war im Moment zu riskant. Außerdem schaffte er es noch nicht, sich endgültig von den Bändern zu trennen, auch wenn das vielleicht dumm war. Immerhin enthielten sie jahrelange Forschungsarbeit, die nicht so einfach zunichtegemacht werden durfte. Von niemandem.

Während er fuhr, dachte er über Studie 1 nach. Den Anfang, den ersten Jungen. Als er ihn damals in den Keller führte, hatte er sofort dessen Unbehagen gespürt. Und seinen eigenen damit einhergehenden Rausch.

»Was machen wir hier?«, hatte der Junge gefragt. Und damit Halonens freudig aufgeregten Magen tanzen lassen. Er hatte den Jungen in sein Versuchszimmer geführt, in dem bereits alles vorbereitet gewesen war. Gehorsam und Gefügigkeit waren das Thema seiner ersten Studie gewesen. »Wir machen einen Test«, hatte er gesagt. »Wenn du gut bist, wirst du belohnt.«

»Und wenn nicht?«, hatte der Junge gefragt. Diese Frage hatte er stets unbeantwortet gelassen. Zumindest am Beginn.

Die Aufregung hatte über die Jahre abgenommen. Aber nicht der Nervenkitzel. Er war immer besser darin geworden, die Jungen, die er sich ausgesucht hatte, an sich zu binden. Mundtot zu machen. Zu seinem Eigentum zu erklären. Alle. Alle, außer einen. Bei dem Gedanken an den widerspenstigen kleinen Jungen aus Studie 8 ballte er seine Hand zur Faust.

Dann ließ ihn plötzlich etwas zusammenzucken. Hinter ihm fuhr mit einigem Abstand ein Polizeiwagen her.

»Verdammt, das darf nicht wahr sein«, fluchte er und beobachtete den Wagen mit klopfendem Herzen durch den Rückspiegel. Er ordnete sich in die rechte Spur ein, zu seinem Leidwesen sprang die Ampel unmittelbar vor ihm auf Rot. Der Streifenwagen wollte offensichtlich geradeaus weiterfahren und hielt direkt neben ihm an. Dr. Halonen starrte stur geradeaus, wagte es nicht, auch nur einen Blick in Richtung der Polizisten zu werfen. Eine gefühlte Ewigkeit verging. Starrten die Uniformierten gerade zu ihm herüber? Beobachteten sie sein Auto? *Nein, das ist unmöglich*, versuchte er immer wieder, sich zu beruhigen.

Endlich sprang die Ampel auf Grün. Nur noch wenige Meter, und er würde außer Sichtweite sein. Er bog in eine ruhige, breite Straße ein. Aber leider hatte er Pech. Der Polizeiwagen hatte plötzlich den Blinker gesetzt, wechselte die Spur und fuhr langsam hinter ihm her.

»Was jetzt?«, flüsterte Halonen nervös. Das alles konnte auch Zufall sein. Es *musste* Zufall sein. Nie im Leben konnten sie so schnell nach ihm fahnden. Oder?

Entsetzt musste er dann mitansehen, wie der Streifenwagen sein Blaulicht einschaltete und ihn durch eine kurze, heftige Beschleunigung überholte. Um dann unmittelbar vor ihm am Straßenrand zu halten. Und ihm zu bedeuten, das Gleiche zu tun. Kurz dachte er an Flucht, aber damit hätte er sich nur noch verdächtiger gemacht. Wer konnte schon wissen, was die beiden wollten.

Jetzt nur nicht die Nerven verlieren, dachte er beunruhigt. Zwei Beamte stiegen aus. Und gingen direkt auf ihn zu. *Nein, nein, nein!*, dachte er. *Das darf nicht sein.*

»Ich muss Sie bitten, auszusteigen«, sagte einer der Polizisten und hatte dabei eine ernste Miene aufgesetzt. Er war füllig, feine Schweißperlen standen auf seiner Stirn. Der andere, hager und jung, stand noch am Dienstwagen und sprach über Funk mit jemandem.

»Gibt es ein Problem?«, fragte Halonen freundlich. »Ich bin nämlich Arzt und muss schnell in die Klinik zurück.«

Der breite Polizist musterte ihn genau. Seine Augen waren klar und aufmerksam.

»Bitte steigen Sie aus«, brummte er erneut. Sein schlanker Kollege beim Wagen nickte ihm stumm zu. Und gab dann ein flinkes Handzeichen. Was es genau bedeuten sollte, eröffnete sich Dr. Halonen nicht. Aber es dauerte nicht lange, da wusste er, dass er verloren hatte.

»Würden Sie so freundlich sein und Ihren Kofferraum öffnen?«, fragte der Dicke.

Mittwoch

1.

Loris Anders war so ruckartig aufgestanden, dass sein Stuhl zurückgerutscht war und ein kratzendes Geräusch auf dem Boden verursacht hatte. »Ich kann das nicht mehr länger ansehen, Mik. Ich brauche eine Pause«, stöhnte er und rieb sich seine Stirn. Mikael nickte leicht. Auch seine Augen brannten und sein T-Shirt roch nach Schweiß. Sie hatten sich die ganze Nacht damit um die Ohren geschlagen, zusammen mit Kollegen, die Bänder von Dr. Halonen zu sichten.

»Ich habe noch nie so etwas Widerliches gesehen«, flüsterte Anders und starrte Mikael mit tiefen Falten rund um die Augen an.

»Hol uns einen Kaffee, Anders«, sagte Mikael und streckte sich. Im Büro war es trotz der frühen Morgenstunden schwül und stickig. Nachdem Anders das Zimmer verlassen hatte, ging Mikael zum Fenster und riss es hastig auf. Eine ewig dämmrige Nacht, die ganz langsam in einen neuen Tag überging, erwartete ihn draußen. Leider kühlte ihn die frische Luft nur wenig ab. Zu aufgewühlt war er innerlich.

»Eins muss ich Ihnen lassen, Kohonen«, sagte plötzlich eine tiefe Stimme hinter ihm. »Sie hatten wirklich den richtigen

Riecher, was Dr. Halonen angeht.« Es war Susanna Anttila, die trotz ihrer üblichen Stöckelschuhe geräuschlos in den Raum getreten war.

»Wir hatten auch Glück«, brummte Mikael, »dass ihn eine aufmerksame Streife so schnell gesehen hat.«

»Gibt es schon einen Autopsiebericht zu Keke?«, fragte seine Chefin, was Mikael verneinen musste. Aber etwas anderes musste erwähnt werden. »Der entführte Aarne hatte übrigens bei Dr. Halonen Termine. Im Rahmen einer Schultherapie. Ich habe das recherchiert. Keke muss die beiden zusammen gesehen haben. Ich denke, er wollte den Jungen durch die Entführung wirklich nur beschützen.«

Anttila nickte und Mikael sah ihr an, dass sie nachdachte. Er wusste, dass sie meistens innerhalb kürzester Zeit die richtigen Schlüsse zog.

»Die Bänder?«, fragte sie.

»Sind abscheulich«, antwortete Mikael ohne Umschweife. »Sexuelle Fantasien, getarnt als wissenschaftliche Versuche, wenn Sie mich fragen.«

»Wie viele sind es?«, fragte Anttila und spielte damit offenbar weniger auf die Anzahl der Bänder, als eher auf die Anzahl der beteiligten Kinder an.

»Über dreißig. Alles Jungs ungefähr im gleichen Alter.«

Anttila seufzte laut. »Das Ganze übersteigt unsere Kapazitäten, Mik«, sagte er. »Wir werden Hilfe brauchen.«

»Ich weiß«, erwiderte Mikael und schloss das Fenster.

»Eines ist mir bei einer ersten Durchsicht der Bänder noch aufgefallen«, fuhr er dann fort.

Mittlerweile war auch Anders zurückgekehrt, in jeder Hand einen Becher mit Kaffee.

»Die Bänder sind alle fein säuberlich sortiert und beschriftet, aber eines fehlt. Studie 8 fehlt.«

»Vielleicht ist das Band verloren gegangen«, meinte Anders, während er einen Becher vor Mikael platzierte.

»Vielleicht«, erwiderte dieser, aber man konnte ihm ansehen, dass er etwas anderes dachte.

»Was meinen Sie, Mik?«, fragte Anttila.

»Ich denke, Studie 8, das war Simo.«

2.

Sofia Eriksson hielt ihr Wort. Bereits frühmorgens stand sie bei den Lodmans vor der Tür. Sie lächelte. Endlich konnte sie sich guten Gewissens von Yanis verabschieden. Alles würde wieder in Ordnung kommen, jetzt, wo Dr. Halonen gefasst worden war. Mikael hatte sie noch in der Nacht über die neuen Entwicklungen in Kenntnis gesetzt. Zuerst hatte sie sich schockiert darüber gezeigt, dass so ein angesehener Psychiater wie Dr. Halonen zum Täter geworden war. Dann hatte Erleichterung eingesetzt. Yanis musste keine Angst mehr haben.

Mikael hatte sogar angeboten, sie zum Abschlussbesuch bei den Lodmans zu begleiten. Aber sie hatte dankend abgelehnt, weil sie wusste, dass er bis zum Hals in Arbeit steckte.

Sofias gute Laune erstarb beinahe augenblicklich, nachdem Annika Lodman ihr die Tür geöffnet hatte. Sie hatte ein blaues Auge. Ihre ganze Gesichtshälfte war geschwollen. Und sie sah verweint aus.

»Um Gottes willen, was ist passiert?«, fragte Sofia. »Sie müssen zum Arzt.«

»Es geht schon«, flüsterte Annika. »Es war ein Unfall. Aber kommen Sie erst mal rein.«

Sofia blickte skeptisch drein. Wie konnte eine solche Verletzung ein Unfall gewesen sein? Da weder Jaan Lodman noch Yanis in der Nähe waren, nahm sie sich einen Moment mit der Mutter alleine. »Wie ist das passiert, Annika?«

»Es ist anders, als Sie denken«, seufzte diese. »Das war Yanis«, fügte sie ganz leise hinzu.

»Wie bitte?«, stieß Sofia überrascht aus. Dass diese Verletzung auf ihren fünfjährigen Sohn zurückzuführen sein sollte, konnte sie kaum glauben. Andererseits fragte Sofia sich, warum Annika zu Unrecht ihr eigenes Kind hätte belasten sollen.

»Erzählen Sie ...«, sagte sie ruhig. Sie wollte erst einmal hören, was genau vorgefallen war.

»Er hatte wieder ganz schlimme Albträume«, fing Annika an zu berichten. »Ich habe ihm dann irgendwann nachts zugeflüstert, dass Dr. Halonen gefasst wurde und ihm nichts mehr tun wird. So wie mir das der Hauptkommissar gestern Abend mitgeteilt hat. Ich dachte, das würde Yanis beruhigen«, schluchzte Annika.

»Aber?«

»Er ist daraufhin im Halbschlaf vollkommen ausgerastet. Hat wie wild um sich getreten. Und mich dabei mit dem Fuß am Auge erwischt.«

»Wo ist Yanis jetzt?«, fragte Sofia.

»In seinem Zimmer«, antwortete Annika. »Er kann ja nichts dafür«, fügte sie noch hinzu.

Sofia machte sich sofort auf den Weg in den ersten Stock. Dabei kam sie auch am Badezimmer vorbei, in dem sie Jaan Lodman durch den Türspalt erspähte. Er war gerade dabei, sich zu rasieren. Sie lief vorbei, ohne den Vater zu stören.

»Yanis, ich bin es«, sagte Sofia vorsichtig, als sie wenig später in das Zimmer des Jungen eintrat. Er saß auf seinem Bett neben einer Menge Stoffdinosaurier und hatte den Kopf in seinen Händen vergraben. Auf dem Boden waren Legosteine verteilt.

»Es tut mir so leid«, sagte er. »Ich wollte Mama nicht wehtun.«

»Das weiß ich doch«, antwortete Sofia. »Und deine Mama weiß das auch.«

Yanis atmete geräuschvoll aus, sein kleiner Körper bebte.

»Es war nur ein Traum, weißt du«, setzte sie fort. »In Wirklichkeit ist alles gut. Sie haben den bösen Mann.«

Yanis hob den Kopf, Tränen liefen ihm über die Backen.

»Genau das ist das Problem«, schrie er.

»Was ist das Problem?«

»Ihr versteht alle gar nichts«, brüllte er, noch lauter.

»Dann erklär es mir, Yanis«, sagte Sofia ruhig.

Yanis überlegte kurz. Dann änderte sich sein Gesichtsausdruck plötzlich schlagartig. Als hätte er beschlossen, nun endlich die ganze Wahrheit zu sagen.

»Was, wenn er es gar nicht war?«, flüsterte er sehr leise. »Der böse Mann, den ihr gefasst habt? Was, wenn der das gar nicht war, der mich in den Brunnen gemacht hat?«

Annikas Augen weiteten sich. Sie glaubte Yanis auf Anhieb. »Wer dann?«, fragte sie.

Da stand plötzlich Jaan Lodman hinter ihr in der Tür. Im Anzug, bereit für die Arbeit.

»Yanis, Schatz, wir müssen los«, sagte er.

»Nur noch einen Moment«, zischte Sofia. Aber Jaan duldete keinen Widerspruch. »Nein, wir müssen *jetzt* los.«

»Wir wollten gerade noch etwas Wichtiges besprechen«, entfuhr es Sofia und merkte dabei selbst, wie ungehalten sie war.

»Dann tun Sie das bei uns im Auto. Ich komme zu spät in die Arbeit. Wir bringen Yanis zusammen zum Kindergarten. Dann lass ich Sie in der Stadt raus«, sagte er freundlich. Sofia war überrascht.

»Er geht wieder in den Kindergarten?«, fragte sie.

»Wir hielten das für das Beste. Er braucht sein gewohntes Umfeld.«

Sie nickte langsam. Dann überlegte sie. Jeder Moment mehr mit Yanis war gut. Aber was war mit ihrem Auto, das dann hier stehen blieb? Jaan Lodman schien ihre Gedanken erraten zu haben.

»Heute Abend, wenn Sie Ihr Auto holen, können Sie ja noch mal nach Yanis sehen«, meinte er.

»Okay, ich fahre mit«, erwiderte Sofia kurz entschlossen.

Wenig später stieg Sofia in Jaan Lodmans dunklen Mercedes ein. Yanis saß hinten in seinem Kindersitz und freute sich, dass Sofia sie begleitete. Zum Reden war er allerdings nicht mehr aufgelegt. Zumindest nicht mehr über das Thema, das er vorher begonnen hatte. Ein paar Mal versuchte sie, das Gespräch darauf zu lenken. Aber Yanis plauderte nur aufgeregt und munter über alle vorbeifahrenden Autos. Sofia begann langsam daran zu zweifeln, dass es eine gute Idee gewesen war, mitzufahren.

»Ich hoffe, Ihrer Frau geht es bald besser«, sagte sie nach einer Weile des Schweigens zu Jaan Lodman. »Ihr Gesicht sah übel aus.«

»Ja, das hoffe ich auch«, erwiderte er.

Dann waren sie an Yanis' Kindergarten angekommen. Der Junge sprang ohne Umschweife aus dem Auto, während sie selbst noch nicht einmal den Gurt gelöst hatte. Es schien, als sei er froh, der Situation entfliehen zu können.

»Tschüss, Yanis. Ich wünsch dir einen schönen Tag«, sagte Sofia und winkte ihm durch das geöffnete Autofenster nach. Er drehte noch einmal um, hielt etwas Kleines in den Händen, als er auf sie zusteuerte. Als er näher kam, sah sie, dass es ein Päckchen war, mehr schlecht als recht aus weißem Papier gewickelt. »Ein Geschenk von Simo«, flüsterte er ihr geheimnisvoll zu. »Aber erst zu Hause aufmachen.«

»Danke«, meinte Sofia und beobachtete, wie der Junge sich umdrehte. Jaan Lodman stieg zwar ebenfalls kurz aus, aber

Yanis rannte bereits in die Arme seiner Erzieherin, die ihm die Tür aufhielt und seinem Vater zuwinkte.

»Ich denke, ich steige hier auch aus«, sagte Sofia, nachdem Jaan Lodman wieder auf dem Fahrersitz Platz genommen hatte.

»Nein, das denke ich nicht«, erwiderte er streng.

3.

Dr. Halonen saß einfach nur da. Er hörte sich alles an, was Mikael Kohonen zu sagen hatte. Aufmerksam und still. Seit er verkündet hatte, keinen Anwalt zu brauchen, weil er ohnehin nichts sagen würde, hatte er tatsächlich kein einziges Wort mehr gesprochen. Und dabei versuchte Mikael seit geraumer Zeit, ihn aus der Reserve zu locken. Trotz des stundenlangen Verhörs sah der Arzt frisch und ordentlich gekämmt aus. Lediglich die dunklen Schatten unter seinen Augen verrieten eine gewisse Müdigkeit.

»Wir haben die Bänder. Sie wandern so oder so für lange Zeit hinter Gitter«, setzte er gerade wieder an. »Sie haben Keke auf dem Gewissen. Und ich weiß, dass Sie Simo kannten.«

Der rechte Mundwinkel von Halonen zuckte für einen Moment nach oben, so als würde er sich über das Gesagte amüsieren. Mikael ignorierte diese Provokation, spürte aber, wie sich ein gewisser Groll in seinem Bauch aufbaute.

»Sie haben Simo in den Brunnen gestoßen. Damals, vor dreißig Jahren. Nicht wahr? Warum? Weil er kurz davor war, Sie zu verraten?«, versuchte es Mikael erneut. »Es steht alles in Simos Tagebuch.«

Diese Worte wiederum bewirkten eine deutliche Reaktion in Halonens Gesicht. Wenn auch nur für ganz kurze Zeit. Schnell hatte er sich wieder im Griff.

»Ja, es gibt ein Tagebuch«, sagte Mikael. »Das wussten Sie wohl nicht.«

Aber Dr. Halonen schwieg weiterhin beharrlich. Er war äußerst willensstark, das musste Mikael ihm lassen. Und über die Maßen gestört, wenn man die Bänder kannte.

»Ich denke, Keke hat damals alles beobachtet. Er muss Simo nachgelaufen sein an diesem Tag. Er hat Sie gesehen. Deswegen war er gefährlich für Sie.«

Halonen gähnte und wirkte gelangweilt. Er provozierte absichtlich. Und obwohl Mikael dies wusste, musste er seine ganze Willensstärke aufbringen, um seinem Gegenüber keine runterzuhauen. Gerade überlegte Mikael, wie er weitermachen konnte. Da steckte Anders den Kopf zur Tür herein. »Mik, es gibt da etwas, das du dir ansehen solltest«, sagte er.

Mikael stand auf, fixierte Halonen dabei die ganze Zeit. »Ich bin gleich zurück«, zischte er.

»Der Typ macht mich krank«, murmelte Mikael, nachdem er den Raum verlassen hatte. »Was will er denn noch? Es ist alles auf den Bändern.«

»Mik, hör mal zu. Du solltest dir was ansehen«, sagte Anders schnell und zog ihn mit sich. »Wir haben uns weiter die Bänder angesehen und etwas entdeckt.«

Mikael folgte Anders in einen Nebenraum, in dem ein alter Fernseher stand und ein ebenso alter Videorekorder angeschlossen war. Anders drückte auf »Play«. Ein kleiner blonder Junge erschien auf dem Display, das Bild war etwas körnig und verwackelt. Der Junge saß auf einem Stuhl, auf seinem Kopf hatte er ein seltsames Netz aus Elektroden.

»Das hier ist Studie 11, Tag 12«, sagte eine tiefe, männliche Stimme. Auch wenn man den Mann im weißen Arztkittel im Moment nur von hinten sah, so erkannte Mikael doch Dr. Halonens Stimme auf Anhieb.

»Ich will das nicht schon wieder sehen«, brummte Mikael.

»Jetzt warte doch kurz, Mik. Und hör gefälligst zu!« Anders klang so drängend und forsch, dass Mikael zusammenzuckte.

»Bevor wir mit dem Test beginnen: Nenne bitte für das Protokoll deinen Namen«, sagte Halonens Stimme auf dem Band. Der Junge starrte mit großen Augen in die Kamera, vor der er offensichtlich großen Respekt hatte. Dann räusperte er sich. »Jaan Lodman«, piepste er mit einer ziemlich hohen, feinen Stimme.

Mikael brauchte einen Moment, um das Gesagte zu verarbeiten. »Was?«, rief er überrascht aus und stürzte zur Tür.

»Warte, Mik, wo willst du hin?«

»Sofia wollte heute noch mal zu den Lodmans. Und zwar allein«, schrie Mikael. Schon war er hinausgerannt.

4.

Als Sofia ihre Augen öffnete, saß sie nicht mehr auf dem Beifahrersitz neben Jaan Lodman. Beinahe augenblicklich wusste sie, dass irgendetwas ganz und gar nicht stimmte. Ihr Mund fühlte sich seltsam trocken an und sie hatte einen furchtbaren Geschmack auf der Zunge, der sie würgen ließ. Sie versuchte, den Kopf zu heben, um sie herum war nur glattes Leder. Erst als sie einen leichten Ruck spürte, begriff sie, dass sie noch immer in Lodmans Wagen war, allerdings auf der Rückbank liegend. Er musste sie irgendwie betäubt haben. Wie lange hatte sie geschlafen? Wo waren sie überhaupt? Warum das alles? Tausend Fragen schossen ihr gleichzeitig durch den Kopf. Sie versuchte, ihre Hände zu bewegen, die sich seltsam taub anfühlten. Vermutlich waren sie eingeschlafen. Nach einer Weile stellte sie zu ihrer Erleichterung fest, dass sie nicht gefesselt war. Ihr einziger Gedanke galt ab diesem Moment ihrem Handy, das sich in ihrer Manteltasche befand. Sie musste es schaffen, Mikael zu verständigen. Irgendwie. Zentimeter um Zentimeter kämpfte sich ihre Hand vorwärts. Ganz langsam. Und leise.

»Fall Sie Ihr Handy suchen«, sagte Jaan Lodman ganz plötzlich vom Fahrersitz aus. »Das habe ich. Also kommen Sie nicht auf dumme Gedanken, verstanden?«

Seine Stimme klang hart und unnachgiebig. Erst jetzt begann Sofia wirklich zu begreifen, in welcher Gefahr sie sich befand.

»Was wird das?«, fragte sie und hörte selbst, wie lallend ihre Worte noch klangen. »Was haben Sie vor?«

Mit den Augen versuchte sie, die Gegend außerhalb des Autos einzufangen, aber sie sah nur graue und grüne Schatten, die vorüberflogen. Sekundenbruchteile, zu schnell, um wirklich etwas zu erkennen. Durch einen kleinen Spalt drang warme Luft von draußen in das Auto.

»Das alles war so nicht geplant«, murmelte Jaan Lodman und Sofia konnte die Panik und Verzweiflung in seinen Worten heraushören. »Ich dachte, Yanis schafft es, die Klappe zu halten.«

Sofias Gehirn arbeitete auf Hochtouren, auch wenn Kopfschmerzen ihr das Denken erschwerten. Was konnte Jaan Lodman meinen? Sie rekapitulierte im Geiste nochmals Yanis' letzte Worte, heute Morgen im Kinderzimmer, bevor sie unterbrochen worden waren. »Was, wenn er es gar nicht war?«, hatte er geflüstert. »Der böse Mann, den ihr gefasst habt? Was, wenn der das gar nicht war, der mich in den Brunnen gemacht hat?«

Die Worte hämmerten dumpf in ihrem Schädel, als würde sie ihr jemand immer und immer wieder ins Ohr schreien.

»Sie waren es, nicht wahr? Sie haben Ihren eigenen Sohn in den Brunnen gesteckt?«, fragte sie schließlich entsetzt. Das Auto bremste abrupt ab, wobei Sofia nicht sagen konnte, ob es eine Reaktion auf ihre Worte war oder lediglich eine rote Ampel.

»Ich wollte das alles nicht«, presste Jaan hervor. »Ich wollte nur den Vogel überführen, mehr nicht.« Bei diesen Worten schlug er immer wieder heftig gegen das Lenkrad, knallte einmal sogar seinen Kopf dagegen. Er wirkte wie von Sinnen.

»Ich kann nicht mehr. Ich weiß nicht, was ich jetzt machen soll«, schrie er, fuhr aber trotzdem wieder mit einem Ruck an. Sofia versuchte, ruhig zu bleiben, auch wenn sie das ihre ganze Überwindung kostete. Aber Jaan Lodman war kurz davor, komplett durchzudrehen. Und etwas Dummes zu tun. Dass er dazu in der Lage war, hatte er bereits bei seinem Sohn bewiesen.

»Yanis hat Sie nicht verraten, wenn Sie das beruhigt. Das waren Sie gerade selbst«, presste sie traurig hervor. Jaan sog scharf die Luft ein, als würde ihm diese Aussage körperliche Schmerzen zufügen. Er kommentierte sie jedoch nicht. Für eine Weile herrschte absolute Stille im Auto.

»Sie waren auch ein Opfer«, mutmaßte Sofia dann ins Blaue hinein. »Von Dr. Halonen.« Es war mehr eine Frage als eine Feststellung.

»Opfer, Opfer«, äffte Jaan sie nach. Er starrte mit wilden Augen in den Rückspiegel. »Nein, ich war *kein* Opfer, wenn Sie es genau wissen wollen. Ich habe ihn geliebt. Halonen war mein Ein und Alles. Aber er hat sich immer wieder neue Jungs gesucht. Keiner war gut genug für ihn. Auch ich nicht.«

»Das war nicht Ihre Schuld«, sagte Sofia und versuchte, sich ein bisschen zu drehen, um besser aus dem Fenster sehen zu können. Es gelang ihr nicht.

»Ich hielt das alles für normal. War sogar noch stolz darauf«, stieß Jaan zornig hervor. »Dass das alles falsch war, verstand ich erst viele Jahre später, als ich selbst Vater wurde.«

»Dass *was* falsch war?«, fragte Sofia vorsichtig nach.

»Was Dr. Halonen mit uns gemacht hat. Seine Studien. Im Keller«, flüsterte er. Und er tat Sofia für den Bruchteil einer Sekunde wirklich leid. Aber dann konnte sie wieder die Unberechenbarkeit in seinen Augen erkennen.

»Ich dachte, wenn ich Yanis in den Brunnen hinunterlasse, dann suchen sie nach ihm. Mithilfe seiner Uhr. Und finden zwangsläufig auch Simo. Und damit Halonen. Und das alles, ohne dass ich selbst reden muss.«

Sofia versuchte, das Gesagte zu verarbeiten. »Dann war es Dr. Halonen, der Simo in den Brunnen gestoßen hat?«, fragte sie vorsichtig. Ein leichtes Nicken durchzuckte Jaan Lodmans Körper.

»Warum gerade jetzt? Nach all den Jahren?«, fragte Sofia ehrlich interessiert. Die Antwort dauerte eine Weile, war dann aber klar und gnadenlos.

»Der verdammte Einschulungstest. Ich war mit Yanis dort. Da hab ich ihn gesehen. Den feinen Dr. Halonen. Und er war mitten unter Kindern. Der liebe, ehrenamtliche Schultherapeut mit dem offenen Ohr für alle Probleme. Da kam alles wieder hoch. All die alten Erinnerungen.«

Sofia verstand ihn auf eine merkwürdige Art und Weise. Er hatte den Arzt überführen wollen, ohne selbst über seinen Missbrauch sprechen zu müssen.

»Sie hätten auch einfach bei der Polizei anrufen können«, seufzte sie. »Als anonymer Tippgeber.«

»Wer hätte mir schon geglaubt?«, murmelte Jaan und Sofia wusste, dass dies jene Worte waren, die Dr. Halonen ihm als kleinem Jungen stets eingetrichtert haben musste. »Wer soll dir schon glauben?«

Sofia versuchte, sich wieder auf die Umgebung zu konzentrieren. War da gerade ein Haus gewesen? Sie wollte sich jede Kurve einprägen. Jeden Richtungswechsel. Und suchte draußen verzweifelt nach einem Anhaltspunkt zur Orientierung. Was hatte Jaan Lodman vor? Seinen eigenen Sohn in einen Brunnen hinabzulassen, zeugte zweifellos von seiner fatalen Neigung zur Kurzschlussreaktion. Und von seiner Verrücktheit. Einer Verrücktheit, die vor vielen Jahren ihren Ursprung genommen hatte. Sie traute ihm alles zu.

Ganz plötzlich wurde das Auto angehalten und Jaan riss die Fahrertür auf. »Wir sind da«, zischte er. Und seine Worte ließen einen eiskalten Schauer über ihren Rücken laufen.

In diesem Moment sah Sofia das weiße Päckchen von Yanis auf dem Boden des Wagens liegen. Es musste ihr aus der Tasche gefallen sein, als Jaan sie bewusstlos auf die Rückbank gelegt hatte. Armer Yanis. Jetzt ergab sein ganzes Verhalten plötzlich Sinn. Das Kind war die ganze Zeit über nicht nur wegen des Brunnens so verstört gewesen, sondern vor allem auch deswegen, weil es sich im dauernden Zwiespalt zwischen der Liebe zu seinem Vater und dem Bedürfnis, der Polizei die Wahrheit zu sagen, befunden hatte. Das Ganze war sogar so weit gegangen, dass Yanis die von seinem Vater unzweifelhaft erzählten Geschichten über Simo in seinem kindlichen Kopf weitergesponnen hatte. Einer plötzlichen inneren Eingebung folgend streckte Sofia ihren Arm nach unten und schob das kleine Geschenk von Yanis weiter unter den Fahrersitz. Jaan Lodman sollte es nicht entdecken.

5.

Mikael Kohonen kam zum wiederholten Mal nur bis zu Sofias Mailboxansage. Nachdenklich senkte er seinen Kopf, während Anders den Wagen durch den relativ dichten Mittagsverkehr manövrierte.

»Und?«, fragte dieser von der Seite. Mikael schüttelte den Kopf. »Mailbox«, brummte er.

»Bist du sicher, dass Sofia heute zu den Lodmans wollte?«, fragte Anders.

»Leider ja«, antwortete Mikael leise. Er machte sich Vorwürfe, dass er sie nicht begleitet hatte. Aber er war so auf Dr. Halonen und dessen Bänder fixiert gewesen, dass er an kaum etwas anderes hatte denken können. Da war ihm das Angebot der Psychologin, den Abschiedsbesuch allein zu erledigen, gerade recht gekommen.

»Wahrscheinlich ist sie längst bei ihrem nächsten Termin«, sagte Anders. Aber Mikael hatte ein ganz mieses Gefühl.

Als sie endlich in die Straße der Lodmans einbogen, riss Mikael seine Augen auf.

»Da!«, rief er und deutete auf die Straße vor ihnen. »Sofias Auto.«

»Siehst du, Mik. Alles okay. Sie ist noch drinnen.«

Mikael atmete erleichtert auf. Er war heilfroh, dass ihn sein Gefühl getäuscht hatte.

»Lass uns nachsehen«, sagte Anders. »Zur Sicherheit.«

Mikael überlegte einen Moment. Einerseits wollte er Sofia nicht nachspionieren. Andererseits hatte sich die Informationslage geändert. Jaan Lodman war ebenfalls ein Opfer des Vogels gewesen. Eine Tatsache, die es nicht zu ignorieren galt.

»Gut«, erwiderte Mikael schließlich.

Nachdem sie geklingelt hatten, standen beide ratlos vor dem scheinbar leeren Haus.

»Wie seltsam«, flüsterte Anders. »Ihr Auto steht doch da.«

Und sofort kamen die Bauchschmerzen bei Mikael zurück.

»Was machen wir jetzt, Mik?«

Mikael sah sich um. Jaan Lodmans Auto war ebenfalls verschwunden. Wo waren sie alle?

Nachdem sie eine kleine Weile unschlüssig vor der verschlossenen Tür gewartet und immer wieder geklingelt hatten, sahen sie ein Fahrrad mit Anhänger um die Ecke biegen. Es waren Annika Lodman und ihr Sohn Yanis. Mikael stürzte auf die beiden zu, nichts Gutes ahnend.

»Wo ist Sofia?«, fragte er beunruhigt, noch bevor Annika vom Sattel abgestiegen war. Diese runzelte die Stirn.

»Sie ist mit Papa und mir heute Morgen mitgefahren«, ertönte eine Stimme aus dem Anhänger. Yanis öffnete die Klettverschlüsse der Plastikabdeckung und sah Mikael mit großen Augen an. »Sie haben mich zusammen in den Kindergarten gebracht«, sagte er stolz.

»Das stimmt«, pflichtete Annika bei. »Jaan wollte sie dann in der Stadt absetzen. Warum? Was ist denn passiert?«

»Nichts«, antwortete Mikael abwesend. Innerlich machte er sich jedoch auf das Schlimmste gefasst. Er sah Anders fragend an, dieser schien das Gleiche zu denken wie er.

»Können Sie versuchen, Ihren Mann zu erreichen?«, fragte Mikael schließlich. Annika nickte und zog ihr Handy aus der Tasche. »Sicher, aber was …«

»Versuchen Sie es einfach«, brummte Mikael etwas unfreundlicher als beabsichtigt. Aus dem Augenwinkel nahm er wahr, dass Yanis die ganze Zeit über mit seinem Fuß gegen den Anhänger trat. Er war noch nicht ausgestiegen.

»Alles okay, Yanis?«, fragte Mikael und kniete sich zu dem Jungen hinunter. Dieser schien hin und her zu überlegen, atmete dann aber tief ein, so als hätte er für sich selbst eine Entscheidung getroffen.

»Ich mache mir Sorgen um Sofia«, sagte er leise. Mikael wurde hellhörig.

»Warum?«, fragte er, möglichst neutral.

»Weil Papa manchmal dumme Sachen macht«, flüsterte Yanis.

»Wie meinst du das, Yanis?«, fragte Mikael, obwohl er im gleichen Moment einen ersten, dunklen Verdacht schöpfte. Yanis zögerte.

»Sofia könnte in Gefahr sein«, versuchte es Mikael, weil er wusste, wie sehr Yanis die Psychologin mochte. »Es ist wichtig, dass du redest.«

»Ich weiß«, antwortete dieser nur.

»Also, was meinst du damit, dass dein Papa manchmal dumme Sachen macht?«

Stille. Mikael folgte seinem Bauchgefühl.

»Hat dein Papa dich in den Brunnen hinuntergelassen?«, fragte er schließlich langsam.

»Ja«, flüsterte Yanis und schien zum ersten Mal richtig erleichtert zu sein, jemandem die Wahrheit sagen zu können. *Das erklärt natürlich, warum er vom Supermarkt aus so bereitwillig mitgegangen ist*, dachte Mikael. *Es war sein Vater, der draußen auf ihn gewartet hat.*

»Zuerst war alles ganz spannend und lustig. Er hatte ein Seil dabei, mein Papa«, sagte Yanis, aus dem die Worte jetzt geradezu heraussprudelten. »Er meinte, wir machen einen Ausflug. Und gehen auf Schatzsuche.« Seine kleinen Augen füllten sich mit Tränen. »Aber dann war es dunkel und unheimlich. Und ich hab Papa nicht mehr gehört. Dann hab ich geweint.«

Mikael nickte und legte Yanis tröstend eine Hand auf den Rücken. Annika, die sich zum Telefonieren ein paar Schritte entfernt hatte, kam in diesem Moment wieder auf Mikael und Yanis zu.

»Es ist etwas seltsam, mein Mann ist heute nicht bei der Arbeit erschienen«, sagte sie und starrte dabei an Mikael vorbei in die Luft. Sie schien sich aufrichtig über diese Information zu wundern. Erst im nächsten Augenblick erfassten ihre Augen Yanis und dann auch den Hauptkommissar und sie erschrak. »Was ist hier los?«, stammelte sie. Sie half Yanis beim Aussteigen und legte sofort schützend ihre Arme um ihn.

»Es ist wichtig, dass wir Sofia jetzt finden«, sagte Mikael. Da sah er, dass Yanis' Augen vor Stolz leuchteten.

»Ich habe Sofia ein Geschenk mitgegeben. Nur für alle Fälle …«, sagte er.

»Ein Geschenk?«, fragte Mikael und wusste nicht, wovon das Kind sprach.

»Meine Uhr«, antwortete Yanis etwas heiser. »Falls Sofia auch verloren geht.«

Deine GPS-Uhr, fügte Mikael in Gedanken hinzu. »Verdammt schlauer Junge«, sagte er laut.

6.

»Ich kapiere das alles nicht«, brummte Anders, während er das Auto ausparkte. »Warum um alles in der Welt hat er seinen eigenen Sohn in den Brunnen abgeseilt?«

Mikael hielt Annika Lodmans Handy mit der GPS-App in Händen und hatte ein Déjà-vu. Genauso hatte der ganze verdammte Fall für ihn begonnen.

»Er wusste von Yanis' Uhr und dass deshalb gleich die Polizei kommen würde. So war er auch die ganze Zeit hautnah an den Ermittlungen dran. Ich vermute, er wollte Dr. Halonen überführen, ohne selbst über seinen Missbrauch sprechen zu müssen.«

Anders schüttelte noch immer verständnislos den Kopf, so als läge das Ganze für ihn jenseits jeglicher Vorstellungskraft. »Ich dachte, Jaan Lodman hatte von Anfang an ein Alibi.«

»Hatte er scheinbar auch. Er war bei einer Gerichtsverhandlung und seine Kanzlei steht im Protokoll.«

»Aber?«

»Ich vermute, ein Kollege hat ihn vertreten. Das wurde nie hinterfragt.«

»Ich glaube das alles immer noch nicht«, murmelte Anders. »Immerhin bin ich diesmal hautnah dabei. Ich lasse dich nicht allein, Mik.«

Mikael brummte etwas Unverständliches. Und starrte auf das Handy in seinen Händen. »Verdammter Mist«, fluchte er leise. »Ich hab kein Signal.«

»Was heißt das? Wo ist sie? Wo ist Sofia?«, zischte Anders. »Was hat der Kerl vor?«

»Ich weiß es nicht«, war Mikaels ehrliche Antwort. Insgeheim machte er sich die schlimmsten Sorgen. Jaan Lodman schien nicht mehr rational denken zu können. Er handelte nur noch impulsiv. Und war dadurch höchstgradig gefährlich.

»Wohin jetzt?«, fragte Anders, als er zur nächsten großen Kreuzung kam.

»Verdammtes Ding«, murmelte Mikael und schüttelte das Telefon in seinen Händen, so als würde es dadurch zum Leben erwachen. Er dachte krampfhaft nach.

»Nicht Richtung Innenstadt«, sagte er. »Fahr Richtung Paloheinä.«

Nach einer Weile wurde Mikael immer unruhiger und begann, auf seinem Sitz hin- und herzurutschen. »Ich hab ein Signal«, schrie er. Und starrte auf den kleinen grünen Punkt. Das Signal bewegte sich nicht. Es stand still. Und zwar an einem ganz bestimmten Ort.

»Verdammt, Anders. Er ist wieder im Wald.«

»Das gibt's doch alles nicht«, schrie Anders. »Ruf Verstärkung.«

7.

Jaan Lodman riss die hintere Autotür kraftvoll auf. Er griff Sofia unter beide Arme und zerrte sie mit einem einzigen Ruck aus dem Auto, sodass sie unsanft auf dem Waldboden landete. Sie stöhnte leise auf, ihr Knöchel war auf einen Stein geknallt. Trotzdem tat es gut, an der frischen Luft zu sein. Nicht mehr im Auto herumzufahren.

»Wo sind wir?«, fragte sie ängstlich. Dann erst sah sie das Messer in Jaan Lodmans Hand. Ein kleines, äußerst scharfes Jagdmesser mit hölzernem Griff.

»Begleiten Sie mich in die Vergangenheit?«, fragte Jaan und starrte sie aus teilnahmslosen Augen an. Kurz dachte sie über ihre Optionen nach. Und kam zu dem Schluss, dass sie keine hatte. Einzig jene, etwas Zeit zu schinden. Und Jaan Lodman bei Laune zu halten, bis sie gefunden wurden.

»In Ordnung«, sagte sie daher ruhig und rappelte sich auf. Zu ihrer eigenen Überraschung trugen sie ihre Beine besser, als sie erwartet hätte. Nur ihr rechter Knöchel schmerzte leicht. Das Messer im Rücken spürend, wurde sie von Jaan vorangetrieben. Tiefer in den Wald hinein.

»Was ist damals mit Simo passiert?«, fragte Sofia. Sie konnte sein Gesicht nicht sehen, hörte aber das Zittern in Jaan Lodmans Stimme. »Der Vogel war es«, sagte er und es klang ehrlich. Sofia nahm instinktiv an, dass es sich dabei um Dr. Halonen handeln musste.

»Woher wussten Sie, wo Simos Leiche ist?«, wollte Sofia weiter wissen.

»Von ihm. Ich erinnere mich daran, wie wir aus Blättern und Stöcken einen riesigen Haufen gebaut haben. Um den Brunnen herum. Ich musste ihm helfen. Es ist immer wieder diese eine Erinnerung, die ich habe. Seit Jahren quält sie mich.«

Kurz nahm er das Messer von ihrem Rücken. Als sie sich vorsichtig umdrehte, sah sie, wie er mit seinen beiden Händen seinen Kopf zusammendrückte, als wollte er böse Geister daraus befreien.

»Der Vogel ist an allem schuld«, knurrte er. »Der verdammte Vogel.«

Dann liefen sie weiter. Sofia dachte nicht einen Moment daran, Jaan Lodman zu überwältigen. Er war einen ganzen Kopf größer als sie. Und wirkte trainiert und fit. Ein Kampf wäre böse für sie ausgegangen, dessen war sie sich sicher.

Je tiefer sie in den Wald gelangten, desto nervöser wurde Jaan. Seine Hände zitterten mittlerweile so stark, dass er das

Messer kaum mehr gerade halten konnte. Und plötzlich wusste Sofia, wohin sie unterwegs waren.

»Gehen wir zu dem Brunnen?«, fragte sie, erschrocken und fasziniert zugleich. Jaan Lodman antwortete ihr nicht mehr. Er schien mit seinen eigenen Dämonen beschäftigt zu sein, murmelte nur ständig vor sich hin. Als sie zu dichten, dornigen Hecken kamen, dachte Sofia schon, sie müssten kriechen. Bis sie die breite Schneise sah, die offensichtlich von der Polizei durch das Gebüsch geschlagen worden war. Sie musste an Yanis denken. Wie er von seinem Vater hierhergebracht worden war. Und war entschlossener denn je, jenen Ort zu sehen, an dem alles Übel seinen Anfang genommen hatte.

»Was haben Sie Yanis über den Vogel erzählt?«, fragte Sofia.

»Dass der Vogel böse ist zu Kindern«, flüsterte er. »Weil das ja auch stimmt.«

Sofia ging ein Licht auf. Wegen dieser Worte hatte Yanis die Bilder von den schwarzen Vögeln gemalt. Armer Yanis! Er musste furchtbare Angst gehabt haben.

Wenig später waren sie am Ziel angekommen. Sofia konnte den alten Brunnen durch die letzten Büsche hindurch bereits erkennen.

»Wenn man nicht kriechen muss, geht es bedeutend schneller«, murmelte Jaan. Dann stürmte er auf den Brunnen zu, der noch immer von gelbem Absperrband umzäunt war. Und mit Holzbrettern abgedeckt. Sofia fragte sich einmal mehr, was er eigentlich vorhatte. Und ob sie es wagen konnte, einfach davonzurennen. Wie schnell hätte er sie eingeholt? Diese Frage begleitete sie die ganze Zeit. Ihre Gedanken rasten und die Angst drohte immer wieder in Wellen, die Oberhand zu gewinnen. *Nein, reiß dich zusammen!*, ermahnte sie sich selbst. Innerlich sammelte sie ihren ganzen Mut.

»Was machen wir hier, Jaan?«, rief Sofia. Sie hatte sich dazu entschlossen, nicht zu rennen. Sondern Antworten zu fordern.

Dass Jaan jetzt hier war, mit ihr, musste seine Gründe haben. Und die Psychologin in ihr wollte sie erfahren. »Es zieht mich immer wieder hierher«, antwortete er ihr. Er klang beinahe wie der kleine Junge von damals. Verletzlich und einsam.

»Für das, was Dr. Halonen mit Ihnen gemacht hat, wird er seine gerechte Strafe bekommen«, sagte Sofia.

»Was ist schon gerecht?«, fragte Jaan gedankenverloren. Und dann begann er zu erzählen.

»Ich habe mich mit Simo gestritten. Er wollte sich mit mir gegen den Vogel verbünden. Er wollte sich wehren. Aber ich war so dumm. Und feige.« Tränen standen in Jaan Lodmans Augen.

»Sie waren ein Kind«, flüsterte Sofia. Je mehr Jaan erzählte, desto mehr Erinnerungen schienen zurückzukommen. Ganz sicher hatte es auch mit dem Ort zu tun, an dem sie sich befanden. Den Gerüchen und Geräuschen.

»Ich habe das alles noch nie jemandem erzählt. Keiner Menschenseele«, sagte er traurig.

»Vielleicht sind wir deswegen hier«, meinte Sofia ruhig. »Weil Sie es endlich loswerden müssen.«

Gleichzeitig fragte sie sich beklommen, was das für sie selbst bedeutete. Würde sie hier jemals wieder wegkommen?

Jaan setzte einen seltsamen Blick auf. Er legte den Kopf schief zur Seite. Und betrachtete sie stumm. Dann fuhr er fort.

»Simo war so entschlossen. Verärgert. Und mutig. Er wollte sich wehren«, erzählte Jaan traurig. »Aber das konnte ich nicht zulassen.«

Erst im nächsten Moment schien er selbst zu begreifen, was er gerade gesagt hatte. Seine Augen weiteten sich erschrocken. So als käme eine alte Erinnerung zurück. Eine böse Erinnerung, die er all die Jahre in sich begraben hatte.

»Ich wollte der Einzige sein, verstehen Sie? Sein Liebling«, sagte er etwas lauter. Erklärend, entschuldigend. Sofia nickte nur langsam. Ihr Herzschlag beschleunigte sich. Sie konnte die Gefahr, in der sie sich befand, beinahe körperlich greifen.

»Ich bin Simo nachgeschlichen«, murmelte er dann. »Ich weiß es wieder. Er stand so friedlich an dem alten Brunnen. Es war nur ein kleiner Schubs.« Seine Augen wirkten mittlerweile vollkommen abwesend. »Simo, es tut mir leid«, flüsterte er. »Ich wusste das alles selbst nicht mehr.«

Dann wandte er sich Sofia zu und sah sie zornig an. Das Messer noch immer in der Hand. Sie wusste jetzt alles. Und war damit seine größte Bedrohung.

8.

»Warte, Anders!«, rief Mikael. »Fahr hier links, das geht schneller.«

»Okay«, erwiderte Anders und zog im letzten Moment in die linke Spur, ohne einen Blinker gesetzt zu haben, was ein lautes Hupkonzert verursachte. Dies wiederum veranlasste ihn dazu, sein mobiles Blaulicht auf dem Dach zu befestigen, was die Autofahrer um sie herum augenblicklich verstummen ließ.

»Hast du das Signal?«, fragte Anders und musste vor einem Zebrastreifen anhalten, über den langsam und gemütlich ein Mann mit Kopfhörern flanierte. Das Blaulicht auf dem Auto schien er vollkommen zu ignorieren.

»Ja, das Signal steht still. Relativ weit im Wald drin«, antwortete Mikael und raufte sich die Haare. »Er will wieder zum Brunnen. Aber warum?«

Anders, der ohnehin noch seine Mühe damit hatte, alle Puzzleteile zusammenzusetzen, konnte sich keinen Reim darauf machen. »Ich fahre, du denkst«, brummte er und beschleunigte den Wagen wieder.

Mikael konnte selbst kaum einen klaren Gedanken fassen. Das Adrenalin durchflutete seinen Körper, lähmte aber seinen

Geist. Wenn er daran dachte, dass Sofia sich allein mit Jaan Lodman im Wald befand, wurde ihm beinahe übel. Und eins wurde ihm in diesen Minuten klar. Er mochte Sofia lieber, als er zugeben wollte.

»Hier!«, schrie Mikael. »In den Waldweg hinein.« Sie fuhren tatsächlich noch an ein oder zwei Spaziergängern vorbei, die sich erschrocken umdrehten. Dann wurden die Wege einsamer. Und schmaler.

»Hier gab es laut Spurensicherung Reifenabdrücke auf dem Waldboden«, meinte Anders und deutete auf eine bestimmte Stelle. »So ist er damals auch mit Yanis gefahren«, murmelte Mikael.

Kurz darauf sahen sie Jaan Lodmans Wagen am Wegesrand stehen. Von ihm selbst und Sofia war nichts zu sehen. »Das Signal kommt aus dem Auto«, sagte Mikael. Anders stieg vorsichtig aus. Zog seine Waffe. Und umrundete den Wagen.

»Aber hier ist niemand«, rief er Mikael halblaut zu.

»Wir müssen zum Brunnen«, murmelte Mikael. »Und zwar schnell.«

Als sie sich der Lichtung näherten, duckte sich Mikael instinktiv noch mehr, sodass er fast flach auf dem Boden lag und Anders tat es ihm gleich. Mikael konnte durch die dornigen Büsche hindurch Jaan Lodman erkennen, der ein Messer in der Hand hielt. Die Spitze dieser Waffe zeigte zu seinem Entsetzen in Richtung Sofia und er musste sich sehr zusammenreißen, um nicht geradewegs hinauszustürmen. Er gab Anders ein lautloses Handzeichen, sich dem Brunnen von der anderen Seite zu nähern. Dann robbte er langsam und so geräuschlos wie möglich weiter.

»Ich weiß nicht, was ich jetzt machen soll«, stieß Jaan Lodman vollkommen verzweifelt aus. Seine Stimme klang unnatürlich hoch und überschlug sich fast.

»Wir können über alles in Ruhe reden«, erwiderte Sofia. Sie klang tatsächlich gefasst, was Mikael in Anbetracht der Situation erstaunlich fand. Jaan Lodman schien wie von Sinnen zu sein. Er hatte Mikael den Rücken zugedreht, trotzdem konnte dieser erkennen, wie er immer wieder wild mit dem Messer in der Luft herumfuchtelte. *Unberechenbar*, ging es Mikael durch den Kopf. Er kniete sich hin, zog seine Dienstwaffe aus dem Holster, stutzte dann aber. Wenn er schoss, konnte es sein, dass Lodman in einer letzten Anstrengung doch noch auf die Psychologin einstach. Und dieses Risiko konnte er nicht eingehen.

Er war sich nicht sicher, ob Sofia ihn aus ihrer Position sehen konnte, jedenfalls merkte man ihr keinerlei körperliche Reaktion an.

»Denken Sie an Yanis«, sagte sie gerade. »Er hat genug mitgemacht in diesem Brunnen.« Sie streckte ihre Hand aus und deutete zu der dunklen Öffnung.

Bei der Erwähnung seines Sohnes schien Lodman fast in sich zusammenzuklappen. Er schwankte deutlich und ließ sein Messer etwas sinken. Eine bessere Chance würden sie nicht mehr bekommen. Mikael richtete sich ruckartig, aber leise auf, sodass Sofia ihn unzweifelhaft erkennen musste, und bedeutete ihr, zu ihm zu kommen. Dabei zielte er mit seiner Waffe auf Lodmans Rücken, der ihn offensichtlich noch gar nicht bemerkt hatte.

»Ich werde jetzt gehen, Jaan«, sagte Sofia entschlossen und machte gleichzeitig zwei kleine Schritte seitwärts. Mikael hielt gespannt den Atem an und fragte sich, wie Jaan Lodman darauf reagieren würde. Zu seiner Überraschung schien dieser wie in Trance zu sein und gleichzeitig immer weiter in sich zusammenfallen. Mit jedem Schritt, den Sofia tat, wurde sie sichtlich mutiger. Sie näherte sich Mikael immer schneller, während Lodman ihn noch immer nicht entdeckt hatte.

Aber dann, als Sofia vielleicht noch fünf Meter von Mikael entfernt war, drehte er sich doch ruckartig um. Mit einer flinken

Handbewegung richtete er sein Messer direkt in ihre Richtung und marschierte los. Mikael hechtete, ohne weiter darüber nachzudenken, auf Sofia zu und stellte sich schützend vor sie. Seine Dienstwaffe zielte direkt auf Lodman.

»Ich habe gehofft, dass du kommen würdest«, raunte Sofia Mikael zu. Jaan Lodmans und Mikaels Blicke trafen sich und plötzlich war sich Mikael ganz sicher, abdrücken zu müssen. Im selben Moment sank sein Gegenüber kraftlos in sich zusammen und ließ das Messer endgültig sinken. Mikael nutzte den Moment und bugsierte Sofia so schnell es ging aus der Gefahrenzone. Er schob sie unsanft durchs Gebüsch, wobei sich beide unzählige Kratzer zuzogen, und erst als sie bei Anders angelangt waren, erlaubte er ihnen eine kleine Pause.

»Du bleibst bei ihr, Anders. Verstärkung müsste jeden Moment hier sein«, keuchte er.

»Nein, Mik …«, fing Anders an. »Er hat noch immer sein Messer.« Aber weiter kam er nicht. Mikael war schon zwischen den Büschen verschwunden.

9.

Jaan Lodman saß am Boden und lehnte mit dem Rücken gegen den kühlen Stein des Brunnens. Er konnte die Feuchtigkeit durch sein Hemd spüren. Es war ihm egal. Alles war ihm egal geworden. Nach und nach kamen alle Erinnerungen zurück. Und damit die Schuld, die schwer auf seinen Schultern lastete. Er konnte noch immer den Schrei hören. Simos Schrei. Vollkommen verstört und dreckig war er anschließend zu Dr. Halonen gelaufen. Seinem einzigen Zufluchtsort.

»Ich helfe dir«, hatte dieser gesagt. Und ihn zurück in den Wald begleitet. Kurz hatte er gedacht, der Vogel werde Simo heraushelfen. Wie naiv er gewesen war! Der Vogel hatte begonnen, einen Hügel zu bauen. Niemand sollte Simo jemals finden.

»Das hier bleibt unser Geheimnis, für immer«, hatte er gesagt. Und dabei war es geblieben. Bis heute. Jaan warf seinen Kopf schwungvoll zurück, er knallte hart gegen den Stein. Aber er fühlte keinen Schmerz mehr. Nur noch Leere. Die Psychologin war weg, einfach davongelaufen. Auch das war jetzt egal.

Da hörte er plötzlich ein Geräusch. Schritte im Laub. Und er war sich für den Bruchteil einer Sekunde vollkommen sicher, dass es Simo war. Tränen liefen ihm über das Gesicht. »Du bist gekommen«, flüsterte er. Und schloss glücklich seine Augen.

In diesem Moment stürmte Mikael auf ihn zu. Flink und entschlossen. Jaan hob mit geschlossenen Augen das Messer in Richtung seines eigenen Rumpfes. Bereit, zuzustechen. Aber Mikael schaffte es, sich in letzter Sekunde auf ihn zu werfen und ihm die Waffe aus der Hand zu schlagen. Jaan Lodman ließ es widerstandslos geschehen.

»Ich bin schon immer ein Feigling gewesen«, flüsterte er. »Niemals so mutig wie du.« Und ihm war, als sähe er Simo an seiner Höhle im Baum stehen. Und lächeln.

Montag

22. Juni 2015

Mikael Kohonen stand vor dem Kiosk und zog seine Sonnenbrille ab. Er betrachtete den blauen Himmel über sich. Und spürte eine Leichtigkeit im Bauch wie schon lange nicht mehr.

Als er durch die Tür trat, ertönte ein freundliches Klingeln. Joona Mäki erkannte ihn sofort und begrüßte ihn vom Tresen aus freundlich.

»Kann ich noch irgendwie helfen?«, fragte er unsicher und wunderte sich über den erneuten Besuch der Polizei.

»Nein, Sie haben genug getan«, antwortete Mikael und nickte anerkennend. »Ich wollte Ihnen danken. Für Ihre Hilfe und Ihr Engagement. Sie haben wirklich eine außergewöhnlich gute Menschenkenntnis«, fuhr er fort.

Joona Mäki wurde beinahe rot. »Vielen Dank«, nuschelte er. Mikael wandte sich zum Gehen. Bevor er nach draußen trat, wollte er noch eine Sache loswerden. »Hören Sie weiterhin auf Ihr Bauchgefühl. Immer.«

Draußen empfing ihn die warme Sommerluft. Er genoss die Wärme auf seiner Haut. Und das gute Gefühl, einen Fall abgeschlossen zu haben. Nur eines wollte er noch erledigen. Er lief zurück zu seinem Wagen und fuhr in Richtung Norden der Stadt.

Als er den Raum in dem schönen Einfamilienhaus betrat, wusste er, dass er viel früher hätte hierherkommen müssen. Er trat an das Krankenbett, das mitten im Raum stand. Das monotone Piepsen der Geräte durchbrach die Stille.

»Hallo, Christopher«, sagte Mikael. Und setzte sich zu seinem ehemaligen Partner auf die Bettkante. »Ich habe einiges zu erzählen.«

Folge der Autorin auf Amazon

Wenn dir dieses Buch gefallen hat, folge Helene Falk auf Amazon. Dann erhältst du eine Benachrichtigung, wenn die Autorin ihr nächstes Buch veröffentlicht. Um der Autorin zu folgen, gehe bitte folgendermaßen vor:

Desktop:

1) Suche auf Amazon.de oder in der Amazon App nach dem Namen der Autorin.

2) Klicke auf den Namen der Autorin, um auf die Autorenseite zu gelangen.

3) Klicke auf den »Folgen«-Button.

Smartphone und Tablet:

1) Suche auf Amazon.de oder in der Amazon App nach dem Namen der Autorin.

2) Klicke auf einen Titel der Autorin.

3) Klicke auf den Namen der Autorin, um auf die Autorenseite zu gelangen.

4) Klicke auf den »Folgen«-Button.

Kindle eReader und Kindle App:

Wenn du dieses Buch auf einem Kindle eReader oder in der Kindle App liest, wird dir automatisch angeboten, der Autorin zu folgen, nachdem du die letzte Seite des Buches gelesen hast.

Zeitfracht Medien GmbH
Ferdinand-Jühlke-Straße 7
99095 Erfurt, Deutschland
produktsicherheit@kolibri360.de

Druck:
CPI Druckdienstleistungen GmbH
im Auftrag der
Zeitfracht Medien GmbH
Ein Unternehmen der Zeitfracht - Gruppe
Ferdinand-Jühlke-Str. 7
99095 Erfurt